KB261168

시대유감

시대유감

시·대·유·감

김종엽 지음

90년대에 대한 성찰

문학동네

책머리에

   몇 년 전 서태지는 〈시대유감〉이라는 노래를 불렀다. 그는 20대의 눈에 비친 세상에 대해 "왜 기다려왔잖아 모든 삶을 포기하는 소리를 / 이 세상이 모두 미쳐버릴 일이 벌어질 것 같네 / 부러져버린 너의 그런 날개로 너는 얼마나 날아갈 수 있다 생각하나 / 모두를 뒤집어 새로운 세상이 오기를 바라네 / 너의 양심은 태워버리고 너의 그 날카로운 발톱들은 감추고 / 돌이킬 수 없는 과거와 이 세상이 잘못되어가고 있는데 / 검게 물든 입술 정직한 사람들의 시대는 갔어 / 숱한 가식 속에서 오늘은 아우성을 들을 수 있어……"라고 외쳤다. 같은 시기에 나는 30대의 눈으로 시대와 불화를 겪고 있었으며, 그것에 대해 유감스러워하는 글을 여기저기에 써대고 있었다. 나는 내 눈길 닿는 모든 곳에 대해 유감스러워했다. 아니다, 아니다, 이건 아니다, 하며 살았다.

   하지만 나의 유감 표명은 서태지와는 다른 것이었다. 우선 연령대가 다르다. 나이의 다름은 경험의 다름이고, 책임감의 다름이다. 30대의 인간이 마냥 세상에 대해 분개만 할 수는 없는 법이다. 이 글에 규범적인 진술들이 꽤나 들어 있는 것은 나이 탓이다. 또 서태지의 매체가 노래라면, 나의 매체는 글이라는 점에서도 다르다. 노래는 표현되며 그 표현의 영역에서 글에 비할 수 없는 커다란 울림을 가지고 있다. 하지만 글은 울림이 작은 매체이기는 해도 나름의 힘을 가지고 있다. 글은 의미동일성을 구축하고, 공동의 삶을 향한 동기화를 유발할 수 있으며, 합리적인 대화의 틀을 자아낼 수 있다. 이 책에 실린 글 가운데 표출적인 동기에 이끌린 글들이 없는 것은 아니지만, 나는 90년대 말로 갈수록 점점 더 그런 경향에서 벗어났으며, 그렇게 된 까닭은 내가 사회학을 공부한 때문이기도 하다. 사회학은 낯선 사람들 사이에 낯선 사람으로 남고 싶어하는 사사로운 내 성향을 붙잡아 그런 삶이 가능하기 위해서도 공적인 세계가 재구성되어야 함을 가르쳐준 균형추였다.

이렇게 서태지와 내 글을 비교한다고 해서 오해 말길. 나는 박노해처럼 서태지를 내 경쟁상대로 생각지 않는다. 경쟁이라니…… 각자의 길이 있을 뿐인데. 다만 서태지가 90년대에 대해 느낀 감정이 나와 일부 겹치며 또 어긋나기에 비교해본 것이다.

아무튼……

이제 다 접혀 넘어가고 있는 내 30대를 통해서 내내 유감의 감정으로 살았던 이유의 일부는 내 개인적으로도 이때가 그리 행복하지 않았기 때문이다. 그걸 숨기고 싶지는 않다. 90년대는 나에게 결혼과 더불어 시작되었는데, 열정과 기쁨으로 시작했던 이 생활에서 나는 무겁고 어려운 과제에 직면했다. 잘 해내지 못했고, 모자란 주제에 충실치도 못했다. 해서 뼈가 아프다. 나는 30대의 전반부를 시간강사를 하며 박사논문을 쓰며 살았는데, 이 긴 사회적 미성숙의 시간도 나에게는 언제나 힘겨웠다. 잘 해낸 것 같지 않다. 또 나는 일부는 생계를 위해, 일부는 취미를 돈벌이와 접목하기 위해 문화평론가라는 직함을 스스로 내걸고 90년대를 보냈다. 한창 부풀어오르던 문화산업의 제품과 생산자에 후광을 얹어주는 일만은 기를 쓰고 피하려 했지만, 그것이 그리 성공적인 것도 아니었다. 요약하라면 나에게 90년대란 진흙탕을 기어갔던 일로 남아 있다.

많은 사람들이 실업의 고통에 내몰리던 때에 나는 요행히 취직을 했다. 국책연구소에서 1년을 보냈는데, 그곳에서의 생활은 도무지 즐거웠다 말할 수가 없다. 그 다음엔 구명선을 잡아타듯 교수가 되었다. 행운…… 달리 뭐라고 말할 수 있을까? 하지만 이 생활이 나를 행복하게 해주지도 않았다. 늘 어딘가에서 가르치고 살았지만, 막상 가르치는 일에 대해 자의식을 다듬으려 하니 그것의 힘겨움에 스스로 질려버렸다. 가르치는 것, 그것은 책에 씌어진 내용을 전하는 것이 아니다. 살아낸 생애로 책의 가치를 보여주는 일이다. 이 도저한 일이 나를 무겁게 내리눌렀다. 20대에도 크게 다르지 않았지만, 30대에도 나는 내가 마주친 문제에 비해 늘 능력이 모자랐고 미숙했다.

글은 이런 내 그늘진 사적 삶과 역시 그늘진 우리 사회의 마주침 속에서 생긴 마찰음과 같은 것이었는데, 돌이켜보건대 참 부끄럽다. 글 쓰는 일이란 "자신과의 안온한 대화에서 벗어나는 일"이라는 아도르노의 말을 늘 염두에 두었지만 그렇게 쓰지 못해 부끄럽고, "시대의 결을 거슬러 솔질"하고자 했지만 그 뜻이 제대로 이루어지지 않아 부끄러우며, 그렇게 해서 얻어진 것이 고작 한 뭉치의 유감이라는 것이 부끄럽다.

당연히 글쓰기에 위기기 왔고, 나는 지난해 전반을 끝으로 더이상 이런 유의 글을 쓰지 않았다. 의약분업 문제가 불거진다거나, 롯데호텔 노동자들이 탄압을 받거나, 3대 개혁입법의 법제화가 지지부진해졌을 때, 나는 또 글을 쓰고 싶어졌다. 그러나 유감을 표명하는 글은 더이상 쓰고 싶지 않았다. 이후로도 이런저런 매체와 맺은 인연 때문에 글을 썼지만, 모두 서평에 한정되었다. 지금은 그저 내가 책 읽는 사람으로 쪼그라든는 것 같아 그조차 그만두었다.

생각해보면 내가 이 책에 실린 것과 같은 글을 쓰기를 주저하게 된 것, 내 글쓰기의 위기의 원인은 내가 20대의 잔영처럼 가지고 있던 자기 표현적인 글로부터 규범적인 진술을 하는 글로 점차 이행한 데서 발생했다. 나는 20대를 통해서, 그리고 지금까지도 사랑받기 위해서 썼던 것 같다. 글 쓰는 일을 업으로 택한 것은, 실은 그것을 좋아했기 때문인데, 그 좋아함이란 나를 여전히 사랑을 갈망하는 소년으로 돌아가게 해주었고, 이따금 그 반응을 얻었기 때문이었다. 늘 소년일 수도 없고, 또 내 안에서 그것에서 벗어난 어른의 목소리가 조금씩 울려나옴을 스스로 느낀다. 별것 아닌 제 상처에 집착하며 사랑받기 위해 쓰는 글에서 사랑하는 글로 이행해야 할 시점이 오고 있는 셈이다. 그러나 많은 지식인들이 그렇듯이 나 또한 어딘가는 웃자라고 또 어딘가는 못 자란 인간이다. 그 생긴 꼴이 나로 하여금 사랑하는 글을 쓰는 일을 힘겹게 했다. 산다는 것, 어쩌면 짐을 지고 먼길을 걸어가는 일일지 모른다. 그 짐, 반드시 어디선가 스스로 무릎을 굽혀 등에 진 것이니, 그 선택을 사랑하고 그렇게 걸어가는 일을 사랑해야 하는 법이다. 그런데도 나는 의무와 나 자신을 동일시하고 그 의무의 이행으로부터 즐거움을 길어올리며 정진하지 못했다. 그 길을 가는 것, 세상의 소리를 바로 '보는' 관세음(觀世音)의 보살행을 제대로 해내는 것, 그것이 지금 내 홍원(弘願)이다. 본다(觀) 함은 그저 보는 것(見)이 아니라 그 봄(見)을 다시 보는 것, 그리하여 제 눈의 비늘을 떨구어내는 일이기에 아주 어려운 일이라는 것, 안다. 그러나 그게 길이니 그 길을 가볼 것이다.

썼던 글을 모아 책으로 묶는 일이 한편으로는 못난 글의 비릿한 냄새를 다시 맡는 일이기에, 다른 한편으로는 제 글에도 못 미치게 산 모습을 다시 보게 되는 일이라 즐겁지 못하지만, 그런 가운데도 어떤 즐거움이 동반됨을 느낀다. 내가 이 책을 내는 일을 즐겁게 여기는 것은 이 일을 내 30대와 곧 닥칠 40대 사이의 매듭으로 여기기 때문이다. 이렇게 매듭을 동여매는 일이 의미 있어 부디 내 40대가 30대보다는 덜 부끄럽기를 바랄 뿐이다.

이렇게 이 책과 나의 관계를 적고서 독자들을 생각하니 미안한 마음이 든다. 양해를 구하고 싶다. 여기 실린 모든 글들은 원고 청탁을 받아서 씌어진 것이다. 더러는 저어하며 더러는 조금 더 내켜하며 쓴 차이는 있지만, 내 스스로 의욕을 내어 쓴 글은 하나도 없다. 그래서 여기에 모아 놓고 보니 글들이 하나같이 내게 청탁한 매체와 글을 쓴 시점이라는 맥락을 상실한 채 부유하는 듯한 느낌을 준다. 늘 원고마감을 탓하며 부실하게 써넘긴 글들이라 다시 손보려 해보았고, 맥락을 넘어설 수 있도록 일반화해보려 했지만, 그렇게 해서 나아질 일이 못 된다는 생각만 들었다. 오히려 그렇게 글을 써온 나의 타동성에서 내 나쁜 버릇만을 되확인하는 꼴이었다. 그저 독자들이 너른 아량을 보여, 이 책을 1963년생의 한 남자가 한국사회에서 가족과 사회와 학교와 대중문화와 정치를 경유하며 30대에 겪은 체험의 기록으로 읽어주길 바랄 뿐이다.

상업성도 전혀 없는 책을 내준 문학동네 강태형 사장과 실무를 진행해준 편집부 직원에게 감사드린다. 그리고 이 책에 실린 모든 글의 첫 독자였던 아내에게 이 책을 바친다.

2001년 겨울
과천에서 김종엽

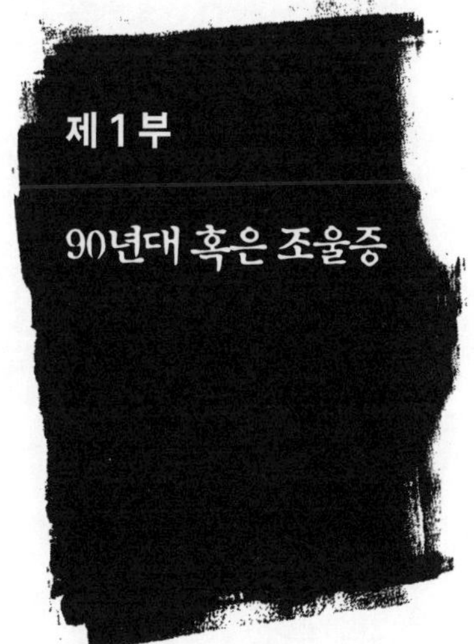

제 1 부

90년대 혹은 조울증

사회적 조울증과 냉소주의

몇 가지 현상들을 경유하며 우리 사회에 대한 가설을 만들어보자. 가설이란 늘 미심쩍은 것이긴 하지만 사고를 자극한다는 점에서 생산적인 것이기도 하니 말이다. 먼저 TV 토크쇼가 부쩍 늘어나는 현상에 대해서 생각해보자. 그것을 메우는 소재는 가벼운 이야기, 일상의 사소함에 지극히 충실하기 같은 것들이다. 그리고 그것의 의미는 분명하다. 마치 스타들의 거실에 들어감으로써 후면을 본 것 같은 인상을 일상인들에게 제공하고 그렇게 해서 스타들과 일상인의 거리를 좁히는 것이다. 이제 스타들의 가치는 충실한 연기에서 작은 시추에이션에서의 재치, 한마디로 ‘평소 실력’으로 이동한다. 그러나 ‘몰카’나 ‘NG 모음’도 그렇지만 이 모든 것은 연출된 것, 전경에 지나지 않는다.

하지만 다른 의문이 든다. 왜 그런 것이 넓게 수용되고 시청되는가? 그것의 근저에는 역시 가벼워진 사회, 사소해지고 싶은 사회, 공적 공간을 토크쇼에서처럼 거실로 축소하고 싶은 사회가 있는 것은 아닐까? 그런 경향 안에 90년대를 특징짓는 우리 사회의 모습이 담겨 있는 것은 아닐까?

90년대의 이러한 특성을 밝히기 위해서 다소간의 비약을 무릅쓰고 그것을 80년대와 비교해 말한다면, 80년대는 울증(melancholy)의 사회였던 데 반해 90년대는 조증(mania)의 사회라고 말할 수 있다. 울증은 상실을 받아들이지 않고 그것을 계속 찾는 데서 생긴다. 이에 비해 조증은 상실한 것 없음을 주장하는 데서 생긴다. 80년대가 울증의 사회였다면, 그 사회가 그 깊은 우울로 견디고자 했으며, 되찾고자 했던 상실은 무엇인가? 그것은 민주주의였다. 그렇다면 90년대에 상실한 것이 없다고 주장할 때, 그 상실하지 않은 무엇은 무엇인가? 그 또한 민주주의이다.

1987년을 기점으로 우리의 정치적 삶에서 근본적으로 변한 것은 무엇인가? 그 이전의 시대를 통해서 우리는 민주주의의 부재 그리고 지배자의 거짓된 말과 야당-재야-학생운동으로 이어지는 진정한 말의 대립구도를 가졌다. 그러나 그후 우리는 민주주의가 존재하는 것 같은 가상을 얻고 대신 모든 진정한 말의 상실을 겪었다. 정당체제는 끝없는 의회전술(합종연횡)을 펼쳤고, 대항적인 세력과 정당 정치인은 범주를 구분할 수 없게 뒤섞여갔고, 시민운동조차 부패한 모습을 이따금씩 드러냈다.

이런 변화는 웃음의 구조를 바꾸었다. 이전에 우리는 (예컨대 박재동의 만화를 통해) 우울증의 사회를 견뎠다. 그것은 기본적으로 풍자의 구조를 가지고 있었으며, 지배자의 권위와 표정과 언어가 허구라는 것을 드러내는 것이었다. 그리고 그때 터져나오는 웃음은 참된 언어가 힘을 가지는 미래를 당겨와 미리 체험하는 형식이었다. 하지만 지금 우리가 만나는 웃음은 냉소적 웃음이다. 그것은 '모든' 말의 진정성을 인정하지 않는 심리의 웃음이다. 이 냉소의 극단적 형태는 포레스트 검프적 태도, 외부세계의 이데올로기적 구조 전체의 부인이다. 이것이 우리들이 사소함에 충실해질 수 있고 무정치적일 수 있는 이유이다. 하지만 그것이야말로 극단적으로 이데올로기적이다.

그래서 나는 90년대가 만든 말, '썰렁하다' 는 말에 대해 이의를 제기하고 싶다. 이 말이 그 대구인 '따뜻하다'고 할 만한 어떤 농담을 과연 가지고 있는 것일까? '썰렁하지 않은' 농담, 그리하여 우리를 웃게 한 이 시대의 농담이 농담한 사람과 그것에 웃음으로 화답하는 사람들 간의 연대를 창출하는 힘을 가지고 있는가? '썰렁하다'는 말은 아주 단순히 어떤 농담의 실패를 선언할 뿐이다. 그냥 그뿐이다. 하지만 우리가 재치를 인정받기 위해서만 농담을 하는 것일까? 그렇게 사소해져야 하는가?

중독증 시대

저녁에 친한 대학원 선후배들과 만났다. 만난 지도 오래됐고 하니 세
상 돌아가는 이야기나 하자고 한 선배가 불러들인 모임이었다. 저녁으
로 삼겹살에 소주를 마셨다. 삼겹살이야 늘 먹던 그 맛이었지만, 동기생
하나가 집에 처박혀 있어서 이름만 듣고 못 먹어본 새로 나온 소주를 마
셔보자고 해서, 새로 나온 소주를 마시게 되었다. 그리고 이야기의 화제
도 자연 술맛으로 건너갔고, 마시다보니 저마다 먹어보았던 고급 술, 희
귀한 술 이야기가 질펀하게 퍼졌다. 나 또한 열심히 샌프란시스코 중국
인촌에서 먹어본, 페이킹 덕에 곁들여 마신 칭다오 맥주의 맛을 상찬했
다. 그리고 2차를 갔다. 차를 몰고 온 사람들은 주스나 커피를 마셨고,
나머지 사람들은 맥주를 마셨다. 거나하게 취해감에 따라서 다들 말이
많아졌고, 그러다보니 열 명 가까운 사람들은 서너 개의 이야기 그룹으
로 나뉘었다. 정치 이야기, 최근에 읽은 책 이야기, 영화 이야기, 요즘 쓰
고 있는 글 이야기 등등. 금세 열두시가 되었고, 술집 주인이 고압적인
(!) 목소리로 "죄송하지만, 영업시간이 끝났다"고 자리를 파할 것을 종

용했다. 그래서 모두들 미적지근한 표정으로 일어섰다. 그리고 술집을 나와 다음에 또 보자고, 가끔 이렇게 만나서 술 마시며 사는 이야기나 하자면서 헤어졌다.

다음날은 마침 강의도 약속도 없는 날이어서 하루 종일 집에서 뒹굴었다. 오랜만에 바꿔 마신 술로 몸도 저릿하고 속도 안 좋아서, 아침은 커피 한 잔으로 때웠다. 점심때는 목욕탕에 가서 여름 동안 찬물 샤워만 해서 쌓인 때를 벗겼다. 목욕을 하고 나오니, 찬 막걸리 한 사발이 먹고 싶었다. 나도 벌써 아버님과 같은 습관을 가진 것일까? 어릴 적 내 아버님은 나를 데리고 일요일에 목욕을 하시고 나면, 꼭 찬 막걸리 한 사발을 마시곤 했다. 그럴 때 나는 "아버지, 맛있어?" 하고 물었고, 아버지가 내미는 사발을 손가락으로 찍어먹곤 했다. 하지만 막걸리 파는 데도 없고 해서 나는 대신 담배나 한 대 뽑아 피웠다. 맛났다. 이렇게 땀을 확 내고 나면, 머리가 잠시 아득해지는 게 옛날 고등학교 시절 처음 담배를 피웠던 때의 그 맛, 그 희한한 맛이 조금은 살아난다. 오는 길에 비디오가게에 들렀다. 재미있는, 아니 아무 생각 없이 볼 수 있는 새 비디오는 평일 낮인데도 동이 나고 없었다. 그래서 〈블레이드 러너〉라는 비디오를 빌렸다. 벌써 다섯번째 빌려보는 것이지만 그래도 재미있고, 잘 모르고 재미없는 비디오를 빌려 고역을 치르는 것보다는 낫기 때문이다.

비디오를 보고 나서 아침에 읽지 않았던 신문을 펼쳤더니, 미국 대통령 클린턴이 담배를 마약으로 지정하려고 한다는 기사가 실려 있었다. "가뜩이나 금연구역이 늘어 피곤한 판에 더 피곤하게 생겼군." 짜증이 밀려와 담배 한 대를 또 피웠다. 저녁에 강의 갔다가 피곤해하며 돌아올 아내에게 오랜만에 서비스하는 셈 치고, 찬거리를 사가지고 와서 저녁을 지었다. 아내가 왔고, 나는 맛나게(?) 만든 '불낙전골'을 아내 앞에 차려주었다. 함께 식사를 하는데, 전골이 있으니, 술 한잔 생각이 간절했다. 집에 있는 술이라고는 마시다 만 양주뿐이어서 그걸 약간 따라서 마셨다. 밥을 먹고 나서 TV를 보았다. 뉴스에서 난데없이 알코올 또한 마약의 일종이라고 떠들어대며, 자신이 알코올 중독인지 아닌지 체크해 볼 수 있는 기준들을 장황하고 긴박하고 겁나게 제시하고 있었다. 잽싸게 리모컨으로 채널을 돌리려 하자 아내가 "좀, 보자" 하고 큰 소리로 말했다. 그렇게 하루가 갔다.

며칠 후 주말에는 〈2580〉인가 하는 프로그램을 보았는데, 거기선 사이버 중독증인가, 컴퓨터 중독증인가 하는 것을 취재해서 다루고 있었다. 컴퓨터 통신이나 인터넷, 전자오락을 하루에 몇 시간이라도 하지 않으면 마음이 불안해서 마침내 정신과 치료를 받기에 이른 사람들이 나와서 인터뷰를 하고 있었다. 나는 그런 불안증이 없지만, 듣고 보니 그런 사람들과 달리 아무런 불안증도 없는 나 자신이 더욱 중증이 아닌가 불안해지기 시작했다. 그러고 보니 나는 며칠 동안 TV와 신문을 통해 여러 가지 중독증에 대한 경고의 메시지를 받은 셈이었고, 그런 경고는 모두 은연중에 나를 겨냥하고 있는 것 같았다.

나는 무언가 불안하면, 그 이유를 알고 싶어하는 격조 있고 지적인(?) 사람이기 때문에, 우선 알코올 중독의 기원을 찾아보았다. 알코올 중독 (alcoholism)이라는 단어가 처음 만들어진 것은 1852년 스위스 의사 마그누스 후스라는 사람에 의해서였다. 그리 오래된 단어가 아니었다. 좀 더 책을 찾아보니, 알코올 중독은 전형적으로 산업사회의 질병이었다. 술이 본격적으로 대량생산된 것은 산업혁명 이후이기 때문이다. 알코올 중독이 퍼지게 된 결정적인 요인 가운데 하나는 이른바 '혼자 술 마시기 (solitary drinking)' 라는 새로운 음주 관습의 등장인데, 이런 음주문화의 주도자는 부르주아였다. 이런 음주 관습이 등장하기 전의 술의 주요 소비방식은 공동체적이었다. 공동체적인 술 마시기란 공동체적인 사건, 예를 들면 축제나 종교적 국가적 기념일, 환갑이나 혼례, 돌잔치 같은 행사(이것도 전통사회에서는 사적 기념일이 아니라 공동체적인 행사였다)가

술 소비의 주요무대였다. 혼자 술 마시는 부르주아적 관습이 전체 사회에 퍼지게 된 데는 두 가지 요인이 작용했다. 하나는 공동체적인 음주의 토대인 공동체가 산업사회의 도래와 함께 해체되어갔다는 것이고, 다른 하나는 국가가 공공적인 음주가 가져올 위험(폭동이나 폭행, 고성방가 같은)을 통제하기 위해서 공적인 장소(길거리, 광장 등)에서의 음주(public drinking)를 적극 금지한 일이다. 혼자 마시는 술 관습이 퍼짐에 따라서 부르주아의 관습은 노동계급으로, 더 나아가서 여성과 농촌영역으로 퍼져나갔다. 19세기를 통하여 술 소비는 폭발적으로 증가했고, 이것이 알코올 중독이라는 새로운 질병을 낳았다. 그리고 이런 사태에 대응하여 알코올에 마비된 노동력을 일터로 되돌리고자 하는 부르주아와 국가, 술 취한 남편을 가정으로 다시 되돌리고자 하는 주부들이 연합하여 반(反) 알코올 캠페인을 전개하게 된 것이다.

이런 사실을 알고 나니 예컨대 드가의 〈압생트〉 같은 그림이나, 졸라의 『목로주점』이 가진 문화적 의미도 더 잘 이해되었다. 특히 졸라의 『목로주점』은 처음부터 반 알코올 캠페인을 목적으로 한 소설이었다. 졸라는 술이 인간을 처절하게 파멸시키는 과정을 묘사함으로써 모든 '주당'들을 벌벌 떨게 했고, 그렇게 함으로서 1870년대 이후 프랑스 금주운동에 큰 도움을 주었다. 알코올 중독을 유발한 산업문명과 음주습관의 기원이 부르주아에 있는 것을 생각하면, 이런 과정은 역설적이기조차 하다. 하지만 생각해보면, 술만이 아니다. 커피와 담배를 마취적인 효과가 있으면서 동시에 각성적인 힘이 있는 것으로 여기고, 그것을 마시고 피우는 일을 '폼' 나는 일로 만든 것 또한 부르주아의 업적(?)이다. 18세기 중반에 부르주아들은 런던에 '커피하우스'를 만들었고, 그곳은 부르주아 혁명을 예비하는 계몽주의의 산실이 되기도 했다. 그러니 부르주아 혁명은 커피에 진 빚이 있는 셈이다.

이런 사실이 의미하는 것은 무엇일까? 나는 상황을 관조하는 격조 있는 내 생활방식을 좀더 심화시켜보기로 했다. 자, 현대사회는 노동과 조직을 중심으로 움직이는 사회이다. 이런 사회는 인간들에게 고통을 강요한다. 당연히 사람들은 이런 고통에서 벗어나게 해줄 무엇을 추구한다. 하지만 언제나 이 고통을 벗어나고자 하는 충동적인 또는 강박적인 행동을 사회는 억제하려고 한다. 그것의 한 방법이 그런 행동을 병리화하고, 중독으로 낙인찍는 것이다. 이런 추론은 뭐, 현대사회가 인간에게 억압적이라고 보는 사회학 이론들의 노선을 따른 통상적인 추론이다. 하지만 이런 조잡한 이론이 설득력이 없는 것은 아니다. 우리는 너무 많은 중독증을 알고 있으며, 이것은 거개가 현대사회에 발명된 개념들이다. 알코올 중독, 니코틴 중독, 카페인 중독, 마약(마약만 해도 얼마나 여러 가지인가) 중독, 약물(이것도 수없이 여러 가지이다) 중독뿐 아니라, 일 중독, 섹스 중독도 있다. 오늘날 많은 사람들은 어떤 사물에 대해서뿐 아니라, 인간에 대해서도 중독적인 면을 가지고 있다. 그래서 이런 관계들을 일러 상담전문가들은 '중독적인 관계'라고 한다. 이런 개념들이 지칭하는 것들을 따라가보면, 중독이 의미하는 것은 아주 분명하다. 인간이 다른 무엇에 대해서 가지고 있는 탐닉적인 태도는 모두 중독적이다.

　여기까지 생각이 미치고 나자, 나는 내 불안을 넌지시 떨치고자 했던 내 조사들이 오히려 불안을 증폭시키고 있다는 생각이 들었다. 생각해보니 나는 너무 많은 중독증을 앓고 있었기 때문이다. 나는 어릴 적부터 아버님 '때문에' 막걸리를 마셔왔고, 술을 잔뜩 마신 다음날에도 괜찮은 저녁 반찬이 괜찮은 안주로 보이는 알코올 중독 환자이다. 속이 안 좋으면 아침은 안 먹어도 커피는 마시니, 카페인 중독증 환자이다. 담배를 하루 한 갑 이상 피우니 니코틴 중독임에 틀림없다. 일 주일에 서너 개의 비디오를 보는 것, 더 나아가서 같은 비디오를 자꾸 보는 것으로 보아 비디오 중독임에 틀림없다. 아직 마약이나 대마초, 약물은 안 하지만, 그런 걸 하면 기분이 어떨까 하는 궁금증이 많은 것으로 보아 이런 분야에도 잠재적 중독증임에 틀림없다. 아내가 놀러 가자고 해도, 청탁받은 원고를 써야 한다고 매번 미루는 것으로 보아 일 중독증 초기 증세를 앓고 있는 것 같다. 결혼 후에는 짬짬이 틈날 때마다 섹스를 해온 것으로 보아 적어도 섹스 중독증 초기임에 틀림없다. 하루에 거의 서너 시간씩 오락하고, 통신하고, 원고 쓰느라 컴퓨터 앞에 앉아 있는 일이 많으니 컴퓨터 중독증에도 걸린 것 같다. 가만있어보자. 그러고 보니 나는 매일 아침 신문을 읽지 않으면 불안하다. 신문 중독증임에 틀림없다. 이사 온 후로는 무슨 일인지 신문이 세 개씩이나 배달된다. 아마 신문 배달원들이 합심해서 내 신문 중독증을 심화시키려고 하는 것 같다. 아참, 나는 매일 TV도 서너 시간씩이나 본다. 요란한, 하지만 조잡한 화면들을 멍청하게 하루 몇 시간씩 보는 나는 TV 중독증인 것에 틀림없다. 아마도 내가 아직도 '광자극성 간질'에 걸리지 않은 것은 일곱 살까지는 집에 TV가 없었고, 대학교 들어와서야 훨씬 중독성이 강한 컬러 TV를 볼 수 있었기 때문일 것이다.

생각해보니 나는 건강한 육체와 정신을 지키기 위해 새로운 다짐이 필요한 시점에 와 있었다. 결단을 해야 할 때였다. 하지만 천릿길도 한 걸음부턴데 어떤 중독부터 고쳐야 하나? 결론은 쉽게 내릴 수 있었다. 우선 배급소에 전화를 걸어 신문 강제투입을 막고, TV를 고물상에 팔아버리는 것이다. 신문은 나를 너무 쓸데없는 일에까지 관심을 갖게 한다. 내가 누구네 집에서 일어나는 살인사건에 매일 관심을 가질 이유가 없다. 살인은 매일 일어난다. 하지만 신문을 매일 보다가는 나는 살인사건 중독증에 걸릴지도 모른다. 게다가 신문과 TV는 지나치게 자주 중독증 경고로 불안을 증폭시켜 다른 중독증, 니코틴 중독증을 악화시킨다. 특히 TV는 나뿐 아니라 이미 중증인 내 딸과 아내를 위해서도 어서 끊어야 할 것 같다. 서둘러야겠다.

공주병 이야기

공주병 얘기가 너무나 회자되어서인지 아이들조차도 그런 이야기를 한다. 나는 여섯 살배기 딸이 이웃에 사는 친구와 나누는 대화를 아내를 통하여 옮겨듣고는 한참을 웃었다.

딸의 친구 얘, 요즘에는 공주병이라는 병이 있대.

딸 응, 나 그거 알아. 내가 공주병이래.

딸의 친구 누가 그래?

딸 응, 피아노학원 가면 언니들이 나보고 그래.

딸의 친구 근데 그게 어떤 병이래?

딸 나처럼 예쁜 애들이 걸리는 병이래.

딸의 친구 그거 불치병이라던데.

딸 불치병이 뭐야.

딸의 친구 많이 아픈 거지 뭐. 하지만 약이 있대. 남자애들이 치마를 들추고 "아이스께끼" 하면 낫는데.

내가 이런 이야기를 듣고 한참 웃었던 것은 나 자신이 많이 저질렀던 어린 시절의 장난이 떠올라서였던 것 같다. 생각해보니 나는 어린 시절 숱한 어린 공주들을 모욕하고, 그렇게 함으로써 그녀들의 환상을 매우 난폭하게 파괴했던 것 같다. 하지만 어느 날 딸과 나눈 다음과 같은 대화는 내가 딸에게도 "아이스께끼"를 해야 할 난처한 경우에 처했다는 것을 보여준다.

딸 근데 아빠, 나 공주지?

나 공주는 왕의 딸이야. 그러니까 네가 공주면 아빠는 왕이게. 요즘 세상에는 왕이라는 게 없어. 아빠가 왕이 아니니까, 넌 공주가 아니야.

딸 아니 우리끼리 그렇다고 치고, 나 공주지?

나 ……

이런 상황은 딸로서도 나로서도 만족스러운 상황은 아니다. 하지만 나는 내 할 일을 어쩔 수 없이 했으며, 내가 한 짓이 "아이스께끼"보다는 온건한 것이라고 생각한다. 왜냐하면 한편으로 나의 답변은 딸의 환상을 '난폭하게' 파괴하는 것은 아니어서 그녀는 나름의 방식으로 환상을 유지하고 있기 때문이고, 다른 한편으로 그 나름의 방식이 사실은 내 답변으로 인해 그녀가 어느 정도는 '현실원칙'을 수용하게 된 것이기 때문이다. 딸이 환상을 유지하는 방식은 프로이트에 따른다면 '타협 형성'이라고 할 만한 것이다. 그녀는 자신이 공주라는 환상을 유지하기 위해서 그것의 허구성을 인정해야 하기 때문이다. 그것을 입증하는 것이 "우리끼리 그렇다고 치고"라는 말이다. 그녀는 이제 자신이 공주가 되기 위해서는 일정한 사회적 공모가 필요하다는 것을 수용한 셈이다. 그녀는 자신의 환상을 일부 양보하는 대신, 나에게 그 공모를 요구한 것이다. 여기서 나는 망설이지 않을 수 없었다. 그녀의 뼈아픈 양보(?)에 내가 공모로 보답해야 할지를 결정해야 했기 때문이다. 나는 이 궁지에서 벗어나기 위해서 아예 화제를 돌려버렸다.

아무튼 그날 우리는 저녁을 먹고 각자 할 일을 했다. 그리고 딸은 아홉 시쯤 잠이 들었다. 책상에 앉아서 나는 우리집을 '엄습한' 이 질병에 대해서 생각해보았다. 나에게 도움이 된 것은 프로이트의 「가족 로망스」라는 글이었다. 그는 이 짧은 글 속에서 어린이들이 만들어내는 환상의 윤곽을 그려내고 있었다. 그에 의하면 가족이라는 세계 안에서 어린이는 자신을 왕자 또는 공주로, 자신의 부모를 왕과 왕비로 인식한다는 것이다. 그 이유는, 어린이들이 자신의 부모를 항상 위대한 존재로 생각하기 때문이다.

그런데 어린이는 성장하면서 자신의 부모가 실제로 그렇게 위대한 존재가 아니라는 현실을 깨닫게 된다. 흥미로운 것은 이때 어린이가 자신의 환상을 가공하는 방식에 대한 프로이트의 설명이다. 부모가 왕과 왕비가 아니라는 사실을 깨달았다고 해도 어린이는 자신 또한 왕자나 공주가 아니라는 현실은 인정하지 않는다. 어린이는 도리어 자신의 부모가 실은 자신의 친부모가 아니라고 생각한다. 그는 어딘가에 왕이고 왕비인 자신의 친부모들이 있으며, 어떤 기구한 사연으로 인해 현재의 부모, 즉 양부모가 자신을 맡아 기르게 되었다고 생각한다. 어린이는 자신이 왕자나 공주라는 환상을 포기하기는커녕 그것을 고집하는 것이다.

책을 덮고 잠이 든 딸의 얼굴을 들여다보았다. 나의 답변에도 불구하고 절대로 환상을 모두 포기하지는 않았던 딸의 꿈속에서 그 환상이 싹을 틔우는 소리가 들리는 것 같았다. 아이의 쌔근거리는 숨결이 그렇게 들려왔다. 다른 일을 하기 위해서 다시 책상에 앉았지만 이런저런 생각이 머리를 맴돌았다. 아이의 환상의 뿌리는 어디에 닿아 있는 것일까? 그런 의문이 밀려들었다.

생각해보면 그 이유는 분명한 것이었다. 우리 사회 전반에 걸쳐서 자녀가 가족의 미래로서 엄청난 정서적 경제적 투자의 대상이 된 것은 이미 오래된 일이다. 이런 투자 경향의 귀결은 양육비의 엄청난 상승이다. 왜냐하면 모두가 10을 투자한다면 10의 투자는 의미없고 11만이 의미 있는 투자이며, 누군가 11을 투자한다면 나 또한 11을 투자해야 하며, 그것이 전반적인 현상이 되면 다시 12의 투자만이 의미 있기 때문이다. 투자비의 상승으로 인해 이제 부모들은 자녀를 적게 낳아야만 한다. 그래야만 상승하는 양육비를 감당할 수 있기 때문이다. 동시에 적게 낳은 자녀는 더욱더 소중해지고 그들의 미래를 위한 투자는 그로 인해 더욱 증대하게 된다. 이런 악순환의 최종적인 귀결은 누구도 아예 자녀를 낳지 않으려고 하는 것이 될지도 모른다. 하지만 그런 전도가 일어나기 전까지는 모든 부모에게 자녀는 금을 삼키는 금덩어리 같은 존재일 것이다. 그리하여 모든 가정에 왕자와 공주가 탄생한다. 하지만 이런 현상을 '왕자와 공주의 민주화'라고 반길 수는 없다. 그 환상의 핵은 민주화와 모순되기 때문이다. 모두가 왕자이고 공주여서 누구도 하인을 거느릴 수 없는 별볼일 없는 왕자와 공주들은 자신의 환상에 의해서 고통받게 될 것이기 때문이다. 그럴 경우 왕자와 공주는 환상을 유지하기 위해서 나르시시즘으로 도피할 수밖에 없을 것이다.

하지만 이런 생각이 내가 딸에게 취해야 할 태도를 정하는 데는 큰 도움이 되지 못했다. 나르시시즘에 대한 평가 자체가 복잡한 일이기도 하기니와 나의 문제는 결국 딸의 환상에 직면하여 내가 그것에 이렇게 반응할 것인가 하는 문제이기 때문이다. 자꾸만 산란한 생각들이 꼬리를 물었다. 모두가 왕자이고 공주인 시대를 살아야 한다면, 내 딸 또한 스스로를 공주로 생각해야만 최소한 남들과 평등한 존재로 살아가는 것은 아닐까? 그러니 딸의 환상을 깬답시고 설치다가 딸을 공주들 틈에 끼여서 이리저리 치이는 사람으로 만드는 건 아닐까? 게다가 비록 내가 딸에

게 중요한 타자이기는 하지만 나의 반응만으로 내 딸만 이 환상의 소용
돌이에서 빠져나올 수는 없는 것 아닐까? 자꾸만 나까지 공주병 신드롬
에 휘말리는 느낌이었다.

　이날의 당혹감 때문에 나는 며칠 뒤 마침내 시간을 내어 우리 시대의
공주, 김자옥이 출연하는 코미디 프로그램을 애써 보았다. 너무도 많은
사전 지식을 가지고 있었던 탓에 나에게는 이 프로그램이 그렇게 재미
있지는 않았다. 그럼에도 불구하고 이 프로그램에서 나는 환상에 대응
하는 한 방식을 발견할 수 있었다. 그 코미디 프로그램은 아주 단순하게
말한다면, 현실의 공주병을 다시 한번 재연하는 것에 지나지 않았다. 그
러나 사실 그것이 가진 의미는 단지 이 현실의 재연 자체에 있다. 재연한
다는 것은 반복한다는 것이다. 반복은 그것이 가진 진정성을 박탈하며,
그로 인해 전도가 발생한다. 현실 속의 환상이 환상(코미디 프로그램) 속
의 현실이 되는 것이다. 현실 속에서 공주병 환자를 만날 때, 우리는 구
경꾼일 수 없다. 내가 딸 앞에서 그랬듯이 그것은 당혹스러운 순간이다.
타자의 환상을 "아이스께끼" 하든가, 아니면 그의 환상을 건드리지 말고
물러서야 한다(사실 이런 일은 타자의 환상에 직면하여 우리들이 보편적으
로 경험하는 당혹이다). 하지만 이제 코미디 프로그램을 보며 우리는 온
전한 구경꾼이 된다. 공주병 환자조차도 구경꾼이 되어야 한다(이 점이
중요하다). 그리하여 환상의 윤곽이 드러나고, 그것이 풍자된다. 환상의
모서리가 깨지는 것이다.

　더 나아가서 이 프로그램은 공주병의 존재를 우리가 말할 수 있는 '사
회적인' 것으로 만들었다. 사람들이 누군가의 공주병을 공격하는 것이
이제 환상의 난폭한 파괴로 나아가는 것을 막아준다. 왜냐하면 김자옥
의 공주병 연기가 우리의 문화적 백과사전에 등재된 어휘가 됨으로써
우리가 공주병에 대해서 말하고 누군가를 공주병으로 조롱할 때마다 그
것은 항상 김자옥의 공주병을 통해서 간접화되기 때문이다. 즉 환상에

대한 공격 자체가 간접화된다. 어쩌면 이것은 재현된 것이 재현하는 것과 일으키는 상호작용의 한 모델을 제공해준다고도 할 수 있겠다. 하지만 나는 이런 작은 사례로부터 미학적인 논증을 더 전개할 생각은 없다. 분명한 것은 김자옥이 출연한 공주병 코미디로 인해 증폭된 공주병 이야기가 종래 여섯 살배기인 내 딸과 그 친구의 대화에까지 관류해들어갔다는 점이다. 그리하여 이 무시무시한 TV의 위력 때문이긴 하지만 내 딸은 자신의 질병에 대해서 진단해볼 수 있었다. 비록 그녀가 아직 김자옥의 공주병 프로그램이 불러일으키는 다양한 효과를 자신을 위해서 사용할 수는 없었지만 말이다. 그러니 내 몫은 딸에게 이 프로그램의 긍정적인 효과를 전달하는 일이라고 할 수 있다. 아마도 시간을 내어 딸과 공주병에 대한 역할극이라도 하나 해보아야 할 성싶다. 그리하여 바라건대 딸이 스스로 공주병을 바라볼 수 있는 관점을 가질 수 있도록 해야 할 것 같다. 프로이트에 따르면 환상은 현실에 의해서도 타자의 강압에 의해서도 깨지지 않고, 단지 환상의 주체 자신에 의해서만 깨질 수 있는 것이니 말이다.

『자본론』 이야기

이사를 가기 위해서 책을 정리하다가 독일어판 『자본론』 1권을 발견했다. 새까맣게 손때가 전 책을 바라보고 있자니 열독의 순간들이 떠올랐다. 몇몇 친구들이 모여서 한 줄 한 줄 번역하며, 의문이 생길 때마다 열렬히 토론했던 시절들이 떠올랐다. 그때 우리들은 일 주일에 하루씩 모여 겨우 30페이지쯤을 읽고 토론하기 위해서 오후 두시부터 저녁 아홉시까지, 저녁 먹는 시간을 빼면 거의 여섯 시간 정도를 보냈었다. 사실 토론은 맥주집에서도 이어졌고, 열한시가 넘어야 헤어졌으니 강독과 토론의 시간은 더 길었다고 보아야 한다. 생각해보면 즐거운 독서의 시간들이었다.

하지만 책을 정리하던 중 잠깐 스친 이 달콤한 추억은 이내 끝났다. 나는 서가 이곳저곳에서 또다른 『자본론』들을 숱하게 발견할 수 있었다. "제기랄 무슨 놈의 『자본론』이 이렇게 많은가?" 『자본론』들을 한자리에 모아놓으니 이런저런 생각들이 밀려들었다. "이걸 어떻게 해야 하나? 전부 지고 이사 가야 하나? 아님 고물상에 팔아야 하나? 아참 요즘은 고

물상도 없지. 그럼 비닐 끈으로 묶어서 재활용품으로 내다놔야 하나? 그렇다면 어떤 것들을 내다놔야 하나?" 하지만 책상 위에 쌓여 있는『자본론』들을 하나씩 들춰보자 그 많은『자본론』이 생기게 된 소이연들이 떠오르고, 무엇 하나 버리기가 어려워졌다.

우선 모스크바 프로그레스 출판사 영역판『자본론』1권. 이건 대학교 3학년 때, 토미츠카 로소의『경제학 원론』을 읽고 나서,『자본론』을 직접 읽어야겠다는 생각으로 샀던 것이다. 그래도 '노동일' 장까지는 줄이 쳐져 있었다. 내가 처음 접한『자본론』이니 버리기 아까웠다. 모르는 단어 뜻을 사전에서 찾아 단어 밑에 써놓은 데가 빽빽했는데, 다시 보니 이런 단어도 찾을 정도로 영어실력이 형편없었나 싶은 데도 많았다.

다음으로 디에츠 페얼락 문고판『자본론』1권. 마르크스는 독일어로 직접 읽어야 한다는 고명한 선배의 말을 따라서 나는 이 책을 대학 4학년 때 복사본으로 샀다. '상품' 장까지만 손때가 묻어 있다. 대학 도서관에서 독일어 사전을 찾으며, 하루에 한 페이지를 못 봐서 쩔쩔매던 시절, 반 페이지쯤 보다가 책상에 엎어져 자느라 흘린 침자국까지 남아 있는 이 책도 버리기에는 안쓰러웠다.

그리고『마르크스 엥겔스 전집 MEW』23, 24, 25권인『자본론』1, 2, 3권. 이미 독일어 판본이 있었지만, 이 판본으로 세미나를 하자고 하니 할 수 없이 복사했다. 바로 이 책이 내가 친구들과 세미나를 하며 열심히 읽었던『자본론』1권이다. 하지만 결국 다 읽은 것은『자본론』1권뿐이었고, 나머지는 손도 대지 않았다. 게다가 나는 책이 너무 무겁다는 이유로 MEW 23과 25는 둘로 쪼개서 제본했다. 가장 애정이 가지만 책 꼴은 흉하기 이를 데 없다. 하지만 나는 결국 이 복사본으로『자본론』을 읽었다. 그러니 가장 소중할 수밖에 없는 복사본이다.

그런데 나는 유감스럽게도 학과 조교 시절에 MEW의 영인본을 몽땅 산 적이 있다. 물경 사십만원을 주고 말이다. 당시에 내 후배 중 하나가

MEW를 사서는 할부금을 갚지 못해 쩔쩔매며, 나를 찾아와 재구매를 부탁했다. 그래서 남 돕는 셈 치고 덜컥 사버린 것이다. 그러니 여기에 들어 있는 『자본론』 세 권이 또 있는 셈이다. 가장 장정(장정까지 MEW 원본을 흉내내어 만든 썩 잘 만든 복사본이다)이 그럴듯하고, 전집에 이가 빠지게 할 수 없으니 지고 갈 수밖에 없을 것 같다.

한글판도 많았다. 먼저 북으로 간 서울대 경제학과 교수 전석담이 1948년에 출간한 최초의 『자본론』 국역판 『자본론 1』의 복사본. 대학원 1학기 때 나는 이 책의 원본을 경제학을 공부한 내 친구 아버님의 서가에서 처음 보았다. 마샬의 전집 옆에 꽂혀 있던 문고판보다 약간 큰 크기의 이 책 다섯 권을 나는 사정사정하여 빌렸던 적이 있다. 흐뭇한 마음으로 쓰다듬으며 이 책을 읽었던 기억이 났다. 더구나 독일어로 『자본론』을 읽으면서 해석이 되지 않는 대목에서는 이 책을 참고하며 읽었는데, 한 달 만에 이 즐거움은 깨져버렸다. 아무래도 책을 떼어먹힐 것 같은 불안감을 떨칠 수 없었던 친구가 집까지 찾아와서 빼앗아가버렸다. 그리고는 다시는 빌려주지 않았다. 아직도 그 생각을 하면 그때 말없이 몰래 훔쳐올 걸 그랬다는 생각이 밀려든다. 그러다가 박사과정 때 한 여자 선배가 이 번역본의 복사본을 사겠냐며 내밀었다. 옛 애인의 추억에 그만, 옛 애인과 닮은 구석이 있지만, 못나기 그지없는(원본이라면 판독할 수 있겠지만, 복사된 상태로는 판독이 불가능한 부분도 많았다) 이 다섯 권의 책을 사고 말았다. 이 책을 버려야 하나 말아야 하나 몹시 망설였다. 그러나 언젠가 읽어야지 하며 미뤄둔, 제5권 말미에 부록으로 붙어 있는 마르크스의 『자본론』 관련 서한과 논문들이 아까워서 그냥 가져가기로 했다.

내가 대학에 강사로 나가던 즈음에 이론과실천사에서 『자본론』을 번역 출간하기 시작했다. 나는 학생들에게 읽히려고 이 책을 샀다. 아직도 강의를 위해서는 써야 하는 이 책들에는 내가 논문을 쓸 때 써먹기 위해서 체크해놓은 문장들과 책갈피들이 잔뜩 들어 있으니 버린다는 것은 있을 수 없는 일이었다.

벌써 스무 권에 육박하는 『자본론』에 김수행 교수판 『자본론』 다섯 권이 더 있었다. 이 책들은 아내가 처녀 시절에 산 것들로, 시집올 때 가지고 온 책들이다. 많이 보지는 않았지만 몇몇 장들에 아내의 손때가 까맣게 묻어 있는 이 책들은 내 책도 아니거니와, 버리거나 팔아버리자고 권하는 일은 공연한 부부싸움을 자초하는 일이었다. 당장 그럴 게 아닌가, "당신의 숱한 『자본론』은 다 지고 가면서 내 책은 내버린다는 게 말이 돼?"라고. 이래저래 나는 이십 분 남짓 책들을 뒤적이며, 이 생각 저 생각 하다가, 『자본론』들 전부를 이삿짐 박스에 쓸어넣어버렸다. 유쾌한 기억에서 시작된 일이 신경질을 자극하며 끝나버렸다. 그렇다. 정말 나는 알 수 없는 신경질이 치미는 것을 느꼈다.

하지만 이 신경질의 원인이 무엇인지를 알아차리는 것은 별로 어렵지 않았다. 그토록 신경질이 난 것은 내가 이 숱한 『자본론』들에 들인 비용 때문이 아니라, 나로 하여금 이렇게 많은 비용을 지출하게 만든 열정이 나 스스로 탐탁치 않게 된 때문이었다. 이 열정은 나 자신의 열정일 뿐 아니라, 우리 세대의 열정이었다. 금지된 책을 향한 열정, 금단의 열매에 대한 호기심이 내 세대를 이끌었다. 그렇다고 우리가 단순히 금지된 것을 돌파하려는 이유만으로 『자본론』을 읽고자 한 것은 아니었다. 실로 그것은 우리 세대에게는 '중심을 향한 순례'였다. 『자본론』은 '비밀의 책'이었던 동시에 '책 중의 책'이었다.

하지만 『자본론』은 이제 여러 책들 중의 하나일 뿐, 더이상 '책 중의 책'은 아니게 되었다. 정열적인 방황과 모색 끝에 우리 세대가 그 중심에 도달했을 때, 그것은 중심이 아니라는 것이 판명되었던 것이다. 쓰러진 레닌의 동상을 보며, 그것은 아직 마르크스의 파산이 아니라, '『자본론』에 반하는 혁명'의 파산이라고 우겨보았지만, 그것이 값싼 자위에 지나지 않음이 금세 분명해졌다.

　이런 사실은 강의실에서도 확인이 된다. 나는 대학에서 강의를 하게 된 후에는 언제나 수업중에 『자본론』에 대해서 가르쳐왔다. 하지만 이 강의의 내용은 조금씩 줄어들어갔다. 처음에는 '상품' 장에서 시작하여 '원시적 축적'까지 약 열 시간 정도를 강의에 할애했다. 그러나 시간이 지남에 따라 『자본론』을 곧이곧대로 가르치는 것, 특히 잉여가치론을 학생들에게 이해시켜보려고 하는 것은 강사나 학생 모두에게 너무 피곤한 일이 되었다. 시험을 쳐보면 학생들이 강의 내용을 잘 이해하지 못한다는 사실만이 드러나며, 실제로 강의중에 하품 발생 빈도는 잉여가치론 강의 부분에서 최고치를 보였다. 나는 점차 후퇴하기 시작했고, 결국 『자본론』 중 노동일 문제, 노동과정과 기계제, 원시적 축적론에 강의를 집중시켰다. 이 부분은 딱딱한 논리적 문제를 비껴가면서 『자본론』의 메시지를 역사 안에서 재미있게 이해하는 데 도움이 되기 때문이다. 하지만 결국 나는 이 부분조차도 최근에는 월러스틴 유의 세계체제론으로 대치해나갔다.

　이렇게 『자본론』을 나의 강의에서 후퇴시키는 것, 그리고 종래 퇴장시키는 것이 사실 나로서는 즐겁지 못한 체험이다. 하지만, 그것이 다른 한편으로는 새로운 시대를 내 나름대로 학습하는 과정이라는 점 또한 분명하다. 많은 학생들에게 『자본론』 강의가 부담스럽고 재미없는 가장 큰 이유는 그들이 노동 문제에 대해서 별로 관심이 없기 때문으로 보인다. 학생들은 오직 자신들의 미래와 관련해서만 노동 문제에 관심을 갖는다. 그래서 그들은 화이트칼라 노동자의 노동과정의 변모, 사무실 노동의 특성, 사무실에서의 노동통제 문제에 대해서는 눈을 반짝이며 경청한다. 학생들은 수업중의 하품이나 잡담, 또는 눈빛을 통하여 내 강의 방향에 대해 나름의 수정을 가하고 있는 셈이다. 이렇게 『자본론』을 존경하지도 않고, 무관심하기만 한 많은 학생들에게 불만을 가질 수는 없다.

그들은 자신의 문제로부터 출발하며, 이것은 자신의 문제보다는 남의 문제로부터 출발했던 우리 세대의 접근방식보다 못하기는커녕, 허장성세 없이 정직하고 올바른 출발점일 수도 있기 때문이다.

그렇다고 하더라도 그것은 새로운 세대의 접근방식일 것이다. 누구나 각자 자기가 속한 세대에 대해서 충실할 이유가 있다. 청계천에서 80년대 사회과학 서적들은 킬로그램당 몇백원씩에 팔리고 있다. 그 책들을 만들기 위해서 '도바리'를 쳐야 했고, 그 책들을 소지했다는 이유로 '깜빵'에 가야 했던 시대에 속한 세대에게 이것은 일종의 자기 모욕이기도 하며(누가 그 책들을 모두 내다 팔았겠는가?), 이런 사태는 그 책들을 빌미로 사람들을 잡아넣던 수사관과 검사들에게조차 당혹스러운 일일 것이다(그들은 종래 재생지 공장으로 갈 책들을 체제 위협적인 것들이라고 생각한 과대망상증 환자가 되어버렸으니 말이다). 나는 시대의 결을 거슬러 그것을 솔질하는 심정으로, 내 모든 『자본론』들, 그 무거운 『자본론』들을 지고 '이사' 갈 것이다. 내가 그 책들을 예전의 정열로 다시 읽을지는 미지수다. 하지만 그것이 내가 지고 가야 할 짐임에는 분명한 듯싶다.

메타포 연습

그러니까 1997년 8월 26일 아침이었다. 졸린 눈으로 아침 신문을 펼쳤다가 잠이 달아날 정도로 깜짝 놀라게 하는 기사를 읽었다. 온두라스 국적의 페스카나 호에서 선상 반란이 일어나, 한국인 선원을 포함한 11명의 선원이 중국인 조선족 선원들에 의해서 무참하게 살해되었다는 기사였다. 11명의 선원들이 더러는 도끼에 맞고, 더러는 산 채로 바다에 던져졌다는 으스스한 이야기는 더위를 식히는 시원한 늦여름 비를 을씨년스럽게까지 만들었다. 도끼를 쥔 손, 갑판에 흐르는 피, 깨진 머리……어지럽게 이런저런 이미지들이 머리를 스쳐 지나갔다. 물론 이 반란은 진압되었고, 모르긴 하지만 반란자들에게는 사형대가 기다리고 있을 것이다. 기사를 읽고 아침밥을 먹었다. 밥맛이 없다고 괜히 아내를 트집잡고, 집을 나서 막 개강한 대학에 강의를 갔다. 그리고 이번에는 지하철 신문 가판대에서 전두환씨에게 사형이 언도되었다는 기사를 읽었다. 한 날에 읽은 두 기사라서일까? 그날 내리던 잔잔한 비가 두 사건 사이에 작은 생각의 수로를 만들어주었다. 한 사건이 다른 한 사건을 조명하는 것처럼 보였다. 그러니까 내 생각의 길은 유서 깊은 메타포의 길을 따라가고 있었던 것이다. 그것은 항해, 난파선, 선상 반란 그런 것이었다.

　사람은 견고한 대지 위에서 삶을 시작한 육상동물이다. 중력의 힘을 견디며 허리를 곧추세우기 위해서 오랜 세월 진화를 거듭한 동물이다. 그런데도 사람들은 자신의 현존재의 메타포를 배에서 구하곤 했다. 풍랑과 미풍, 항구와 대양, 돛과 조타수, 별과 나침반, 그리고 암초와 등대…… 이런 것들이 삶의 평화와 간난신고, 희망과 고난을 표상하고, 모험에의 열정과 회귀의 갈망을 드러내준다. 이 항해의 탁월한 의미론적 풍부성으로 인해 모든 탈것은 배의 메타포를 안고 있다. 하늘을 나는 비행기는 비행선(船)이라 불리기도 하며, 광활한 우주를 나는 것을 우리는 우주선(船)이라고 부른다. 우주비행사는 우주를 '유영'하며, 우주선의 대장은 선장이라고 불린다. 항해의 메타포는 삶의 모든 측면을 배 위에 올려놓기도 한다. 이 메타포의 행진을 따라가면 우리는 경제상황을 묘사하는 신문 헤드라인 "한국호(號), 순항중" 또는 "한국호, 난파 위기" 같은 것을 만날 수 있다. 한 가족에서 국가에 이르기까지 모든 경계지어진 집단은 자신을 배로, 자신을 에워싼 환경을 바다로, 그 환경에 대한 자신의 인식론적 지평의 끝을 수평선으로 묘사할 수 있다. 따라서 배와 항해는 위험한 환경을 극복하는 집단에게 협동을 강제하는 메타포로 작용한다. '우리는 한 배를 타고 있다'는 일상적 표현은 그것을 잘 드러내준다. 때로 불어닥치는 폭풍을 이겨낼 수 있는가는 오직 배를 탄 사람들의 협동과 조직방식에만 의존하기 때문이다. 그러나 현재의 풍속과 파랑은 위기의 징후인가, 또 위기라면 그것을 극복하는 최적의 방안은 무엇인가에 대한 의견의 대립이 존재하며, 배가 침몰되지 않게 하려는 동일한 목표에도 불구하고, 일단 갈등이 발생하면 도피처 없이 모두 이 투쟁에 가담하지 않을 수 없다. 요컨대 배는 협동을 강요하는 동시에 투쟁을 강요한다.

페스카나 호의 선상 반란은 배가 운명의 공동체일 뿐 아니라, 목숨을
건 투쟁, 광포한 광기의 장일 수 있다는 것을 보여준다. 그 장을 확장시
켜서 페스카나 호를 국가의 차원으로 투사해본다면, 그것은 곧장 전두
환씨를 중심으로 한 신군부의 쿠데타를 선상 반란으로 이해하게 한다.
광주에서의 학살은 의미론적으로 조선족 선원들이 휘두르는 도끼날과
같은 열(列)에 있다. 그들은 단합된 소수가 권력을 장악하고, 운명공동
체인 배를 찬탈하는 과정을 보여주었다. 모두가 잠든 밤, 군대를 동원하
여 저항하는 자들을 도끼로 찍고, 배에서 밀어낸 다음, 두려워하는 다른
사람들을 짓누르고 배를 '오른쪽으로' 휙 틀었던 것이다. 전두환씨의 사
형선고는 오랜 시간 뒤에 일어난 선상 반란의 진압장면, 그 수괴를 사형
에 처하는 진압장면이라고 할 수 있다.

이어지는 날들 속에서 나는 계속되는 페스카나 호 기사를 읽었고, 사
건의 진상을 좀더 잘 알게 되었다. 조선족 선원들은 돈을 벌기 위해서 집
을 저당잡혀 얻은 돈으로 승선 알선료를 내고 배에 올라, 열네 시간이 넘
는 노동이 강요되는 선상생활에 시달렸으며, 비슷한 노동을 하지만 몇
배의 임금을 받는 한국인 선원들을 질투의 눈으로 보다가, 이런 상황에
저항하기 위해서 난동을 부렸지만, 본선징계위원회에 회부되어 하선증
명서 없이 하선하게 되었다는 것이다. 그럴 경우 그들은 선원수첩을 뺏
기고 불법체류자로 강제 귀국당해야 하며 그것에 필요한 항공료와 조업
차질로 인한 손해를 배상해야 한다. 그리고 고향에 돌아가봐야 배를 타
기 위해서 얻은 빚을 갚을 길도 없게 된다. 벼랑 끝에 몰린 사람들. 그것
이 이런 기사를 읽으며 떠오른 이미지였다. 그러자 이번에는 이상하게
도 저 유명한 에이젠슈타인 감독의 〈전함 포템킨〉이 떠올랐다.

이 영화는 1905년 러일 전쟁 직후 발발한 제1차 러시아 혁명의 와중에
벌어진 전함 포템킨에서의 선상 반란을 다룬 것이다. 대강의 줄거리는

이렇다. 수병들에게 썩은 고기를 먹이며 진군을 강요하자, 수병들은 고 깃국 먹기를 거부한다. 그러자 포템킨 호의 제독은 수병들의 일부를 사형에 처하려 한다. 그런 시도에 대해 바클린 츄크라는 한 병사의 선동에 힘입은 수병들이 장교단을 제압하고 배를 탈취하며, 근항 오데사에 혁명의 열기를 불어넣는다. 그리고 수병에 동조하는 오데사의 민중에 대한 차르의 학살(이 학살장면에서 저 유명한 '오데사 계단' 장면이 나온다)에 대항하여 포템킨 호는 오데사의 차르 진영을 포격하며, 여타의 전함에서의 선상 반란을 유도한다. 에이젠슈타인은 이 수병들의 영웅적인 투쟁을 기념하는 동시에, 그것을 혁명 전체에 대한 알레고리로 삼기 위해서 이 영화를 만들었다. 다시 말해 모든 혁명의 과정이 이 선상 반란의 과정 안에 농축적으로 집약되어 있다고 보았던 것이다. 에이젠슈타인의 사고를 따른다면, 배는 거대한 착취에 힘입어 앞으로 가고 있으며, 또한 계급투쟁의 장이다.

　페스카나 호의 반란자들은 비록 잔혹한 방식이기는 했지만, 어떻든 간에 억압에 대항했다. 그래서 그런지 나에게는 페스카나 호 선상의 피의 사육제의 이미지가 포템킨 호의 제독을 폭행하고, 선상 의사 스미로노브와 하사관 길랴로프스키를 바다에 던지는 러시아 수병의 이미지를 이끌고 들어왔다. 그리고 이 대목에서 나는 혼돈을 느꼈다. 페스카나 호의 선상 반란이 전두환씨의 쿠데타에 대한 메타포가 되는 동시에 러시아 수병의 혁명적 투쟁의 메타포로도 동원되었기 때문이다. 한 사건이 내 머릿속에서 '전체에 대항하는 하나'(전두환)를 표상할 수도, '하나에 대항하는 전체'(러시아 수병)를 표상하기도 한 것이다. 이것은 페스카나 호의 메타포적 자질의 다면성과 모호성을 뜻하는 것일까? 아니면 메타포의 유희 속에서 잘못된 직관을 지양하기엔 나의 메타포 연습이 부족한 것일까? 사실 이 곤란을 불식하는 가장 쉬운 길은 위기에 찬 배 위에서 방관자(관찰자)의 입장을 취하고, 사건을 응시하는 것이다. 하지만 그런 입장이 존재하는가? 만일 내가 배 위에 있다면, 나는 그것을 방관할 수 있는가? 방관자는 다른 한 편으로 분류될 것이다. 진정한 위기란 모든 회색지대가 소멸되어버린 상황이기 때문이다.

다음날 아침 나는 신문에서 소설가 이문열이 매우 큰 논란을 야기할 것 같은 소설을 썼다는 기사를 읽었다. 그 내용이라는 것이 최근 그가 『선택』이라는 소설의 프롤로그 '세상의 슬픈 딸들에게'를 통하여 여성들의 '자기 성취'를 향한 노력을 격렬히 비난했다는 거다. 그 기사 때문이었는지 나는 십여 년 전에 읽은 이문열의 소설 하나가 생각났다. 「필론의 돼지」라는 소설이 그것이었다. 내가 며칠 배의 메타포에 사로잡혀 있어선지 그 제대병 열차 안에서 벌어지는 사건 또한 다른 방식의 배의 메타포라는 생각이 들었다. 검은 각반을 찬 일군의 군인들이 제대병들을 등치는 과정을 다룬 이 소설 또한 단합된 소수가 다수를 지배하는 이야기였다. 기억이 그 정도에서 그쳐 나는 과천도서관에서 그 소설을 찾아 다시 읽어보았다. 이야기는 배 위의 계급투쟁을 내가 생각한 것과는 아주 다른 방식에서 접근하고 있었다. 거기서 그 소설의 주인공(그는 명백히 이문열 자신인데)은 조직된 소수가 다수를 지배할 때, 마치 〈전함 포템킨〉의 바클린 츄크처럼 이 압제에 도전한 한 제대 군인을 영웅으로 보기는 하는데, 그에 동조하여 지배자들을 타도하는 사람들에게 이상하게도 깊은 혐오를 표현하고 있었다. 마치 한때 조직된 소수의 지배가 두려워 침묵했던 자는 그 소수의 지배를 무너뜨리는 데 동참할 자격조차 없다고 말하는 것 같았다. 비겁했던 적이 있는 사람은 끝내 비겁해야 일관성 있으며, 그래야 윤리적이라는 것일까?

작가가 택한 입장은 더욱 걸작인데, 그는 배 위의 계급투쟁을 난파선의 상황이라고 보고 오래된 필론의 고사, 그러니까 난파선 안에서 사람들이 우왕좌왕하자 그 상황에서 지혜를 구하던 필론이 잠을 자던 돼지를 보고 그렇게 행동했다는 이야기를 인용하며 소설을 마치고 있다.

1980년에 씌어진 이 소설은 그 시대를 제대병 열차 그리고 필론이 탔던 난파선에 비유하고 있는 셈이었다. 이것은 심각한 메타포의 남용이었다. 배 위의 계급투쟁 상황에서 기껏해야 돼지의 몸짓을 '현자'의 태도로 착각한 것이니 말이다. 두 가지 의문이 들었다. 첫째, 배의 난파를 막는다는 명분으로 다수를 지배했던 수괴가 마침내 선상 반란의 진압 결과 사형을 선고받은 지금, 돼지의 태도를 취했던 필론은 무슨 생각을 할까? 돼지가 아니고 인간이고자 한다면, 배 위의 투쟁 속에서 무슨 입장이든 취해야 한다. 전두환씨는 마치 현장검증을 하는 페스카나 호의 조선족 선원들처럼 법정에서 의연한 태도를 취하고 있는데, 그건 전두환씨가 최소한 돼지는 아니었기 때문일 것이다.

　다른 한 의문은 역시 메타포의 남용이 없지 않은 것인데, 최근에 이문열이 쓴 소설 『선택』과 관련된 것이다. 예를 들면 그는 『선택』에서 이렇게 말한다. "어제까지도 성실한 주부로서 나름의 성취를 이뤄가고 있던 여성들이 그 애매하기 짝이 없는 자기 성취의 열정에 휘몰려 걷게 되는 길을 보라. 형편이 좋으면 느닷없이 서투른 예술가 흉내를 내거나 뒤늦게 가망 없는 학문으로 뛰어든다. 그렇지 못한 쪽은 난데없는 여류사업가 또는 기능인의 꿈에 젖어 사기에 얹히거나 별 소득도 없는 일에 심신이 아울러 녹초가 된다." 정말 납득할 수 없는 말들이다. 자기 성취를 위한 노력이 늘 성공하는 것은 아니며, 이 점은 남성도 다르지 않으니 말이다. 뭐 이 대목만이 아니다. '세상의 슬픈 딸들에게'에서 자신의 할머니의 입을 빌려 하는 말의 거개도 납득할 수 없는 헛소리에 지나지 않았다. 하지만 그래도 그는 「필론의 돼지」 시절보다는 한결 성숙한 것 같았다. 다시 항해의 비유로 돌아가보자. 남/녀가 비록 투쟁 속에서라도 함께 살 수밖에 없는 한 남/녀 간에 격화되는 갈등 또한 배 위의 투쟁이라고 할 수 있다. 이문열은 이번에는 돼지이기를 그치고, 단호히 한 입장을 택한 것이다. 그러니 그는 나이를 먹어감에 따라서 한결 성숙한 것이라고 할 수 있다. 하지만 그래도 유감스러운 면이 남아 있다. 그가 돼지이기를 그친 것은 다행이고 축하할 일이나 (나도 그처럼 메타포를 남용하여 말하자면,) 그는 전함 포템킨의 러시아 수병보다는 광주를 진압하는 전두환씨의 입장을 택한 것 같다. 여성들의 함성으로 배가 뒤집어지리라 걱정하고 있으니 말이다.

페스카나 호 기사가 이문열의 『선택』에 대한 기사로까지 이어진 것은 아무래도 내가 이문열처럼 메타포를 남용하며, 따라서 사고가 혼선을 빚은 탓인지도 모르겠다. 하지만 이런 혼선에는 두 가지 정당한 이유가 있다. 우선 앞서 말했듯이 항해는 너무 여러 가지 방식으로 삶을 조명하는 메타포이기 때문이다. 다른 하나는 이런 기사들이 한 묶음의 신문 안에 함께 실려서 아침에 배달되기 때문이다. 그러니 이제 사고를 정돈하기 위해서는 신문을 아침에 졸린 눈으로 읽는 일은 그만두어야 할 것 같다. 끝으로 기원하고 싶은 바를 말해야겠다. 전함 포템킨에서 '국 한 숟가락 때문에 죽은' 바클린 츄크의 명복을, 광주에서 떨어진 빛 고왔던 꽃잎들의 명복을, 페스카나 호에서 죽은 승무원들의 명복을…… 아참, 앞으로 있을 일에 대해서도 기원하고 싶은 바를 말하고 싶다. 가난 때문에 그리고 열네 시간의 노동에 지쳐 무서운 살인을 저지른 조선족 선원들에게도 진심으로 명복을. 끝으로 전두환씨에게도 명복을.(정말 마지막 명복을 비는 일만큼은 꼭 이루어지길……)

가는귀먹은 세계의 유머

친구가 하는 사설학원에 놀러 갔다가 거기 다니는 학생들에게서 사오정 시리즈 몇 토막을 들었다. 썰렁했다. 아이들은 썰렁해하는 내 모습이 썰렁했던지 몇 가지 이야기를 더 해주었다. 아이들은 나에게 몇 번이고 "안 웃겨요?" 하고 물어보았다. 유감스럽게도 나는 안 웃긴다고 할 수밖에 없었다. 어떤 농담이나 유머가 모든 사람에게 웃기는 이야기는 아니라는 것을 아이들은 잘 이해하지 못하는 것 같았다.

그러나 실은 바로 이 점이 사오정 시리즈의 성격을 잘 해명해주는 열쇠라고 할 수 있다. 왜냐하면 사오정 시리즈의 특수성은 그것의 세대 특수성이기 때문이다. 사오정 시리즈의 사오정은 『서유기』의 사오정이 아니다. 『서유기』의 사오정은 가는귀먹지 않았다. 가는귀먹은 사오정은 〈날아라 슈퍼보드〉의 사오정이다. 그러므로 사오정 시리즈의 의미를 즉각 이해할 수 있는 사람은 〈날아라 슈퍼보드〉를 즐겨 보던 세대에 속한다고 할 수 있다. 만일 〈요괴인간〉 시리즈나 〈마징가 젯〉 시리즈였다면 나도 아주 잘 이해할 수 있었고, 실컷 웃을 수 있었을 것이다. 하지만 사오정 시리즈라면 사정이 다르다. 나는 〈날아라 슈퍼보드〉를 모르지는 않지만, 그것을 즐기며 자란 세대는 아니다. 그러니 〈날아라 슈퍼보드〉의 사오정이 가는귀먹었다는 것도 잘 모를 뿐 아니라, 사오정 시리즈를 들을 때 〈날아라 슈퍼보드〉를 보며 지낸 어린 시절의 추억이 머리를 스쳐 지나가지도 않는 것이다.

그러나 사오정 시리즈가 〈날아라 슈퍼보드〉 자체로부터 곧장 웃음을 길어올리는 것은 아니다. 그것은 사오정 시리즈의 유통 경로를 규정하는 것일 뿐, 그것을 생산하는 힘 자체를 설명해주는 것은 아니기 때문이다. 그렇다면 무엇이 사오정 시리즈 안에 깃들인 욕망일까? 사오정 시리즈를 나에게 이야기해주던 청소년들의 즐거워하는 모습들이 해석의 실마리라고 할 수 있다. 그것은 그들이 사오정으로부터 무엇인가 자신들이 처한 현실을 지칭하는 힘을 발견했음을 보여주기 때문이다. 그 현실이란 바로 가는귀먹은 현실, 소통장애로서의 세계이다. 물론 시리즈는 일단 자신의 생산 문법을 따라 매우 다양한 소재들을 끌어들이며, 그 가운데는 익숙한 매스 미디어 현상들이 포함된다. 그럼에도 불구하고 그것의 핵심에 있는 메시지는 소통장애라고 할 수 있다.

그렇다면 귀먹은 사람들, 사오정은 구체적으로 누구를 지칭하는 것일까? 쉽게 떠올릴 수 있는 것은 아마 기성세대일 것이며, 이 점과 관련해서 예전의 최불암 시리즈와 사오정 시리즈는 여러모로 비교해볼 만하다. 최불암 시리즈는 최불암으로 대변되는 점잖은 기성세대가 보이는 턱없는 가부장적 태도와 잔인함 따위를 조롱하는 것이 주요 테마였다. 거기엔 공격성과 비난의 정신이 충만해 있었다. 그러나 사오정 시리즈에는 그런 것이 없다. 만일 공격성과 조롱이 그럼에도 불구하고 상대에게 무엇인가 메시지를 전달하고자 하는 태도라면, 사오정 시리즈는 그런 의지 자체가 거세된 세계를 보여준다. 거기엔 말해도 듣지 못하고, 더 나아가서 실은 듣지 못했으면서도 들었다고 생각하며, 그것이 맞다고까지 생각하는 기성세대의 모습이 등장하고 있다. 그러니 최불암 시리즈 시절보다 청소년의 소외는 깊어졌다고 해야 할 것이다. 더 흥미로운 것은 사오정 시리즈가 청소년이 기성세대에게 느끼는 소통장애뿐 아니라, 기성세대의 말을 무시하는 사오정의 모습에서 보듯이 어른들의 말을 듣지 않으려는 청소년들의 의지를 표상하기도 하고, '깡패를 만난 사오정'에서 보듯이 세대 내에서의 격리감을 표상하기도 한다는 것이다. 이쯤 되면 소외의 깊이가 상당하다고 할 수 있다.

사오정 시리즈에 대해서 이렇게 말할 수 있을 것이다. 그것은 소통장애를 소통시키고자 하는 것이다. 하지만 그것은 간단한 일은 아니다. 언제나 모든 유머와 농담은 사오정을 만날 수 있기 때문이다. 예컨대 내가 학원에서 만난 아이들은 사오정 이야기에 대해 썰렁해하는 내 모습에서 또하나의 사오정을 발견했을 것이다. 유머가 유발하는 웃음은 소통의 성공을 뜻한다. 그러니 사오정 시리즈는 그 자체가 유머의 성공 여부에 이미 약간은 자신을 잃은 유머라고 할 수 있다. 그 불안의 한 형태가 아마 통신에서 발견되는 "사오정 OK 사기극들"일 것이다. 유머를 통해서나 귀먹은 우울한 세계의 소통장벽을 뛰어넘으려 하지만, 그조차 소통장벽으로 인해 성공의 자신감을 상실한 세계의 유머, 그것이 사오정 시리즈이다.

월드컵 열기와 도박

월드컵을 향한 온 국민의 열광이 뜨겁다. 역대 월드컵 사상 이만큼 열기가 뜨거운 적은 없었던 것 같다. 아마도 그 이유는 우리 축구가 지난 두 번의 월드컵 본선에서 한 번의 승리도 기록한 적이 없고 16강에 진출한 적이 없다는 사실이 1승과 16강에 대한 소망을 더 간절한 것으로 만들었기 때문일 것이다. 그러나 지금의 열기는 그렇게 '순수한' 것만은 아니다. 박찬호 박세리 선동렬 조성민 이종범 같은 스포츠 스타들의 활약상에 대한 우리 국민들의 '지나친' 관심과 월드컵을 향한 열기는 연장선상에 있는 것으로 보인다. 국제적으로 성공하는 '한국인' 스포츠 선수들에 대한 우리의 애정과 관심의 밑바닥에는 현재의 경제위기가 야기한 답답함과 우울함이 깔려 있는 것이다. 해외에서 활약하는 한국인 스포츠 스타와 월드컵을 향한 열기는 병리적이라고밖에 할 수 없다. 지극히 상식적인 이야기지만, 스포츠에서의 승리가 우리의 삶에 직접적으로 기여하는 것은 전혀 없기 때문이다.

그런데 기업과 백화점들은 각종 경품을 내걺으로써 뜨거워진 열기에

풀무질을 했다. 한국이 16강에 진출하면, PCS 단말기를 하나 더 준다거나, 25인치 이상 TV를 산 사람에게 다른 TV 하나를 끼워준다는 것이 그런 것이다. 각 기업과 백화점의 이런 경품 행사로 인해 많은 국민들이 이제 현재의 위기감을 환상 속에서 모면해보려는 것을 넘어서 월드컵 16강 진출 여부와 관련된 이해 당사자가 된 셈이다. 더 나아가서 한국의 16강 진출 여부는 경품을 내건 기업들이 외국 보험회사에 지출한 보험료를 유실하느냐, 아니면 거액의 보험금을 외국 보험회사로부터 타내어 기업 좋고 소비자 좋은 즐거운 일을 맞이하느냐 하는 문제가 되었다. 이와 더불어 국부(보험금)의 유출이냐 외화 획득(보험료)이냐의 여부가 창졸간에 대표팀의 어깨에 걸린 문제가 되었다. 16강 진출이 무산되면, 대표팀은 가뜩이나 어려운 시기에 국민의 사기를 떨어뜨린 죄뿐 아니라, 국부를 유출시켰다는 오명마저 뒤집어쓸 판이다.

그러나 이런 이벤트들은 '보험'이라는 허울 좋은 이름을 걸쳤을 뿐, 실은 국민적인 도박판을 벌여놓은 것에 지나지 않는 것이다. 알다시피 보험은 사회 성원들이 공유하고 있는 위험(risk)을 분산하는 제도인 데 비해, 도박은 존재하지 않는 위험을 발생시키는 짓거리이다. 둘 다 위험을 둘러싼 게임이기는 마찬가지니만큼 양자 간의 혼용이 일어나는 일이 이해 못 할 바는 아니며, 보험 사기가 잦은 이유도 거기에 있다. 하지만 보험제도를 위험을 방어하는 것이 아니라 위험을 무릅쓰며 행운을 추구하는 도박으로 변질시킨 경품 행사들은 현대사회가 발명한 가장 훌륭한 제도 중의 하나가 지닌 고유한 의미를 훼손하고 있다. 물론 보험에 내재하는 위험을 공유한 사람들끼리의 연대의식이 이 경우에 사라지는 것은 아니다. 왜냐하면 16강 진출 경품은 국민 모두가 똘똘 뭉쳐 승리를 염원하며 연대의식에 젖게 하기 때문이다. 그러나 이런 연대의식은 사실 도박꾼들의 연대의식일 뿐이다.

더욱 찜찜한 것은 외국 보험회사들이 우리의 보험 신청을 받아들였다는 사실이다. 상황은 이런 것이다. 외국 보험회사들은 한국의 16강 진출 좌절에 판돈을 건 것이고, 우리의 기업과 국민들은 16강 진출에 판돈을 건 것이다. 그런데 외국 보험회사들은 확률에 근거한 철저한 보험 테크놀로지로 무장하고 있다. 그러니 한국팀이 16강에 진출한다는 것은 확률적으로 희박한 일이라고 보아야 한다. 과학과 소망의 대립에서 소망이 승리하는 일이 없는 것은 아니다. 그러니 우리 기업과 국민이 '멋지게' 판돈을 챙기는 일이 일어나지 않으리라 믿을 이유는 없다. 그러나 바로 이런 심리가 문젯거리인 것이다. 외국 보험회사는 확률에 근거해서 행동하는 데 비해, 우리가 염원에 근거해서 행동하고 있다는 사실은 매우 우울한 일이다. 월드컵 같은 일회적 사건의 경우 어쩌면 승패는 예측할 수 없는 일일 것이다. 그러나 장기적으로 승리하는 것은 확률과 과학이지 염원이 아니다. 성수대교의 붕괴에서 외환위기에 이르기까지 우리가 겪은 많은 위기가 면밀하지 못함과 지나치게 위험 감수적인 태도에서 기인했다는 것은 이미 분명해졌다. 그런데도 이 위기의 시기에 우리는 쓸데없는 위험 감수의 태도를 다시 한번 내보인 것이다. 승리를 염원하는 것과 염원하는 것에 판돈을 거는 것을 준별하지 못하고 있는 것이다. 아니 그럴 수도 있다. 그러나 염원에 판돈을 걸기 위해서는 그 판돈이 부담 없는 것이어야 한다. 그러니 직장 동료와의 점심 내기여야 했을 일이 외국 보험회사를 끼고 전 국민적 경품 행사로 발전한 사태가 제정신을 가진 사람들에게는 가뜩이나 덥고 짜증나는 날씨를 더 덥게 만드는 일로 여겨질 것이다.

월드컵의 정신분석학

　"시청자 여러분, 오늘은 최근 월드컵에서 졸전을 벌인 한국 축구를 진단해보기 위해 프로이트 박사를 모시고 그의 관전평을 들어보도록 하겠습니다."

　"월드컵 경기를 소문으로만 듣다가 이번 월드컵에 와서야 처음 봅니다만, 금세 축구 경기야말로 인간 사이케의 구조를 구체화한 것이라는 생각이 드는군요. 제가 만일 축구 경기를 좀더 일찍 볼 수 있었다면, 『정신분석학 강의』에서 인간 사이케의 모형을 그렇게 복잡하게 그리지 않았을 것입니다. 보세요. 저 광기에 찬 관중들의 모습. 저게 바로 이드가 아니고 무엇이겠습니까? 어제도 훌리건들이 난동을 피웠다고 하는데, 그것은 이드가 초자아의 통제력을 뚫고 올라와 활개치는 것이 아니고 무엇이겠습니까? 어떤 합리적 근거도 없이 그저 자기 팀의 승리만을 맹목적으로 원하는 관중, 판에 박은 듯한 이드의 모습입니다. 저는 그런 점에서 텔레비전이 참 의미심장한 것이라고 생각합니다. 왜냐하면 텔레비전은 관중의 확장이고, 그것은 바로 이드의 확장이니 말입니다.

그리고 저 심판들, 주심과 선심들은 무엇입니까? 바로 초자아(슈퍼에고)입니다. 그들은 축구 경기가 이드로 인해 난장판이 되는 것을 통제하고 있습니다. 이번 월드컵부터 백태클을 하면 퇴장되도록 FIFA가 규칙을 바꾸었다고 하는데, 이는 바로 초자아의 강화가 아니고 무엇이겠습니까? 선수들은 그러니 무엇이겠습니까? 그들은 바로 자아(에고)입니다. 그들은 초자아의 감시 아래 능란한 솜씨로 이드의 소망을 충족시키는 존재입니다. 그런 동시에 초자아의 감시가 느슨해지면 그 틈에 능란한 솜씨로 반칙을 하는 그런 존재들이지요.

지난번 한국과 멕시코의 경기를 보니까, 한국 축구는 엄청난 이드의 압력 아래서 신음하고 있는 것으로 보였습니다. 하석준가 하는 선수의 모습은 이드의 압박 아래 있다가, 잠시 이드의 욕구를 충족시키자 갑자기 자기 통제능력을 상실한 자아의 모습을 보여줍니다. 그는 초자아를 잠시 무시했던 것이지요. 초자아의 처벌은 금세 한국 선수들을 위축시켰고, 그것이 패배의 중요한 원인이 되었습니다.

제 생각으로는 한국의 축구선수들은 전반적으로 미발달된 초자아와 강한 이드 사이에 형성된 자아들로 보입니다. 여기 오기 전에 들으니까 한국 축구선수들은 마치 독립운동하듯이 축구를 해왔다고, 그래서 특히 일본에게 강하다더군요. 민족감정은 이드의 거대한 원천입니다. 그것이 이런 사태의 한 원인으로 보입니다. 약한 초자아 아래서 훈련된 자아가 갑자기 매우 강한 초자아에 직면한 것이지요. 일단 초자아의 가혹한 처벌을 받자 네덜란드 전에서도 선수들은 초자아의 압력을 계속 의식해야 했고, 그것이 수비 혼란을 부추긴 것입니다.

미발달된 초자아와 강한 이드 사이에서 성장한 한국 축구의 특질은 다른 측면에서도 패배의 원인으로 작용한 듯이 보입니다. 선수가 자아라는 관점에서 본다면, 미발달된 초자아 아래서 성장한 수비수는 쉽게 반칙을 수비 수단으로 삼는다는 것은 이미 말씀드렸습니다. 그런데 이드의 압력이 강하다보니까, 공격수의 역량도 그저 그렇지만, 수비수의 역량은 더욱 약화된 것으로 보입니다. 이건 그나마 영리하고 재간 있는 선수들이 공격수만 되고자 해서입니다. 왜냐하면 이드의 요구를 실현하는 것은 결국 골인이고, 그것은 공격수가 실현하며, 따라서 공격수만이 이드의 열렬한 숭배대상이 될 수 있기 때문입니다. 그 결과 자아의 불균형 발전이 일어난 것으로 보입니다.

이것의 결과는 치명적입니다. 축구 전문가는 아니지만 제가 보기에도 축구에서 좋은 기회는 상대의 공격을 잘 차단해서 자기편에게 공을 신속히 연결할 때 생기는 것으로 보입니다. 그런데 공격수는 자기 뜻대로 움직이지만 수비는 그것에 반응해야 하니 열세일 수밖에 없습니다. 따라서 공격수보다 한 수 위에서 상황을 판단하고 공 가는 길을 차단하고 공격수의 움직임을 예측하는 머리가 없는 한 좋은 수비를 할 수 없지요. 듣자 하니 한국에서는 '이등은 아무도 기억하지 않는다'는 말이 유행했다고 하는데, 이런 식의 과도한 이드의 요구가 국민 정서인 한, 자아의 균형발달은 불가능합니다. 제가 범독일계라서 하는 이야기가 아니라, 축구 강국 독일이 낳은 최대의 스타가 누구입니까? 수비수 베켄바우어입니다. 묵묵히 뒤에서 자기 맡은 바를 해내는 것을 칭송하는 문화가 없는 한, 자아의 균형발달은 없고, 그것은 결국 이드의 욕구 좌절을 낳습니다. 이드를 위해서도 이드가 좀더 통제되어야 한국 축구가 발전할 것입니다. 그러기 위해서는 우선 이드를 확장하는 매스 미디어가 이드를 증폭하기까지 하는 일은 없어야 합니다. 한국의 미디어는 관중보다 더 광포한 이드라는 것이 제 판단입니다."

유예되는 현재

　토요일 오후 도로는 차량들로 미어터지고 있었다. 앞당겨 다가온 더위가 잔뜩 데워놓은 아스팔트에 그 위를 채운 차량들로부터 뿜어나오는 열기까지 겹쳐 참을 수 없이 더웠다. 차량 속도가 느려진데다가, 아직 가스를 보충하지 않은 툴툴거리는 에어컨에서 나오는 냉기로는 쏟아지는 햇볕을 막기에 역부족이었다. 딸과 아내는 짜증을 내기 시작했다. 나도 짜증이 나기는 마찬가지였다. 할 수 없이 창문을 열었는데, 경유 차량의 시커먼 연기가 밀려들어왔다.

　왜 나는 이런 곳에 사는 것일까? 생각해보니, 철들고 나서부터 내가 사는 곳은 언제나 도로 공사나 지하철 공사로 인해 오갈 데 없이 막히는 곳들이었다. 대학에 다닐 때는 지하철 4호선 공사 때문에 꽉꽉 막히는 구간을 만원버스를 타고 통학했다. 결혼하고서 처음 살게 된 곳도 지하철 공사로 인해 엄청나게 밀리는 곳이었다. 우여곡절 끝에 영동대교 근처로 이사를 했다. 그런데 이번에는 성수대교가 무너졌다. 그날 성수대교 위에 있지 않아 살아남은 것은 다행이지만, 그 탓에 영동대교로 몰리는 차량 때문에 꽤나 고생을 했다. 다시 그런대로 교통체증이 덜한 곳으로 이사를 했다. 그러나 내가 자주 지나가야 하는 길이 또다른 공사에 의해서 막히기 시작했다.

내가 막히는 곳만 찾아다니는 것일까? 그럴 리야 없겠지. 설혹 그렇더라도 이렇게 길이 막히는 것은 다 길이 잘 뚫리도록 공사를 하다보니 생긴 일이 아닌가? 언젠가는 토요일 오후에도 길이 훤히 뚫리는 날이 오겠지. 이렇게 늘 자위를 해왔다. 그런데 그날은 그럴 기분이 아니었다. 내가 살아오며 막힌 도로 위에서 약속에 늦을까 조바심을 내면서 더운 날씨에 온갖 체취가 뒤섞인 만원버스에서 숨막혀했던 경험들이 머릿속에 밀려들어왔다.

답답한 마음을 조금이라도 풀어볼까 싶어 나의 심정을 옆자리의 아내에게 쏟아놓았다. 하지만 아내와의 이야기는 차가 막혀 생긴 짜증 탓인지 자꾸 논쟁이 되어갔다.

늘 이런 것 같아. 늘 길은 막혔고, 길을 뚫어준다는 공사를 했지만, 그로 인해 길은 또 막혔어. 뭐라고? 아무리 길을 뚫어도 차와 사람들이 더 빨리 늘어서 또 이렇게 공사를 하는 것 아니냐고. 그래, 그런 것은 어쩔 수 없다고 해. 하지만 길을 뚫는다는 공사가 공사 야적물 따위로 도로를 더 좁히는 이유는 또 뭐야? 그리고 지하철 공사든 도로 공사든 그런 것을 사람들이 안 다니는 심야나, 적게 다니는 일요일에 하면 어디 덧나나? 뭐? 공사장 인부도 밤에는 자야 하고 일요일엔 쉬어야 한다고? 아, 그래. 맞아. 하지만 그거야, 임금을 더 주면 되지. 그런 인센티브가 있으면 일하겠다는 사람이 생길 거고, 그러면 공사가 되는 것 아니겠어? 뭐? 그러면 공사비가 올라서 경제성이 없고, 기껏해야 우리들이 내야 할 세금만 올라간다고? 아니야, 비용을 줄일 수 있는 길은 얼마든지 있어. 경제성을 위해서라면 뇌물이나 리베이트가 없도록 정치를 개혁하는 것이 훨씬 효과가 크지. 인건비 상승만 탓하면 우리나라보다 임금 비싼 나라는 아무 공사도 못 하겠다. 설령 세금을 더 걷어야 한다면, 그게 더 합리적이지. 이렇게 길이 막혀 고통스러운데, 그건 우리가 지불하는 비용 아닌가? 발상의 문제야. 지난 삼십 년간 우리는 앞만 보고 살았을 뿐이야. 살고 있는 것은 현재인데, 모두 미래만을 위해 살았던 거야. 그러니까 지금 도로가 공사 때문에 막히는 것에 대해서 무관심한 거야. 현재는 단지 나은 미래라는 시간을 위해서 유예되고 있는 거지. 그러나 미래는 다가가면 물러서는 것일 뿐이고, 우리가 살아가는 것은 항상 현재일 뿐이야. 그런데 우리는 현재를 인간답게 잘 살려고 하질 않아. 금욕주의와 현재의 방기가 이상하게 결합한 꼴이지.

아내는 내 말에 마침내 찬성을 표했다. 그래, 당신 말이 맞는 것 같아. 그리고 이내 말을 이어갔다. 그런데 그렇게 말하는 당신은 왜 그래? 저번에 수도꼭지가 덜덜거릴 때, 그걸 고치자니까, 조금 있으면 전세 기간도 끝나는데 뭐 하러 고치냐고 했지. 이번에 변기의 좌대가 부러졌을 때도 내가 그걸 새것으로 바꾸어놓으니 이사 갈 날이 멀지 않았는데 그냥 참지 왜 그랬냐며 핀잔을 했잖아. 그게 바로 미래를 위해서 끝없이 현재를 유예하는 것 아냐? 그뿐이야? 또 있어……

아뿔싸. 나 또한 다르지 않았다. 지금 여기서 나와 이웃의 삶의 복지를 위해서 노력하고 또 현재를 누리려 하지 않았다. 하지 않아도 될 불편을 경제적이고 합리적이라는 이유로 감수하며 내 삶에 대해서 투덜거리기만 했던 것이다. 허구적으로 설정된 미래를 위한다며 인생을 '낭비' 했던 것이다.

아시아에서 뚱뚱한 사람으로 산다는 것

이런 일은 언제나 서서히 일어난다. 입고 다니던 청바지의 천은 천천히 늘어나며, 솔기 또한 아주 천천히 벌어져서 차이를 알 수 없게 한다. 날마다 아침에 세수를 하며 얼굴을 확인하는 행위 또한 발생하고 있는 차이를 느끼지 못하게 만든다. 굵고 둔탁해진다는 것은 단지 얼굴과 허리에서만 일어나는 일이 아니다. 손가락 마디마디가 굵어지고, 내장의 외벽에 천천히 하얀 지방층이 형성된다. 그러니 이런 일을 잘 알 수 있는 사람은 없다. 그것은 암에 걸리는 것처럼 아주 느리고 느리게 일어나는 일이다.

그러나 깨달음의 순간이 온다. 계절이 비끼어 바지를 바꾸어 입을 때, 그리고 끼지 않던 결혼반지를 아내의 갑작스런 성화로 끼어볼 때, 아니면 우연히 길에서 동창을 만날 때, 갑자기 깨달음의 순간이 온다. "몰라보겠군." 그래도 용케 그는 나를 알아보고 있는 것이다. 물론 이 깨달음의 순간이 헤어졌던 옛 애인을 통해서 온다면 사정은 최악일 것이다. "어머, 부인이 잘해주는가봐!" 그러나 아직도 최악은 남아 있다. 이번에는 내 편에서 말을 걸었는데, 상대가 "누구시더라?" 이제 나는 기껏해야 이삼 년 전의 어떤 사람과 닮은 데가 있는 정도의 사람이 된 것이다.

사태가 이 정도까지 진행되면, 뜻하지 않은 비용을 치르지 않을 수 없게 된다. 새 바지를 사야 하는 경제적 부담이 있지만 이것은 그리 큰 비용은 아니다. 과속으로 딱지를 떼야 할 때, 교통순경이 내가 내민 운전면허증을 가짜가 아닌가 의심을 해 나를 경찰서까지 끌고 가거나 공항에서 출국을 금지당하는 일이 발생한다. 뭐 그 정도까지는 아니어도 은행에서 수표를 바꾸려 하는데, 은행 직원이 한참 동안 자신의 얼굴을 빤히 바라보는 일은 다반사로 일어나게 된다. 그래도 이런 경우에는 어떻게든 오해가 불식될 가능성이 있다. 사람들은 곧이곧대로 낡은 사진을 믿는 것은 아니니까.

그러나 피할 수 없는 일이 있는데, 그것은 도덕적 치욕이다. 뚱뚱하다는 것은 사실 심미적인 문제이지만, 심미적인 것은 언제나 도덕적인 문제로 돌변할 가능성이 있다. 뚱뚱한 사람은 못생긴 사람이라는 등식도 억울한데, 이제 뚱뚱한 사람은 게으르고 고민 없는 사람으로 이해된다. 이런 '건전한' 상식으로 무장된 사람들에게 고민이 많으면 스트레스를 방어하기 위해서 대사량이 줄어들어 더 뚱뚱해지기 쉽다는 '과학적' 사실을 말해주어도 사람들은 그 말을 '고민 없이' 뚱뚱한 사람의 이데올로기로 치부할 뿐이다.

이렇게 뚱뚱한 사람의 과학은 과학이 아니라고 믿는 사람들의 세계에서도 동정심 있는 사람들이 없는 것은 아니며, 때로 우리는 동정심을 가진 사람들을 만난다. 그러나 이들의 뚱뚱한 사람들에 대한 우려 어린 말에 은밀한 비아냥거림이 섞여 있지 않은 경우는 별로 없다. "아무래도 건강에 좋지 않지요." 좀더 학식 있는 사람이라면 의학적 협박을 수반하며 다음과 같이 말한다. "심장이 늘어난 살의 모세혈관에까지 혈액을 보내려니 아무래도 힘에 부치지요. 무릎 관절에도 부담이 많이 가고요."

이 날씬한 사람의 과학에 도전하기란 쉬운 일이 아니며, 그것은 자칫 온건한 선의에 대한 무례로 치부될 가능성이 크다. 그리하여 한때 부와 후덕함의 상징이었던 이 앙팡진 살집들에는 졸지에 죽음의 그늘이 깊게 드리워진다.

이런 의학적 협박을 등에 업은 도덕적 모욕으로부터 벗어날 길은 굶거나 가려 먹고 달리거나 의료기관에 몸을 의탁하는 것이다. 그것은 지난한 금욕의 길이며, 자신의 살에 대한 비난의 시선을 내면화함으로써 자기 육체의 일부에 대해 푸주한의 칼을 든 심정으로 맞서지 않고는 성공하기 어려운 길이다. 그러나 그렇게 해서 나를 넣은 부대자루의 부푼 곡선이 평균 수준에 이르게 하고 나면 모든 문제가 해결되는 것일까? 그렇지 않다. 그것을 견디고 나도 날씬해짐으로써 피할 수 있는 것은 자신에게 적용되던 도덕적 공갈이 더이상 자신을 향하지 않는다는 것일 뿐, 세상에는 살에 대한 박해의 목소리가 계속해서 공명하고 있다. 그러니 진퇴유곡이다. 과거를 구제하기 위해 박해받는 자의 편에 서야 할 것인가, 아니면 불쾌한 과거를 살과 더불어 잘라내기 위해 박해자의 편에 설 것인가? 분명한 것은 사잇길의 여지가 없다는 것이다. 그러니 이 유치한 영역에서도 박해받는 자의 심리역동은 전향자나 정신대 할머니의 것과 유사하다고 하면 그것은 지나친 과장일까?

아줌마, 아름다운 아줌마

제법 붐비는 지하철에서 서 있는 내 앞에 앉아 있던 사람이 일어섰다. 우연이 낳은 작은 행복! 하지만 그때 한 '아줌마'가 꽤 먼 거리로부터 몸을 날려온다. 단호한 의지가 깃들인 몸짓에 나는 섬뜩해져 물러서고, 그 자리를 그 아줌마가 차지한다. 아줌마는 막상 자리에 앉고 보니 조금은 머쓱한지 고개를 숙이고 있다. 그러나 나는 숙인 고개 아래 번지고 있는 아줌마의 은근한 미소가 보이는 듯하다. 아직 내가 가야 할 길은 열 정류장쯤이 남았는데, 어제는 글을 쓰느라 새벽에 잠을 청해 몸이 노곤하기만 한데. 아줌마가, 아줌마가……

그렇다. 이렇게 아줌마는 혐오스럽다. 아니 우리는 혐오스러운 여성을 아줌마라고 부른다. 그래서 젊은 여성의 행동에 대해 강한 견제를 하고자 할 때, 우리는 그저 목소리를 약간 돋우어 그녀를 '아줌마'라고 부르기만 하면 된다.

그렇다면 그 말은 어떤 의미의 포충망 안에 대상을 가두는 것일까? 아줌마는 아마 사십대 이상의 여성을 통칭하는 말이라 해야 할 것이다. 그리고 그 통칭을 통해서 역사적 그늘이 드리워진 어떤 세대와 그 세대의 경험에서 비롯하는 성향과 신체 형태를 지칭하고 있다. 예컨대 아줌마는 50년대 혹은 그 이전 출생 세대의 신산한 삶이 채 승화되지 못한 채 작은 키와 두툼한 허리로 굳어져 있고, 이런저런 부인병이나 화병의 그늘이 면밀하지 못한 화장을 뚫고 미어져나오는 여성을 지칭한다. 요컨대 아줌마는 모든 성적 매력을 상실한 여성이다.

하지만 어떤 여성을 아줌마로 불러세워 그녀의 여성성을 박탈하고자 하는 남성들의 저열한 시도가 젊은 여성들에게 힘을 발휘할지 모르지만, 만약 그녀가 진정으로 이미 아줌마의 얼굴과 육체로 저 앞에 있을 때, 그것은 남성들에게 두려움의 대상이 되기도 한다. 힘겨운 노동의 자취인 어깨의 근육, 어려운 시대를 견딘 악착스러움, 성적 매력을 상실하였기에 남성들에게 침탈되거나 공격받을 무엇이 사라져버림으로써 남은 다부짐이 남성들에게는 두려움을 준다. 그러니 아줌마에 대한 혐오는 이 두려움의 전환된 형태일 수 있다. 더이상 잃을 것이 없는 자에게서 뽑어져나오는 힘은 매우 커다란 것이다. 혐오란 실은 이 두려움을 위장하고 숨기는 방식의 하나일 뿐이다. 그렇지만 아줌마는 여전히 부정성을 가지고 있다. 고통은 여전히 승화되지 않았고, 강인함이 공격성과 이기심의 덫으로부터 빠져나오지 못했기 때문이다.

하지만 아줌마에게 깃들여 있는 힘의 승화가 가능하다는 것, 그것의 한 예를 나는 구성애씨로부터 보았다. 이미 스타인 구성애씨에게 새로운 찬사를 늘어놓고 싶은 생각은 없거니와, 나는 그녀의 성교육 강의의 부분부분에 대해 이견을 가지고 있다. 그러나 그녀의 아줌마로서의 모습은 나에게 감동을 준다. "자신의 신체 자체가 이미 호신술"이라고 말하는 그녀의 전형적인 아줌마의 신체로부터 솟아나는 활달함과 자기 긍정이 아름답다.

그녀는 한 인터뷰에서 만일 예쁘게 생겼다면 성교육 강사가 될 수 있었겠느냐는 질문에 대해 그렇지 못했을 것이라고 담담하게 말했다. 그녀는 요컨대 자신이 겪은 삶의 무게가 자신에게서 박탈해간 것을 그리워하거나 더 나아가 그것을 회복하려고 하기보다는, 그것을 새로운 기회로 전환했다. 그 방향은 새벽기도를 하거나, 절간에 신축되는 기왓장에 가족의 이름을 새기는 것, 혹은 바겐세일하는 백화점을 휘젓는 것이 아니라, 시대의 고통을 덜기 위해 자신의 노력을 한 삽이라도 더 보태려는 것이었다.

　모든 아줌마들이 구성애씨만큼의 재능과 열정을 갖지는 못했을 것이다. 그럼에도 불구하고 그녀의 삶은 우리 사회의 아줌마들에게 깃들인 잠재력을 드러내주고 있다. 생각해보면 우리 사회만큼 사회운동의 발전이 지둔한 곳도 별로 없다. 그러나 남편들이 긴 시간의 노동에 지쳐 피곤한 잠을 청할 때, 우리의 아줌마들은 그로 인해 생긴 참여적이고 열정적인 시민의 활동이라는 빈터를 채울 수 있을 것이다. 이 아줌마들의 아우성은 단지 우리의 어린 자녀들의 성적 방황만이 아니라 전체 사회의 병리를 치료하는 데까지 나갈 수 있을 것이다. 그들은 그렇게 할 자격을 가지고 있다. 왜냐하면 콩나물 가격에 아웅다웅하며 살아왔을 뿐, 전체 사회의 부패의 근처에도 가지 않았고, 작은 이기심을 가졌을지언정 자녀가 착하게 살기를 바라지 않은 적이 없었던 아줌마들은 그래서 깨끗하기 때문이다.

신창원의 인권운동

나는 경기도에 산다. 그리고 거의 매일 서울로 갔다가 집으로 돌아온다. 그 때문에 신창원을 잡으려는 시도 경계 간 검문을 매일 받았다. 그 검문이 도리어 하루에 한 번은 꼭 신창원을 생각하게 했다. 강남구에 신창원이 나타난 다음날부터는 검문이 더 요란해졌다. 그날 나는 신문을 보지 않고 집을 나선 탓에 왜 검문 경찰이 '살벌하게' M-16 소총까지 메고 있는지 영문을 몰랐고, 마침 꽁치잡이 어선의 그물에 북한 잠수정이 걸려든 직후라 무장공비라도 나타난 줄 알았다. 내가 그런 이야기를 하자 친구는 시치미 뚝 떼고는 "북한 잠수정이 나타난 이유는 신창원을 북송하기 위해서야"라고 해서 나를 웃겼다. 나는 북한이 뭐 때문에 신창원을 북송하려 하느냐고 물었다. 그랬더니 친구는 신창원을 데려가서 남한의 참혹한 인권탄압 사례를 세계 만방에 알리기 위해서였던 것 같다며 너스레를 떨었다. 무슨 이야기냐고 하자, 친구는 날더러 신창원이 강남구에 나타났다가 도망갈 때 차 속에 떨구고 간 '탈주 메모'가 인터넷에 떠 있으니 읽어보라고 했다.

곧장 컴퓨터로 달려가 '탈옥수 신창원 탈주 메모(전문)'를 받아서 읽어보았다. 검문을 위해 수고하는 경찰에겐 미안한 일이지만, 첫번째 든 생각은 너무 재미있다는 것이었다. 두번째 든 생각은 신창원의 이력에 대해서는 잘 모르지만, 적어도 그가 글을 풀어나간 솜씨나 표현력으로 보아서 중학교는 나온 것 같고, 아마 그 시절에는 꽤나 예민한 문학소년이지 않았을까 하는 생각이었다. 세번째 든 생각은 그가 서울에 나타난 것은 아마도 바로 이 탈주 메모를 남기기 위해서였던 것임에 틀림없다는 추측이었다. 왜냐하면 그의 탈주 메모에는 "죽어야 하는 죄인이지만 국민 여러분이 꼭 알아야 할 게 있어서 이 글을 남깁니다"라는 말이 첫부분에 씌어 있기 때문이다. 만일 내 추측이 옳다면 그는 세칭 '언론 플레이'를 한 것인데, 그 점에서 그는 크게 성공했다. 그의 이야기는 숱한 주간신문이나 잡지의 커버스토리가 되었으니 말이다.

그러나 그의 언론 플레이는 여느 언론 플레이와는 다르다. 검거 혹은 사살의 위험을 감수한 언론 플레이였으니 말이다. 물론 그의 메모의 꽤 많은 구절에서 그는 자신을 도덕적 인물로 내세우기도 하고, 잘난 '척'도 한다. 훔친 돈으로 소년소녀 가장을 도왔다는 이야기나 그 나름의 성생활 원칙, 경찰이 총을 가지고 있어도 이길 수 있다는 이야기 들이 그런 것들이다. 그럼에도 불구하고 그가 메모를 남기기 위해서 감수한 위험을 감안할 때 거기엔 어떤 진정성이 깃들여 있다고 볼 수 있으며, 그것은 전체 메모에 흐르고 있는 교도소 행정에 대한 그의 통렬한 고발에서 엿보인다.

그는 청송 제2교도소에서 가혹하게 몽둥이로 맞았으며, 교도관들로부터 "너희들은 죽이지만 않으면 돼. 병신이 되어도 우리에겐 책임이 없어. 국가에서 허락한 일이야"라는 말을 들었다는 사실을 폭로하고 있다. 또 많은 재소자들이 모진 추위에 떨고 있으며, 병들어도 제대로 치료받지 못하고 있음을 밝히고 있다. 그리고 그 이유가 병든 죄수의 약값조차 횡령하는 교도관들의 비리에 있음도 적시했다. 그는 그런 교도소에서 사는 것이 "팔이 부러지고 온몸이 얼어붙은 채 잠을 자며 비스킷 하나로 하루를 버티며 사는" 탈주생활보다 못하다고 말한다. 왜냐하면 탈주생활을 하는 지금은 "남에게 고통을 가하면서 희열을 느끼는" "그 가학성 변태성욕자 같은 자들의 노리갯감은 되지 않기 때문이다."

이것은 명백히 우리나라 교도소가 '교도' 소가 아니며, 교도관이 '교도' 관이 아니라는 것을 말해준다. 일종의 '생존자 증언' 이라고 볼 수 있는 신창원의 증언에 따르면, 우리나라 교도소는 국가가 위임한 적 없는 폭력을 휘두르고(이는 폭행죄이며, 공권력을 사칭한 죄이다) 공금을 횡령하는 범죄자들(교도관)이 다른 범죄자들을 다스리는 치외법권 지대라고 할 수 있다.

그러니 아이러니컬하게도, 신창원은 '살인 강도범' 이지만, 그의 탈주 행위와 '언론 플레이' 는 일종의 인권운동이라고 할 수 있다. 혹자는 이런 이야기가 살인 강도범의 탈주를 인권 주장으로 호도하는 것이며, 그가 교도관들에게 얻어맞은 일은 응보일 뿐이라고 말할지도 모르겠다. 그러나 인권은 인간이면 누구에게나 보장되어야 할 권리이지, 살인범이라고 제외되는 것은 아니다. 그래서 신창원은 더욱 의미 있다. 〈쇼생크 탈출〉과 〈도망자〉의 동시상영 같은 그의 이야기가 제기하는 참된 질문은 살인범에게까지 인권을 보장할 만큼의 성숙함이 우리 사회에 있는가 하는 것이다.

가족이기주의에 대하여

우리 사회의 아주 중요한 특징으로 가족이기주의를 드는 사람이 많다. 그러나 이기주의라는 말이 통상 각 개인이 자신의 이익만을 챙기며, 그것을 행동원리로 삼는 것을 뜻하는 한, 가족이기주의란 보기에 따라서 말도 안 되는 말일 수 있다. 그러니 그 말은 자신의 가족에 대해서는 이타적이지만, 그 이타성이 가족 외부로는 조금도 확장되지 않는 현상을 가리키는 것으로 보아야 할 것이다. 가족에 대한 이타적 태도와 가족 외부에 대한 냉정함이라는 가족이기주의의 두 측면은 아마도 서로를 강화하는 면이 있을 것이다. 가족에 대한 이타적 태도는 가족 외부에 대한 관후함을 보일 여유를 박탈할 것이다. 각 가족이 그렇게 행동하면, 그들은 다시 가족 외부세계에서 몰인정을 경험할 것이다. 이로 인해 각 가족은 더욱 자기 가족을 챙기게 되며, 냉정함이 흐르는 가족 외부세계에 대해 적대감을 가질 것이다. 일단 양 측면이 서로를 부추기고 강화하는 일이 벌어지면, 어느 한 가족만 외부세계에 대해서 선의와 봉사정신을 가지고 행동하기는 어려워질 것이다.

그렇다면 왜 이런 일이 일어나는 것일까? 이 질문에 대해서 우리는 전통적으로 가족을 중시하는 강한 혈연중심주의를 가지고 있어서라고 답하는 경우가 많다. 하지만 뭔가 설명하기 어려운 것이 있을 때마다 '전통'을 들먹이는 것은 너무 게으른 발상이고 숙명론적이다. 보다 적합하고 대안을 모색할 수 있는 설명이 필요하다. 그런 설명의 하나가 가족이기주의의 뿌리를 우리 사회의 복지 부재에서 찾는 것이다. 이것은 가족이 우리 사회에서는 대단히 중요한 복지기관이라는 말도 된다.

생각해보자. 가족이 우리 사회에서 하고 있는 기능은 무엇인가? 그것은 부부 간의 유대, 자녀의 출산과 양육, 노인의 부양과 같은 기능이다. 물론 이런 기능은 어느 사회에서나 가족이 맡고 있는 기능이다. 하지만 우리 사회에서는 이런 기능을 가족만이 담당하며, 가족이 그것을 무한한 책임을 지고 해낸다. 따라서 가족에 헌신하는 것은 바로 자신에게 복지와 안전을 제공하는 기관에 헌신하는 것이며, 동시에 그런 복지와 안전을 제공하는 행위인 것이다. 예를 들어보자. IMF 사태로 인해 실직한 사람을 보호할 충분한 실업기금이 없다. 그렇다면 그는 어디로 가야 하는가? 가족의 품이다. 일가는 그를 위해 '창업' 자금을 모금할 것이다. 치매 노인을 누가 보호하고 부양하는가? 가족이다. 대학을 가야겠는데, 등록금이 없다. 누가 그것을 제공하는가? 가족이다. 혼인을 했다. 그러나 집을 마련할 돈이 없다. 누가 마련해주는가? 가족이다.

우리는 이런 일들을 당연하게 생각한다. 하지만 이것을 꼭 가족이 떠맡을 이유가 무엇인가? 그 상당 부분은 국가가 그리고 사회제도가 떠맡을 수 있으며, 실제로 많은 나라가 그렇게 한다. 실업 문제뿐 아니라, 치매 노인도 국가가 운영하는 병원에서 맡을 수 있으며, 등록금이 없는 사람에게는 은행이 장기신용대부를 할 수 있으며, 국가는 이런 부분에 대해 정책적 지원을 할 수 있다. 집의 경우도 국가나 주택회사가 장기 임대주택을 많이 건설하거나, 약간의 일시불을 지불하고 이십 년 정도의 기간에 걸쳐 집값을 상환하는 체제를 만들 수 있다. 그러나 우리 사회는 이런 사회적 장치를 갖추지 못했으며, 이런 상황이 모든 문제를 가족 안에서 해결하도록 강요한다. 그리고 그것이 불가피하게 가족에 대한 충성을 강화하는 것이다. 그러나 이런 과정은 반드시 문제를 야기한다. 왜냐하면 개별 가족의 복지 능력은 매우 제한된 것이기 때문이다. 가족이 져야 할 부담이 가족의 복지 능력을 넘지 않을 때에만 가족은 따뜻한 삶의 공간으로 작용한다. 만일 그 능력을 초과하는 부담이 발생할 경우 가족은 파괴되고 만다. 예를 들어 치매 노인이 저소득층 가정에서 발생했다고 하자. 가족은 일종의 지옥으로 변하고 열 중 일곱의 가족은 산산조각나고 만다. 또 많은 아내들이 부당한 남편의 대우에도 불구하고 그저 삶을 견디고 있다. 왜냐하면 가족 밖을 벗어나면 의지할 곳이 전혀 없기 때문이다. 이것이 바로 우리 사회의 가족이기주의의 이면에 있는 어두운 모습이며, 가족이기주의를 넘어서는 사회적 유대가 필요한 이유인 것이다.

도토리의 키 재기

'도토리 키 재기'라는 말이 있다. 별로 중요한 일이 못 되는 것을 따지는 것, 또는 큰 차이가 안 나는 사람들이나 사물들이 쓸데없이 서로를 견주는 것을 비웃는 말이다. 좋은 말이다. 무시해도 좋은 차이에 연연하는 것은 사고의 낭비이며 분쟁의 씨앗일 뿐이니, 좋을 뿐 아니라 옳은 말이기도 하다. 하지만 그런 말은 그 말 자체로만 옳을 뿐이다. 무릇 속담이나 경구는 언제나 그 자체로 용도를 가진 것이 아니라 어떤 상황을 요약해주고 그것에 따라 생각과 행동을 정리해주는 역할을 한다. 그러니 이런 말은 사실 어떤 경우에 쓰이느냐에 따라서 옳을 수도 있고, 그를 수도 있는 것이다. 즉 적용의 옳고 그름이 중요한 것이다.

그럼에도 불구하고 이런 경구에는 어떤 이데올로기적 힘이 있다. 그런 말은 너무나 간결하고 상식적이며 전래의 지혜로 무장되어 있기 때문에, 그 말을 특정 사례에 쓰는 순간 우리는 우리의 사유가 정리되는 듯한 느낌을 가지게 되는데, 그 결과 그 말이 적합한 상황에서 올바르게 선택되었는지를 묻는 노력을 게을리하게 되는 경우가 왕왕 있다.

그런 예를 우리 주변에서 몇 가지 들어보자. 우선 교수 채용을 그 예로 들 수 있다. 현 정부 들어와 교육개혁 과제로 학문적 근친교배(inbreeding)를 막아야 한다는 이야기가 크게 나돌았다. 하지만 대학 현장에서 이런 현상은 전혀 사라질 기미를 보이지 않는다. 교수들에게 물어보면 이런 이야기들을 한다. "교수 지원자들을 보면 학문적으로는 대체로 도토리 키 재기에 지나지 않는 경우가 많지. 그러니 교수들의 인간적 성품이나 평판이 훨씬 중요해." 이런 식의 말과 사고는 대단히 널리 퍼져 있다. 그리고 '인간적 성품'이나 '평판'이라는 모호한 기준은 결국 편한 사람, 고분고분한 사람을 뽑는 것으로 귀결되는 경우가 많다. 그것의 학문적 결과는 참혹한 것이다.

이런 경우에 대해서 우리가 물어야 하는 것은 두 가지이다. 우선 교수 사회의 세론대로 우리 사회의 대학교수 지원자들의 실력이 정말 고만고만한가, 즉 의미 있는 차이가 없는가 하는 것이다. 나는 그렇지 않다고 생각하지만 이 점에 대해서 자신 있게 답할 수는 없다. 그렇게 말하기 위해서는 아마 꽤나 방대한 조사가 필요할 것이다.

더 중요한 두번째 질문은 이런 것이다. 만일 실력 차이가 고만고만하다면 우리는 그 차이를 무시해야 하는가 하는 것이다. 이렇게 물어야 하는 이유는 작은 차이라도 중요한 것이 있기 때문이다. 대학교수 공채와 관련해서라면 나는 자신 있게 말할 수 있거니와 그 작은 차이는 대단히 중요하다. 왜냐하면 우리 대학사회가 그 작은 차이를 존중하느냐 하지 않느냐가 우리 대학의 미래를 결정할 것이기 때문이다. 만일 그 차이가 무시된다면 모든 교수 후보자들은 학문적 역량과 업적을 갖추기 위해서 노력하기보다는 인격을 연마하기 위해서 노력할 것이며, 그 인격 연마란 기실은 현재 교수인 사람들에게 곡학아세하는 것을 뜻할 가능성이 대단히 크다. 이에 비해 그 차이가 존중된다면, 노력의 방향은 달라질 것이고 설령 현재 우리 사회의 박사급 지식인들의 학문적 역량의 차이가 미소하다고 하더라도 종래에는 커다란 업적의 차이를 낳는 쪽으로 방향을 잡을 것이다.

유사한 사례를 우리는 정치에서 만난다. 우리는 흔히 정치인들에 대해서 "그놈이 그놈이다"라고 자주 말한다. "하나같이 모두 썩었다"고도 말한다. 하긴 이런 판단이 그른 것은 아니다. 정치인뿐 아니라 그 부인들까지 옷을 로비용으로 얻어입었다는 얘기가 횡행하고, 지자체 단체장은 고사하고 그 부인까지 수억의 돈을 받아 챙기고, 심지어 사정 얘기만 나오면 "사정에서 자유로운 사람이 누가 있느냐?"는 항변이 정치권에서 공공연히 흘러나오니 말이다. 그렇다면 그런 담론의 귀결이 무엇인지 생각해보자. 정치 일반에 대한 혐오일 뿐이다. 하지만 정치란 무엇인가? 그것은 한 사회의 의지를 가다듬고 협약을 창출하는 과정이 아닌가? 그런 의미에서 정치란 우리의 운명을 우리가 주조하는 행위이다. 그런데 우리는 그것을 외면하고 그것에 대한 희망을 버리게 되는 것이다. 그러다가 선거 때가 되면 그 나물에 그 반찬을 만난 사람의 표정이 되고, 다시 그저 자주 먹던 반찬에 손 한 번 더 대듯이 자기 지역 출신 사람을 뽑아주는 것이다.

이 경우에도 문제의 해결은 작은 차이를 존중하는 것이다. 국회의원들의 의정활동을 세밀히 체크해야 하며, 그들이 설령 모두 부패한 사람들이라고 해도 돈 천원이라도 덜 받아먹은 사람을 찾아내야 한다. 도토리 키를 재야 한다.

이런 시고는 이미 부패의 혐의를 받고 있고 그렇게 부패로 시로 친친 엮여 있는 모든 집단에 적용될 것이다. 우리는 그런 집단의 성원 모두에게 작은 자를 들이대야 할 것이다. 그럴 때에만 그 집단 안에서 상대적으로 순수한 사람들이 의욕을 가질 수 있고, 그들이 그 집단 안에서 그 집단을 개혁하고자 하는 노력을 시작할 수 있기 때문이다.

작다는 이유로 그 차이를 매도하는 태도 밑에는 여러 심리가 깔려 있을 수 있다. 나보다 근소한 정도 뛰어난 사람이라면 결코 그것을 인정하지 않는 우리들의 질투심이 깔려 있을 수도 있고, 상대적으로 깨끗하거나 실력 있는 사람이 아니라 절대적으로 순수하거나 현격히 걸출한 능력을 갖춘 사람이 우리들 앞에 나타나기를 바라는 기대가 깔려 있을 수도 있다. 하지만 분명한 것은 그런 사람들이 많았다면, 우리 사회의 많은 문제는 이미 해결되었을 것이라는 점이다. 그러므로 우리는 그렇게 뛰어난 사람의 도래에 기대를 거는 일을 그쳐야 한다. 그리고 인정해야 한다. 우리 사회가 도토리의 사회이며, 우리 사회의 미래가 그 도토리들의 키를 엄정하게 재는 일에 달려 있다는 것을 말이다. 그것이 공허한 부정과 그것의 뼈아픈 결과를 피하는 길이다.

관광에 대하여

5월에 접어들자 내가 강의 나가는 대학 교정에는 어학연수와 배낭여행에 대한 여행사들의 광고가 곳곳에 나붙었다. 몇 년 전부터 우리들에게 익숙해진 풍경이지만, 한동안 대학 강의를 하지 않았던 나에게는 제법 신선하게 느껴졌다. 그런 광고들 가운데는 나 같은 시간강사를 향한 것이 아닌데도, 눈길을 끄는 것이 있었다. 예를 들어 "김치, 가져갈 것인가, 말 것인가?" 같은 카피나 "어학연수와 배낭여행, 더이상 양자택일이 아니다" 같은 카피가 그랬다. 두 광고 모두 여름방학에 외국에 나가는 것을 기정사실화하고 있었다. 해외에 나가느냐 나가지 않느냐는 처음부터 문제가 되지 않으며, 단지 문제는 김치를 가져가느냐 아니면 가져가지 않느냐 그리고 어떻게 어학연수와 배낭여행 모두를 충족시킬 것이냐이다. 나는 이런 현상을 두고, 여행사 광고가 내포한 이데올로기적 조작을 비난할 생각은 없다. 비난은커녕 배낭여행을 다녀온 대학생들에 대해서 내가 가지는 첫번째 감정은 전두환 때문에 대학이 암울하여 배낭여행 한번 못 가고 청춘을 놓쳐버렸다는 억울한 감정이다. 더구나 이런 해외여행의 열풍은 비단 대학생만이 아니라 전 사회를 휩쓸고 있는 열풍이다. 제주도로 가던 신혼여행이 괌이나 하와이로 행선지가 바뀌고 회갑연이 효도 해외관광으로 바뀌어가고 있음은 이미 진부한 상식일뿐더러, 조금만 주위를 둘러보아도 그 사례를 발견할 수 있다.

이런 현상을 앞에 두고 내가 물어보고 싶은 질문은 이런 것이다. 도대체 관광한다는 행위는 무엇을 의미하는가? 관광을 향한 욕망의 근원은 무엇인가? 이런 질문에 답하기 위해서는 많은 연구와 조사가 필요할 것이다. 그러나 늘 그렇듯이 이런 문제에 접근하는 첫걸음은 몇 가지 사례로부터 일반적 규칙을 이끌어내보는 작업, 퍼스가 제안한 가추법(abduction)의 작업이다. 나는 이 몇 가지 사례로 내 경험을 활용해보려고 한다.

나는 미국여행중에 예정에는 없었지만 워싱턴 D.C.를 방문할 기회가 있었다. 아내와 나는 미국에 온 후 처음으로 우리를 가이드해주던 처남과 떨어져 단둘이 워싱턴 D.C.를 돌아다니게 되었다. 싱싱한 긴장감이 밀려들었다. 우리가 처음 보려고 한 것은 백악관이었다. 사회학을 공부했던 나로서는 우리의 현대사를 좌지우지해왔던 백악관을 보고 싶었고, 그 앞에서 가래라도 탁 뱉음으로써 나의 반미 감정을 과시하고 싶었다. 그런데 이 소망을 실현하는 것이 쉽지 않았다. 아내와 나는 워싱턴 D.C. 시청 건물을 백악관으로 착각했던 것이다. 여기저기 보수공사가 벌어지고 있었던 탓도 있지만 "이거겠지 뭐" 하면서 그 앞에서 사진을 몇 장 찍었는데, 아내가 아무래도 사진에서 본 것과는 다르다고 말했다. 슬슬 나도 헷갈리기 시작했다. 결국 주변의 경찰에게 떠듬떠듬 물어서 거기서 멀지 않은 곳에 있는 백악관을 찾아냈다. 그리고 혼자 중얼거렸다. "맞아, 저거군. 사진하고 똑같아." 이 우스꽝스러운 내 모습이 관광의 어떤 본질적인 한 측면을 보여주는 것 같았다. 도대체 우리는 관광 가서 무엇을 보는 것일까? 우리는 이미 본 것을 본다. 아마 내가 파리에 갔다면 그랬을 것이다. "그래, 저게 바로 그 에펠탑이군." 관광이란 본 것을 다시 보는 행위인 것이다.

이 사실에 대해서 좀더 숙고해보자. 먼저 명소가 존재한다. 그리고 관광객은 그 명소를 찾고 확인한다. 그리고 그는 아마도 자신이 그 명소에 있었음과 그것에서 무언가를 느꼈다는 것을 주변사람들에게 떠들어멜 것이다(나부터가 그랬다. 내가 내 체험을 사람들에게 들려주느라고 허비한 시간과 술값 그리고 또 친구의 체험을 들어주느라고 허비한 시간과 술값은 상당하다). 그러나 생각해보면 이런 행위가 바로 그 장소를 명소로 만드는 행위이다. 왜냐하면 나는 미국여행중에 경험한 어떤 일을 특정한 장소와 결부시킬 것이고, 그 체험의 질을 믿는 사람은 따라서 그 장소에 갈 것이니 말이다.

이 점과 관련하여 누구나 해외여행의 필수품이라고 생각하는 관광 가이드북을 한번 생각해보자. 거기에는 숙박 정보나 음식점 정보뿐 아니라 관광해야 할, 아니면 적어도 관광할 만한 명소들이 소개되어 있다. 예컨대 뉴욕 관광 가이드는 재즈클럽 '블루 노트'를 명소로 표시하고 있고 그곳이 왜 명소인지를 설명한다. 이것이 의미하는 것은 이중적인 것이다. 그곳은 명소이지만, 명소가 명소로서 존재하기 위해서는 바로 이런 가이드북의 '안내'에 의존하지 않을 수 없기 때문이다. 더 정확히 말하면 가이드북은 명소를 안내하는 책일 뿐 아니라, 명소를 명소로 만드는 다양한 사회적 장치와 네트워크 가운데 하나이다.

명소를 명소로 만드는 행위는 명소 근처에서 가장 확연하게 확인할 수 있다. 명소에는 그곳의 유래를 적은 팻말 그리고 경우에 따라서는 접근을 제어하는 울타리나 만지지 말라는 경고가 있게 마련이다. 이런 장치들이 우리에게 그 장소를 분별하게 하고 그것에 의미를 부여하게 만든다. 언뜻 보기에 이런 팻말은 그 대상에 대한 우리의 이해를 도우려는 부차적인 어떤 것으로 보인다. 그러나 이 팻말이야말로 그것을 명소로 만드는 실천의 일부이다. 예를 들어 박물관에 간 사람은 느낄 것이다. 팻말 없이는 전시된 사물의 용도조차 짐작할 수 없는 많은 사물들이 존재한다는 것을. 그러니 엄밀히 말해 팻말은 명소나 명화의 부속물이 아니라 오히려 그것을 지배하는 방대한 의미화의 실천 가운데 하나인 것이다.

하지만 이런 식으로 본다면, 즉 관광객이란 이미 알고 있는 명소를 향하여 단지 그것을 직접 눈으로 보기 위해서 많은 돈을 투자한 사람이라고 해야 할 텐데, 그것은 관광객을 너무 무시하는 일이 된다. 명소는 의미화 실천에 의해서 구성된 거짓의 체계라고 할 수는 없을뿐더러, 그것을 직접 보려는 욕구는 나름의 의미가 있기 때문이다.

나의 경험을 한 가지 더 예로 들어보자. 뉴욕에 간 사람은 누구나 그렇듯이 나도 메트로폴리탄 뮤지엄에 간 적이 있다. 거기서 나는 한 가지 인상적인 체험을 하였다. 그것은 내가 이집트 미라를 담았던 관을 만졌다는 사실이다. 나는 이런 짓을 스미스소니언 자연사 박물관에서도 했는데, 거기서는 메소포타미아 문명의 아름다운 토기를 만지자 엄청나게 큰 소리로 부저가 울려 혼비백산한 적이 있다. 그런데 메트로폴리탄 뮤지엄에서는 그런 소리가 나지 않았고, 그래서 나는 그 관의 부드러운 표면을 한참 (하지만 눈치를 보며) 어루만질 수 있었다. 도무지 신비하게만 여겨지는 수천 년 전 이집트 왕국의 일이 내 피부를 뚫고 흐르는 듯한 신선한 체험이었다. 모든 인간이 파라오 단 한 인간을 위해서 고통을 감내했던 억압의 역사가 약간은 감지되는 느낌이었다. 메트로폴리탄 뮤지엄을 돌아보고 나서 센트럴파크에 앉아 지친 다리를 쉬고 있을 때 들었던 느낌은 내가 만져질 듯 (일부는 만지면서) 생생하게 세계사를 편력했다는 느낌이었다. 고대문명에서 현대문명에 이르기까지, 그리고 6대주의 문명을 말이다.

그 순간 잠시지만 나는 헤겔의 역사철학적 주체가 된 느낌을 가졌다.

세계사의 파노라마를 내 의식의 경험으로 가졌던 것이다. 나는 세계사를 총괄하는 하나의 시선이었다. 이런 생각도 들었다. 박물관이야말로 바로 헤겔주의적 구성물이 아닐까? 세계사의 발전과정을 시대 구분하고, 분류하고, 그것의 주요한 계기 또는 그 계기를 표현하는 징표들을 한자리에 모으며, 그것을 건축적으로 재구성하여 사람들의 관람 순서를 방과 회랑과 통로와 계단을 통해서 강제하는 것. 이것이 헤겔주의적 역사철학의 물리적 구현이 아니면 무엇이겠는가?

생각이 거기에 미치자 메트로폴리탄 뮤지엄이 관광 일정의 하나일 수 있을 뿐 아니라, 관광 행위 자체의 메타포가 될 수도 있다는 생각이 들었다. 사람들은 현대사회를 자연 지배적이고 인간의 노동이 분화돼 소외의 세계라고 흔히들 말한다. 이렇게 우리는 전문적으로 분화된 노동의 제한된 세계 안에서 살아간다. 그런데 관광자란 무엇인가? 바로 여가의 인간이다. 그는 전형적으로 노동하지 않는, 한시적인 유한계급이다. 그가 무엇을 추구할 것인가는 분명하다. 그는 체험에 대한 열정을 가지고 사회가 추방한 자연으로 돌아가고자 한다. 그리고 분화된 노동의 세계를 넘어서 자유로운 정신으로 세계를 주유하고자 한다. 그러니 그는 소외를 넘어서 타자와 교류하며, 총체성으로 나아가고자 하는 휴일의 헤겔리안이다. 하지만 이런 헤겔리안의 시도는 아마도 실패할 것이다. 박물관이 나름의 팻말과 전시기획자에 의해서 코드화된 관람을 강요하는 것처럼, 이 헤겔리안의 길을 미리 지정해주고 있는 관광산업의 복합적인 실천이 존재한다. 그래서 그는 유럽에 가면, 파리에 '가야 하고', 파리에 가면 그는 몽마르트 거리나 루브르에 '가야 하고', 루브르에 가면, 그는 〈모나리자〉를 '보아야 한다.' 세계사를 총괄하는 정신의 노동치고는 너무 안온한 길이 아닐까?

그러니 자연히 관광은 다시 코드화된 관광과 코드화되지 않은 관광으로 분화되고, 진정성을 추구하는 관광에 대한 열정이 생겨난다. 나는 뉴욕에서 지하철을 잘못 타 할렘에 내린 적이 있다. 그때 처음으로 모골이 송연해진다는 말을 실감했다. 하지만 지나고 보니 할렘을 두려움 속에서 산책했던 체험이야말로 내 여행에 어떤 진정한 부분을 구성하는 것 같았다. 하지만 후에 나는 할렘 또한 관광코스로 개발되었다는 사실을 알게 되었다. 관광회사는 할렘이 위험한 거리라는 사실 자체를 명소로 만드는 데 이용하고 있었다. 그리고 저렴한 숙박료로 할렘의 내면을 볼 기회를 팔고 있었다. 당연히 양젖을 짜고 양털을 깎으며 호주인의 시골 생활에 젖어보는 민박 또한 관광코스로 존재한다. 그러니 진정성 자체가 다시 상연되는 것이고, 진정성 자체가 코드화되는 것이다.

그렇다고 해서 나는 체험을 향한 열정, 소외를 넘어서려는 여가의 인간이 가진 진정성을 향한 열정이 늘 패배하리라고 말하고 싶지는 않다. 어디서나 누구도 예기치 못한 방식으로 코드화되지 않은 우연성이 관광 속에 개입해들어올 것이다. 이 체험의 기회를 가지기 위해서는 어쩌겠는가, 집을 나설 수밖에. 하지만 관광이 엄청난 환경파괴적 요소를 내포하고 있다는 점을 잊지는 말자. 진정한 체험의 기회는 희소해져가지만, 그 대가는 엄청나게 상승하고 있다.

당산철교를 관광자원으로……

　서울이 살기 어렵고, 살기 더러운 도시라는 것을 모르는 사람은 없다.
서울의 물가는 파리나 뉴욕보다 비싸고, 인구밀도 또한 세계 3, 4위를
다툰다. 교통의 혼잡과 불편도 세계적인 수준이며, 이 점은 비단 자동차
교통에만 해당되는 것이 아니다. 출근시간대의 지하철에서 우리는 자신
들이 직장으로 운송되는 화물이라는 것을 적나라하게 경험하고 있으며,
이 컨베이어 벨트에 다름아닌 지하철에 이르기 위해 깊은 지저세계로
걸어들어가야 한다는 것을 알고 있다. 환승역의 길 또한 만만치 않게 고
통스럽다. 길거리의 보행 또한 고통스럽다. 길 하나를 건너기 위해서는
먼 거리의 횡단보도를 통해 길게 둘러가거나, 육교나 지하도를 이용해
야 한다. 게다가 서울은 한여름이면 사흘 연이어 오존주의보가 내리는
도시이다(이 경우 더욱 재미있는 점은, 이 사실을 오존을 흠뻑 마신 후, 집
에 와서 저녁 아홉시뉴스를 통해서 알게 된다는 점이다). '세계화'를 외치
는 국가와 '세계일류'를 떠들어대는 재벌기업의 어법을 빌린다면, 우리
는 이미 충분히 세계적인 수준에 이른 분야가 많다. 혼잡과 불편에 관한

한 서울은 경쟁상대가 별로 없는 세계일류의 도시이다.

　이런 사실로부터 우리가 예상할 수 있는 당연한 귀결의 하나는 서울에 관광 오고 싶어하는 외국인이 별로 없다는 것이다. 우리들조차 마지못해 살고 있으며, 기회만 주어진다면 탈주하고 싶은 이 도시를 누가 부러 비싼 돈 들여 구경하러 오겠는가? 하지만 그렇게만 생각하는 것은 너무 비관적인 것이다. 이 더러운 도시에서 올림픽까지 치른 적이 있는 우리들이 이런 정도의 사태에 비관한다는 것은 국민성에 맞지 않는다. 좀더 적극적인 사고가 필요하다. 그러기만 한다면 우리는 숱한 관광자원을 서울에서 찾고 개발할 수 있고, 따라서 관광부문에서의 국제수지 적자도 어느 정도는 줄일 수 있다. 탁월한(?) 관광 안내서 『나의 문화유산 답사기』의 핵심 메시지가 무엇인가? 그것은 우리 국토 전체가 문화유산이어서, 돌 뿌리 하나만 젖혀보아도 관광자원을 찾을 수 있다는 것 아닌가? 하지만 이런 주장에 대해서 벌써 회의적인 말들이 들려온다. 그래도 서울이라니, 그건 '안 되면 되게 하라' 는 군대식 사고일 뿐이야!

　하지만 이런 회의적인 태도는 잘못된 것이다. 관광의 본질에 대해서 조금만 숙고해본 사람이라면 안다. 관광할 만한 것, 또는 관광자원이란 석유나 철강 같은 다른 자원들처럼 사물의 자연적 자질과 매장량에 의해서 결정되는 자원이 아니라는 것을. 다시 말해 관광자원이란 어떤 사물에 의미를 부여하는 실천을 통해서 형성되는 것이지, 사물의 본성이 아니다. 예컨대 루브르의 〈모나리자〉를 생각해보라. 우리는 그것을 보게 되는 일을 '행복한 미술관 기행' 으로 생각하고, 그것을 보여주는 테마관광에 드는 엄청난 돈을 마다하지 않는다. 하지만 만약 서구가 지난 이백 년간 세계의 패권을 쥐고 흔들어오지 않았다면, 그리고 그런 패권적 서구가 학제화된 미술비평과 미술관이라는 제도적 장치, 역사학자와 미술사가들의 거대한 공동 실천으로 르네상스를 인류사적인 사건으로 만들고, 레오나르도 다 빈치의 천재성을 숭배하고, 그와 그의 작품을 해독하려는 실천을 거듭해오지 않았다면, 〈모나리자〉가 그런 관광자원이 될 수는 없었을 것이다. 그리고 이런 서구의 실천 때문에 우리의 미술 교과서에 〈모나리자〉 도판이 실리지 않았다면, 그것에 대한 관심을 환기하는 다양한 담론들이 우리들의 일상 속에까지 흘러들어오지 않았다면, 우리나라 사람들이 형편없는 기내식과 낮은 습도로 기관지를 손상시키는 비행기에 열 시간 이상 시달리며 그것을 보러 가지는 않을 게다. 요컨대 관광자원이란 우리의 의미부여적인 실천의 여부에 달린 문제이며, 한 사물을 기호로 에워쌀 수 있는 우리들의 능력에 달린 문제이다. 그러니 조금만 성의 있게 가능성을 타진해본다면 서울은 의외로 풍부한 관광자원을 가지고 있다는 것을 알 수 있다. 나는 그런 예로 '당산철교'를 들고 싶다. 고개를 갸웃거릴 사람들을 위해 당산철교가 얼마나 훌륭한 테마관광 코스가 될 수 있는지를 다음과 같은 계획서를 통해서 보여주고 싶다.

당산철교를 중심으로 한 테마관광의 이름은 '현대화의 위험한 질주'가 적당하다. 외국인들은 거기에 부기된 다음과 같은 선전문구를 볼 것이다. "지난 오십 년간 한국이 경험한 현대화가 낳은 모든 병리현상을 응축하고 있는 위험 속으로 당신을 초대합니다. 이것은 '진짜' 위험, '진짜' 스릴, '진짜' 서스펜스를 경험할 수 있는 기회입니다. 공중을 완전히 한 바퀴 돌며 짐짓 위험하고 아슬아슬한 척하는 롤러코스터가 아닙니다. 대단히 느리지만 당신의 세포 하나하나를 덜덜 떨게 할 수 있는 롤러코스터입니다. 목숨을 건 도박, 그것을 원하신다면 지금 서울로 오십시오."

관광코스는 다음과 같이 구성될 것이다.

제1코스 특히 8월이라면 연세대 앞에 관광객들을 오후 세시에 집결시킨다. 그들에게 방독면을 나누어주고, 약 십여 분 뒤에는 오존주의보가 발효될 것 같다고 이야기해주며 방독면 착용법을 가르쳐준다. 동시에 그들이 걷게 될 신촌거리가 한국의 몽마르트, 슈바빙이라고 너스레를 떤다. 또한 이 지역에서 만나는 섹시한 여성들은 대단한 지성인들이라는 것을 염두에 두라고 말해준다. 그리고 여기서 파는 떡볶이가 한국 최고 수준이라는 점을 가르쳐준다. 다음으로 이들이 호기심에 떡볶이를 사먹고 있을 때, 떡볶이를 베어물고 두어 번 씹었을 때, 오존주의보를 발효한다. 그들에게 어서 방독면을 착용하고 신촌 지하철역 안으로 뛰어서 대피하도록 한다.

제2코스　다음으로 땀에 뒤범벅된 채 씹다 만 떡볶기를 물고 있는 이들에게 방독면을 벗으라고 하고, 지하철 역사 안에 마련된 강당으로 그들을 안내한다. 그들이 자리를 잡고 앉으면, 6·25 때 고의로 끊어버린 제1한강교의 이야기를 비롯한 한강 다리와 철교 들의 역사에 대한 이야기를 방송한다. 이 코스의 하이라이트는 두 가지이다. 하나는 성수대교 붕괴사고를 보여주는 VCR이고, 다른 하나는 당산철교의 연혁과 균열상태를 상세하게 보여주는 VCR이다.

제3코스　그들을 이웃방에 마련된 가상현실 체험기로 안내한다. 먼저 성수대교 사건 당시 버스에 탔을 경우 경험하게 되는 추락을 시뮬레이션으로 경험해보게 한다. 이어서 잠시 성수대교 붕괴로 죽은 사람들을 위한 묵념을 하게 한다. 이어서 앞으로 그들이 타게 될 지하철이 당산철교 붕괴로 인해 추락하게 될 경우 발생할 지하철 안의 상황, 아비규환의 상태를 가상현실로 체험하게 한다. 다음으로 편지봉투와 편지지를 나누어준 후 가족에게 유서를 쓰게 한다.

제4코스　이들을 섭씨 17도 정도로 냉방된 '썰렁한' 지하철에 태운다. 당산철교에서의 지하철의 속도감을 체감할 수 있게 하기 위해서, 우선 합정역까지는 미친듯이 지하철이 질주하도록 한다. 이때 지하철 안에서는 커브를 돌 때 지하철 바퀴가 내는 날카로운 마찰음이 적나라하게 들리도록 해주는 동시에, 지하철 안에 대형 모니터를 설치하여 계속해서 성수대교 붕괴사건을 VCR로 방영한다.

제5코스 마침내 당산철교로 지하철이 진입한다(이 순간 실내방송으로 〈레퀴엠〉이 울려퍼진다면 더욱 적당할 것이다). 급속히 속도가 줄고, 지하철은 당산철교를 기어가듯이 지나간다. 이때 외부에 설치된 카메라는 지하철이 지나가고 있는 동안 당산철교의 기존의 균열에 일어나는 미세한 변화를 추적하며, 그것을 무선송신하여 지하철 안의 모니터를 통하여 보여준다. 철교 중간쯤에서 다음과 같은 방송이 흘러나온다. "위험을 증대시킴으로써 스릴을 배가하기 위해서 이제부터 속도를 높여보겠습니다." 지하철은 점차 속도를 증대시키며, 모니터는 이것이 야기한 균열의 증대를 계속 추적한다. 다행히 위험이 현실화되지 않고, 무사히 지하철이 철교를 건넌다면, 그들을 그대로 싣고 뚝섬역까지 데려간 다음 버스로 성수대교로 가 거기서 기념사진을 찍게 한다. 그리고 그들의 생환을 기념하며 그들이 쓴 유서를 돌려준다.

이런 테마관광 계획에 비추어볼 때 한 가지 유감스러운 것은 성수대교의 신축공사이고, 당산철교를 다시 만들려고 하는 시도이다. 왜 성수대교의 끊어진 자태같이 아비규환의 환청을 유발하는 장중한 관광자원을 사라지게 하는 것일까? 어떤 의미에서 성수대교 신축공사는 적나라한 '문화재 파괴'이기도 하다. 그런데도 이 신축공사에 문화재관리국, 더 나아가서 관광진흥공사가 이의를 제기하지 않았다는 것은 의아스럽기 짝이 없는 일이다. 왜 날마다 삐걱거리는 부처 간 협의가 이 문제에서는 그렇게 매끄럽게 이루어진 것일까?

그러나 더욱 유감스러운 것은 이 테마관광 계획이 근본적으로 실행불가능한 안이라는 점이다. 그것은 당산철교가 매력적인 관광자원이 못 되기 때문이 아니라, 어떤 보험회사도 당산철교 관광객들이 의당 가입하려고 할 보험을 받아들이려고 하지 않을 것이기 때문이다. 그렇다면 보험조차 들지 않고 날마다 당산철교를 지나가고 있는 우리들은 어떤 사람인가? 일상이 위험으로 차 있다보니 위험이 일상화되어버린 것일까?

국립묘지 구조조정

최근에 나는 카또오 노리히로의 『사죄와 망언 사이에서』(창작과비평사)라는 책을 읽었다. 일본인들이 보여온 과거 침략사에 대한 사죄와 망언의 반복을 익히 알고는 있지만, 그들이 왜 그렇게 행동하는가에 대해서는 잘 알지 못했던 우리로서는 한번 읽어볼 만한 책이었다. 나에게 인상적인 것은 노리히로가 일본인들이 내보이는 분열의 근원을 "전후 일본에서의 죽은 자들의 분열"에서 찾고 있다는 점이었다. 제2차 세계대전으로 죽은 일본인은 삼백만 명이나 된다. 그들의 죽음이 무의미의 나락으로 떨어지지 않게 하고자 하는 편은 전쟁을 의로운 것이라고 억지를 부리게 되지만, 전쟁이 일본의 과오라고 보는 입장은 그 삼백만 명의 죽음을 상징적으로 삭제하게 되는 것이다. 확실히 이것은 간단치 않은 문제이다. 전쟁으로 인해 죽은 자들은 분명 자신의 삶을 의미 있는 것에 투자했다고 믿었으며, 살아 있는 자 또한 그 당시에는 그랬다. 그리고 전쟁이 끝난 후에는 어쩌면 그 죽은 자들의 죽음의 대가로 살아남았다고 할 수 있는 자들은 더이상 그들을 추모할 수 없는 상태에 내몰렸다. 요컨대 천황제 공동체로부터 민주적 공동체로 사회가 변했다. 그것은 죄의식을 불러일으키며, 모든 죄의식이 그렇듯이 거기엔 이런저런 비틀림이 있게 마련이다.

노리히로의 책을 읽고 있으려니, 이런 고민이 남의 일만은 아니라는 생각이 들었다. 예를 들어 지난 여름 서울신문(1998년 8월 26일)에는 마지막 임정요인 백강 조경한 선생의 다음과 같은 유언이 인용되어 있다. "내가 죽거든 국립묘지에 묻지 말고 생사를 같이한 임정요인들이 누워 있는 효창공원 묘역에 묻어달라." 백강 선생이 그렇게 말한 이유는 국립묘지 애국지사 묘역에 숱한 친일파들이 묻혀 있기 때문이다. 이런 분열은 과거의 일로 한정되지 않는다. 한편에서는 광주민주화운동에서 희생된 사람들이 묻혀 있는 망월동 묘역의 국립묘지화 작업이 추진중이다. 그러나 다른 한편 동작동 국립묘지 동쪽 29묘역의 장교 묘지에는 "1980년 5월 22일 광주에서 전사"라고 씌어 있는 묘비가 있다. 분열은 이런 현재적 문제를 넘어 우리들의 미래에도 그늘을 드리우고 있다. 아마 어떤 식의 통일이 되든 통일이 이루어진다면, 북한의 애국열사릉과 동작동 국립묘지에 각기 누워 있는 전몰자들은 끝나지 않은 전쟁을 계속할 것이다. 그러니 우리와 일본이 다른 점이 있다면, 우리의 분열은 일본과 달리 국제적 쟁점이 되지 않는 우리들 내부의 문제라는 것이며, 강력한 반공 이데올로기의 분향이 그 내적 분열을 자욱이 덮어버렸을 뿐이라는 것이다.

이런 착잡한 생각의 와중에 12월 12일자 중앙일보에서 묘지 면적 및 안장 기간을 제한하는 새 법안이 국회를 통과했다는 기사를 읽었다. 새 법에 따르면 묘지 면적은 개인 묘지의 경우 아홉 평, 집단 묘지의 경우 세 평으로 제한되며, 안장 기간도 십오 년 이내로 하며, 최고 세 번까지만 연장할 수 있다. 따라서 어떤 묘지든 육십 년이 지나면 의무적으로 개장해야 한다. 흥미로운 것은 이 법이 애초의 정부안과 달리 국립묘지 또한 예외로 하지 않는다는 점이다. 아마 국회의원들은 무덤의 근대화라는 발상에서 그 법을 통과시켰겠지만, 이 법이 가지는 함의는 엄청난 것이다. 죽음의 무게, 그리고 무덤에 대한 우리들의 전통적 관념으로 인해 이미 국립묘지에 묻혀 있다는 기정 사실을 뒤집는다는 것을 거의 생각할 수 없었던 상태에서 벗어나 우리들의 내적 분열을 구현하고 있는 국립묘지를 총체적으로 재구조화할 수 있는 기회를 제공할 것이기 때문이다. 간단히 말해 거기에 묻힌 친일파를 추방하고, 독재자였던 두 대통령의 팔십 평에 이르는 거대한 '능' 을 추방할 기회를 우리에게 제공하는 것이다(참고로 말하자면 임정 대통령이었던 박은식의 무덤은 여덟 평이다). 그러나 동작동 군인묘지가 1965년에 박정희에 의해 국립묘지로 승격될 때, 사회는 침묵했다. 거기에 누가 묻힐 것이냐에 대한 논의는 지금도 비공개로 되어 있으며, 사회는 그것에 대해 이제 겨우 이의를 제기하고 있다. 그러나 그것을 재구조화하려는 시도가 법적으로 가능해져 그것을 '구조조정' 하려 한다면 그때 우리 사회가 가만히 있을까? 무덤은 살아 있는 자들에게도 물질적 정신적 이해 관심의 대상이며, 만들기는 쉬워도 없애기는 어려운 법이라는 일반적 법칙이 아마 다시 한번 입증될 것이다. 그럼에도 불구하고 그것은 결국 우리의 내적 분열이 이데올로기적 분향을 뚫고 모습을 드러내게 할 것이며, 우리들 모두가 다시 한번 역사와 대면하는 것을 필연적으로 만들 것이다.

핸드폰

용도는 다 똑같은데 핸드폰인지, PCS인지, 셀룰러폰인지 혹은 모바일폰인지 이름만 정신 사나운 기구가 이제는 우리들의 일상용품이 되어버렸다. 늘 궁금한 것은 왜 전화선 없는 전화기라는 점에서 똑같은 그 모든 것을 무선전화기라고 부르지 않는가 하는 점이다. 물건 팔려는 사람들이 무언가 색다른 것인 양 붙인 이름들을 사람들이 아주 섬세하게 구분해서 따라 사용하는 것을 보면 신기하기조차 하다. 내게 별다른 테크노포비아가 있는 게 아닌데도 나는 핸드폰이 신경질적으로 싫다. 지하철 안에서 전화를 받는 것에 대해서는 큰 불만이 없다. 나도 친구와 함께 지하철을 타면 그 정도는 소리내어 말하니 핸드폰 가진 사람이 전화를 하는 소리쯤이야 그가 친구와 함께 지하철을 타고 이야기를 나누는 셈 치면 된다. 하지만 영화관에서 울리는 핸드폰 소리, 특히 〈경비병 서곡〉이나 〈스위트 홈〉 따위가 울리게 되면 짜증이 난다. 더 참을 수 없는 것은 고속버스나 기차에서 울리는 핸드폰 소리이다. 얼마 전 대전에서 고속버스 막차를 타고 서울로 올라왔다. 대전에서 술을 한잔했기에 한

숨 곤히 자며 올라오고 싶은 생각에 부러 우등표를 끊었다. 그러나 단 두 대의 핸드폰에서 번갈아 울리는 벨소리가 내 소망을 산산조각내버렸다. 한숨도 잘 수 없었다. 그러나 이보다 더 심한 경우가 있다. 대학에서 강의를 하는 중에 학생들의 핸드폰이 울리는 경우이다.

이 모든 일을 사람들이 주의 부족으로 핸드폰을 미리 꺼놓거나 진동으로 바꾸어놓지 않아 일어난 일로 치부하고 관용을 발휘해야 할지도 모른다. 그러나 전화를 받는 사람의 행동을 보면 그런 관용이 불가능한 경우가 대부분이다. 고속버스에서 자신의 전화벨이 울려 사람들의 잠을 방해했다면, 그는 우선 가능한 한 통화를 짧게 하고 끊어야 마땅하다. 그러나 내가 탄 버스의 핸드폰 소유자는 마치 심심하던 차에 잘됐다는 듯이 길고 수선스럽게 그리고 약간 통화감이 좋지 않을 때는 시끄럽게 통화를 했다. 강의실에서도 그랬다. 전화벨이 울리면 학생은 급히 핸드폰을 찾아 "여보세요" 하고는 일어나 교실 밖으로 나가며, 걸어나가는 중에도 계속 통화를 하는 것이다. 내 생각으로는 예컨대 어디 식당 같은 데서도 상대와 이야기중에 핸드폰을 받아야 할 상황이면 상당히 미안한 감정을 가져야 하고, 강의실에서 자신의 핸드폰이 울리면 얼굴이 새빨개져야 마땅하다. 그러나 도무지 그런 경우를 보기 힘들다.

이건 핸드폰에는 사실 잘못이 없고, 그것을 쓰는 사람에만 잘못이 있다는 식으로 끝낼 문제가 아니다. 기술은 그저 우리들의 외부에 있는 물건에 지나지 않는 것이 아니기 때문이다. 예를 들어 핸드폰은 삐삐와 비교가 되지 않는 무례함을 기술적으로 내포하고 있다. 삐삐도 무례하지만, 그것은 잠시 울리고 만다. 그리고 삐삐를 친 사람은 언제나 답변을 기다려야 한다. 그것은 예전의 편지만은 못하지만 기다림의 자세를 어느 정도는 요구하며, 답변 없음에 대한 조바심과 또 그 조바심을 견디는 무심함이라는 태도를 갖추게 한다. 그러나 핸드폰은 울리고 나면 통화가 이어지게 마련이다. 그것은 기다림이나 지연을 허용하지 않는다.

　아마 핸드폰의 옹호자라면 그 기다림의 소거야말로 핸드폰의 위대함이라고 말할 것이다. 편지에서 삐삐로 삐삐에서 핸드폰으로의 교체가 가져다준 기다림, 조바심, 그리고 초조함의 소거야말로 기술 진보의 방향을 드러내준다고 말할 것이다. 그런 주장을 하는 사람의 유토피아란 모든 사람이 핸드폰을 가지고 있어서 모든 사람이 서로에 대해서 항상 호출하고 대화할 수 있는 세계일 것이다.

　그러나 그것이 유토피아일지는 생각해보아야 할 문제이다. 먼저 기다림의 소거란 일방적인 과정만은 아니다. 그런 과정을 통해서 우리는 더 기다릴 수 없는 존재로 바뀌어가기 때문이다. 작은 기다림도 견딜 수 없는 존재로의 변화가 바람직한 것일까? 또한 모든 사람이 모든 사람과 언제라도 이야기를 나눌 수 있는 세계, 부재와 현존의 차이가 소멸한 세계가 도래할 때, 과연 우리가 지금 함께 시공을 점하고 있는 사람들, 고전적인 의미에서 자신 앞에 지금 현존하고 있는 사람은 어떤 의미를 가지게 되는 것일까? 생각해보면 일단 핸드폰을 가진 사람은 자신을 부르는 목소리를 무시할 수 없다. 자신 앞에 현존하는 사람을 존중하기 위해서 비싼 요금을 감내하면서 전화를 거는 사람을 무시하는 것은 또다른 무례함이며, 핸드폰을 꺼버리는 것은 엄청나게 중요한 소식을 거부하는 일일지도 모른다는 불안에서 벗어날 수 없다(예컨대 그는 교통사고가 난 가족의 전화를 듣지 못할 수도 있으며, 그 경우 그는 엄청난 비용을 들이고도, 그것이 가진 최대의 유용성을 내버린 꼴이 된다). 그렇다고 해서 자신 앞에 현존하는 사람들을 무작정 무시할 수도 없다. 이것은 일종의 진퇴유곡이다. 그러므로 단지 핸드폰 소유자들에게 예의를 요구하는 것으로 쉽사리 문제가 해결될 것처럼 보이지는 않는다. 그것이 그저 마구 늘어만 가는 핸드폰 사용이 신경 거슬리는 사건으로 여겨지는 주된 이유이다. 그래서 나는 사람들이 문명이란 짧은 이불과 같아서 어깨를 덮으면 발이 시리고 발을 덮으면 어깨가 시리다는 사실을 좀더 잘 이해하고

그럼으로써 핸드폰을 가지려는 강박증에서 조금은 벗어나기를 바랄 뿐
이다.

쓰레기 봉투

백화점 세일을 맞이하여 아내와 오랜만에 쇼핑을 갔다. 이것저것 사야 할 것이 많기도 했거니와, 온갖 언론에서 우리 사회의 소비규모가 다시 증가하고 있다고 하기에 정말 그런가 구경하고 싶은 마음도 있었다. 물건을 야단스럽게 쌓아놓고 폭탄(?)세일을 하는데도 사람들이 별로 없어 을씨년스러웠던 IMF 사태 직후의 풍경과는 달리 신상품들이 잘 진열되어 있었고, 손님들도 상당히 붐볐다. 이런 풍경이 벌써 어제를 잊는 사람들의 건망증 탓인지, IMF 사태로 인한 빈부격차의 심화로 인한 것인지는 잘 모르겠지만, 이전보다는 정서적으로 편한 풍경이기는 했다.

그런데 약간 당혹스런 사태가 우리를 기다리고 있었다. 불쑥 키가 커버린 큰애의 옷을 한 벌 샀는데, 판매원이 쇼핑백도 사겠냐고 묻는 것이었다. 무슨 말이냐고 했더니 이제는 쇼핑백을 그냥 줄 수가 없다는 것이다. 처음 당하는 일이라 야박한 생각이 들어 판매원에게 몇만 원어치나 샀는데 뭘 그러냐고 했지만, 막무가내였다. 은근히 부아가 치밀어 그냥 옷만 받아서 나왔다. 그때부터 그날의 고생문이 훤히 열리기 시작했다.

우리 둘은 그 이후에도 각자의 옷을 한 벌씩 더 샀다. 그리고 마치 훔친 물건을 들고 있는 것처럼 그 옷들을 둘둘 말아들고 백화점을 돌아다녔다. 집의 전화선을 작은애가 잡아당겨 고장냈기에 새 전화선도 샀다. 그건 주머니에 꾸겨넣었다. 데리고 간 큰애가 스케치북과 색연필을 사달라고 했는데, 그건 그애가 들게 했다. 짜증이 났지만 이 모든 문제를 일거에 해결하기 위해서 백화점 지하의 슈퍼마켓으로 갔다. 그리고 카트에 그날 산 물건을 몽땅 쓸어넣었고, 내려간 김에 음식물들도 샀다. 굴비가 세일이어서 그걸 한 두름 샀고, 불고기감과 사태도 각각 1킬로그램씩 샀다. 찌갯거리로 게도 1킬로그램쯤 샀다. 그 밖에 각종 야채도 샀다. 그런데 이번에도 역시 계산대에서 비닐 봉투를 받을 수 없었다. 옹졸하게도 몇십원을 아끼려고 비닐 봉투를 사지 않고 주차장으로 카트를 밀고가 그 모든 물건을 차 트렁크에 넣었다. 그리고 집에 와서 차 트렁크를 열어보니 쇠고기의 핏물이 트렁크 바닥을 흥건히 적시고 있었고, 게들은 봉지를 기어나와 제 살 길을 찾고 있었다.

　생각해보면 우리가 당한 고통은 '비닐 쓰레기 보증금'이라는 거창한 제도를 몰랐던 탓이고, 환경을 생각할 줄 아는 시민의식의 부족 때문이라고 할 수도 있다. 그러나 내가 당한 일이 짜증스러워서인지 나는 이 제도가 야릇하고 이상하게만 보였다. 비닐 봉투의 과도한 사용을 억제하고자 하는 제도의 취지를 모르는 바 아니다. 하지만 문제를 해결하는 방법은 여러 가지이다. 이전에 백화점은 비닐 봉투나 종이 봉투 비용을 스스로 부담해있다. 그때 백화점은 그 봉투들을 서비스로 제공한 것이고 그 비용은 그들의 영업비용으로 산정되었다. 하지만 이제 백화점은 그 봉투를 우리에게 판다. 그리고 그 봉투를 영수증과 함께 가지고 갈 때에만 그것을 환불해준다. 이런 식의 제도적 세팅이 왜 이상한 것인지 한번 생각해보자. 현재의 제도는 다른 혼합상태를 배제하면 두 가지 행동 경로를 낳는다. 첫째, 우리가 모두 봉투값을 환불받는 경우이다. 이 경우 봉투가 사실상 재활용이 안 된다는 점을 고려한다면 백화점은 이전과 마찬가지 비용을 지불하는 것이 된다. 그렇게 되면 봉투 사용을 억제하여 환경을 개선하고자 하는 의도는 좌절되며, 소비자는 환불을 받기 위해서 백화점을 다시 가야 하는 비용을 새로 치러야 하니 전체적으로 보면 사회적 낭비가 일어난다. 둘째, 모든 사람들이 환불을 받기 위해서 드는 비용을 줄이기 위해서 장바구니를 사용하는 경우이다. 이 경우 봉투 사용의 감소로 인해 환경이 개선된다는 점에서는 사회적으로 이익이지만, 그것을 통해 직접적으로 큰 이익을 보는 쪽은 봉투값을 절약하게 되는 백화점, 즉 기업이다. 문제는 그것만이 가능한 제도적 세팅이 아니라는 점이다. 예를 들어 일본처럼 백화점이 아예 물건 담을 비닐 봉투를 공인된 쓰레기 봉투로 제공하거나 그렇게 쓰일 수 있게 할 수도 있다. 그렇게 한다면 포장 봉투는 이제 쓰레기가 아니라 쓰레기를 담는 봉투라는 사용가치를 가지게 되며, 이 과정에서 비용을 부담하는 것은 백화점, 즉 기업이 된다. 이런 방식에 대해 수익자 부담 원칙에 입각한 시장원리 어쩌구 하는 비판이 있을 수 있다. 그러나 어찌 수익이 부가가치세까지 잔뜩 물고 물건을 산 사람에게만 있겠는가? 오히려 큰 수익은 물건을 팔아서 기쁜 백화점에게 더 있지 않겠는가?

폭탄주 혹은 친밀성의 속도전

　얼마 전, 작년 한국조폐공사 노조의 파업을 검찰이 유도했다는 진형구 전대검찰청 공안부장의 말이 커다란 파문을 불러일으켰다. 그 사건의 함의를 따지는 일이야 이미 충분히 있어왔으니, 그런 발언이 불거진 경위에 대해서 한번 생각해보자. 그것은 우습게도 대전 고검장 부임을 앞둔 진형구씨가 법원 출입 기자들과 가졌던 술자리에서 석 잔의 폭탄주를 마시고 한 취중 발언이라는 것이다. 사안이 매우 정치적인 것이어서 폭탄주 이야기는 지나가는 이야기로만 취급되었다. 하지만 도처에서 폭탄주가 사람들을 '필름이 끊길 정도'로 만들고, 온갖 실언과 망언의 출처기 된다는 점에서 그 사건의 구조적 핵심에는 우리네 남성들이 어디서나 벌이는 술판과 거기서 마셔대는 폭탄주가 있다고 말해도 과언은 아닐 게다. 그렇기 때문에 우리는 이 폭탄주라는 세상 어디에도 없는 우리들 특유의 문화에 대해서 한번쯤은 생각해보아야 할 것이다.

　나는 폭탄주라는 우리 사회에 특유한 현상을 이해하기 위해서는 매우 일반적인 사회학적 사실에서 출발해야 한다고 생각한다. 사회학자들은 흔히들 현대사회에서 사람들 간의 소외가 증대한다고 말한다. 쉽게 말한다면 사람 사귀기가 어려워져간다는 것이다. 그렇게 사람 사귀기가 어려워져가는 이유를 짐작하기란 그리 어려운 일이 아니다. 현대사회가 점점 더 복잡해져가고, 그 구성요소들이 분화되기 때문이다. 달리 말하면 사람들 간의 차이가 커져가는 것이다. 예를 들어 직업을 한번 생각해보자. 현대사회에서 직업의 수는 나날이 늘어만 간다. 전통적인 촌락사회의 성원들이 대부분 농업에 종사한 것과는 극히 대조적인 현상이다. 이런 직업의 분화로 인해 직업이 다른 사람들은 매우 다른 생활을 하게 된다. 직업이 다르면 서로 다른 기술과 능력, 취향, 생활양식을 가지게 되는 것이다. 이렇게 서로 많은 인격적인 차이를 가진 사람들끼리는 서로 공유하는 바가 적기 때문에 소통하기가 쉽지 않다. 서로 소통을 하고 친밀해지기 위해서는 '자신을 터놓는' 과정이 필요한데, 자신을 터놓는 행위는 쉽지 않을뿐더러 상대가 냉담하게 반응할 수도 있다. 그럴 경우 받게 될 정서적인 상처를 생각하면 자신을 터놓는 행위는 위험한 행동이기도 하다. 그래서 사람들은 적당히 예의를 갖춘 의례적인 행위로 남을 만날 때가 많아져간다. 모두들 그렇게 의례적인 예절을 지키는 동시에 친밀한 사람이 없는 고독을 견디며 잘 살 수 있다면 아마 만사에 별 문제가 없을 것이다. 그러나 고독은 인간의 천성이 아니며, 그렇기 때문에 사람들은 사귐과 소통을 계속 추구하게 마련이다. 나는 그 소통을 추구하는 한 방식이 폭탄주라고 생각한다. 술 취함 속에서 우리는 타자를 향해 자아의 문을 열 수 있기 때문이다.

그러나 그냥 술이 아닌 폭탄주를 마시는 것은 소통을 추구하는 방식으로는 극히 비틀린 방식이다. 폭탄주 마시는 풍경을 한번 생각해보자. 맥주에 위스키를 뒤섞은 이상한 술을 단숨에 들이켜고, 옆 사람에게 전달하여 릴레이로 마시게 하는 것이 바로 폭탄주이다. 이런 술 마시기 방식이 함의하는 것은 우선 어서 취하자는 것이다. 거기엔 술을 마시는 것은 어차피 취하기 위해서가 아니냐는 난폭한 논리가 자리잡고 있다. 전희는 섹스가 아니라는 식의 이런 사고방식에는 서로가 서로에게 다가가는 과정을 향유할 줄 모르고 오직 결론만을 소비하려는 강박이 자리잡고 있다. 어서 서로의 경계를 지우고 재빨리 친밀함을 구축하자는 것이다.

다음으로 폭탄주에는 모두 똑같이 취하자는 태도가 함축되어 있다. 즉, 술자리에 앉은 사람은 누구나 공동의 부담을 지며, 내가 마셨듯이 너도 마셔야 하고, 내가 육체를 소모하고 건강을 잃듯이 너도 그래야 하며, 한 사람의 이탈자도 있어서는 안 된다는 것이다. 개인적으로 술에 약한 것은 전혀 고려될 수 없다. 바로 그런 차이를 넘어서는 것(아니 아예 무시하는 것)이 폭탄주 마시기의 목표이기 때문이다.

차이를 차근차근 넘어서기보다는 깡그리 지우고자 하는 폭탄주 풍습에는 소통의 추구라는 일반적 현상 이외에 우리 사회의 특수한 경험이 자리잡고 있다. 우리 사회에서는 현대화와 복잡화와 개인화가 급격한 속도로 이루어졌다. 그로 인해 많은 사람들이 여전히 전통적인 융합에의 향수를 가지고 있다. 우리들 사이의 차이는 계속 커져왔지만, 어서 '형님/아우' 하는 사이가 되지 않으면, 불안하고 미묘한 차이의 기류가 흐르고 있으면 잠시도 견디지 못하는 심성이 여전히 강하게 남아 있다.

사람들의 차이를 뒤섞듯이 낮은 도수의 술과 높은 도수의 술을 뒤섞는 것이 바로 폭탄주이며, 폭탄주를 마시고 잔을 흔들며 내는 짤랑거리는 소리는 사회의 변화속도와 심성의 변화속도 사이의 마찰음에 다름아니다. 아이러니길한 것은 그 깅제직 소통의 기제에 내포된 속도진직 태도가 개발독재식의 속도전을 닮아 있다는 점이다. 속도전적인 경제발전 속에서 상실한 친밀성의 추구 또한 속도전이 되어버렸다.

재수없다

성수대교가 무너졌을 때, 잡혀들어간 관료들이 뭐라고 했을까? 물론 확신할 수는 없지만, 짐작건대 "재수가 없으려니까……" 이런 말이 아니었을까? 삼풍백화점 사고가 나서 관료들이 잡혀들어갔을 때, 그들은 속으로 뭐라고 했을까? 아마 마찬가지가 아닐까? "더럽게 재수없군!" 이틀이 멀다 하고 많은 피의자들이 웃옷으로 얼굴을 가리며 경찰서로 끌려들어가는 모습이 TV에 나온다. 그들이 콩나물에 농약을 뿌렸든, 중국산 농산물을 국산으로 속여 팔았든, 납꽃게를 팔았든, 피라미드 사기를 쳤든, 그들이 속으로 뭐라고 할까? "뭐 나만 했나. 재수가 없으려니까"라는 쪽에 나는 내깃돈을 뭉텅 걸겠다. 그래도 TV 카메라 앞에서 얼굴을 파묻는 사람들은 자신들이 재수가 없기는 하지만 변명의 여지가 없는 일을 했다는 자의식은 있는 편이다. 때로 카메라 플래시에 아주 당당하게 포즈를 취해주고는 저벅저벅 검찰청으로 걸어들어가는 정치가들은 어떤 심정일까? "뇌물이 아니라 관행이며, 모두 정치자금으로 썼을 뿐"이라고 의젓하게 인터뷰하는 그들의 모습을 보면 "원, 재수가 없으려니”라는 그들의 속말이 내 귀에 울려오는 것 같다. 수련장에 불이 났다. 아이들이 엄청나게 죽었다. 신원을 확인하기 어려울 정도로 타버 렸다고 하니 소식을 듣기만 해도 참담하고 분노가 치민다. 그러나 애들 을 죽게 한 소망유치원 원장은 어떤 속말을 할까? “씨랜드에 수련회를 간 유치원이 하나둘인가? 애들이 잘 때 술 마신 선생이 한둘인가? 원, 재수없게”인 것은 아닐까? 조사를 받고 있는 화성군수는 속으로 뭐라고 말할까? 이 경우에도 “원 세상에 이렇게 재수가 없을 수가 있나” 이렇게 말했을 가능성이 꽤 있지 않을까?

하지만 그들만 그런 것일까? 거의 대부분의 사람들이 신호등이 노란 색일 때, 냅다 액셀러레이터를 밟는다. 아, 그런데 저기 교통경찰이 서 있다. 여지없이 딱지를 떼이고 많은 사람들이 뭐라고 중얼거릴까? “그 래 맞아. 내가 경솔했어. 그래서는 안 되는데. 이제는 그러지 말자”일 까? 아닐 거다. “재수없게!”일 가능성이 훨씬 크다. 역으로 자신 앞에서 과속한 차량을 단속하느라 자신이 잡히지 않을 때, 우리는 뭐라고 할까? “재수 좋았어!” 이렇게 말할 것이다. 물론 교통법규 위반과 과실치사상 또는 뇌물수수 간에는 엄청난 정도 차이가 있다. 그러나 그 모두를 가로 지르는 ‘철학적’ 원리가 다르다고 할 수 있겠는가? 엄청난 정도 차이에 도 불구하고 그사이에 질적 차이가 있다고 할 수 있겠는가?

이 “재수없다”는 말에 깃들인 우리들의 사회철학의 정체는 뻔하다. 털 어서 먼지 안 나는 사람 없다는 ‘사회학적’ 통찰, 유전무죄 무전유죄라 는 ‘법률적’ 지혜, 원칙과 규칙은 원칙과 규칙일 뿐이라는 ‘유연하고 창 의적인’ 사고, 삶은 팔자소관일 따름이라는 ‘운명애적’ 달관이 아니겠 는가? 요컨대 우리 사회는 벡이나 기든스 같은 서구 학자들이 말하는 위 험사회가 아니다. 우리는 우리의 경험을 위험으로 서술하지 않는다. 우 리 사회는 ‘재수사회’이다.

하지만 벌써 애국심으로 무장한 반론이 들려온다 —어느 나라에 재수

나 운수와 관련된 말이 없겠으며, 재수 타령을 하지 않는 민족이 어디에 있겠는가? 그런 식으로 말하는 것은 스스로 자존심과 긍지를 박탈하는 자기 비하의 몸짓일 뿐이다. 그렇게 자신을 할퀴어서 얻는 것이 도대체 뭔가?

물론 내가 예컨대 영미권 사람들의 운(luck)이나 행운(fortune) 같은 말의 사용빈도 및 용례와 우리의 재수라는 말의 사용빈도와 용례 간의 엄격한 비교언어사회학적 고찰을 행해본 것은 아니다. 그러나 학술진흥 재단에서 그런 연구에 돈을 지원할 리도 없지만, 설령 지원해준다고 해도 나는 그런 연구를 위해 수천만원짜리 프로젝트 계획서를 제출하고, 그리하여 얻어진 돈으로 문헌을 사서 읽고 조교를 부리고 사회조사를 수행할 생각이 없다. 그런 일은 과학을 빙자한 낭비일 뿐이기 때문이다. 오히려 내 직관에 근거해서 이렇게 말하고 싶다. 우리들 거의 대부분이 재수의 철학으로 무장하고 있으며, 재수야말로 우리의 국민문화의 한 특징을 이룬다고.

어떤 독자들에게는 재수없는 말일지 모르지만, 사뭇 나는 도덕주의자 가 되어 또 이렇게 말하고 싶다. 재수라는 말이 가장 재수없으며, 이 재 수없는 재수라는 말이 재수없게 많이 사용되는 한, 그것이 우리들의 자 생적 생활철학으로 남아 있는 한, 우리들은 정말 재수없게도 아직 멀었 다고……

위인전을 개혁하자!

딸아이와 동네 서점에 갔다. 서점도 경영난이 심해서인지 전집류를 세일 가격에 팔고 있었다. 그중에는 책의 질로 보나 가격으로 보나 세일을 기회 삼아 살 만한 책들이 제법 되었고, 얼른 보기에도 과학 관련 전집이 마음에 들었다. 그러나 딸이 벌써 초등학교 이학년이 되고 보니 책을 부모 마음대로 사주기도 어렵다. 이 책이 어떠냐고 건네보아야 별로 관심이 가지 않는다는 표정이면 달리 어쩔 도리가 없다. 하긴 이제 스스로 선택하는 것을 연습함으로써 자율성을 키워나가기 시작해야 할 나이이기도 했다. 그러나 내가 보기에 마땅치 않은 책을 만지작거리고 있을 때 개입을 하지 않고 참기도 어려운 노릇이다. 해서 나는 내가 사주고 싶은 전집류 근처로 아이를 유도했고, 거기서 짐짓 내 스스로 이 책 저 책을 뒤적이고 있었다. 그러자 딸애도 내 옆에서 책들을 뒤적거렸다. 거기까지는 내 생각대로 진행되었다. 그러나 딸은 대뜸 하고많은 전집류 중에 위인전집에 들어 있는 책을 골라 뒤적이더니 "이 책 사주세요" 하는 것이다. 이런 낭패가! 내가 당혹스러웠던 것은 딸의 선택이 내 예상을 크게 빗나가서이기도 하지만, 더 중요한 이유는 위인전이라는 것이 딸애 나이에 읽기 적당한 책이 아니라는 생각 때문이었다. 어떤 사람이 위대한 인간인가는 누가 그것을 판단하느냐에 따라서 심하게 달라지는 것이 아닌가? 예컨대 딸이 선택한 위인전집도 그랬지만 통상 위인전집에는 알렉산더 대왕이나 칭기즈칸 그리고 광개토대왕이 들어 있다. 이런 사람들은 내 판단으로는 전혀 위인이 아니다. 단지 그들은 대규모 전쟁을 벌여 많은 사람들을 죽게 했고, 그렇게 해서 얻은 막대한 전리품과 영토를 향유했던 사람들일 뿐이다. 물론 그들이 천성적으로 전쟁을 좋아하고 탐욕스러웠던 게 아니라 나름의 이유가 있었고 또 상당 정도는 그들이 처한 사회상황의 압력에 의한 것이었던 만큼 그들을 비난할 이유는 없지만 마찬가지로 그들이 특별히 존경받을 이유도 별로 없다. 그러나 생각을 바꾸어 나는 아이에게 위인전집을 사주기로 했다. 아이가 선택한 전집에는 마음에 들지 않는 인물도 있었지만 인류의 더 나은 삶을 위해 희생적인 삶을 살았던 훌륭한 인물도 많았고, 저 나이 때는 동일시를 할 만한 훌륭한 인물도 필요하겠거니 하는 생각이 들었기 때문이다.

그러나 그 위인전집이 배달되고 나서 일어난 일들은 내게 매우 신경 쓰이는 일뿐이었다. 우선 초등학생이 위인의 삶을 읽고 이해한다는 것이 쉬운 일이 아니었다. 위인들이 속한 사회상황은 매우 다양했고, 그런 상황의 대부분이 아이에게는 이해가 가지 않는 것이었다. 예컨대 딸애가 루스벨트 전기를 읽었는데, 내 생각에 루스벨트 대통령은 위인이라고 할 수도 없는 사람이지만, 제2차 세계대전이 가진 의미를 아이가 이해한다는 것은 대단히 어려운 일이었다. 아이는 나에게 전쟁, 나치즘 등과 관련된 여러 가지 일들을 물어왔는데, 나로서는 그것에 대해서 설명하는 것이 극히 어려운 일이었을 뿐 아니라 그 책의 서술과는 다른 내 생각을 피력하기도 어려웠다. 책에 씌어 있는 내용이 다 옳은 것은 아니라는 것은 배워야 할 것에 속하지만, 어린 나이에 책에 대한 존경심부터 상실하는 것도 좋은 일은 아니기 때문이었다. 원효의 전기를 아이가 읽을 때도 당혹스러웠다. 원효가 훌륭한 분이라는 것에는 동의하지만, 원효가 걸어간 구도의 삶은 아이에게는 이해하기 어려운 것이었다. 더구나 그가 파계를 하여 아이를 낳은 것에 대해서 이해시킨다는 것은 불가능한 일이었다.

그러나 이런 모든 일보다 더 위인전집을 사준 것을 후회하게 만든 일이 몇 달 뒤 일어났다. 위인전을 읽는 날들이 이어지더니 마침내 아이가 나에게 이렇게 물어왔다. "아빠, 여자는 위인이 되기 어려워?" 그렇지 않다고, 왜 그렇게 생각하냐고 되묻자 딸애는 "위인은 거의 다 남자던데" 하고 답하는 것이었다. 그 말을 듣자 정신이 퍼뜩 드는 느낌이었고, 그래서 위인전을 살펴보니 육십 명에 이르는 세계와 우리나라 위인들 중에 여자라고는 그저 나이팅게일, 퀴리 부인, 헬렌 켈러, 유관순, 신사임당 정도뿐이었다. 많은 문제점에도 불구하고 딸애에게 위인전집을 사주었던 이유는 존경할 만한 인물을 통해 무언가 삶에서 추구해야 할 가치와 지표를 얻기를 바라서였는데, 위인전집은 아이에게 좌절감만 심어주었던 셈이다. 일이 그렇게 된 것은 위인전집을 편집한 사람들의 사고가 극히 남성적인 편견에 지배되고 있기 때문이며, 위인전집을 사줄 때 그런 면은 생각도 못 해보았다는 점에서 나 또한 그런 편견에서 자유롭지 않았다. 페미니즘이 불쑥불쑥 성장하고 있는 이 시대에도 여전히 그 페미니즘의 사각지대에서 아이들은 자라고 있으며, 여아들은 특히 삶의 지표로 삼을 인물의 빈곤에 허덕이고 있는 셈이다. 이 아이들을 위해서 위인전을 개혁해야 하며, 그것이 우리 사회의 문화적 진보를 위해 우리가 시급히 내디뎌야 할 한 걸음이라는 생각이 밀려왔다.

나는 구지식인으로 살 것이다

조태운씨는 신지식인이다. 그는 자장면의 느끼한 맛을 줄이기 위해서 자장면을 시킨 사람에게 서비스로 짬뽕 국물을 제공했다. 그는 학생들이 양이 많은 자장면을 좋아하는 것에 착안해 그릇 크기를 줄여 자장면 양이 많아 보이게 했다. 이런 그의 사업방식의 기저에는 '고객에 대한 세밀한 관찰과 탐구'가 있다. 그러니 그는 신지식인이다. 태평양생명 보험설계사 이영숙씨는 신지식인이다. 그녀는 연고에 의존하는 보험 세일즈에서 벗어나 진정한 보험설계사가 되고 싶었고 그것을 위해 컴퓨터도 배웠다. 그리고 고객의 취향에 맞는 보험을 설계하기 위해서 S-COM이라는 소형컴퓨터도 갖추었다. 그러니 그녀도 신지식인이다.

이런 신지식인에 대한 이야기는 교육부의 인터넷 홈페이지에서 내가 읽은 것들이다. 앞에서 언급한 분들 이외에도 거기엔 신지식인으로 안동에서 버섯 재배를 하는 농민 구천모씨, 서울 여의도 우체국 집배원 장형연씨, 정신지체 장애인으로 한국사회체육센터 직원이 된 김정씨, 인천 색동어린이집 원장 박지성씨, 동양염공 사장 이세연씨, 한국성폭력

상담소 정보사업부장 정진욱씨, 남자파출부 주덕한씨의 이야기가 실려 있었다.

그러나 그들에 대한 이야기를 읽으며 나는 왜 그들이 신지식인이라고 불려야 하는지 잘 알 수 없었다. 앞서 언급한 분들은 모두 나름의 분야에서 창의력 있고 개척적인 삶을 살아가는 분들이며, 그런 분들이 사회적 존경을 받는 것은 당연한 일이다. 하지만 그들이 지식인이고, 더욱이 새로운 지식인이라고 불려야 할 이유는 좀더 따져보아야 할 문제로 보였다.

정부가 신지식인이라는 개념을 새롭게 제시하는 이유는 제법 분명해 보였다. 정부는 국정 지표의 하나로 지식기반국가의 건설을 주장했다. 지식기반국가라는 말도 매우 혼동스러운 말이지만, 그 말이 사회적 파급력을 갖는 데 큰 장애로 작용하는 것이 바로 지식이라는 말이다. 지식인 하면 대학교수를 떠올리는 사회에서 지식기반사회라는 말이 동원력을 갖기는 어려운 일이다. 그래서 지식기반국가의 이미지를 선명하게 해줄 보조적인 개념으로 등장한 것이 신지식인 개념이다. 개념의 구체성으로 말한다면 지식보다는 지식인이 더 구체적이며, 따라서 새로운 지식을 설명하기 위해서는 새로운 지식인이 적합할 수 있다. 이런 시도를 잘못된 것이라고 볼 수는 없으며, 정부가 구체적 사례로 지적하는 신지식인들을 통해서 관철하려는 것은 지식이나 지식인 개념에 깃들인 신비성을 제거하는 것이기에 높이 사줄 만한 구석도 있다.

그러나 무엇을 선명하게 하려는 개념이 더 혼란을 야기할 수 있으며, 신지식인 개념도 그러하다. 정부가 제시한 신지식인에 대한 정의는 "지식을 활용하여 부가가치를 능동적으로 창출하는 사람"이다. 이런 정의는 여러 가지 의문을 제기한다. 왜냐하면 이런 정의에 따르면, 쓸모 있는 아이디어로 성공한 사람이나 자기 직업의 효율성을 위해 컴퓨터를 활용할 줄 아는 사람들은 모두 신지식인이 되기 때문이다. 정부의 생각은 그런 것일지도 모른다. 그러나 모든 사람이 지식인이 되어야 한다는 식의 주장은 다시 그 개념을 별로 쓸모 없는 것으로 만들 수 있다. 하지만 이보다 더 심각한 것은 지식과 경제를 직접적으로 연계하고 있는 정부의 지식 정의이다. 이 발상에 따르면 경제적 부가가치를 창출하지 않는 것은 지식이 아니라는 식의 이야기가 가능하기 때문이다. 그러나 지식은 전혀 부가가치를 창출하지 않을 수도 있고, 창출한다고 해도 매우 긴 우회로를 거치는 경우가 많다. 때문에 경제주의적 지식관은 오히려 근시안적인 지식관을 낳아 지식의 발전을 막을 수도 있는 것이다.

이렇게 정부의 신지식인 개념에는 신비한 지식과 특권적 지식인의 타파라는 민주적 동기와 지식에 대한 경제주의적 관점이 뒤섞여 있다. 그리고 그 과정에서 지식인 개념에 깃들여 있던 비판과 성찰이라는 개념을 제거하며, 경제적 이득과 무관하게 더 나은 삶, 더 현명한 삶을 위해서 앎을 추구해야 한다는 자기 목적적인 지식관도 파괴한다. 굳이 신비적 지식관의 타파라는 이득과 경제주의적으로 환원된 지식관의 폐해 간의 대차대조표를 작성해본다면, 내 어림은 손실이 더 크다는 쪽이다. 내 입장에 대해, 그것은 단지 대학교 일학년 때 사르트르의 『지식인을 위한 변명』을 읽음으로써 지식인 개념을 획득한 사람의 편견이라고 몰아붙인다면 달리 할말은 없다. 그러나 지금 정부의 방식대로 신지식인이 정의된다면, 나는 구지식인으로 살겠노라고 답하겠다.

왕과 캡

  청소년들이 많이 쓰는 말 가운데 '왕재수'라는 말이 있다. 그 말이 무슨 뜻이냐고 물어보니 아주 '밥맛'인 애한테 쓰는 말이라고 했다. '밥맛'은 나도 잘 아는 말이지만, 새삼 청소년의 입에서 들으니 밥맛이 왜 그렇게 나쁜 것을 나타내는 말이 됐는지 의아스러웠다. 아무튼 청소년의 말에 따르면, '왕재수'는 '왕 재수없는 사람'의 준말로 볼 수 있으며, 여기서 '왕'은 '매우' 또는 '극히'를 대신하여 부사적으로 쓰이고 있는 것으로 보인다. '왕'이라는 말이 이런 식의 어법으로 쓰이는 경우로는 '왕따'가 대표적일 것이다. '왕따'는 '왕 따돌림을 당하는 애'의 준말이니까.

  단순하게 보면 '왕'이라는 말이 그렇게 쓰이는 것은 생경하기는 해도 부적합하지는 않은 것 같다. 왜냐하면 '왕'이라는 존재 자체가 극단적인 존재이기 때문이다. 전통사회에서 모든 인간은 왕이거나 신하이며, 그런 만큼 왕은 예외적인 존재니 말이다. 그러나 좀더 생각해보면 청소년들의 '왕' 어법에는 흥미로운 데가 있다. 왕은 분명 예외적인 존재일 뿐 아니라, 존귀한 존재임에 틀림없는데, 청소년들은 '왕'이라는 말을 모두 부정적인 경우에 쓰고 있기 때문이다. 분명 청소년들의 '왕' 어법에는 한없이 높은 존재를 한없이 낮은 존재로 전환하는 가치 전도가 엿보인다고 할 수 있다.

이런 현상을 어떻게 해석해야 할까? 우리가 왕을 떠받드는 시대로부터 왕을 제거하고 신하가 시민이 되는 시대로 이행했기 때문에, 그리하여 우리들의 머릿속에서 왕이라는 존재가 별볼일 없는 존재로 여겨지기 때문이라고 보아야 할까? 그렇게만 보기에는 어려운 점이 있다. 현대사회로의 이행이라는 일반적 사실에만 비추어 설명하려면 왕조국가에서 국민국가로의 전환이 일어난 모든 나라에 그런 어법이 존재해야 할 것이기 때문이다. 그렇다면 우리의 경우 현대사회로의 전환과정에서 국권을 상실했던 적이 있으며, 그때 마지막 왕조가 너무도 무능하게 행동했기에 우리의 국민문화 속에 왕에 대한 부정적 인식이 깊이 새겨져버렸기 때문이라고 볼 수는 없을까? 그렇게만 보기도 어렵다. 그렇게 볼 경우, 왜 왕에 대한 이런 식의 어법이 최근에야 출현한 것인지 설명하기 어렵다.

사실 이런 단순한 어법에 깃들인 문화적 의미를 제대로 해석하는 일조차 난감하기만 하다. 하지만 나는 마찬가지로 청소년들이 잘 쓰는 다른 대칭적인 말을 통해서 우리 사회의 어법에 깃들인 어떤 특유한 의식을 하나 더 발견할 수 있다는 생각이 들었다.

청소년들은 왕재수라는 말만큼이나 '캡이다' 또는 '캡빵이다'라는 말을 잘 쓴다. 청소년들은 자기들 집단 내에서 지도력을 가진 사람이나 우두머리를 '캡'이라 부르며, 아주 좋은 물건이나 멋진 일에 대해서 '캡이다'라고 한다. 여기서 '캡'은 캡틴(captain)의 준말이며, 그것은 다 알다시피 선장이나 대위 또는 어떤 조직의 장을 뜻한다. 그러니 청소년들의 이 '캡' 어법은 '왕'의 경우와 매한가지로 생경하긴 해도 부적합한 것은 아니다. 그러나 '캡'은 '왕'과 달리 언제나 좋은 일에만 쓰인다.

왕과 대비되는 캡틴의 활용법은 무엇을 말하고 있는 것일까? 아마 이 문제는 우리들의 외래어 내지 외국어 사용법에 깃들인 어떤 의식의 한 단면을 보여준다고 해야 할 것이다. 즉 우리는 유사한 의미망을 가진 우리말과 외래어가 있다면, 두 단어 중에 우리말은 못한 것에, 외래어는 나은 것에 나눠 쓰는 경향이 있는 것이다. 약간 다른 경우이긴 하지만 뽀뽀와 키스의 경우도 그런 예를 보여준다. 아마 뽀뽀라는 말은 본래 오늘날 우리가 뽀뽀라 부르는 것과 키스라 부르는 것 모두를 포괄하고 있었을 것이다. 그러다가 키스라는 말이 들어오자 (또는 그 말을 알게 되자), 뽀뽀는 좀더 작고 귀여운 것으로, 키스는 더 강렬한 것으로 분배해서 쓰게 된 것으로 보인다.

이런 사례들은 국어순화운동에 앞서 생각해봐야 할 문제를 던져준다. 즉, 우리 언중(言衆)이 단순히 외래어로 우리말을 대치하는 것만이 아니라 그것을 의미 분화와 구별의 자원으로 활용하고 있으며, 그 과정에서 외래어와 우리말 사이에 의미론적 위계를 설정하고 있다는 것이다. 이 의미론적 위계 또한 분명 우리 문화의 식민성과 사대성의 한 표현이며, 그것의 뿌리깊음과 넓음을 보여주는 한 사례인 것 같다.

영어 공용화론

　한 사회가 쓸모없는 일에 정력을 낭비하는 경우는 여러 가지가 있게
마련이다. 하지만 영어 공용화론처럼 쓸모없는 일도 드물 것이다. 어느
정도는 현실적인 이점을 고려한다고 해도 식민화의 강력한 유산으로 인
해 그렇게 하는 것이 아닌 한, 아마 영어 공용화론이 그렇게 앙망하고 있
는 세계의 열강들은 우리들의 영어 공용화론에 대해 고소를 금치 못할
것이다. 영어 공용화론이 지나가는 개도 웃을 일인 까닭은 그것이 바람
직하지도 않거니와 가능하지도 않은 일이기 때문이다. 주장하는 바인즉
슨 우리가 영어를 잘 못하니 영어를 잘하기 위해서 그것을 공용화하자
는 이야기인데, 공용화란 인구의 상당수가 영어를 잘하지 않으면 할 수
없는 일인 것이다. 초등학생을 위해 네이티브 스피커들이 가르치는 학
원들까지 그렇게 성업이어도 영어를 잘 못하는 나라에서 어떻게 영어를
공용화할 것인가? 설령 영어를 법으로 공용화한다고 해도 그것이 지금
수준에서 공용화 비슷한 정도라도 되는 데는 온갖 노력을 다한다 해도
아마 오십 년 이상이 걸릴 것이고 공용화가 정착되는 데는 훨씬 더 긴 세

월이 필요할 것이다. 그때도 미국이 여전히 세계 헤게모니 국가의 지위를 누릴지는 그리 확실한 일이 아니다.

물론 영어 공용화론이 나오는 저간의 이유를 모르는 것은 아니다. 제나라 말과 글을 제대로 쓰며 살아본 일이 일천하여 고작 해방 후 오십 년간만을 한글 전용화를 해본 우리의 역사적 처지가 한 이유일 것이다. 또 식민지 경험을 서구가 아니라 같은 동양 국가인 일본에 의해 겪어서 미국 같은 나라에 문화적 거부감이 덜한 탓도 있을 것이다. 더러는 공용화를 그저 학원비 안 들이고 영어를 더 효과적으로 배우는 방편 정도일 것이라 생각하는 무식함도 그런 논의가 퍼져나가게 하는 한 요인일 것이다.

하지만 참 받아들이기 어려운 것은 그런 헛소리를 하는 사람들 중에 자유기업센터 소장인 공병호 같은 사람들뿐 아니라 내로라 하는 작가들도 있다는 것이다. 작가들이란 무엇 하는 존재인가? 그들은 사유의 심연으로부터 새로운 언어를 길어올리는 자들이 아닌가? 그들은 어머니로부터 물려받은 그 깊은 울림을 이어 더 커다랗게 여울지게 하는 자가 아닌가? 그러니 그들이 영어 공용화론을 주장할 유일한 근거는 모국어에 대한 절망에 있을 터인데, 그들은 과연 절망에 이를 만큼 간곡한 사랑을 모국어에 기울이고 그 가능성을 남김없이 소진했던 것일까?

더 마음 아픈 것은 지금 꽤나 시끄러워진 영어 공용화론의 원조가 복거일씨라는 것이다. 복거일씨가 그런 주장을 처음 꺼냈을 때, 누군가 나에게 어떻게 생각하냐고 물었다. 그때 나는, "그냥 하는 소리겠지. 다들 영어학원 다니느라 엄청난 돈을 쏟아붓는 세태가 한심해서 농담 삼아 하는 이야기겠지" 이렇게 답했었다. 내가 그렇게 말했던 까닭은 그가 쓴 소설, 『비명을 찾아서』를 읽어보았기 때문이었다. 그 가상소설은 만일 우리들이 식민지에서 태어나고 자라서 식민 모국이 마련한 상징적 우주를 유일한 의미론적 지평으로 생각할 때, 어떻게 민족을 발견할 수 있는가를 다룬 소설이었다. 오래 전에 읽어 상세하게 그 계기들이 하나하나 생각나지는 않지만, 주인공이 민족을 찾아가는 매개물의 하나가 바로 만해 한용운의 시였던 것은 기억에 남아 있다. 문학은 그렇게 민족적인 것의 가장 강인한 흔적인 것이다.

하지만 시간이 지나고 보니 나는 복거일씨가 그런 주장을 한 이유를 조금은 알 것도 같다. 조탁된 언어의 결정물인 시를 통해서 민족을 발견하는 이야기의 바로 그 작가가 영어 공용화론을 개시한 사람이라는 사실은, 왜 우리는 억압받고 있는 힘없는 민족인가라는 고통스런 질문을 둘러싸고 일어나는 우리들의 정신적 운동의 방향이 어떤 것인가를 말해 준다. 그것은 민족에 대한 향수와 민족에 대한 경멸, 참된 모국어에 대한 갈망과 국제어에 대한 욕정 사이의 진자운동이다. 일반화하자면 이렇게도 말할 수 있겠다. 우리의 민족 심리는 만주를 헤매는 민족의 근원사라는 과거완료의 시제와 영어를 자유자재로 사용하며 현재의 세계질서 안에 힘있는 존재로 참여하는 미래완료의 시제를 살고 있다고 말이다. 그러나 그렇게 우리가 갖지 않은 민족의 영광을 과거와 미래로부터 구하는 동안 우리는 현재에 대한 예민한 감수성을 잃고, 현재라는 절박한 시제를 놓치고 있는 게 아니겠는가?

군필자 공무원 시험 가산점 유감

새 천년의 아침이 밝았다고 해서 우리들이 다르게 살지는 않는다. 우리는 어제와 마찬가지로 지하철을 타고 출근을 해야 하며, 일을 마치면 동료들과 가끔 소주잔을 기울일 뿐이다. 1999년의 삶과 2000년의 삶 간에 급진적인 단절은 없다. 오히려 우리의 삶의 구조를 바꾸는 것은 사건들, 한 사회가 자신의 삶을 어떻게 운영할 것인가에 대해 결정하는 사건들에 달린 것이다. 그렇게 본다면 아마 헌법재판소가 군필자가 공무원 시험을 볼 경우 부여하던 가산점을 위헌으로 판결한 것은 우리들의 삶에 일정한 변화를 가져오는 사건이며, 작지만 새 천년 운운하는 달력상의 사건보다 더 중요할 것이다.

이 사건의 중요성을 반영하듯 각 통신 게시판에는 이 사건에 대한 글들이 수백 편씩 올라 있다. 그러나 그런 글들을 읽으면서 드는 느낌은 우리 사회가 이미 그 문제에 대해서 침착성을 잃고 있으며, 합리적인 논증과 문제 해결을 위한 노력을 상실하고 있다는 것이다. 물론 그 문제에 대한 합리적 논증이나 해결 모색이 쉬운 일은 아니다. 거기에는 매우 복잡한 문제들이 뒤얽혀 있기 때문이다. 그러나 나는 적어도 하나의 일반적 원칙을 수립할 가능성은 있다고 생각한다.

그 원칙을 이끌어내기 위해서 공무원 채용 일반으로 문제를 확대해보자. 군필자의 공무원 시험 가산점 부여 여부에 대해서만 논의의 초점을 맞추고 있지만, 우선 알아두어야 할 것은 모든 공무원 시험에서 군필자들이 가산점을 받는 것은 아니라는 점이다. 지금 문제가 되고 있는 지방 공무원이든 중앙 공무원이든 7급 공무원과 9급 공무원 시험에는 가산점이 있지만, 사법고시나 행정고시 그리고 외무고시 같은 5급 공무원 시험에는 가산점이 없다. 왜 그런가? 그 이유는 간단하다. 이런 5급 공무원 시험 합격이 가져다주는 사회적 보상은 매우 큰 것이어서 군복무 경력이 그것의 당락에 결정적인 영향을 미쳐서는 곤란하기 때문이다. 만일 이 5급 공무원 시험에도 가산점을 주었다면, 여성들이 문제를 제기하기 전에 군대를 면제받았거나 방위 제대를 한 남성들로부터 먼저 반대의 목소리가 터져나왔을 것이다.

이런 사실은 결국 군복무가 사회적으로 보상되어야 할 중요한 봉사라고 하더라도 그것의 보상은 적정하게 산정되어야 하며, 적절한 방식으로 이루어져야 함을 의미한다. 5급 공무원 시험에서 가산점이 없는 이유는 합격과 불합격을 가르는 진입 문턱에서 가산점을 주는 것과 같은 보상이 일종의 영구적 보상이기 때문이며, 진입 이후의 보상이 너무 큰 영역에서는 사회가 그것을 용인할 수 없기 때문이다. 간단히 말하면 경쟁이 격화되는 지점에서는 공정성(fairness)만이 문제 해결책이다.

이런 사실은 역으로 지금까지 왜 7급과 9급 공무원 시험에서 군필자 가산점이 별 문제 없이 통용되었으며, 왜 지금 그것이 문제가 되는가 하는 이유를 밝혀준다. 그것은 이전에는 그리 경쟁이 격화되지 않았던 영역이며, 경쟁이 있었다 하더라도 여성들이 그 경쟁을 격화시키지 않았던 영역이었다. 그러나 이제 사태가 달라졌다. 노동시장에서 큰 불이익을 받고 있는 여성들에게 정치적 정당성을 위해서 어떤 식의 성 불평등도 공식적으로 용인할 수 없는 국가 공무원은 매우 매력적인 직종이며, 그로 인해 지난 십여 년간 공무원 시험에서 여성 응시자들의 수가 늘어왔다. 그러나 그 결과는 만족스럽지 못했는데, 그 이유가 바로 군필자 가산점 때문이었다. 따라서 이제 그것에 대한 여성의 법적 도전이 일어난 것이다.

간단히 말해 이제는 전과 달리 7급과 9급 공무원 시험에서도 군필자들이 가산점을 받는 것은 5급 공무원 시험에 가산점을 주는 일만큼이나 공정성이 결여된 일이 되었으며, 그것은 7급과 9급 공무원 시험 합격 이후의 사회적 보상에 대한 사회적 평가가치가 그만큼 높아졌다는 것을 뜻한다. 그러므로 진입 경쟁이 높아진 만큼 여기서도 문제의 해결책은 특혜의 철폐 그리고 공정성의 관철이 될 수밖에 없다. 그런 만큼 헌법재판소의 이번 판결은 여성도 당당히 그 일원인 근대국가의 대의에 부합하는 일이다. 그런 시각에서 보면 혹자들이 제기하는 '음모설', 즉 총선을 앞두고 여성표를 의식한 현 정부가 헌법재판소의 이번 판결을 유도했다는 주장은 사실관계를 떠나서 전혀 문젯거리가 되지 않는다. 총선을 의식한 정부가 판결에 영향을 미친 것이 사실이라고 하더라도 그것은 현 정부가 정당성의 문제에 예민하게 반응하고 있으며, 그것에 의해 민주주의가 관철되고 있다는 증거에 불과하다.

물론 남성들이 군대에서 겪은 고통이 낮게 평가되어서는 안 된다. 그러나 그것에 대한 보상은 진입 문턱이 아닌 다른 곳에서 찾아져야 한다. 남성들이 만일 이 사건에 대해서 '헌법재판소를 폭파하라'는 식의 말초적 반응을 보인다면, 그것은 남성들이 국가를 '남성의 국가'로 인식해온 치졸한 역사적 지체자임을 입증하는 것일 뿐이다.

대형서점 운영방침

나는 직업상 책을 읽고 그 내용을 요약해두는 경우가 많다. 책을 요약하는 요령은 책을 쓴 저자가 어떤 아우트라인에 입각해 이 책을 썼는가를 염두에 두면서 책을 읽고, 그 아우트라인을 내 식으로 복원하는 것이다. 이런 식의 책 읽는 방식은 다양한 분야에 적용될 수 있다. 예컨대 대형서점의 구조와 양태를 보며, 그것으로부터 서점의 운영방침, 즉 아우트라인을 재구성하는 데도 쓸 수 있다. 들어서기만 해도 사람들의 살냄새가 확 풍기며 복닥거리는 대형서점으로부터 재구성한 운영의 아우트라인은 다음과 같다.

(1) 대형서점은 책이 많아야 하며, 그것이 대형서점의 힘이다. 따라서 가능한 한 많은 책을 진열하는 것을 최고의 원칙으로 해야 한다. 그렇게 하는 데는 빈 공간을 제거하는 것이 최고이며, 그것을 위해서는 책의 판형을 표준화해야 한다. 왜냐하면 그럴 때만 책장과 책의 크기를 일치시켜 책을 빈틈없이 꽂을 수 있기 때문이다. 이렇게 하면 책장을 표준형으로 살 수 있어 책장 구매 비용을 낮추는 데도 큰 도움이 된다. 책의 표준

화를 위해서는 어떻게 해야 하는가? 표준판형이 아닌 책은 서점의 외진 구석에 넘어뜨려 꽂아 팔리지 않게 하여 그런 책을 만든 출판사를 응징하면 된다. 책의 다양성을 북돋워 책문화를 발전시켜야 한다고? 모르는 소리이다. 책의 다양성은 서점을 위한 것이 아니다.

(2) 우리나라는 공공도서관이 아주 형편없는 나라이다. 그로 인해 책을 사러 오는 것이 아니라 책을 보러 서점에 오는 '형편없는' 인간들이 많은 나라이다. 따라서 이런 인간들을 어떻게 퇴치하느냐가 서점 운영의 핵심이다. 이들을 막기 위해서는 그들이 안락하게 책을 뒤적거릴 공간을 최대한 줄여야 한다. 이를 위해 우선 통로를 아주 좁게 만들어야 한다. 때로 무례하게 서점 바닥에 죽치고 앉는 인간들을 막을 수는 없다 하더라도 그들에게 반드시 새우등을 하고 책을 읽는 고통을 안겨주어야 한다. 더불어 서점에서 장시간을 버틸 수 없게 하기 위해서 음식을 파는 카페테리아 따위를 서점에서 추방해야 한다. 그것이 어려울 경우에는 책을 들고 그런 곳으로 가지 못하게 하거나 음식 가격을 짜증스러울 정도로 비싸게 하고 음식을 맛없게 해야 한다. 이렇게 서점을 비좁고 짜증나는 공간으로 만드는 것은 사람들에게 어서 책을 사서 이 공간을 빠져나가고 싶게 하기 때문에 매출액도 높여준다. 한 가지 조심할 것은 책을 사러가 아니라 보러 오는 인간들 때문에 공공도서관의 불비함을 탓해서는 안 된다는 점이다. 왜냐하면 공공도서관이 엉망이라는 그 사실 때문에 사람들은 책을 빌려보지 않고 사보게 되며 그것이 서점의 높은 수익률의 원천이기 때문이다.

(3) 가능한 한 책을 제멋대로 분류해야 한다. 책을 출판사별로 분류하다 저자별로 분류하다 분야별로 분류하다 해야 한다. 책이 잘 분류되어 있으면, 사람들은 쉽게 책을 찾을 수 있게 되고 책을 찾는 데 절약된 시간을 책 내용을 검토하는 데 쓰게 된다. 일반적으로 책 내용을 검토하면 할수록 구매량은 줄어든다. 그러므로 책을 찾다가 지치게 만든 다음 서

점 직원에게 하소연해서야 겨우 책을 찾을 수 있게 해야 한다. 이 경우에
도 서점 직원이 너무 많이 매장에 배치되어 있어서는 곤란하다. 그러면
사람들은 직원들을 통해 쉽게 책을 찾을 수 있기 때문이다. 직원수를 줄
이면 임금을 줄일 수 있을 뿐 아니라 피로한 직원들이 충분히 짜증난 얼
굴로 책을 찾아줌으로써 손님들에게 황송한 느낌을 자아낼 수 있다.

(4) 베스트셀러를 강조해야 한다. 모든 책이 골고루 팔리는 것보다 특
정한 책이 많이 팔리는 것이 서점 입장에서는 훨씬 관리하기 편하며, 베
스트셀러는 그것을 보아야 할 것 같은 느낌을 만들어내기 때문에 다른
책을 사러 온 사람들도 그것을 사게 하는 효과가 있다. 그러니 국민들의
지적 균형과 다양한 독서시장의 발달을 위해서는 유감스러운 일이지만,
'떴다' 싶은 책은 더 띄우고, 그런 게 없으면 만들어서라도 띄워야 하며,
사람들이 부담을 느낄 만큼 '베스트셀러'를 높게 쌓아놓아야 한다.

(5) 대형서점의 권위를 세우기 위해서 외서부를 운영해야 한다. 그리
고 외서부 책은 되도록이면 하드바운드의 비싼 책으로 진열하며, 같은
책도 되도록 환율이 높은 나라에서 나온 책으로 (예컨대 미국에서도 살
수 있는 책을 영국에서) 사놓아야 한다. 어차피 많이 팔리지 않으며 당장
써야 할 논문 때문에 책을 필요로 하는 사람들은 어쩔 수 없이 사게 마련
이기 때문이다.

나와 다르게 책을 읽는 사람들이 있듯이, 나와 다르게 대형서점의 운
영방침을 추론하는 사람들이 있을 것이다. 그러니 나는 내가 걸러낸 운
영방침만이 옳다고 생각지 않는다. 그리고 나는 이 외의 운영방침들도
짐작할 수 있었지만, 송사에 휘말릴 것이 무서워 몇 가지 영업방침은 밝
히지 않았다.

정치라는 극장

히치콕의 〈파괴공작원(Saboteur)〉의 핵심적인 장면들 가운데 하나는 사교계 숙녀인 양 행세하는 부유한 나치 스파이의 저택에서 열린 자선 무도회 장면이다. 스파이의 손에서 여자친구를 구출해서 도망치려는 주인공과 그를 쫓는 나치 스파이들은 수백 명이 에티켓이라는 사회적 규칙에 따라서 춤을 추는 이 공간을 헤쳐가게 된다. 이 장면은 표면의 목가적인 무도회와 그 이면에서 벌어지는 쫓기는 자와 쫓는 자의 결사적인 모습의 강렬한 대조로 인해 인상적이다. 흥미로운 것은 이 경우 표면이 아무런 역할을 하지 못하는 무력한 것이 아니라는 점이다. 쫓는 자나 쫓기는 자 모두 무도회에 침석한 순긴한 수백 명의 시선으로 인해 무도회의 예의범절을 지키면서 소기의 목적을 달성해야 한다. 예컨대 나치 스파이가 주인공으로부터 그 여자친구를 뺏으려 할 때 그는 무도회의 예법에 따라 그녀에게 춤을 청한다. 이때 그녀는 예법에 따른 정중한 요청이기에 그것을 거절할 수가 없다. 반대로 주인공이 도망치려 할 때에는 마침 무도장을 떠나려는 아무것도 모르는 한 쌍의 남녀와 합류해야 한다.

이와 유사하지만 일부 차이가 나는 일이 새벽 벽두부터 우리의 매스컴을 장식하고 있다. 국회 529호 사건이 그것이다. 한나라당은 국회 529호실의 문고리를 뜯고 들어가 정보위원회 연락사무실 내에서 오십여 개의 문건을 탈취했고, 그것의 일부를 현 정부의 정치사찰 증거로 호들갑스럽게 언론에 공개했다. 이에 대해 여당은 한나라당의 행위를 "헌정질서를 파괴한 중대한 범죄 행위"라고 펄펄 뛰고 있다. 그들은 분명 맹렬하게 대립하고 있는 것 같다. 그러나 사실 그들이 신경을 쓰고 있는 것은 무도회에 참석한 사람들(국민)이다. 그들은 적에게 일격을 가하고 싶지만 그렇게 하기 위해서도 사회적 게임의 구조 안에 수용될 수 있는 행동을 해야 하기 때문이다.

그렇다면 왜 그들은 히치콕 영화의 주인공들처럼 무도회에 참석한 사람들이 그 일에 대해서 모르기를 바라지 않는가? 바로 여기서 529호 사건과 히치콕 영화 간의 차이가 드러난다. 한나라당과 국민회의는 히치콕 영화의 주인공들과 달리 무도회의 규칙에 순응하지 않고 거기서 추어야 할 춤의 종류(사찰이냐, 국가기밀 탈취냐)를 결정하려고 하는 것이다. 따라서 히치콕 영화와는 다른 종류의 아수라장이 벌어지는 것이다.

어떻게 보면 바로 이 점이 우리 사회의 특수성을 규정한다고도 할 수 있을 것이다. 히치콕의 세계에서 주인공은 스스로 게임의 규칙(무도회의 규칙)을 위배할 수 없으며, 그것은 그에게 대항하고자 하는 편에게도 기회를 제공한다. 그렇기 때문에 히치콕적 세계에서 주인공은 모든 상황을 꿰뚫고 있음에도 불구하고 무력할 때가 있다. 그러나 규칙 자체가 상대화된 세계, 또는 규칙을 설립된 것이 아니라 항상 자의적으로 설립할 수 있다고 생각하는 우리 사회는 이와 다르다. 거기서 주인공은 무한대의 힘을 가진다. 그러나 이 말은 사실 힘이 규칙일 뿐 그것을 통제하는 규칙이라는 표면은 없다는 주장이다. 이런 사태가 엄청난 냉소주의를 불러들인다. 그리하여 규칙 자체의 준수라는 순진한 시선 혹은 표면을 잃어버리고 냉소가 일반화된 사회, 그것이 바로 우리 사회인 것이다.

그러나 우리 사회에서 순진한 시선이 완전히 상실된 것은 아니다. 언론이 그 순진한 시선을 보유하고 있다. 그들은 마치 어떤 규칙이 이미 존재하고 있는 것처럼 구는데, 그것이 바로 양시 또는 양비라는 규칙이다. 그러니 우리들은 이 이상한 극장식 카페의 정체를 어느 정도 파악할 수 있다. 그것은 여야와 국민이 히치콕적 세팅을 구성하는 공간이 아니라, 여야와 언론이 히치콕적 세팅을 구성하며, 국민은 순진한 시선을 상실한 채 그 모든 과정을 바라보고 있는 관객인 것이다. 야릇한 것은 그 극장 위에 있는 여야와 언론은 계속해서 국민들이 무도회에서 춤을 추는 순진한 사람들이라고 생각하고 있다는 점이다. 그로 인해 배역과 대사가 어긋나게 되는 것이다.

그렇게 해도 상관없을 것이다. 테마는 새롭지만 풍경과 틀거지는 낡고 오래된 것이니까. 그러나 문제는 각본과 연출과 연기가 모두 형편없는 이 극장에 우리가 꽤 많은 요금을 내고 들어와 앉아 있으며, 종영시간이 앞으로도 상당히 남아 있다는 점이다.

옷 파동

　몇 년 전 한국조폐공사 노조의 파업을 검찰이 유도했다는 진형구 전대검찰청 공안부장에 대한 지휘 책임을 물어 김태정 법무장관이 임명 보름여 만에 경질되었다. 그와 함께 김태정 장관의 취임과 더불어 불거지기 시작했던 옷 파문의 파고는 잦아질 것이다. 그 동안 어디를 가나 우리들은 고관부인들의 옷 파동에 휘말려 있었다. 신문들은 '신이 난 듯' 서너 페이지씩을 할애하며, 갖은 의혹들에 번호를 붙이고, 도표를 제시하며 상세한 해설 기사들을 내보냈다. 검찰의 수사가 종결되고도 옷 파동은 경찰 사직동팀 문제, 국민회의 내의 신구파 간의 갈등론, 재보선과 야당의 공세, 현 정부의 사정계획 따위로 이어지며 식을 줄 모르고 팽창되고 있다. 사람들이 모인 자리에서 단연 주목을 받는 사람은 더 흥미로운 사실이나 가설을 제출하는 사람이다. 예컨대 "왜 DJ는 그렇게 여론에 내몰리면서도 끝내 김태정 법무장관을 내치지 못하는가 하면, 그 이유는……" 아니면 "연정희는 깃털이야. 몸통은……" 하는 식의 이야기가 그런 것이다. 다른 한편 아주 구석진 곳에서는 신문을 장식한 고관 내지 재벌 부인들의 인물평이 만발이다. 한 시민단체는 장관 부인들에게 몸뻬를 선물하기로 했다고도 한다.

그렇다면 옷 이야기는 왜 그렇게 놀라울 정도의 팽창력을 가진 가십거리가 되었던 것일까? 답은 간단하다. 우선 그것은 극히 부아가 치밀게 할 뿐 아니라 석연치 않은 일들로 가득 찬 무척 흥미 있는 소재였기 때문이다. 흥미 있다고? 모든 국민들이 오랜만에 언어학자가 되어 '걸쳤다'는 말의 깊은 뜻을 헤아리는 일은 분명 흥미 있는 일이기도 하다. 다음으로 옷 파문은 가십의 소통 경계를 깨뜨렸다. 특히 여성의 가십과 남성의 가십 사이의 경계를 무너뜨렸다. 옷을 매개로 정치와 여성이 만나고, 그로 인해 남편과 아내의 대화가 주선되고, 시사잡지와 여성잡지가 주제를 공유하고, '정론지'(?)와 '스포츠' 신문이 뒤섞이고, 아홉시뉴스와 코미디 프로그램이 릴레이를 하게 된 것이다. 이렇게 해서 옷 파문이 우리 사회의 구석구석을 헤집고 다니게 되었다. 그러니 그것이 다분히 가십거리로 채워져 있다고 해도 여론의 형성이고 확산이었다고도 할 수 있다. 그럼에도 불구하고 그 과정을 통해 어떤 교훈을 얻었다거나 또는 여론이 심화되었다고 할 만한 일은 별로 일어나지 않았던 것 같다.

그렇다면 옷 파문과 관련하여 우리가 더 생각해보아야 할 것은 무엇일까? 문제의 핵심은 고관 부인들이 정치적 법적 문제에 대해 실제로 로비력이 있는가 없는가를 떠나 그런 로비력을 가지고 있다고 자임하거나 가진 것으로 사람들에게 인식되고 있다는 것이다. 아마 모든 공적 권력의 내면에는 사적인 쾌락이 배어 있을 것이다 우리의 경우 심각한 것은 공적 권력을 사적 쾌락이 아니라 사적 권력으로까지 전환하여 침식하고 있으며, 그것을 당연하게 생각하는 문화를 가지고 있다는 점이다. 고관 부인과 재벌 부인의 행태는 이사 집(혹은 대령 집)에 김장을 담가주러 가는 과장 부인(혹은 대위 부인)의 행태와 연장선상에 있다.

그러나 많은 사람들이 실제로 분통을 터뜨렸던 것은 이런 문제에 대해서가 아니라 고관 부인들의 어마어마한 사치에 대해서였다. 그런데 그 분노라는 것이 한번 생각해보아야 할 문제이다. 고관 부인이 비싼 옷을 사입을 때, 그들은 고관 부인으로서 그렇게 하는 것이 아니라 부유층으로서 그렇게 하는 것이다. 그러니 그 부가 정당한 부라면 욕할 이유도 없다. 사치는 부의 거의 불가피한 속성이기 때문이다. 그러므로 옷 파동을 바라보며 정치지도자나 공직자는 검박해야 한다는 윤리적 명제만을 외치는 것은 곤란하다. 우리가 겨냥해야 할 것은 고관의 부가 정당한 것인지를 검토할 수 있는 장치, 더 나아가서는 검박한 사람들도 정치지도자와 고관으로 성장할 수 있는 제도를 마련함으로써 금권지배적인 현재 상황을 타개하는 것이다. 당연히 옷 파동에 대해서 우리 모두가 터뜨렸던 분노의 에너지를 놓치지 않고 끌어모아 쏟아부어야 할 일차적인 과제는 인사청문회의 내실 있는 제도화와 정치관계법의 개정이 될 것이다. 옷 파동을 정치자금법이나 선거구법 그리고 정당법과 연관시켜나가지 않는 한 옷 파동은 한때의 소동으로 우리들의 기억에서 사라져갈 뿐이고 그것을 에워쌌던 엄청난 에너지는 공중으로 흩어져버릴 것이다. 막스 베버가 그랬듯이 "민주주의와 자유는 한 민족이 양떼같이 지배당하지 않겠다는 확고한 의지가 있는 곳에서만 가능"한 법이다.

동성애자에 대해

내가 구체적으로 아는 동성애자는 사회학을 연구하는 후배 학자 두 사람 정도이다. 한 명은 군대에 가서 활동을 중단한 상태지만 둘 다 게이 지식인으로서 열심히 산다고 할 수 있는 사람들이다. 그 외에 내가 아는 게이가 있다면, 이제 누구나 아는 홍석천 정도이다. 물론 레즈비언은 아는 사람이 하나도 없다. 게이 후배 두 사람에 대해 내가 아는 것도 사실은 대단치 않다. 한 사람은 나와 동성애 문제에 대해서 장시간 이야기를 나눈 적이 있지만, 그 친구의 내면세계야 내게는 불투명할 뿐이다. 다른 한 사람과는 퀴어 이론에 대해서 세미나를 여러 차례 같이 한 적이 있지만, 그때 우리가 나눈 이야기는 매우 이론적인 것이었을 뿐 인격적인 문제에 대한 대화로 나가는 것은 서로 예절 바르게 비껴갔다.

그러나 개념의 차원에서라면 약간은 더 친숙하다. 왜냐하면 80년대 말 90년대 초에 걸쳐 서구 사회사상에 대해 공부한 사람이라면 20세기 학문계의 슈퍼스타이자 게이였던 푸코를 비껴갈 수 없었기 때문이다. 고문서를 헤집어가는 잘 훈련된 스칼라십, 역사로 철학하기, 현재의 심장을 겨누는 이론적 예리함, 아름다운 문체…… 푸코는 여러모로 지식인들에게 앙모의 대상이 될 만한 존재이다. 그래서 때로는 메타 이론적 차원에서는 허점투성이인 그의 이론구성조차 우리를 매혹하는 힘의 일종으로 느껴질 정도이다. 그를 통해서 동성애는 아마 많은 우리 사회의 인문사회과학 지식인들에게 한결 친숙한 범주로 느껴지게 된 것 같다. 내가 동성애에 대해서 알고 있는 '지식' 또한 대개가 그로부터 연원하는 것이다. 대사상가로서의 푸코가 그를 이해하려는 모든 사람들에게 동성애 개념에의 일정한 이해에 이르도록 촉구한 셈이다.

그가 내게 가르쳐준 것은 간명하다. 성적 행위의 양식으로서의 동성애는 예전부터 있었다. 남자와 남자, 여자와 여자 간의 성행위 말이다. 그러나 그런 행위 양식을 인간의 본질로 규정하는 것은 근대적인 사유이다. 그리하여 근대사회의 도래와 더불어 성적 행위 양식의 목록이 성적 정체성의 목록으로 전환된다. 동성애적 행위가 아니라 동성애자가 문제적인 것으로 바뀌게 되는 것이다.

그러나 이런 이야기가 동성애가 느슨하게 인정되던 좋았던 시절이 있었음을 말하는 건 아니다. 모든 시대에 성적인 규율과 통제가 있었으며, 그것은 나름의 초점을 가진다. 푸코에 의하면 고대 그리스의 성도덕에서 문제가 된 것은 동성애자냐 아니냐가 아니라, 성교에서의 좋은 능동성과 나쁜 수동성이었다. 고대 그리스에서는 당연히 열등한 존재였던 여성이나 노예는 수동적으로 성행위를 해도 문제가 되지 않았지만, 미래의 시민인 소년의 수동적인 성행위는 도덕적 문제를 야기했다. 기독교적 세계는 성을 마성적인 것과 연계하고, 생식과 연관된 성에만 그 길을 열어두었다. 따라서 근대사회에서 게이의 성행위 양식으로 귀속되는 항문 성교는 비생식적이라는 이유로 이성애 간에 일어나도 곧잘 처벌대상이 되었다. 요컨대 어느 시대 어느 지역에서나 성을 파악하는 나름의 인지 도식이 있었으며, 사람들의 성행위는 나름의 방식으로 통제되었다. 그 초점은 변경되며, 다른 양식의 도덕적 문제를 제기한다고 하더라도 말이다. 푸코는 그런 인지적이고 도덕적이며 규율의 실천이 복잡하게 얽힌 체계를 '성 장치'라 불렀다.

푸코의 논지를 따른다면, 게이나 레즈비언의 문제는 그 자체로 이성애 개념의 형성 자체의 부산물이다. 우리가 금 그은 듯이 분명한 이성애자가 되도록 하는 근대적 성 장치체계는 동시에 동성애자를 문제적인 존재로 만드는 장치이기도 하다. 이런 이야기는 의미심장하게도 이성애자라는 범주 자체를 흔들어버린다. 그에 따르면 이성애자가 되는 것 또한 강제적인 규율의 과정이며, 자연적 존재로부터 문화적 존재로 이행하는 특정한 방식이니 말이다.

이런 것들이 푸코가 여러 책과 논문에서 한 이야기의 한 줄기를 내 나름으로 요약한 것이다. 이런 이야기들은 우리들 모두가 자신에 대한 자연스러움과 당연함에서 벗어나 자기 정체성의 기초범주의 하나인 성 정체성에 대해서 생각해보도록 한다. 내가 나를 남자로 생각하는 것, 내가 나를 여자를 사랑하는 남자로 여기게 된 것(혹은 그 반대의 존재가 된 것)에 대해서 말이다.

그러나 나 같은 남성 이성애자라는 지배적 범주에 속하는 사람에게는 그 성찰이라는 것이 쉽지도 않고, 일상적인 계기를 가진 것도 아니다. 지배자가 무엇인가? 그것은 자신을 설명할 필요가 없는 사람이다. 자기 존재를 주장하고 입증하려는 것은 모두 배제된 자, 억압된 자, 소수자의 몫이다. 프롤레다리아가 그렇고, 여성이 그렇고, 장애인이 그렇고, 소수인종이 그렇고 게이나 레즈비언이 그렇다. 자기가 받은 무시와 모멸이 이름 붙일 수 없는 경험의 나락으로 떨어지는 것을 경험하는 것은 언제나 피지배자, 소수자의 경우이다. 이성애자가 자신을 '커밍 아웃' 할 필요는 없다. 그것이 필요한 것은 동성애자를 비롯한 소수자들이다.

커밍 아웃, 즉 '밖으로 나섬'은 사실 모든 소수자의 정체성의 탐구에 깃들여 있는 과정이다. 왜 여성들은 시시때때로 가사노동을 혐오하는 가? 그것을 인정받기 위해서는 너무 수다스러워져야 하기 때문이다. 자신의 그냥 그러함을 인정받는 데 수다스런 말과 항변이 요구되는 것, 그것이 소수자의 경험이다. 그리고 그것을 기꺼이 해내는 것이 커밍 아웃이다. 그렇게 하는 이유는 그렇게 하지 않는다고 사정이 나아지는 게 아니기 때문이다. 커밍 아웃하지 않았다는 것은 자신을 드러내지 않았기 때문에 이미 다른 사람을 기만하고 자신을 위장한 선험적 거짓말쟁이 상태에 빠져 있는 상황이다. 결국 소수자는 언제나 너무 많이 말하거나 너무 적게 말해야 하는 당혹스런 상황에 있다. 이 당혹을 벗기 위해서는 결국 많이 말해야 한다.

하지만 이런 자기 입증이 순탄한 것은 아니다. 그것은 위험한 것이기도 하다. 왜냐하면 이 입증은 자신에 머무르는 현상이 아니라 그것의 대척점에 있는 다른 사람의 지위를 변경하기 때문이다. 여성이 자신이 여성임을 주장할 때, 사실 동어반복인 듯이 보이는 이 주장이 남성의 지위를 변경하고 위협하듯이, 동성애자의 자기 주장도 같은 작용을 한다. '정상' 으로 위장된 지배자를 '비정상적' 으로 규정된 피지배자의 수준으로 끌어내리기 때문이다. 그것은 지배자에게 심리적 위협이며, 지배자는 자기 입증이라는 난처한 상황으로 몰린다.

이런 문제에 대해 지배자가 취하는 전략은 아주 단순하다. 그것은 절대로 합리적 논증의 무대에 오르지 않는 것이다. 대신 프로이트가 민족 감정의 원천에 있다고 했던 '작은 차이의 나르시시즘' 을 노골화한다. 왜 나치는 유대인들을 박해했는가? 유대인 특유의 코의 생김새가 금전적 탐욕을 암시하기 때문이다. 왜 우익 일본인은 조선족 여학생에게 테러를 가하는가? 한복을 입고, 김치 냄새가 나기 때문이다. 왜 마초 남성은 여성을 때리는가? 여성이 앉아서 오줌을 누는 열등한 존재이기 때문이다. 왜 동성애자들은 폭행당할 위험이 있는가? 그들은 역겹게도 '반자연적인' 존재이기 때문이다. 냉전적인 우익 테러리즘의 사고방식과 행동을 생각해보라. 타자의 생애사적 복잡성을 파괴하고, 타자의 내면을 단번에 규정하고, 최종적으로는 철창에 집어넣는 데 필요한 것은 단 한 마디의 말, '빨갱이 새끼' 뿐이다.

그래서 우리는 이렇게 생각해야 한다. 동성애자와 자신의 작은 차이가 혐오로 전환되는 순간, 우리들 안에서 어떤 종류의 파시즘적 사유, 다른 쟁점들에서는 많은 학습과 도덕적 용기를 통해서 용케 회피하고 억누를 수 있었던 파시즘적 사유가 밀려들고 있는 것이며, 그들과 자신의 대단치 않은 차이를 자기 긍정을 위해 동원하는 은밀한 즐거움을 향유하려 하고 있다고 말이다. 그리고 그런 생각이 밀려올 때, 우리 모두가 언제 어디서 순식간에 소수자로 전환될지 모른다는 사실을 상기할 줄 알아야 한다. 이 위험을 인지함으로써 자신이 현재 '우연히' 우월한 범주에 속해 있을 뿐, 자기가 서 있는 지반이 그리 안정적이지 않다는 것을 깨달아야 한다. 그리고 그것을 넘어서기 위해서는 우리들을 가두는 범주적 질서의 감옥을 용기 있게 거절해야 한다.

사람들은 모두 어떤 점에서 모든 사람과 같고, 어떤 점에서는 누군가와 같으며, 어떤 점에서는 아무와도 같지 않게 마련이다. 동성애자의 삶 또한 바로 이런 평범한 사실 속으로 용해될 수 있어야 할 것이다.

여성 100인위 게시판에 대해

책을 읽는다는 것은 두툼하게 장정된 책의 무게를 손에 느끼며, 종이의 희미한 향을 맡는 일이다. 그것은 또한 저자의 고혈을 짜서 영혼으로 방향처리해 만들어진 빼곡한 철자 사이를 순례하는 일이다. 그렇기 때문에 책을 밝히는 고즈넉한 불빛 아래에서 우리는 불면의 밤에 이르게 된다. 그 불면의 밤에 텍스트는 웅성거리며 우리의 귀를 울려오고, 자못 사이렌의 소리처럼 매혹적인 그 소리에 이끌려 우리는 무한히 이어질 해석의 길에 발을 내딛는다.

그렇게 책을 사랑하는 사람들에게는 인터넷 공간에서 오가는 이야기들, 그리고 많은 게시판의 숱한 글들은 아직 '텍스트'로 보이지 않는다. 그것은 농후하게 발효된 성찬이 아니라 풋기가 가시지 않은 겉절이에 지나지 않는 것으로 보인다.

물론 인터넷은 잘 사용됐을 경우 새로운 공론장의 역할을 하며, 나 또한 연전에 어떤 글에서 그렇게 말했다. 하지만 내가 인터넷을 처음 접했을 때 보았던 그 가능성에 대한 확신은 금세 이지러졌다. 인터넷은 텍스트의 반열에 오를 수 있는 무엇을 가지고 있기는커녕, 공론장으로서도 실격인 듯 보였다. 인터넷을 채우는 많은 게시판에서 때로 거대한 화장실 벽을 보는 것 같은 느낌을 피하기 어려웠고, 그래서 내게는 그런 글을 쓴 사람들의 ID가 단아한 선비의 '호'가 아니라 '이드(id)'의 한 이름인 듯이 보였다.

그러나 마침내 텍스트라고 불러도 손색없을 그런 게시판을 발견했고, 그 덕분에 인터넷에 명예를 되찾아주고 내 최초의 확신을 회복할 수 있었다. 나는 지난 몇 달 동안 대략 이천 쪽의 책에 해당하는 텍스트를 인터넷상에서 명저를 읽는 느낌으로 읽었다. 당연히 이 새로운 텍스트는 전통적 텍스트가 갖추고 있는 통일성 같은 것은 없다. 그러나 테마의 집중성, 논의의 진지성에 비춰볼 때, 그것은 당당히 우리 시대 필독의 텍스트다.

이 새로운 텍스트를 읽고 싶은 사람은 '운동사회 성폭력 뿌리뽑기 100인 위원회 게시판'(http://bbs.jinbo.net/webbs/index.html? board = wom) 을 찾아가보라. 그러면 오랫동안 억눌려왔기에 산재한 불만으로만 존재하던 것, 채 언어가 되지 못하고 있던 옹알이들이 마침내 제 목소리를 내고 있는 모습을 보게 될 것이다. 이 게시판은 '운동사회 성폭력 뿌리뽑기 100인 위원회'의 운동사회 성폭력 가해자 명단의 실명 공개로부터 촉발됐다. 가해자 명단 발표가 하나의 '사건'이라면, 게시판은 그 사건의 의미를 해명하고자 하는 한 사회의 부단한 시도를 보여준다. 그것을 통해 낯설었던 개념들, 에건대 주류 언론에 의해 자주 회화화돼왔던 성희롱이나 성폭력, 또는 피해자중심주의 같은 개념들이 어떤 육체적 경험과 고통에 뿌리박고 있는가가 하나씩 풀어헤쳐지고 있다.

국가의 사회복지정책으로부터 설거지에 이르기까지 전방위적 전선을 가진 페미니즘이 이제 마침내 남녀가 단둘이 있는 그 친밀한 공간이 때로 얼마나 끔찍한 지배와 폭력으로 얼룩져 있는지, 지배자가 아무렇지

도 않은 일인 양 저지른 일이 얼마나 긴 고통의 그림자를 드리우는지를
경험의 언어로 폭로하고, 침침한 골목과 자취방 그리고 술자리에서 남
녀가 어떻게 존엄성을 잃지 않고 만나야 하는지를 말하고 있다.

이 게시판이 우리에게 보여주는 흥미로운 점은, 그것이 논쟁이든 대
화이든 아니면 그에도 이르지 못하는 말꼬리 잡기에 지나지 않든 간에,
거기서 남녀간에 말이 오고가고 있다는 점이다. 그 오고감 속에서 우리
는 그것의 지난함과 지속적으로 난파하는 남성들의 이지러진 말의 풍경
을 보게 된다. 자신의 가부장적 환상을 채 스스로 관통해내지 못한 남성
의 목소리가 궁벽하게 내몰리는 모습은 공적이고 합리적인 논쟁의 장에
오르는 순간 완강하고 오래된 지배의 틀에 금이 가기 시작한다는 것을
다시 한번 보여준다.

더 중요한 것은 이 게시판이 우리 시대에 진보란 무엇인가라는 질문을
집요하게 던지고 있다는 것이며, 그 질문에 의해 마침내 진보란 누군가
가 선험적으로 차지하고 있는 자리가 아니라 열린 빈터라는 것, 지금까
지 억압받고 있던 사람들이 합리적 논증과 투쟁을 통해 점유할 수 있고
점유해야 하는 자리라는 것을 보여준다는 점이다. 그러니 무시받고 모
멸받았던 자들이 자신의 상처에 대해 말할 때, 그리고 의당 받아야 할 존
중에 대해 말할 때, 그것을 침묵하게 하려는 모든 시도는 진보라는 명예
를 박탈당할 것이다. 80년대에 대학을 다닌 나는 오랫동안 혁명이든 그
것에 못 미치는 개혁이든, 그것은 거리에 뛰쳐나온 군중의 손에 들려 있
는 것이라 생각했다. 그러나 그와는 사뭇 다른 또다른 혁명, '조용한 혁
명'이 있다는 것을 이 게시판으로부터 생생하게 배웠다. 이 새로운 텍스
트를 따라 읽으며 나는 제법 견고하다고 생각했던 내 발 밑의 대지가 다
시 육중하게 일렁거리고 있음을 느꼈다.

제 2 부

학교, 그 어두운 곳

사람들은 왜 학교에 다니는 것일까?

우리 사회에서는 삼십대 중반쯤 동창들을 찾기 시작한다고 한다. 그것이 그저 얼마쯤 생활의 틀이 잡히자 서로를 돌아보는 '순진한' 행동만은 아니라고들 한다. 그렇다고 해서 연락이 오는데 만나지 않을 도리도 없거니와, 그중에는 '순진한' 모임도 더러 있게 마련이다. 그것이 순진한지 아닌지는 우리들 모두가 모임에 나가기 전에 이미 알고 있지 않은가?

얼마 전 '순진한' 동창 모임에 나갔다. 동창 중에는 사설학원 원장도 있었는데, 자기 학원에 다니는 고교 중퇴생들에 대해서 이야기해주었다. 그런 아이들은 대체로 과학고나 외국어고를 다니던 아이들인데, 그런 특수목적고의 경우 입시제도가 바뀐 탓에 내신성적 받기가 불리해졌고, 차라리 검정고시를 보는 것이 더 유리하기 때문에 아예 학교를 그만두고 학원에 다닌다는 것이다. 몇 번 신문에서 본 듯도 한 이야기였지만, 동창들 중에는 이제 학부형도 제법 생겨서 새삼 우리나라의 교육제도에 대한 이야기가 이어졌다. 한 동창이 자신이 불리하다고 냉큼 학교를 그만두는 게 가당치 않다고 말했다. 그러자 경제학을 한 친구가 말했다. 그렇지 않다고, 학교에 가는 것도 일정한 투자를 하고 그것으로부터 일정한 수익을 얻으려는 행위인데, 그 수익이 사라지거나 줄어든다면, 그만둘 수 있는 것 아니냐고. 그러자 학원장하는 친구는 한술 더 떠서 도대체 사람들이 왜 학교에 다니는지 모르겠다고 했다. 그의 말은 매우 흥미로웠다. 그는 먼저 교육의 기능을 정의하며 이야기를 시작했다.

"모두들 알고 있으면서도 내놓고 말만 않을 뿐, 학교를 다니는 이유는 그것을 통해서 더 나은 지위와 더 많은 돈을 얻으려는 것 아냐? 아이들이 사람답게 크도록 돕는 것이 교육이라는 말을 무시하는 게 아냐. 그게 기본이고 더 나은 지위와 돈은 플러스 알파겠지. 하지만 이 플러스 알파가 없다면 어떤 교육제도도 환영받지 못해. 그리고 솔직히 우리나라 초중등교육의 목표는 좋은 대학에 가기 위한 것 아냐? 그게 안 되면 부모들은 '열린교육'도 '참교육'도 환영하지 않아. 그렇게 생각하면 난 사람들이 왜 학교를 다니는지 잘 모르겠어. 학원강사들이 고등학교 교사보다 더 경쟁력 있다는 것은 누구나 알잖아. 학원강사들이 본래 잘나서 그런 것이 아니고, 경쟁적인 상황 속에서 사니까 경쟁력 있는 것은 당연한 거야. 우리나라처럼 교사들의 직무 안정성이 턱없이 높은 나라에서 그들이 더 나은 수업을 위해서 노력하는 정도가 학원강사만 못한 건 당연하지. 게다가 학원강사들은 교사들이 불평하는 관료적 통제와 잔무에서도 자유롭거든. 그러니 어차피 학교 수업만으로 안 돼서 아이들을 학원에 보내야 할 바에야, 학교가 가격이 싸다고도 할 수 없어. 거의 모든 인문계 고등학교 학생들이 학원에 다니거나 과외 수업을 받고 그것에 기대를 걸고 있다면, 학교 수업료야말로 추가적인 비용일 뿐이지. 수업의 질에서만 학원이 우수한 게 아냐. 학원강사는 아이들을 때리지 않아. 학교가 얼마나 폭력적인지는 우리들이 다녀봐서 잘 알잖아. 사실 학생들 간의 폭력이 큰 문제라지만, 그 폭력을 어디서 배웠겠어. 선생님들의 폭력 행사는 아이들에게 다른 사람을 통제하고 제압하는 가장 쉬운 방법이 폭력이라는 걸 일상적으로 가르치는 것이 아니고 뭐겠어. 그뿐 아냐. 학원에서는 청소를 하라는 둥, 환경미화를 하라는 둥 하면서 아이들을 '잔무'에 시달리게 하지도 않아. 촌지는 물론 받지 않아. 학원강사들은 그런 점에서는 확실히 학교 교사들보다 도덕적으로 깨끗해. 그런데도 왜 사람들이 아이를 학교에 보내는 건지 잘 모르겠어. 내가 보기엔 내신이 불리하다고 학교를 중퇴한 사람들이야말로 합리적으로 행동하는 사람들이고 정상적인 사람들이야. 그조차도 내 보기엔 때늦은 걸로 보여."

  말을 한 사람이 학원장이니, 그 논리가 학원을 변론하는 것임에는 틀림없지만, 딴은 그른 이야기만도 아니었다. 사실 우리 사회처럼 이미 '신자유주의적' 개인이 넘치는 사회도 별로 없다. 흔히들 우리 사회에 부패가 넘친다고 한다. 그것은 실은 모든 사람들이 자신이 속한 조직보다는 자신을, 규범 준수보다는 이익 추구를 우선시하는 것 때문이라고 할 수 있다. 그렇다면 학교에서 얻는 이익이 학원에서 얻는 이익보다 적은데도 불구하고 거의 모든 사람들이 의무교육 이후에도 아이를 학교에 보내는 이유는 무엇일까? 학교를 다니는 것이 '정상적'인 삶이라는 사람들의 일반적 인식이 아니고는 잘 설명이 되지 않을 것 같았다. 학교의 정상성이라는 거대한 관념 덩어리의 기원은 무엇일까? 한때 학교가 보여주었던 투자 수익률이 학교의 팽창을 불러오고, 그것이 학교에 다니는 삶을 '정상화'한 것일까? 아무튼 학교의 팽창은 그것의 투자 수익률을 낮추었다. 그렇다면, 이 정상성은 낡은 관념의 유습인 것일까?

  이런 의문들이 두서없이 솟고 있을 때, 한 친구가 불쑥 말했다. "그래도 그놈의 학교 '때문'인지, '덕분'인지 우리들이 만나게 되었잖아. 그래서 이렇게 모여 술도 한잔하고 말이야." 그렇게 모두들 웃고 말았다. 그 웃음은 우리들의 과거를 구제하는 것이었다. 하지만 정말로 그것이 학교에서 겪은 모든 일을 보상해주는 것인지 하는 의문은 웃음에 잘 씻겨내려가지 않았다.

〈랜섬〉

　최근의 한 술자리에서 친한 사람들과 이런저런 이야기를 나누다가 우리 사회에서의 촌지 관행에 대한 이야기가 나왔다. 이야기를 들어보니 그 관행의 광범위함에 놀라지 않을 수 없었다. 예를 들면 이렇다. 중앙일간지에 영화평 하나를 써주면 촌지가 백만원이고, 새로 나온 음반의 곡 하나를 라디오 음악 프로그램에서 한 번 틀어주는 데 촌지가 오십만원이고 하는 식이다. 모인 사람들이 대충 대중문화 종사자들이어서 그런 분야의 촌지 이야기가 많이 나왔다. 물론 촌지같이 은밀하게 이루어지는 일에 대해서 그 실태를 정확히 가늠하는 것은 어려운 문제이고, 대개는 '들은' 이야기이기 일쑤였다. 하지만 '들은' 이야기가 번져나가다보니, 촌지를 둘러싼 이야기는 끝없이 이어져나갔고, 규모도 자꾸만 커져갔다. 그러다보니 처음에는 촌지에 대해 공분에 차 있던 이야기의 분위기도 점차 누그러져갔다. 모두가 촌지를 주는 사람이자 받는 사람인 것이 우리 사회인 것처럼 느껴졌고, 그래서 촌지는 선물경제의 한 형태이고 소득재분배 기제인 것처럼 여겨졌기 때문이다.

　그러나 촌지 이야기가 가다가다 교사에게 주는 촌지에 이르자 다시 분위기는 강한 성토의 분위기로 반전되어갔다. 사례 또한 '들은' 이야기를 넘어서 '겪은' 이야기로 번지고, 거기엔 참을 수 없는 것들이 많았다. 하지만 교사에게 주는 촌지는 여타 촌지에 비해서 액수도 그리 크지 않은 것일뿐더러 다른 사례들보다 크게 강압적인 것도 아니었다. 그런데도 왜 우리들은 교사의 촌지 문제에 대해서는 다른 경우보다 훨씬 더 흥분한 것일까?

　우리는 그 이유에 대해서 스스로 질문해보았고, 촌지의 본질(?)에 대해서 논하게 되었다. 흥분이 조금 잦아들자 어차피 촌지라는 것은 주는 사람이나 받는 사람 모두에게 문제가 있는 것이라는 상투적 진실, 양비론이 대두했다. 물론 경우에 따라서 받는 사람이 더 고약하게 그것을 강요할 수도 있고, 주는 사람이 그것을 통해서 이권을 챙기기 위해서 악착같을 수도 있다. 하지만 어느 경우든 촌지를 주고받는 양 당사자는 공적인 의제나 질서를 사적 이익을 위해 구부리려 하는 사람들이다. 이것은 명백히 개인적으로는 부도덕이고, 사회적으로는 불의와 부패이다. 그러니 교사에게 촌지를 주는 사람은 교사가 자신의 권력을 자의적으로 행사함으로써 자신의 자녀가 학생생활에서 특권적 혜택을 누리기를 열망하는 사람이고, 촌지를 받는 교사는 자신에게 허용된 지위를 자신의 경제적 혜택을 위해서 악용하는 사람이며, 이는 다른 모든 촌지의 경우와 마찬가지의 문제이다.

　그렇다면 왜 우리는 교사에게 주어지는 촌지에 대해서 더욱 분노하는 것일까? 우리들의 감정이 비상식적인 것이 아니라면 거기엔 아마도 어떤 이유가 있을 것이다. 그 점은 우리가 논의의 각도를 달리하자 드러났다. 우리는 권력을 가진 사람에게 그 권력을 우리를 위해서 자의적으로 행사해달라고 요청할 수 있다. 그러나 모든 사람이 그렇게 행동하는 것만은 아니다. 비록 그런 권력의 자의적 행사를 막을 수는 없다고 하더라도 권력의 자의적 행사로부터 자신이 이득을 얻기를 원치 않고, 자신이 적극적으로 그런 권력의 자의적 행사를 유도하고 싶은 생각이 없는 사람도 있을 수 있다. 설혹 자신이 그런 행동을 하지 않음으로써 손해를 본다고 하더라도 말이다. 이런 사람들이 사회적으로 다수라고 말할 수는 없다고 하더라도 극소수는 아니며, 이런 자유의 행사는 손해를 감수하는 도덕적 용기를 가진 한에서 얼마든지 가능한 일이다.

그러나 교사와의 관계에서는 이런 자유의 행사가 극히 제한된다. 문제는 여기에 있다. 거기에서는 촌지를 주는 사람과 촌지를 받는 사람 간의 거래대상이 경제적 정치적 이권이 아니라, 어린이의 존재 자체 그리고 인격이 된다. 다른 거래에서 촌지를 주지 않아 손해를 입게 된다면, 그 손해를 감수해야 할 사람은 바로 촌지를 주지 않은 사람이 된다. 이것은 도덕적 자유의 행사 대가이며, 자유인은 자유의 행사 대가를 스스로 부담하는 자이다. 그러나 교사와의 관계에서 손해를 감수해야 하는 사람은 촌지를 주지 않은 사람이 아니라 그의 자녀가 된다. 그리고 그 손해는 바로 어린이의 인격, 자유인으로 성장할 수 있는 가능성 자체의 손상으로 나타난다. 그러니 이런 상황은 일종의 인질극과 같은 것이라고 할 수 있다. 교사는 아이들을 인질로 잡고 있는 사람이며, 촌지는 몸값이 되는 것이다.

문제를 분명하게 하기 위해서 우리는 종이에 교사와의 관계에서 생기는 촌지 문제를 도표화해보았다.

	촌지를 바라는 교사	촌지를 바라지 않거나 촌지를 받는 것에 따라서 학생을 차별하지 않는 교사
촌지를 통해 적극적이든 소극적이든 이득을 보려는 부모	1	2
촌지를 주지 않으려는 부모	3	4

　이런 네 가지 경우에서 1, 2, 4의 경우 교사에게 주는 촌지는 여타 촌지와 큰 질적인 차이가 없다. 그러나 3의 경우는 다른 촌지의 경우와 완전히 다른 상황을 낳는다. 바로 이 점이 교사에게 주는 촌지의 특수성이고 그 문제에 대한 도덕적 분노의 원천이 되는 것이다.

　이야기가 이쯤에 이르렀을 때, 한 친구가 〈랜섬〉이라는 영화 이야기를 꺼냈다. 아이가 납치당하자 아버지가 몸값(랜섬)을 인질범에게 건네기는커녕, 인질범이 요구한 몸값을 인질범을 잡는 현상금으로 내걸어버리는 영화이다. 아마 그것은 도덕적으로 비타협적인 영웅의 이야기이며, 현실은 아마 그 영화처럼 해피엔딩으로 끝나지 않을 때가 많을 것이다. 그러나 그 영화에는 어떤 참된 요소가 있고, 그 점은 교사에게 주는 촌지와 관련해서 보면 더욱 분명하게 드러나는 것 같다. 위의 3의 상황에 처해서 아이의 인격적 파괴를 막기 위해 울며 겨자 먹기로 촌지를 주는 부모는 어떤 의미에서 아이를 비도덕적인 방식을 통해서 도덕적 인간으로 키우려고 하는 것과 같다. 〈랜섬〉의 아버지가 몸값을 현상금으로 내걸 만큼 그렇게 무모하게 행동한 것은 몸값이 결코 자식을 인질범의 손으로부터 구출할 수 없다는 확신 때문이었다. 마찬가지로 어떤 경우든 촌지를 주는 부모는 아이를 비도덕적으로 키우는 것일 뿐 아니라 그 아이를 촌지 없는 세상에게 살게 할 수 없다.

얼근히 취해서 집으로 돌아오며, 나는 생각했다. 내 딸이 올해 초등학교에 들어간다.(맙소사!) 그저 될 수만 있으면 이 잔을 내게서 비껴가게 하소서, 그런 심정이 밀려들었다. 그러나 만일 원치 않는 상황이 닥친다면 어떻게 해야 하는가?

우선 〈랜섬〉을 한 번 더 보아야겠다는 생각만 밀려들었다.

체벌을 거부하는 사회의 도래

1998년 12월 14일자 신문에 자신의 아이만을 부당하게 차별한다며 수업중인 여교사를 학부모가 학생들이 보는 앞에서 욕하고 폭행한 일이 보도되었다. 이틀 뒤에는 다시 학생이 체벌 교사를 신고하여 교사가 경찰들에 의해서 수업중에 연행된 일이 보도되었다. 다시 이틀 뒤 교사에게 정강이를 차인 학생이 교사를 신고하고, 학교에 112 순찰차가 출동하는 사건이 신문에 보도되었다. 이런 일이 있을 때마다 교사들은 인터뷰를 통해 교권이 땅에 떨어졌음을 개탄하며, 전에는 아이들을 때려서라도 가르치고자 했지만 이제는 그렇게 하고 싶지 않다는 심경을 토로한다.

하지만 나는 이런 식의 좋았던 과거와 타락해버린 현재라는 낭만적 이분법은 현재 일어나고 있는 일에 대한 적합한 서술이 아니라고 생각한다. 우선 교사들의 체벌이 문제가 되는 상황은 이제 새삼스러운 일이 아니다. 한국언론연구원에 따르면 중앙 10대 일간지에 1998년 한 해 동안 게재된 체벌관련 기사는 사흘에 두 번꼴이었다. 다음으로 그런 체벌관련 기사를 유심히 보면 한 가지 새로운 경향을 발견할 수 있다. 즉, 이전에는 교사의 체벌이 학생에게 상해를 입힐 정도로 지나친 것이 아닌 한 학생과 학부모들이 그것을 수용하는 자세를 보였지만, 이제는 그 과다를 불문하고 학부모는 물론 학생 자신들이 그것에 맞서고자 한다는 점이다.

여기엔 확실히 어떤 새로운 경향이 내비치고 있다. 나는 그것의 원인이 폭력 일반에 대한 감수성의 역사적 변화와 관련이 있다고 생각한다. 그 예로 고대올림픽과 오늘날의 올림픽을 비교해보자. 고대올림픽은 오늘날의 감수성으로 보면 거의 스포츠라고 할 수 없다. 메사나의 레온티코스는 5세기 중반 올림픽 레슬링에서 두 번이나 우승을 했던 사람인데, 그의 승리는 상대의 손가락을 부러뜨림으로써 얻어진 것이었다. 또한 고대올림픽의 권투에서는 푸트웍이나 백스텝 또는 상대의 주먹을 피하려고 하는 더킹도 없었다. 상대의 주먹을 피하려는 행위 자체가 수치스러운 것이었다. 따라서 경기중에 눈을 다치고 뼈가 부러지는 일은 다반사였으며, 격심한 경우에는 쓰러진 상대의 옆구리를 못으로 찔러 창자를 끄집어내 죽이는 일도 있었다. 가까운 시대의 예를 들어보자. 축구(soccer)와 럭비는 19세기에 분화되었는데, 이 분열의 주요한 요인은 상대의 수비 스크럼을 깨기 위해서 정강이를 차도 좋다고 생각하는 럭비파와 필요한 것은 발 재간이지 그런 폭력이 아니라는 축구파 간의 갈등이었다. 결국 럭비가 아니라 축구가 전 세계적인 스포츠가 되었다.

이런 변화의 원인은 무엇인가? 점점 작은 폭력에도 민감해지고 그것을 허용하지 않으려는 문화가 형성되었기 때문이다. 그래서 우리는 이제 사람의 얼굴과 머리를 주먹으로 때리는 권투도 스포츠일 수 있느냐고 묻고 있는 시대에 살고 있다. 사실 스포츠 안에 투영된 이런 폭력의 감수성 변화는 전체 사회의 변화에 따른 것이다. 그런 변화가 본격적으로 일어난 계기는 현대국가의 수립이다. 서구의 경우 대략 17세기를 기점으로 국가가 전체 사회의 폭력을 독점하게 되는데, 국가가 폭력을 독점했다는 것은 국가가 관할하고 있는 영토 내에서 어떤 무력집단도 사라진다는 것을 의미한다. 그 이전에 사회에는 폭력집단이 많았으며, 따라서 사람들은 그것을 막기 위해서도 폭력수단을 소유했었다. 그리고 그런 만큼 폭력적이었다. 그러나 일단 국가의 폭력 독점으로 인해 사람들의 무장이 해제되면, 상대적으로 안전해진 사회환경이 형성된다. 남으로부터 공격받을 위험이 줄어들고 그에 따라 자기 무장의 필요도 사라진 것이다. 이런 폭력의 전반적 소멸과정으로 인해 이전이라면 크게 놀라지 않을 작은 폭력도 위협적인 것으로 느끼는 폭력 혐오의 문화가 발전한다. 지난 수백 년간의 역사 속에서 국가간 전쟁은 심각하게 전개되었을지언정 한 사회 내에서 일어나는 폭력에 대한 사람들의 감수성은 대단히 엄격한 것으로 변해왔으며, 이로 인해 이전에는 사회적으로 눈감아져왔던 사소한 싸움이나 주먹질 따위가 허용될 수 없는 것으로 변해갔다. 예를 들어 최근 우리 사회에서는 가정 내 폭력이 큰 쟁점으로 부상하고 있다. 그 이유는 우리 사회에서 새삼 가정 내 폭력이 증가했기 때문이 아니다. 단지 우리의 폭력에 대한 감수성이 이제 그것을 눈감아줄 수 없는 상태로 변했기 때문이다. 마찬가지 일이 교실 안에서도 일어나고 있다. 최근 체벌에 대한 학부모와 학생들의 저항적인 태도는 바로 이런 장구한 폭력 억제와 폭력 혐오의 문화가 어디까지 왔는가를 보여주고 있다. 그러니 수백 년에 걸쳐 폭력에 대해 엄격해져만 가는 이 문화가 갑작스레 역전하지 않는 한, 교사와 학생늘 간의 체벌을 둘러싼 이견과 대립이 시간은 걸려도 과연 누구의 승리로 마무리될지는 자명하다고 하겠다.

변하는 것과 변하지 않는 것

아이가 초등학교에 입학하고 얼마 지나지 않아 학부모 총회를 한다는 통지문이 왔다. 아내가 갈 수 없는 형편이라 내가 갔다. 교실에 들어서자 여러 가지 감회가 밀려왔다. 그도 그럴 것이 나는 삼십 년 만에 초등학교 교실에 다시 들어선 것이었다. 겨우 엉덩이만을 걸칠 수 있는 아이의 걸상에 앉아보니 새삼 삼십 년 전 내 모습이 생각났다. 그때 나는 2부제 수업을 하는 학교를 다녔고, 한 교실에는 무려 팔십 명이 들어차 있었다. 그런데 지금은 2부제 수업도 없어졌고, 교실에는 그저 사십 개 남짓한 책걸상만이 있을 뿐이었다. 교실 한쪽의 스팀 파이프를 보니 어린 시절에 담임 선생님의 지시에 따라 창고에서 조개탄을 들어 옮기던 일이 생각났다. 조금 있다가 학부모 총회가 시작되었는데, 회의는 교실에 설치된 TV를 통해서 진행되었다. 교장 선생님의 인사와 학교 운영에 대한 보고도 모두 TV 화면을 통해서 이루어졌다. 많은 것이 변한 것이다. 보기에 따라서는 미진한 구석이 많겠지만, 지난 삼십 년 동안의 경제성장의 성과가 초등학교 교실 안에 일정한 방식으로 구현되어 있었다. 총회 이

후에 학교운영위원 선출이 있었다. 이 점 또한 학교가 참여민주주의의 틀을 갖추고 있다는 것을 뜻한다는 점에서 경제성장의 성과뿐 아니라 민주화의 성과가 학교 안으로 전파되었음을 의미하는 것이었다. 그래서 삼십 년 만에 초등학교 교실을 찾아본 감상은 그런대로 나쁘지 않았다.

그리고 나서 얼마 지나지 않아 아이가 덜컥 감기에 걸렸다. 아내 말로는 월요일 아침이 조회라는 것을 생각하지 못하고 갑자기 더워진 낮 날씨만을 보고 얇은 옷을 입혀 보낸 탓이란다. 콧물을 찡찡거리는 아이를 보면서 다시 나의 어린 시절을 떠올렸다. 그 시절 여름날에 조회를 서면 더위를 이기지 못한 아이 서너 명이 쓰러지곤 했었다. 지금도 내 앞에 서 있는 아이가 나를 향해 꼬챙이처럼 쓰러지던 장면이 생각난다. 겨울이면 차려 자세를 취하느라 주머니에 손도 넣지 못하고 오들오들 떨던 일도 떠올랐다. 우리 반 아이들 대부분이 월요일이면 힘들게 조회를 서는 일이 싫어서 비가 오기를 바랐고, 모두들 운동장에 집합할 때 교실을 지키는 당번을 부러워하던 일도 생각났다.

집을 나서고도 여전히 아이의 콧물이 마음에 찜찜하게 남았다. 어린 시절 적어도 초등학교 일학년부터 고등학교 삼학년까지 십이 년의 세월 동안 내가 월요일이면 겪은 일이 별다른 변화 없이 삼십 년이 지난 지금 내 아이에게도 반복된다고 생각하자 그전 학부모 총회 때 학교에서 본 변화의 느낌이 송두리째 지워지는 것 같았다. 그리고 더불어 과연 이 조회라는 것은 언제, 왜 생겨서 나의 삶을 지나 내 딸의 삶까지 여전히 규성하는 것일까? 하는 의문도 들었다. 이런저런 사료를 찾아보았지만, 조회의 기원을 알기는 어려웠다. 그렇지만 적어도 그것이 일제가 우리나라에 보통학교를 만들며 시작된 것임에는 틀림없었다. 일제 시대의 학교 관련 문헌은 이렇게 말한다. "금일 대부분 학교가 훈련의 하나로 조회를 행하고 있는데, 이는 학교가 훈련 기회로서 조회가 가장 필요하다고 인식하고 있기 때문이다." 그것과 관련된 행동수칙은 다음과 같다.

"예령이 울리면 교실에 남아 있지 말고 운동장에 모이자 / 본령이 울리면 바로 정돈하여 선생이 단에 올라서기를 기다리자 / 조용히 하고 자세를 흩뜨리지 말자 / 옆을 보지 말자 / 선생이 단에 올라가면 스스로 차려 자세를 하고 단을 내려오면 쉬어 자세를 하자 / 선생의 말이나 지휘를 받을 때에는 끝까지 주목하고 조용히 듣자 / 御眞影奉安所(일본 천왕의 초상을 모신 곳)에 대한 요배는 성실하게 하자 / 교가 합창을 할 때는 지휘자에 주목하자 / 체조는 최상의 힘을 다하자." 황국신민을 만들기 위한 교육, 그리고 그것을 위한 효율적 방법으로 고안된 집회와 군대식 의례의 하나였던 것이 조회이다. 그러니 조회는 나 때에 시작되어 내 딸로까지 이어진 것이 아니라 내 아버지 때에 시작하여 나를 거쳐 딸에게까지 이어진 것이었다.

우리는 흔히들 말한다. 우리 사회는 지난 삼사십 년간 세계에 유래가 없을 만큼 급변했다고. 하지만 모든 것이 그런 것은 아닌 것 같다. 국민학교는 초등학교로 이름을 바꾸었지만, 조회라는 의례는 그것이 생기던 때의 기능을 상실하고도 여전히 존속하고 있다. 사람들의 성찰을 벗어난 제도들은 이렇게 변하지 않고 그 제도 안의 사람들의 고통을 자아낸다. 제도의 완고함이 주는 쓸쓸함이 입 안 가득 고여왔다.

스승의 날을 아예 공휴일로 하자

　　서울시 교육청 소속 교장단이 모여 올해(1999년) 스승의 날에는 '교문을 닫기로' 결정했다. 그 이유인즉슨 "촌지·명퇴 등으로 스승의 날이 오히려 선생님들을 서글프게 만들고 있"기 때문이란다. 이런 교장단의 결정은 스승의 날에 학교를 방문하지 말아달라고 하는 가정통신문을 띄우던 작년의 행동을 더 강화한 것으로 보인다. 그러나 작년의 결정과 올해의 결정 사이에는 묘한 차이가 있다. 작년의 결정은 다분히 교육부의 촌지 근절 의지에서 비롯된 것이라고 할 수 있지만, 올해는 그렇지 않기 때문이다. 그렇게 볼 수 있는 이유는 위의 인용문에서 보듯이 촌지와 더불어 명퇴가 거론되고 있어서이다. 전자는 부패의 이미지를 후자는 박해받는 고통의 이미지를 풍긴다. 그런데 스승의 날 교문을 닫겠다는 교장단의 성명은 그 부패의 이미지조차 실은 오해의 소산이며 오해의 소지조차 거부하겠다는 것이다. 그것을 표현하는 것이 "서글프다"는 말이다. 요컨대 교장단의 성명은 존재하는 촌지를 근절하려는 의지를 표현하는 게 아니라 오해받고 박해받는 교사의 억울함을 호소하고 있다.

이런 해석은 저간의 상황에 의해 지지된다. 알다시피 현 정부하에서 교육부는 IMF 사태 같은 상황의 힘에 의지해 교원개혁을 강도 높게 추진해왔으며, 그 단적인 예가 교사의 정년단축 같은 조치였다. 이런 교육부의 교단 압박은 교사들의 강한 저항을 불러와 마침내 교사들은 교육부장관 퇴진운동을 벌이고 있다. 5월 10일 현재 퇴진운동에 서명한 교사는 22만 4천 명으로 전체 초중등 교원의 65퍼센트에 이르고 있다. 이런 상황 악화에 대응해 교육부는 '교원종합대책' 같은 교사들의 사기 진작 방안을 모색하고 있는 실정이다. 그런 와중에 서울시 교장단의 스승의 날 관련 결의가 나왔다. 그러므로 교장단의 결정과 성명은 학부모를 향한 것이 아니라 교육부와 정부를 향해 교사집단이 둔 또하나의 '수'라고 할 수 있다.

그 수는 매우 예리하고 정확했던 것 같다. 잇단 언론의 보도에서 교사는 안쓰러운 존재로 묘사되고, 사태가 이런 지경으로 간 것에 대해서 유감을 표하는 기사들이 넘치고 있기 때문이다. 그리고 그것은 확실한 성과까지 유도해냈다. 교육부가 교장단의 발표 다음날인 11일 국무회의에 '교원의 전문성·권익 및 후생·복지향상 대책'을 내놓은 것이다. 물론 그 대책의 내용이란 것이 당장 시행될 것은 의당 그랬어야 할 일들이고, 시행 예정인 것은 재원확보가 쉽지 않은 것들이어서 교사집단이 실질적으로 큰 성과를 획득했다고 할 수는 없다. 그러나 이런 사태의 진행은 교사들의 집단행동 그리고 우리 사회의 상식과 이데올로기적 지형에 적합하게 개입하는 행위가 어떤 위력을 가지고 있는지 잘 보여주며, 교사집단으로서는 자신의 힘을 실감하는 계기가 됐다고 할 수 있다.

그러나 나는 이런 사태의 전개를 보며 입장에 따라 교장단의 탁월한 수에 감탄 내지 찬사를 보내거나 교사집단의 전략적 행위에 괘씸해하거나 아니면 그저 착잡한 심정에 사로잡히기만 할 필요는 없다고 생각한다. 오히려 이런 일은 우리들에게 새로운 기회를 마련해준다고 생각한다. 단적으로 말해 나는 스승의 날에 하루를 쉬는 것이 학교에만 해당하지 않고 전체 사회로 확장돼도 상관없으며 스승의 날의 뜻을 살려나가는 것이 우리 사회의 합의된 가치관이라면 그것이 진정한 뜻을 살리는 길이라고 생각한다.

스승의 날이 제도화된 지난 십수년 동안 학생들은 현재 자신의 선생님에게, 학부모는 자녀의 선생님에게 감사하기 위한 날로 스승의 날을 생각해왔다. 그러나 다소 의미를 분화시켜 말한다면, 모든 '선생님'이 '스승'인 것은 아니다. 우리의 지금을 있게 한 사람, 엄히 꾸짖는 한편 다정한 말과 눈빛으로 우리의 마음을 다스리고 키워 우리들 삶의 지표를 마련해준 사람, 세월의 풍파에도 조금씩 더 또렷해져오는 잊혀지지 않는 사람, 그가 바로 우리들의 '스승'이며 우리들은 그 '스승'을 존경한다. 그러니 스승의 날은 바로 그 스승을 찾는 날이 되어야 하지 내게 스승이 아닌 자녀의 선생님을 찾는 날이어야 할 필요는 없다. 스승의 날 교문이 닫혀도 우리는 그 스승을 찾아갈 수 있고, 교문뿐 아니라 모든 직장이 문을 닫을 때 더 쉽게 그런 스승을 찾아갈 수 있다. 하여 찾아온 학생들을 통해 선생님들은 자신이 스승의 반열에 올랐음을 불현듯 깨닫고 소신을 지킨 삶의 보람을 느껴야 하며, 그날 고독한 선생님들은 아직 스승의 반열에 오르지 못했음을 애통해하고 더욱 정진해야 할 것이다.

〈여고괴담〉 2002

교육부 장관과 서울대 총장이 만나서 이야기를 주고받았다. 어떤 뒷거래가 있었는지는 모르지만, 그리고는 한국 교육의 틀을 뒤바꾸는 이야기가 터져나왔다. 그 얘기인즉슨 대학 입학시험이 문제니 시험을 없애버리겠다는 것이다. 멋진 발상이다. 문제가 되는 것은 없애버리면 된다. 왜 우리는 그렇게 쉬운 정답을 이제껏 몰랐던 것일까? 이제 학교 성적과 봉사활동만으로 대학에 갈 수 있게 되었다. 영어 수학 과외나 방학이면 하던 사탐(사회탐구)이나 과탐(과학탐구)과외 대신 봉사활동을 하게 되었으니 얼마나 기쁜 일인가? 과외비가 절약되니 어머니가 파출부 나갈 일도 없어진 것이다. 만세, 만만세!

그러나 세상일이란 그리 간단치가 않다. 입시문제 풀어본 사람들은 잘 알겠지만 일단 답이 너무 쉬우면 잠깐 의심해볼 일이다. 2002년에 서울대의 정원은 3600명으로 줄어든다. 전국의 인문계 고등학교는 1100여 개이니 한 학교에 서너 명꼴이다. 그러나 산술적으로만 볼 일이 아니다. 이렇게 모든 학교에 학교장 추천 학생수를 똑같이 배분하면 이런저런 반발이 일어날 게 불을 보듯 뻔하다. 그러면 추천 학생수를 차등 배분하는 것이 대안이 될 수 있을까? 기준을 어떻게 정할 것인가도 문제지만, 학교 간의 심각한 이해 갈등과 더불어 맹모삼천지교도 대량생산될 것이다.

이런 문제도 있다. 전국의 인문계 문과 수석 모두가 서울대 법대를 지원한다면 어떻게 할 것인가? 이 경우 서울대는 스스로 뽑을 수밖에 없으며, 그것은 어떤 형태로든 입학시험이 존속하게 됨을 말한다. 문제는 또 있다. 과연 고등학교에서 인성과 재능과 성적을 종합 평가하여 학생을 선발할 수 있을까? 애매한 요인들이 선발 기준이 되면 행여 마음 검은 교장의 명백한 불공정 행위 한 번에도 이 제도는 뿌리째 흔들릴 것이며, 문제가 생기고 시끄러워질 것을 우려하는 대다수 학교장은 말썽을 없애기 위해 성적을 주요 기준으로 삼을 것이다. 그 성적은 변별성이 있어야 한다. 그러니 학교 시험도 자연 어려워질 것이다. 그러면 과외는 사라지지 않을 것이며, 사회봉사 시간은 학교 성적을 좌우하는 영어 수학 과외에 치여 어디론가 사라질 것이다. 어쩌면 현직 교사의 과외를 감시하는 행정 비용이 커질지도 모르겠다. 교사들 자신들은 도덕적이라 목놓아 말하지만, 학부모가 체감하는 촌지 비용이 증대할 가능성이 크다. 그 결과 학부모들 사이의 상호 감시의 시선이 더욱 날카로워질지도 모르겠다. 뿐만 아니라 재수생 문제는 어떻게 할 것인가? 학교가 재학생을 외면하고 재수를 고집하는 졸업생에게 추천서를 재발급할 수 있겠는가?

다 좋다. 그런데 만일 어떤 학교가 배정받은 인원이 여섯 명이라고 해보자. 그러면 칠등은 서울대를 가기 위한 추천서를 받을 수 없다. 응시조차 못 하게 하면 헌법소원감이니 응시는 할 수 있겠지만, 그럴듯한 추천서 없이 합격을 꿈이나 꿀 수 있겠는가? 그러니 심한 정신적 갈등을 겪어 일시적인 착란상태에 빠진 전교 칠등의 고3 여학생이 육등 여학생을 학교 사층 난간에서 세차게 밀어버리고, 죽은 여학생은 한 맺힌 원혼이 되어 학교를 떠돈다는 괴담이 21세기 벽두에도 여전히 횡행할지도 모르는 것이다.

혹자는 내가 문제를 너무 삐딱하게 본다고 할지 모른다. 하지만 나는 내 생각이 정상적인 인간의 추론이라고 생각한다. 왜냐하면 서울대의 입시개혁(?)은 실은 경쟁의 장을 입학시험에서 고등학교 기말시험으로 옮겨놓은 것일 뿐이기 때문이다. 왜 입시 경쟁이 치열한가? 그것은 명문대에 입학하는 것이 나머지 인생을 결정하기 때문이며, 그 뒤에는 거대한 학벌사회가 있기 때문이다. 그런데도 왜 우리는 입시정책만을 주물럭거리는 것일까? 문제가 입시에 있다는 환상에 사로잡혀 있기 때문이다. 그리고 그 환상은 진정한 문제를 은폐한다.

이번 일로 한 가지 분명한 교훈을 얻을 수 있다. 서울대가 움직이면, 그것이 좋은 방향이든 나쁜 방향이든 모든 것이 달라진다는 것이다. 이로써 우리나라가 '서울대의 나라'임은 다시 한번 분명해졌다. 그리고 그렇기 때문에 우리는 서울대의 결정에 따라갈 수만은 없다. 민주주의가 어떤 결정에 영향받는 사람이 그 결정에 참여하는 것을 의미하는 이상 서울대의 결정에 사회 전체가 참여해야 하며, 그것이 아마도 우리가 2002년에 다시 한번 〈여고괴담 2〉를 보지 않을 수 있는 길일 것이다.

교권이라는 말에 대해

　국민의 정부 이후 교육 문제에 관련된 이런저런 좌담회에서나 이렇게 저렇게 접하는 교사들을 만나보면 흔히 듣는 이야기가 교권의 실추라는 말이다. 사실 교사들은 한편으로는 교육부의 행동과 정책으로 인해(예컨대 교사를 촌지나 받는 부패한 집단으로 모는 여론재판이나 정년단축 같은 정책), 다른 한편으로는 학생들의 저항으로 인해(명령의 불복종과 체벌에 대해 경찰에 고발 고소로 대항하는 학생들의 행동) 교사로서의 자존심이 크게 상한 것은 사실이다. 그러나 그런 일에 대해 교사들 상당수가 "예전엔 스승의 그림자도 밟지 않았는데" 또는 "교권이 이렇게 실추될 수가 있니" 하고 반응하는 것을 보면, 이래서는 문제의 실마리가 잘 풀리지 않을 것 같다는 느낌이 밀려온다. 특히 나는 교권이라는 말이 모호하다는 생각을 버릴 수 없으며, 그래서 용어를 좀더 분명히 하는 것이, 그리고 그렇게 해서 일어나고 있는 사태에 대해서 더 명확하게 정의하는 것이 현재의 난맥을 풀어가는 데 조금이나마 도움이 되지 않을까 하는 생각을 하게 된다.

교권이라는 말은 대체 무엇을 의미하는가? 나는 이 말이 적어도 세 가지 의미를 뭉뚱그리고 있는 말이라고 생각한다. 교사의 권리, 교사의 권한, 교사의 권위가 그것이다. 세 말은 모두 '교'라는 글자와 '권'이라는 글자를 품고 있으며, 이것이 이 세 가지를 교권이라는 한 단어로 응축하게 된 계기라 여겨진다. 하지만 이 세 가지 말의 개념적 내포와 외연은 매우 상이하다.

먼저 교사의 권리는 어떤 사람이 교사라는 직위를 가짐으로써 사회적 법적으로 가지게 되고 행사할 수 있는 권리이다. 즉 그는 교육공무원으로서 가질 수 있는 권리를 가지며, 통상적인 직업인이 가질 수 있는 권리를 가진다. 그는 부당한 징계나 해고에 법적으로 대응할 수 있으며, 최저임금 이상의 임금을 받을 권리를 가지며, 노동자로서 단결권 또는 단체교섭권 따위를 가진다. 이런 권리는 실추되는 성질의 것이 아니다. 그것은 축소되거나 확장될 수 있으며, 제한되거나 제한되지 않을 수 있을 따름이다. 이런 측면에서라면 교사들의 권리는 현 정부에 들어서서 축소되었다고 말하기 어렵다. 어떤 정치적 맥락을 경유했든 전교조가 합법화됨으로써 교사들의 권리의 영역이 확장된 면도 있기 때문이다.

다음으로 교사의 권한은 어떤 사람이 교사라는 직위를 가졌기 때문에 행사할 수 있는, 엄격히 규정된 것이든 혹은 재량에 따른 것이든 다양한 명령을 내릴 수 있고 그것의 실행을 강제할 수 있는 힘을 뜻한다. 예컨대 교장은 교사에게 업무를 명령할 수 있으며, 교사는 학생들에게 숙제를 내거나 그들을 평가하거나 정당한 명령의 불이행에 대해 징계할 수 있는 권한을 갖는다. 이런 면에서 본다면, 현 정부하에서 교사의 권한은 크게 축소되며, 그 축소의 대명사는 학교운영위원회의 설치 운영과 체벌 금지이다. 하지만 나는 전자의 경우 권력 행사의 자의성을 배제한다는 점에서 중요한 사회 진보라고 생각한다. 후자의 경우에는 훨씬 미묘한 점이 있으며, 그것이 최근 많이 논의되는 급격한 '교실 붕괴'의 한 원인인 측면도 있다. 그러나 체벌의 금지 또한 매우 장구한 사회적 발전의 패턴이며, 이제 교사들은 그것이 역전 불가능한 경향임을 인식하고 학생들이 심정적으로 정당하게 느낄 수 있는 다양한 징계의 방법을 모색해야 할 것이다.

마지막으로 교사의 권위가 있다. 교사의 권위는 유감스럽게도 교육부의 여론몰이에 의해서 실추된 바가 많다. 그러므로 이 문제와 관련해서 교권의 실추를 이야기한다면, 그것은 이유 있는 항의가 될 것이다. 하지만 나는 학생들이 가출을 하면서도 선생님의 삐삐 음성사서함에 자기 소재를 말해두고 자기의 아픔을 녹음해둘 정도로 존경받는 선생님을 알고 있다. 교사의 권위는 결국 제도적으로 확보된 것이 아니다. 그것은 근본적으로 자신의 인격으로부터 나오며, '스타크래프트' 정도는 스스로 해봄으로써 학생들의 생활세계 안으로 파고들려는 의욕으로부터 우러나오는 것이다. 바라건대 선생님들이 교권의 실추에 한탄하기를 그치고 스스로 교사의 권위를 높이 세우기 위해서 노력하기를 바란다. 교육에 희망이 있다면, 그것은 바로 이 비제도적 잔여물에 있기 때문이다. 더불어 전체 사회도 교사의 권리와 권한을 재조정할지언정 권위를 침해해서는 안 되고, 권리와 권한의 재조정을 위한 수단으로 권위를 침해해서는 더더욱 안 될 것이다.

과외 금지 위헌 판결과 한국 사회

2000년 4월 27일 헌법재판소는 학원설립 및 운영에 관한 법의 제3조와 제22조 제1항 1호, 즉 법이 정한 특정한 경우에 속하지 않는 사람의 과외교습을 포괄적으로 금지하고 이를 위반한 사람에 대해 일 년 이하의 징역이나 삼백만원 이하의 벌금으로 처벌하는 두 조항을 위헌판결했다. 이 판결은 큰 사회적 파장을 낳았다. 언론은 이 문제를 1면 머릿기사로 다루었고, 연이은 며칠 동안 이 판결에 대한 각계 각층의 반응과 그것이 가져올 사회적 파장, 대체입법의 방향에 대한 예측을 보도했다. '우리' 모두를 예민하게 만든 이 문제를 어떻게 보아야 할 것인가? 그리고 그것의 해결방안은 어떤 것인가?

먼저 헌재 판결의 의미를 살펴보자. 헌재는 위의 제3조와 제22조 제1항 1호의 위헌 여부 문제의 핵심을 아동의 교육에 대한 가족(부모)의 권리와 국가 권한의 대립으로 파악했다. 이 대립은 헌법상에서는 혼인과 가족생활을 보장하는 제36조 제1항, 행복추구권을 보장하는 제10조 및 "국민의 자유와 권리는 헌법에 열거되지 아니한 이유로 경시되지 아니

한다"고 규정하는 제37조 제1항과 "모든 국민은 능력에 따라 균등하게 교육을 받을 권리를 가진다"고 규정하여 국민의 교육받을 권리를 보장하고 있는 제31조 제1항 간의 대립으로 나타난다. 헌법재판소는 이 대립에서 가족의 손을 들어주었다.

그러나 이런 헌재의 판결은 사회로 넘어오자 곧장 "계층적 위화감" 또는 "계층적 박탈감"이라는 말로 정확히 대변되는 빈부 문제로 전환되었다. 이것은 헌법이 멈추어 선 장소인 가족이 바로 계급과 사회적 불평등이 포괄적으로 재생산되는 영역이라는 것을 뜻한다. 그리고 교육과 계급의 관계라는 교육사회학의 기본 주제가 바로 과외 문제의 본질임을 말해준다. 그런 견지에서 보면, 헌재의 판결이 과외비의 하락을 가져올지 아니면 상승을 가져올지를 예측하거나 고액과외의 기준을 따지는 것 따위는 문제의 표피에 집착하는 것에 지나지 않는다. 혹자는 가뜩이나 황폐해진 공교육의 운명이 핵심 문제라고 지적하지만, 이 또한 그 연원은 계급 문제라고 할 수 있다.

이런 지적은 너무 멀리 나간 것이라는 이의가 곧장 제기될 수 있다. 만일 교육의 영역이 나름의 자율성을 가진 장치로서 기능할 수 있는 여지가 넓게 열려 있다면 그런 이의가 맞을 것이다. 하지만 우리 사회에서 교육과 계급 간의 관계는 지극히 밀접하며, 그것을 모두가 의식하고 행동하고 있다.

이렇게 문제를 제기해보자. 고액과외란 무엇인가? 그것은 자식에 대한 지독한 사랑의 표현이 아닌가? 그렇다면 왜 우리는 1998년 힌신학원 김영은 원장 사건이 벌어졌을 때, 그를 통해 고액과외를 시킨 부모들을 사회적으로 매장시키려 했던 것일까? 그리고 왜 우리는 (고액)과외를 '망국병'이라고까지 부르는 것인가? 이런 감정의 원천은 업적주의(meritocracy)에 대한 강렬한 지향에서 나온 것이라고밖에 달리 설명할 수 없다. 업적주의적 세계관은 재능에 의한 불평등 이외에 어떤 것도 인정하지 않으며, 그것을 확인할 수 있는 유일한 통로는 학교가 되어야 한다고 보며, 그 학교 안에서 완전히 균등한 조건하에서 경쟁해야지, 누구도 과외라는 형태로 한 단위 더 많은 투자를 하는 것과 같은 불공정 경쟁 행위를 저질러서는 안 된다고 본다.

하지만 교육체제 자체가 형식적으로 평등한 인간을 실질적으로 불평등한 사회에 배분해주는 장치인 한, 구체적으로는 일류대학 졸업과 사회적 보상 간에 강한 연계가 존재하는 한, 교육 안으로 계급적 불평등이 개입해들어오는 것을 막으려는 업적주의의 유토피아는 실현 불가능하다. 그것은 해방 후 한국사회의 지속적인 학교 팽창의 역사와, 과외를 극히 포괄적이고 강압적으로 금지했던 국보위의 조치 이래로 과외 금지의 모든 조치들이 좌초했던 것을 통해 입증되었으며, 입시제도 개혁을 비롯한 예정된 모든 대책들의 실패를 통해 입증된다.

이미 언론에 보도된 예들을 중심으로 과외를 근절하려는 모든 조치의 쓸모없음을 살펴보자. 헌법재판소의 판결이 있자, 김대중 대통령은 대체입법 등을 위해 노력해오지 않은 교육부를 질책하며 세무조사를 비롯한 모든 수단을 동원하라고 지시했다. 세무조사를 대통령이 직접 지시한 것은 매우 유감스런 일이다. 이런 문제에 세무조사 같은 조치로 대응하는 것은 과세권의 남용이자 세무행정력의 낭비이며, 실제 효과적인 적발이 이루어지기란 난망한 일이다.

조자룡 헌 칼 쓰듯이 사용되었고, 새로 2002년에 실시될 입시제도 개혁도 별 쓸모는 없을 것이다. 비록 등급제로 바뀐다 해도 새 입시제도에서도 수능은 여전히 중요한 기준이며, 수능을 계속해서 쉽게 낸다고 해도, 그것은 학교의 교과구조와 다르기 때문에 이미 과외수요를 높였던 수능의 폐단을 완화시킬 정도에 지나지 않는다. 내신성적 중시는 내신과외를 부르며, 그것의 폐단은 이미 널리 지적되었다. 그것을 막기 위해 도입된 내신의 절대평가화는 학교 시험을 터무니없이 쉽게 출제하게 만들었다. 특기와 적성에 입각한 대학 선발방식은 예체능 과외를 발생시킬 것이다. 고교장 추천제의 확대 실시 또한 추천 자격을 위한 경쟁, 예컨대 학생회 간부를 하기 위한 경쟁을 낳을 것이다. 입시에 다양한 요소를 도입하는 과정은 그 의도처럼 '한 줄 세우기'를 '여러 줄 세우기'로 바꾸기는커녕 그나마 입시에서 면제되어 있던 영역마저 입시경쟁의 한 요소로 변질시킬 위험이 큰 것이다. 대학은 대학대로 입시정책 변화로 인해 변별력이 낮아진 수능과 내신을 피하기 위해 논술시험을 실시하거나 각종 경시대회를 개발할 텐데, 고등학교에는 논술이라는 교과가 없고, 경시대회는 경시대회 과외를 유발한다. 어떻게 과외를 하지 않을 수 있겠는가. 또 대학은 고교능급제를 도입할 태세이나. 학부모들이 모두 맹모를 따르게 만드는 조치가 아닌가.

문제를 좀더 근본적으로 파악하는 입장에서 공교육 강화론이 제기된다. 사교육 못지않게 매력적인 공교육을 제공하자는 것이다. 그러나 거기엔 두 가지 문제가 있다. 하나는 예산 제약이다. 교사의 질을 높이고, 교육시설을 개선하며, 이미 제7차 교육과정에 도입이 예정된 수준별 교육을 실시하는 것 등은 모두 예산을 크게 늘리지 않고는 실효를 거두기 어려운 일이다. 다른 하나는 설령 그렇게 된다고 해도 공교육이 과외보다 나은 교육을 제공하기는 매우 어렵다는 것이다. 과외는 이미 수준별 교육이며, 교사 일인당 학생 수도 많아야 열다섯 명 적으면 한 명이다. 또한 과외 교사들은 정규학교 교사들과 달리 항상적인 경쟁상태에 있으며, 또 더 나은 교육이 곧장 화폐 보상으로 이어지는 상황에 있나. 어떤 교육이 더 경쟁력이 있을지는 논의의 여지가 없다.

그러므로 우리는 정직하게 인정해야 한다. 우리는 불평등한 사회에 살고 있다는 것을, 그리고 과외는 없앨 수도 단속할 수도 없음을 말이다. 계급은 어떤 난관도 돌파하고 교육 안으로 스며들게 마련이다. 그리고 경제자본은 결코 벌거벗은 채로 현상하지 않는다. 그것은 언제나 문화

자본으로, 교육자본으로, 그리고 종내는 육체의 변형을 통해서까지 관철된다. 대학입시 때 면접을 해본 교수들이면 안다. 좋은 성적과 해맑은 얼굴과 밝은 성격과 말쑥한 옷차림 그리고 말주변을 갖춘 학생들을 부유층 자녀로부터 발견하는 것이 빈곤층에서 발견하는 것보다 훨씬 쉽다는 것을 말이다.

이런 이야기들은 몹시 비관적인 이야기이다. 하지만 오래 전 그람시가 말했듯이 지성은 비관주의적이어야 한다. 그리고 사실을 솔직하게 인정하는 것은 적어도 우리를 위선에서 벗어나게 해줄 것이며, 국가 정책에 집착하는 근시안에서 벗어나게 해줄 것이다. 그럴 때, 의당 대안은 무엇인가, 우리는 헌법재판소의 판결 이후에 어떻게 살아야 하는가, 하는 가혹한 질문이 제기될 것이다. 내게도 별다른 뾰족한 수는 없으며, 이미 이야기된 것들을 반복할 수밖에 없다. 하지만 적어도 스스로 한계를 설정하는 태도는 과외를 근절할 수 있다는 식의 과도한 기대에서 벗어나게 해주고 우리를 한결 침착하게 해줄 것이다.

먼저 모든 종류의 과외 교사들이 교육청에 등록하여 정당한 사업자가 되는 방법을 모색해야 할 것이다. 헌법재판소가 판시했듯이 과외 교사가 되는 것 또한 정당한 직업 선택의 자유를 행사하는 일이다. 그러니 그들이 정당하게 소득세를 납부하는 성실한 시민으로 살게 해주어야 한다. 물론 이를 어기는 자에 대해서는 조세정의의 차원에서 응분의 처벌을 가해야 한다.

이어서 당연히 공교육의 강화가 필요하다. 공교육 강화가 과외를 없앨 수야 없지만, 방대한 인구가 공식적인 자격을 위해 생애 가운데 매우 긴 시간을 그 안에서 보내야 하는 공교육이 의미 있는 삶의 공간이 되게 하기 위해서는 공교육의 강화가 필수적이다. 따라서 이번 일이 냄비 여론으로 끝나지 않도록 한다면, 공교육 강화를 위한 예산 확보에 정부가 좀더 전향적인 자세를 갖도록 유도할 수 있을 것이다. 우리 사회는 은행

하나나 투신 하나의 정상화를 위해서도 수조원의 공적 자금을 투입해왔다. 그럴 수 있었던 것은 그것을 그만큼 심각한 문제로 지각했기 때문이다. 마찬가지로 문제의 심각성에 대해 모두가 첨예한 인식을 하게 된다면, 공교육 예산을 대폭 확대할 수 있을 것이다. 하지만 그런 예산의 확보를 위해 교육세를 대폭 증액하기 위해서는 반드시 시민적 동의를 형성해야 하고, 그렇게 확보된 예산이 제대로 쓰일 수 있게 하기 위한 제도적 장치가 마련되어야 한다. 즉 학부모들의 교육행정 참여를 지금보다 크게 확장해야 한다. '대표 없이 과세 없다' 는 이념을 교육 자치제 안에 구현해넣어야 한다.

마지막으로 우리 사회의 다수 안에 왜 교육 업적주의의 꿈이 그토록 깊게 드리워져 있는가를 생각해보아야 할 것이다. 그 이유는 해방 후 우리 사회에서 사회적 이동의 통로가 학력으로 제한되었으며, 집합적 지위 상승의 길이 막히자 이 유일한 통로를 향해 모든 사람들이 달려들었기 때문이다. 노동운동이 그토록 오랜 세월 레드 콤플렉스와 권위주의 정치권력에 의해서 압제당하고 어떤 종류의 진보적인 정당도 자리잡지 못한 것, 바로 그것이 모든 사람들을 교육이라는 개인적 적응 전략에 몰두하게 하고, 우리의 교육 문제를 갈수록 계급과 긴밀한 것으로 만들었던 것이다.

그러므로 집합적인 사회적 지위 향상을 향한 길을 넓혀나가는 일, 노동운동의 활성화와 진보적인 정당의 출현을 위한 선거법 개정이 교육 문제의 해결과 그리 먼 거리에 있지 않다는 것을 일아아 한다. 이 집합직 지위 향상의 길을 개척하는 것, 그리하여 대부분의 사람에게 인간적인 삶이 개연적인 사회에 이를 때, 우리는 사람다움을 위한 교육을 이룰 수 있다. 한 세기 전에 마찬가지 꿈을 품었던 뒤르켐의 말을 인용하며 글을 맺도록 하자.

우리는 우리의 행복만큼이나 자녀의 행복에 관심을 갖는다. 그러나 이는 현재의 소유구조로부터 나온 것이다. 현재의 소유구조가 개인이 사회생활에 불평등하게 입문하게 하기 때문에 우리는 우리의 자녀들이 이런 불평등으로 인해 손해를 덜 보게 하는 데 깊은 관심을 가지게 되는 것이다. 만일 사회가 평등하다면 이런 관심은 약화될 것이다.

승복의 기제로서의 시험

시험은 경제적이다. 시험은 합리적이고 평등주의적이다. 이것이 시험 제도를 떠받치고 있는 이데올로기일 텐데, 효력을 발휘하는 모든 이데올로기가 그렇듯이 그것은 거짓말만은 아니다. 과연 시험은 사람의 자질을 평가하는 경제적 방식이다. 만일 어떤 자리를 원하는 사람이 백 명인데, 만 명의 사람이 그것을 원한다고 해보라. 지원자들을 실수 없이 질적으로 엄정하게 평가하기 위한 경제적 시간적 비용 자체가 얼마나 엄청날 것인가? 시험이 합리적이고 평등주의적이라는 것 또한 분명하다. 그것은 응시자가 갈망하는 자리를 차지할 만한 지식을 가지고 있는지에 대해 직접 묻는다. 또한 그렇게 하면서 시원사의 존재를 그의 실력 뒤로 완벽하게 숨긴다. 그로 인해 인간적 요소가 평가에 개입할 여지를 배제한다. 누구나 출신이나 성별 또는 학벌과 관계없이 그것에 직접 다가갈 수 있다. 그리고 바로 이런 이유 때문에 시험은 그 결과에 대한 완벽한 승복을 얻어낼 수 있다. 같은 자리에서 같은 시간에 같은 문제를 풀었다. 그리고 우리가 이 문제를 푸는 능력에서 서로 간에 얼마나 차이가 있었는가가 선명한 숫자로 판가름난다. 결과에 이의를 달 수 없는 것이다.

그러나 문제를 거꾸로 볼 필요가 있다. 시험이 경제적이고 합리적이 며 평등주의적이기 때문에 승복을 얻어내는 것이 아니라 단번에 선을 긋듯 갈라지는 불평등한 배분에 대한 승복을 얻기 위해서 합리적이고 평등주의적이라고 말이다. 이어서 물어야 할 질문은 왜 우리 사회가 시 험공화국이 되어야 할 정도로 선명한 승복이 필요한가 하는 것이다. 그 이유는 제법 자명하다. 우선 시험이 야기하는 불평등한 배분이 매우 엄 청나기 때문이다. 사법고시에 붙은 사람과 떨어진 사람의 차이를 생각 해보라. 두말할 나위 없이 양자의 차이는 절대적이다. 이렇게 절대적인 이유는 특권이 존재하는 곳마다 진입 문턱이 만들어져 있는 것이 우리 사회이기 때문이다. 그리고 이 진입 문턱이 역으로 그 특권을 진짜 특권 으로 만든다.

승복이 필요한 다른 이유는 우리 사회 성원들이 잘 승복하려고 하지 않기 때문이다. 우리 사회는 질투의 사회이다. 누구도 자신의 계급이나 성별에 따른 불평등을 인정하려 하지 않는다. 그 이유는 불평등이 심해 서이기도 하지만 역사적 이유도 있다. 식민지로부터 해방된 우리 사회 는 갑작스럽게 비워진 지배계급의 자리와 특권의 자리를 차지하기 위해 각개 약진했던 사회였으며, 지배자의 자리를 차지한 사람들은 대중에게 는 모두 '졸부' 같은 존재였다. 이들은 정당성이 없기에 질투를 유발한 다. 그래서 우리 사회는 보편적 질투의 사회가 되었으며, 그래서 승복이 더욱 요구되었다. 이 승복의 가장 중요한 기제가 시험이다.

승복하게 한다는 것은 무엇인가? 그것은 한편으로는 승리자를 생산 하는 과정인 동시에 패자가 자신을 패배자로 당연시하는 과정이다. 학 교와 시험은 이런 패배의식을 '조기교육' 하는 탁월한 장이다. 학교가 어 떻게 패배를 훈련하고 당연시하게 만들었는가를 생각해보자. 대략 대학 정도를 마치기까지 우리는 얼마나 많은 시험을 치는가? 과목별로 보는 학기말시험 외에 월말고사, 수시고사, 모의고사 등이 며칠 걸러 한 번씩 이다시피 한 우리네 학교에서 사람들이 보게 되는 시험은 수천 번에 이를 것이다. 그리고 그 수천 번의 시험을 위해서 우리는 그보다 훨씬 많은 날 동안 초조하게 시험공부를 한다. 그리고 긴장 속에서 수천 시간에 걸쳐 시험을 치며, 그것으로부터 돌아오는 보상과 처벌의 가혹함을 수천 번 겪는다. 선생과 부모(이들은 어린이에게는 세계 전체나 다름없다)의 상과 매질이 그것이다. 그러니 시험점수에 대해 우리가 아무 말을 못 하는 것은 너무나 당연하다. 그리고 언제나 시험성적에 의해 사회적 위계보다 훨씬 세분된 등수를 통해서 자신의 자리를 수천 번에 걸쳐 확인받는다. 그리고 그런 과정을 통해서 우리는 자신이 받을 대접을 가늠하는 법을 몸으로 익히게 된다.

이렇게 시험이 승복의 체제로 구축되어감에 따라, 그것은 점차 지배계급조차 복종해야 하는 보편적 형벌이 된다. 그리하여 지배계급은 모든 힘을 다해 이 시험에 승리하고자 하게 된다. 그러나 오해하지 마라. 지배층은 이 싸움에서 잃을 것이 없다. 그 이유는 첫째, 그들은 절반쯤은 시험에 승리하도록 예정되어 있기 때문이다. 그들은 이미 시험과 교과서의 언어에 익숙하며, 그렇게 양육되었으며, 이미 가족생활을 통해서 제도의 언어와 문화를 학습하고 있다. 둘째, 그들은 이 시험에 승리하기 위해 필요한 정보와 투자에 필요한 자본을 소유하고 있다. 셋째, 그들은 아주 여유가 있을 경우에는 국내에서의 이 지저분한 싸움을 아예 회피하고 외국 유학의 길을 택할 수 있다. 그리고 마지막으로 지배층의 개별 성원들에게는 이 시험이 때로는 고통스럽고 거추장스러운 것이라 하더라도 전체로서의 지배층은 그 정도의 훈육을 통해서 능력과 인정을 모두 얻을 수 있다. 초조한 것은 중산층이고, 하층이 안타까울 뿐이다. 중산층이 초조한 것은 그들의 모자란 문화자본과 경제적 자본을 개인적 재능과 노력으로 메워야 하기 때문이다. 하층이 안타까운 것은 그들이 이 백전백패의 싸움에 헛되이 달려들기 때문이다.

혹자는 이의를 제기할지 모르겠다. 청소부의 아들이 서울대 입시에 수석을 하고, 검정고시를 거쳐 사법시험에 합격한 사람도 있다고. 철없는 이야기이다. 혹 전체 사회구조가 아직 틀을 못 갖춘 어리숙한 시절에는 그럴 수 있었을지 모르겠다. 하지만 그럴 수 있는 가능성은 이제 바늘귀처럼 가늘어졌다. 지금도 어느 구석방에 웅크려 시험공부를 하며 버틴 사람이 그런 일을 해낼 수도 있다. 그러나 그는 비행기가 추락했을 때 살아난 사람일 뿐이다. 그런 사람에 대해 떠드는 것은 황색 언론의 짓거리이거나 신화를 통해 시험의 이데올로기를 재생산하려는 수작일 뿐이다. 참되고 뻔한 것은 비행기가 떨어지면 거의 모든 사람이 죽는다는 사실이다.

이런 이야기에 그러면 시험을 없애자고 말하는 사람이 있을지 모르겠다. 연전에 정치인 출신의 한 멍청한 교육부 장관이 그런 이야기를 하기도 했다. 그러나 면접을 중시하고 사회봉사를 중시하는 것이 어떻게 상황을 바꾸겠는가? 면접자는 이미 면접대상자의 생김새와 옷매무새와 말씨에서 문화적으로 친숙한(당연히 같은 계층의) 사람을 자기도 모르는 새에 이미 선호하고 있고, 사회봉사 실적이란 인맥과 생떼로 받아오는 종이 위의 도장에 불과한데. 요컨대 그것은 시험을 없애는 것이 아니라 시험과목을 늘리는 것이고, 이전에는 시험에 포함되지 않아 그나마 순결했던 것을 오염시킨 것에 지나지 않는다.

중요한 것은 특권의 진입 문턱을 낮추어 특권 자체를 희석하려는 사회적 노력이며, 적어도 한 번의 시험으로 단번에 사람을 불평등하게 만드는 제도의 철폐이다. 그리고 더 나아가서 사회의 불평등 정도를 약화시키려는 시도이다. 이를 위한 선결과제의 하나는 우리 사회의 힘없는 사람들이 시험에 의한 패배를 더이상 패배로 받아들이지 않는 감성을 훈련해나가는 일일 것이다.

제 3 부

관목숲, 대중문화

TV는 '사랑'을 싣고?

요즘은 시절이 하 수상하여 특히 뉴스를 보는 것이 고통스럽다. IMF, 금리, 환율, 주가, 부도, 해고, 실업, 구조조정, 통폐합 같은 어휘들이 난무하고 나면, 이어서 갖은 사회병리 현상, 예컨대 일가족 자살, 강도, 사기, 비리 들에 대한 이야기가 이어진다. 행여 우리들이 고통에 둔감해질까 뉴스가 제시되는 방식이나 배경음향들도 매우 거칠어만 간다. 물론 이런 뉴스들과 대비되는 즐거운(즐겁게 하려는) 프로그램이 없는 것은 아니다. 하지만 시시한 문제들이나 푸는 퀴즈 프로그램이나 도무지 경제적 고통이라고는 모르는 젊은이들의 사랑 이야기를 다룬 드라마는 현실의 무게에 비하면 지나치게 가볍다. 차라리 각종 기담 괴담을 다룬 〈이야기 속으로〉 유의 프로그램들이 그보다 나은 것 같다. 세상에 참 이상한 일들도 많다는 이런 프로그램들의 결론은 어쩌면 그런 프로그램에 수반된 조잡한 공포 분위기와 더불어 지겨운 현실에서 우리를 떼어놓기 적당해 보인다. 대신 이런 프로그램은 우리를 즐겁게 하기는커녕 찜찜하게 한다. 이런 점에 비추어볼 때, 아마 〈TV는 사랑을 싣고〉 같은 프로그램만큼 요즘 시대에 적당한 것은 없어 보인다. 그저 사람이 사람을 그리워하고 만나고 싶어한다는 이 영원한 사실은 어떤 불행한 시대에도 긍정적인 것이고, 그것을 충족시켜주는 프로그램을 보며 우리는 한결같은 기쁨에 동참하게 되기 때문이다.

사실 이 프로그램은 매우 잘 고안된 방식으로 그런 기쁨을 생산한다. 먼저 우리들에게 매우 친숙한 유명인이 출연하여 만나고 싶은 사람에 대해서 이야기해준다. 그들의 이런 모습은 유명인들 또한 그리움을 가진 사람이며, 그리움을 가졌다는 것은 그들의 삶도 우리처럼 어떤 결여를 가지고 있음을 드러내준다. 더불어 그 유명인이 그 사람을 만나고 싶어하는 사연들, 그 사람을 찾아가는 과정이 매우 코믹하게 그려진다. 그리고 마침내 그를 찾아내는데, 그 유명인이 그리워하는 사람은 유명하지 않은 사람, TV를 보는 우리들처럼 평범한 사람이다. 그러니 이렇게 말할 수도 있다. 유명인은 우리들 보통 사람을 그리워한다고. 우리는 유명인의 사연을 들으며, 그의 그리워하는 마음을 동일시하여 추적의 과정에 마음 졸이고, 이어서 마침내 찾은 평범한 그리움의 대상과 자신을 동일시하는 이 순환적 과정을 통해서 TV가 실어오는 '사랑'을 느끼는 것이다.

이렇게 그 메커니즘을 대략 이해한다고 해서 보는 즐거움이 줄어드는 것은 아니다. 하지만 시절 탓일까? 문득 이런 의문이 들었다. 왜 TV가 찾아낸 사람들 중에는 실직했거나 부도를 낸 사람, 그래서 고약한 삶을 사는 사람, 혹은 범죄자는 없는 것일까? 답은 둘 중 하나임이 분명해 보였다. 그런 사례가 없거나 그런 사례는 미리 걸러져서 없는 것이 된 때문이다. 나는 둘 가운데 후자가 그 답이라는 생각이 들었다. 삶에는 기쁜 만남도 있지만 슬픈 만남도 있는 법 아닌가? 그런데 서로 아픔을 나누어야 할 만남은 결코 실어올 만한 사랑으로 여기지 않는다는 것은 씁쓸한 일이었다.

이런 의문도 들었다. 어떻게 TV는 사람들을 어김없이 찾아내는 것일까? 당연히 찾은 사람에 대해서만 프로그램으로 제작하기 때문일 터인데, 그렇다면 어떻게 찾은 것일까? 그 추적에는 어떤 패턴이 있었다. 대개 제작진은 찾고자 하는 사람이 다닌 학교를 추적한다. 초등학교에 가고, 거기서 진학한 중학교를 찾아내고, 다시 중학교에서 고등학교로 대학교로 추적해나가, 마침내 직장을 통해 그를 찾아낸다. 이런 추적을 가능하게 하는 기본 자료는 카메라가 슬쩍슬쩍 관음적으로 훑고 지나가는 사람들의 생활기록부이다. 그것이 말해주는 것이 무엇인가? 우리는 다 잊었지만, 더러는 부끄러울 수도 있는 우리의 학업성취나 무심결에 선생님이 아무렇지도 않게 씨넣었을 수도 있는 우리들의 성품에 대한 묘사가 결코 지워지지 않는 데이터로 보관되고 있다는 것이다. 더 나아가 비록 그것이 그리 나쁜 일에 동원되는 것은 아니더라도 프로그램 제작진이 자의적으로 열람할 수 있다는 점이다. 흔히들 정보화 사회의 도래와 더불어 데이터베이스를 통한 감시권력의 증대를 말한다. 하지만 〈TV는 사랑을 싣고〉는 그것이 정보화 사회가 등장하기 훨씬 전부터 있어온 경향이라는 것을 보여준다. 더불어 찾을 수 없는 사람들이 어떤 사람들일지에 대해서도 짐작케 해준다. 각급 학교들에서 직장으로 이어지는 '정상적' 삶의 궤도에서 이탈한 사람들이 그들일 것이다. 우리들의 일거수 일투족이 기록되고 있다는 것, 정상적 삶의 궤도와 어긋난 삶의 궤도의 대립이 브라운관에 올라올 수 있는 것과 올라올 수 없는 것 간의 분할과 일치한다는 것, 〈TV는 사랑을 싣고〉의 이면에서 이런 점을 읽어내는 것은 시절 탓에 내 시선이 비딱해진 까닭만은 아닐 것이다.

아빠의 도전?

어쩌다가 집에 일찍 들어가 딸아이와 같이 TV를 보게 되었다. 처음 보는 프로그램이 시작되어 채널을 돌리려고 하자, 딸이 그걸 보아야 한다고 설치는 바람에 함께 보지 않을 수 없었다. 〈아빠의 도전〉이라는 프로그램이었다. 그후로도 몇 번을 더 보게 된 이 프로그램의 내용인즉슨 아빠가 방송국에서 낸 문제(삼국시대부터 조선말에 이르기까지 우리나라 임금들의 이름을 순서대로 다 외운다거나, 럭비공을 발로 팽이처럼 육십 초 동안 일정한 원 내에서 계속 돌리는 것 따위)를 오 일 동안 연습해서 방송국 스튜디오에서 실연해내면, 그 가족들이 원하는 물건 하나씩을 몽땅 주는 것이었다.

이 프로그램의 홍미로운 점은 스튜디오에서 벌어지는 게임만이 아니라 아버지와 그 가족이 게임에 참여한 전 과정을 생생하게 보여준다는 것이다. 생소한 과제를 떠안고 잠을 설치며 연습에 연습을 더하는 아버지와 그를 원조하는 가족의 모습. 조금씩 성공에 가까워져가는 아버지의 숙련과정. 아버지가 성취를 더할 때마다 환호하는 가족들. 그리고 마침내 '결전의 날' 가족 모두는 스튜디오에 출연하여 아버지의 성공을 기원하고 아버지는 '성공이냐 실패냐' 라는 갈림길에서 초조한 심정으로 단 한 번의 시도를 한다. 숨을 죽이며 그것을 바라보던 가족과 방청객 그리고 시청자의 입에서는 성공하면 커다란 함성이, 실패하면 아쉬운 한숨이 터져나온다. 실패한 경우에도 사회자는 아버지의 노고와 열정을 치하하며, 그 동안의 아버지의 노력이 자녀들에게 귀감이 되었음을 강조한다.

이런 과정이 보는 사람들에게는 충분한 동일시의 기반을 제공한다. 게임에 참여한 가족의 평범한 생활과 아버지의 연습과정에서 생기는 여러 가지 에피소드와 코믹한 장면을 홈비디오 촬영기법으로 찍어 보여주기 때문에 시청자는 출연 가족에 대해 정서적 유대감을 느끼게 된다. 그리고 그렇기 때문에 '아빠' 의 '도전' 이 성공하기를 아슬아슬한 심정으로 기원하게 된다. 이렇게 잘 짜여진 서스펜스의 유지는 시청자들을 끌어들이기에 충분하며, 그런 점에서 프로그램은 '성공적' 으로 보였다. 그리고 게임에 참여한 가족에게는 서로 간의 유대감을 강화하는 계기가 된다는 점에서 이 프로그램은 건전하기조차 한 것 같다.

하지만 그 프로그램에는 무언가 불쾌한 구석이 있다. 이런 의문이 들었다. 왜 아빠의 도전, 아빠'만' 의 도전이어야 하는가? 지난해부터 우리는 "아빠는 있지만 아버지는 없는 시대" 운운하는 이야기를 많이 들어왔다. 이 프로그램은 그 '아버지 권위의 실추' 를 '아빠의 도전'을 통하여 상징적으로 보상하려는 것 같았다. 하지만 왜 그래야 하는가? 권위에 대한 향수를 버리고 민주적 협동을 추구하면 왜 안 되는 것인가? 나는 게임 자체가 가족의 협동을 통해 무엇인가를 성취하는 형태를 띠지 않도록 구성한 제작자들의 심성이 미심쩍고 불쾌했다. IMF가 불러올 대량 해고는 아버지 권위의 실추를 더 가속화할 것이다. 이런 실추를 극복하는 길이 가족의 협동이 아니라 아버지 혼자의 고독한 노력에만 근거해야 한다는 말인가? 이 프로그램 안에는 가족의 원조와 성원을 보여주는 많은 부분이 있다고 반론할 수도 있을 것이다. 그러나 가족의 성패는 여전히 아버지 혼자의 도전에 달려 있을 뿐이다.

단 한 번의 기회만을 주는 게임 방식 또한 불쾌하다. 그것은 아버지에게 모든 것을 거는 분위기를 강요할 뿐 아니라 얼마나 노력을 기울이든 간에 성공과 실패의 두 갈래 길만이 있다고 말하고 있기 때문이다. 적어도 나의 몇 번의 시청 경험에 비추어본다면, 실패한 아빠가 성공한 아빠보다 덜 노력한 경우는 하나도 없었다. 성공의 여부는 다소간 우연적 요인, 게임 참여자가 스튜디오 환경에 적응하는 정도, 그리고 주어진 과제의 난이도 차이에 기인하는 것으로 보였다. 물론 사회생활의 많은 부분에서 우리는 노력하고 경쟁하지만, 그럼에도 불구하고 모든 것을 잃는 패자가 될 수 있고, 거기에도 많은 우연성이 개입한다. 그런 점에서 이 프로그램은 현실을 극적으로 반영하는 것일 수도 있다. 하지만 왜 그래야 하는가? 왜 TV 프로그램이 그런 현실을 비판하고 또 그런 현실의 아픔을 위무하기보다는 더 극화해야 하는가?

〈아빠의 도전〉은 불쾌할 뿐 아니라 서글픈 구석이 있기도 했다. 몇 차례 프로그램을 보니 가족들이 원하는 물건들이 냉장고, 세탁기, 컴퓨터, 오디오 세트 따위로 천편일률적이었다. 이런 물품들은 거개가 중산층적 생활양식을 표상하는 내구성 소비재들이다. 그런 의미에서 〈아빠의 도전〉은 중산층적 생활양식에 대한 꿈과 포디즘적 생산라인을 접합하는 프로그램이라고 할 수 있다. 이 프로그램의 기반이 되는 동시에 이 프로그램이 강화하고 있는 꿈의 소비주의화와 표준화, 여기엔 우리 사회의 소망의 앙상함이 엿보였다.

하지만 사람들의 소망이 다양성을 결여하고 있다는 사실은 그것만으로는 탓할 일이 못 된다. 왜냐하면 사람들의 소원은 매우 구체적인 생활 속에서 그리고 이웃과의 비교에서 출발하는 것이며, 일상의 편의를 제공하는 물품에 대한 절실한 소망은 명백히 정당한 것이기 때문이다. 오히려 이 프로그램이 우리 사회가 약속했지만 그래도 여전히 숱한 사람들이 중산층 생활에 참여하지 못하고 있는 현실을 표면화하고 있다고 말해야 할 것이다. 그런 사회적 상처를 아버지의 어깨 위에 무겁게 내려거는 이 프로그램은 그러니 서글프다.

나의 감정과 생각은 이렇게 흐르고 있었지만, 딸아이는 "우리 식구도 이 프로그램에 나가자"고 졸라대기만 했다.

사이버 가수 아담

　일본의 다테 교코, 영국의 라라 크로퍼드, 미국의 저스틴에 이어 우리 사회에도 새해 벽두에 사이버 가수 '아담'이 출현하여 선풍적인 인기를 끌고 있다고 한다. 조만간 광고에도 출연할 것인데, 출연료가 상당하다고 한다. 최근 신문기사에 의하면 아담이 조용필과 손을 잡고 음반을 발매했다고 한다. 유명 가수의 라이브 공연에서 중고생들이 소리지르며 열광하는 것만 보아도 기겁을 하는 기성세대에게는 사람이 아닌 가수가 등장해서 인기를 끌고 있다는 소식은 '갈 데까지 가는구나' 하는 느낌을 줄 수도 있을 것이다.

　하지만 생각해보면, 이럴 수 있는 어떤 잠재력은 이미 오래 전부터 존재했다고 할 수 있다. 만화영화들에 대해서 생각해보자. 만화영화의 주인공들은 벌써 수십 년 전부터 어린이들에게 일종의 사이버 아이돌이었다. 지금도 생각나는데, 필자의 어린 시절인 1960년대 중반에 이미 TV에서 〈황금박쥐〉나 〈요괴인간〉 같은 일본 만화영화를 방영했었다. 지금의 아담이 "나도 사람이 되고 싶어"라고 말한다는데, 요괴인간은 이미 그 시절에 "나도 빨리 사람이 되고 싶다"고 절규했었다. 그 시절 나와 내 친구들이 황금박쥐를 흉내내기 위해서 어머니의 보자기를 목에 두르고 높은 곳에서 뛰어내리기 시합을 했음은 물론이다. 그리고 요괴인간이나 황금박쥐 그림이 그려진 운동화가 나왔는데, 나나 내 친구들은 요즘 학생들이 리복이나 나이키 운동화를 원하는 것처럼 그 운동화를 신는 것이 소원이었다.

하지만 사이버 가수는 새로운 것이 아니냐고 할 수도 있다. 예컨대 요즘 우리나라에서 유행하는 〈세일러 문〉의 주인공들은 노래를 부르지 않는다. 하지만 그럴까? 한번 디즈니 만화영화들을 생각해보라. 뮤지컬 영화의 양식을 많이 차용하는 디즈니 만화영화에서는 거의 어김없이 주인공들이 아리아를 부른다. 우리나라 라디오 방송에서도 제법 여러 번 들려줬던 포카혼타스의 노래를 한번 상기해본다면, 아담이 정말로 '아담'(최초의 사이버 가수)은 아니라는 것을 알 수 있다. 오히려 아담은 이미 존재하는 문화적 잠재요인들의 현실화일 뿐이다. 만화 그리고 그에 이어 CGI(컴퓨터 합성 이미지)에 익숙해진 세대들이 존재한다. 이들은 이미 우리 사회에서 삼십대 후반에까지 폭넓게 포진해 있으며 그런 '그림'을 보고 그것을 하나의 인격적 존재로 간주하는 것에 매우 익숙하다. 아담이 에덴 동산에서 추방당하지 않을 조건이 이미 존재하고 있는 것이다. 수용자의 측면에서 조건이 이미 무르익어 있다.

그렇다면 생산자의 측면에서는 어떠한가? 누가 왜 아담을 만들고자 하는가? 이 문제에 대한 해답도 그리 어렵지 않게 읽을 수 있다. 아담은 사이버 가수이고, 그를 만드는 것은 간단히 말해서 음반 프로듀서와 매니저이다. 간단히 말해서 음반자본이다. 그들은 아담을 만들 충분한 이유가 있다. 아담은 적어도 세 가지 문제를 간단하게 해결해준다.

첫째, 한 명의 가수를 스타로 만들어나가기가 대단히 용이하다. 먼저 아담의 프로필을 보자. 나이 20세, 키 178cm, 몸무게 68kg, 혈액형 O형,

용모 수려. 이것이 아담의 프로필이다. 이런 아담의 프로필은 우연히 주어진 것이 아니라, 많은 설문조사를 거쳐서 만들어진 것이며, 그의 생김새조차도 수차의 시장조사를 거쳐 만들어졌다. 그의 혈액형이 O형이라는 것조차 우리나라 사람들 중에 O형이 많으며, 따라서 O형으로 해야 동일시와 애호의 감정을 불러일으키리라는 계산에 근거한 것이다. 그런데 생각해보라. 아무리 사람들이 좋아할 이상적 이미지를 간직한 존재에 대한 프로필이 시장조사에 의해서 밝혀졌다고 해도, 음반사가 그런 인간을 진짜로 찾을 수 있다는 보장이 없다. 누구는 노래를 잘하지만 얼굴이 못생겼고, 누구는 잘생겼지만 키가 작거나 다리가 짧고…… 이것이 존재하는 인간의 실상이다. 그러나 만일 사이버 스타가 가능하다면, 이 문제는 완전히 해결된다. 그는 소비자가 원하는 대로 만들어질 수 있는 존재이기 때문이다.

둘째, 비용이 매우 저렴하다. 한 명의 스타급 가수를 전속계약하기 위해서 드는 돈은 수억에 이른다. 전속계약료만 그렇다는 것이다. 뿐만 아니라 한 명의 스타를 만들기 위해서는 코디네이터 기용 등을 비롯한 수많은 부대비용이 들어간다. 더 나아가 스타를 탄생시키더라도 그는 다른 음반사로 이적할 수 있다. 그러나 사이버 가수에게는 전속료가 필요 없다. 그는 회사의 상표로 등록되기 때문이다. 이적하겠다는 말도 꺼내지 않는다. 음반사의 입장에서 보면 얼마나 고분고분하고 귀여운 스타인가?

셋째, 인간 스타는 스캔들에 시달린다. 인간이기 때문에 부모가 있고 친구가 있고, 스타에게는 걸맞지 않은 과거가 있을 수 있으며, 성적 욕구를 가지고 있고, 술 마시면 제멋대로일 수 있으며, 음주운전을 할 수도 있다. 과식으로 살이 찔 수도 있고, 결혼해서 아이를 가질 수도 있으며, 또한 지쳐서 출연을 거부하거나 은퇴를 선언할 수도 있으며, 시간이 가면서 늙어가고 그래서 추해질 수도 있다. 그러나 사이버 스타는 이런 일체의 문제로부터 제외된다. 음반사가 온갖 비용을 들여 키워놓은 스타가 한 연예부 기자의 특종 하나에 급전직하 실추되는 일이 사이버 스타에게서는 일어나지 않는다. 그러니 사이버 스타를 수용할 소비자 성향이 존재한다면, 사이버 스타가 문화산업에 의해서 생산되는 것은 거의 필연적인 것이라고 할 수 있다.

하지만 이런 경향에 어떤 문제가 있는 것은 아닐까? 이 점에 대해서 생각해보자. 앞서 말한 음반산업이 사이버 스타를 인간 스타보다 좋아할 세 가지 요인은 사실 인간 스타의 한 가지 약점으로 귀결된다. 그것은 인간 스타가 가진 인간으로서의 속성이 음반산업이 통제하기 곤란한 요인이라는 것이다. 이것을 통제할 수 있는 기술적 수단이 컴퓨터를 통해서 갖추어졌을 뿐이다. 문제는 이런 우연성을 감내하지 않으려는 문화적 경향이다. 사이버 애인은 토라지지 않을 것이다. 토라진 애인의 마음을 달래려는 감내의 자세가 없어지면, 사람들은 현실의 애인보다 사이버 애인을 택하지 않겠는가? 얼마 전 일본에서 들어와 유행한 다마고치는 사람들이 애완동물을 원하지만 그것이 생물로서 가진 속성, 똥 누고 아프고, 마음대로 소리지르는 그 속성을 제거하고자 한다는 것을 보여준다. 사이버 문화가 이런 타자(그것이 인간이든 애완동물이든)의 우연성에 대한 두려움을 회피하기 위한 수단으로 동원되고 있다. 그 두려움, 그것이 사이버 아담에 깃들여 있는 문화적 문제이다.

인터코스넷(Intercoursenet)의 나비

인터넷이 포르노그래피 소비의 새로운 차원을 열고 있다. 우리는 예전처럼 청계천 상가들을 배회하며 망설일 필요가 없다. 포르노그래피를 파는 상인들이 그것을 사러 온 우리들을 바라보는 표정에서 "그래, 나는 네 욕망을 알아" 하는 말을 읽어낼 필요도 없어졌다. 혹은 친구들과 키들거리면서 욕망의 미세한 차이를 무시하고 자신의 욕망을 보통명사화하려고 할 필요도 없다. 요컨대 포르노그래피가 우리들의 손에 들어오는 순간, 우리가 그것과 접촉하는 순간에 우리가 겪어야 하는 당혹, 그것을 보기 위해서 겪어야 하는 타자의 시선(그것은 아무리 짧은 순간이라고 해도 '고통'스러운 것이다. 왜냐하면 그 순간 나는 음란한 주체에서 음란한 객체로 바뀌어버리기 때문이다)이 사라진 것이다. 그저 마우스를 열 번 남짓 클릭하기만 하면 그것이 푸른 무중력의 공간으로부터 도래하는 것이다, 왕림하는 것이다, 임재하는 것이다.

그리고 거기서 우리는 또다른 발견을 한다. 포르노그래피가 충족시키려는 욕망, 그러니까 그것이 소구하고 있는 것의 다양성을 발견한다. 다시 말해 우리가 인터넷으로부터 건져올리려 하는 것은 자신의 욕망의 대상이지만, 우리는 거기서 욕망 '들' 을 발견한다. 거기서 욕망들의 지형도, 표, 다문화주의(multiculturalism)를 보게 된다. 단지 어떤 스트레이트 남성의 여성에 대한 관음증적인 지배의 욕망만 있는 것이 아니라, 스트레이트 여성, 게이, 그리고 레즈비언의 욕망이 있다. 그리고 가슴, 엉덩이, 음경, 질 등에 대한 다양한 페티시즘이 있다. 머리카락 색에 따른 욕망, 인종에 따른 욕망이 있다. 자세의 다양성과 그것의 가능성 한계에 대한 추구가 있다. 수십 가지의 사디마조히즘 테크닉들이 있다. 이 욕망들은 수직적 위계 없이 실용주의적으로 구성된 표 위에 나란히 병렬한 작은 입구들이 되어 입문자를 기다린다.

또 한 가지 인터넷의 포르노그래피는 그 도래의 양상에서도 새롭다. 마우스의 '클릭 클릭' 거리는 욕망의 소리를 따라서 먼 곳으로부터 도래하고 있는 포르노그래피들은 단번에 즉물적으로 도달하지 않는다. 그것은 그녀 또는 그의 신체의 박피를 잘게 쪼개어 비트로 만들어 우리에게로 보낸다. 이 음란한 전기신호들은 그리하여 버거운 무게를 가진 것처럼 천천히 모습을 드러낸다. 예컨대 대략 50킬로바이트를 전후한 사진 한 장이 도래하기 위해서는 고속 모뎀의 할딱이는 숨결에도 불구하고 최소한 일 분 정도의 시간이 흐른다(때로 그것은 오륙 분도 된다). 그리하여 한 장의 사진, 아니 오래 기다린 그/그녀의 나신은 작은 사각 조각그림들이 다시 잘게 쪼개져 서로 이어지고 모임에 따라서 선명해져간다. 파편화된 신체들이 이매지너리(imaginary)한 유기성을 획득해간다. 그렇게 그것은 점차 머리로부터 천천히 모습을 드러내며 가슴으로 이어진다. 배꼽으로 이어진다. 그리고 다시 또…… 이어져내려간다. 이 화면 전송의 리듬 자체, 느릿하고 감질나는 전송 자체가 우리를 들뜨게 하고, 동시에 침착한 기다림을 가르친다. 그 시간의 흐름은 완만하며, 언제 그것이 완료될지 아무도 알 수 없고, 또 언제 중단될지도 알 수 없다. 그리하여 시간은 무거운 추를 내리고 주위의 공간은 적막해져만 간다.

'나'는 이 적막한 공간 속으로 『플레이보이』의 한국인 모델 이승희의 사진들을 찾아들어갔다. 왜 나는…… 나는 그녀를 찾아간 것일까? 아마도 누구나 그렇듯이 나 또한 성적으로는 잠재적인 '인종주의자'이기 때문일 것이다. 아무튼 그녀를 찾는 것은 쉽지 않았다. "열려라, 콩. 열려라, 쌀. 열려라, 팥……" Sung Hee는 답변이 없었다. 마침내 "열려라, 참깨." Sung Hi로 가는 문이 열리기 시작했다. 수십여 장의 작은 차례사진들…… 그 위를 커서로 어루만지며…… 사진들을 불러들였다. 그녀의 몸매는 훌륭하긴 했지만 그녀의 사진은 별다른 연출이 없는 그냥 통상적인 것들이 많았다. 그러다가 한 사진에서 내 시선이 멈추었다. 그 사진은 그녀가 우유를 마신 직후의 모습을 담은 사진이었다. 윗입술에 방금 마신 우유의 자취가 남아 있었고, 그리고 우유는 그녀의 몸 여기저기로 방울지며 흘러내리고 있었다. 흰 우유는 그녀의 피부색과 강한 대조를 일으키고 있었다. 왜 이 사진이 시선을 잡아당기는 것일까? 아마도 그것은 우유가 유발하는 상반된 의미의 긴장, 의미론적 모호성 때문일 것이다. 우유는 어린아이를 상기시킨다. 어린이는 순진성이다. 입술에 묻은 우유의 자취, 그리고 흘러내린 우유는 칠칠치 못한 어린이의 이미지를 이끌어들인다. 그리하여 그녀의 벗은 몸이 가진 관능성은 바로 이런 우유의 의미론적 자질로 인해 억제된다. 그녀의 육체가 어린 몸이 된다.
  하지만 우유는 그와 동시에 다른 의미작용을 일으킨다. 그녀의 머리카락은 무성하고 엉클어져 있다. 거기에는 어떤 신경질 또는 욕구불만이 배어 있다. 그리고 그녀의 눈길이 있다. 잔뜩 치커올려진 눈썹과 눈빛은 어떤 욕망을 지시한다. 그녀가 우유를 마셨다는 것, 그것이 입술을 적시고 몸 구석구석으로까지 흘러내렸다는 사실은 그녀가 갈급한 식욕을 느꼈다는 것을 의미한다. 하지만 우유가 그 욕구를 달랜 이후에 등장하는 유혹적인 시선은 다른 욕망의 존재를 암시하는 것이다. 그녀의 눈길이 이제 우유의 의미를 변경한다. 우유는 이제 하얀 것, 액체, 흘러내리는 것…… 통상적인 하드코어 포르노그래피의 문법화된 장면의 하나를 연상시킨다. 그녀의 늘어뜨려진 손에 쥐어진 우유 한 컵은 치모 가까이 위치하는데, 그 위치의 인접성과 그 형태의 은유적 자질이 우유컵의 의미를 변경한다. 하지만 이런 우유의 의미작용은 은밀하고 은근하다. 그리고 그것은 항상 순진함과 유치함을 상기시키는 우유의 이미지에 의해서 견제를 받는다.

이렇게 사진을 응시하고 있던 나의 시선은 흘러내린 우유가 그녀의 몸에 남긴 하얀 줄기를 전송의 리듬을 따라서 내려가고 있었다. 그러다가 나의 시선은 약간의 비틀림을 경험하였다. 그녀의 배꼽 아래에는 검은 자국, 마치 무슨 흉터처럼 보이기도 하는 자국이 있었다. 나는 시선을 이끄는 이 잘 알 수 없는 자국을 확대해보았다. 그러나 확대됨에 따라 화면은 흐려져버려서 그것이 무엇인지 알 수 없었다. 나는 그것을 알아보기 위해서 다른 사진들을 불러들여보았다. 그러나 어떤 사진은 등을 보이고 있는 것이었고, 어떤 사진은 꽃 속에 누워 있지만 한 손이 그곳을 가리고 있는 것이었다. 그러다가 햇살이 강한 해변에서 찍어 그 자국의 정체를 보여주는 사진이 있었다. 거기에 있는 것은 흉터 자국이 아니라 나비 그림, 나비 문신이었다.

이 나비 문신은 무엇일까? 그것은 왜 거기에 있을까? 그리고 그것은 어떤 작용을 하는 것일까? 그것이 문신이기는 한 것일까? 혹 그것은 낙인이 아닐까? 그러니까 그것은 누군가가 그녀의 육체에 새겨놓은 서명이 아닐까? 그리하여 그녀의 육체는 누군가의 속령임을 알리고 있는 것은 아닐까? 그리하여 그녀의 육체에 어떤 담장이 쳐지고 그녀는 우리에게 그것을 넘겠느냐고, 금기의 담을 넘겠느냐고 묻는 것은 아닐까? 그리하여 우리의 욕망을 배가시키는 것은 아닐까?

아니다. 그것은 그녀의 상처 입은 나르시시즘의 자취일 것이다. 빼어난 몸매에도 불구하고 그녀는 자신의 배꼽과 치모 사이에 펼쳐진 공간에서 남모를 자기 신체의 불완전성을 느껴온 것일지 모른다. 그리하여 그 아랫배의 불완전성을 나비의 날갯짓으로 메우고자 한 것일지도 모른다. 햇살이 강한 해변에서 찍은 그녀의 사진에서 그녀는 자신의 붉은 팬티를 조금 끌어내리고 있다. 그리하여 나비가 드러난다. 거기서 그녀는 고개를 아래로 떨구고 환하게 웃고 있다. 그녀가 보고 있는 것, 팬티를 끌어내려 보여주고 있는 것은 분명히 나비이다. 그녀는 자족감에 찬 웃음으로 그 나비를 마치 자신의 애완동물인 양 쓰다듬고 있다.

그러나 보기에 따라서 그 나비는 마치 그녀의 치모를 향해서 날아들고 있는 것 같다. 그러니 그녀의 치모는 마치 '꽃'을 숨기고 있는 작은 덤불과 같은 것이다. 그녀를 향해 날아들고 있는 나비는 그녀의 몸을 끈적하게 훑어내려가는 우리들의 시선의 은유라고 해도 좋을 것이다. 그러니 나비는 아마도 이렇게 그녀의 나신을 전송받고 있는 우리들의 자화상이라고도 할 수 있을 것이고, 해서 이승희는 자신을 우리들에게 보여줄 뿐 아니라 그녀를 보는 우리들의 모습을 다시 보게 하고 있는 것이라고도 할 수 있다. 나비는 그녀의 자의식, 자신을 보는 시선을 되돌려보내는 장치일 수 있는 것이다.

이제 나비는 하나의 푼크툼(Punctum)이 되어서 나의 눈을 찌른다. 그녀의 얼굴과 젖꼭지, 배꼽, 음부를 떠돌던 시선은 이 나비로 인해 분산되고, 나비를 확대해서 그것에 집중하는 동안 그녀의 신체는 뒤로 밀려난다. 나비가 날고 있는 것 같은 기이한 환상이 생겨나고, 최초의 명료했던 욕망은 점차 기이한 것이 되어간다. 사진을 보는 행위와 쾌락과 흥분의 예감, 거의 아무런 구별도 없이 밀착된 두 항을 이어주던 솔기가 뜯어진다. 그러니 나는 다시 생각해보아야 했다. 음란함이란 무엇인가에 대해서. 그것은 대상의 속성이 아니라 시선의 속성인 것은 아닌가에 대해서.

오양 사건

오양이 친구와 함께 쓴 영상 '일기' 가 널리 유통되고 있다. 그리고 그
것과 더불어 숱한 말들이 오가고 있다. 그 말들은 몇 가지 방식으로 구조
화되어 있다. 우선 소박한 감상의 관점에서 진행되는 이야기가 있다. 어
떤 체위로 어떻게 섹스가 진행된다는 식의 서술들이 그것이다. 이런 이
야기의 주무대는 개인적인 친분을 가진 사람들 간의 대화의 장이라 할
수 있을 게다. 그리고 그것은 이미 본 자의 권력 감정과 보지 못한 자 사
이의 호기심이 교환되는 양식이다.

다음으로 사법적 시각이 있다. 그것은 할말이 별로 없는 시각이다. 오
양의 일기에 기록된 것은 강간이 아니라 화간이며, 그것을 둘러싼 협박
이나 금품 갈취도 없으니 말이다. 사법적 권력은 그런 치외법권의 사태
앞에서 당혹감에 빠진 채 우두망찰할 뿐이다.

소박한 탐정의 시각 또는 그렇게 가정된 시각에서 전개되는 이야기가
있다. 어떻게 해서 그런 비디오가 찍히게 되었으며, 왜 유통되게 되었나
하는 다분히 가십에 가까운 이야기가 그것이다. 당사자들의 육성 증언

까지 동원하고 있는 이 이야기의 주무대는 '2급' 미디어들, 예컨대 스포츠 신문, 현실과 허구 사이에서 방황하는 각종 주간지들, 미장원과 은행을 점령하고 있는 월간지들이 그것이다. 이런 이야기를 통해 각종 미디어가 오양 사건에 남아 있는 이윤가능성을 남김없이 쥐어짜내려고 하고 있다.

매체비평적인 관점도 있다. 이 관점에서 나오는 이야기는 두 가지이다. 하나는 오양 사건이 정보민주주의의 어떤 양상을 보여준다는 식의 입장이다. 즉 블랙마켓에서 유명 연예인의 사생활을 담은 영상이 값 비싸게 거래되는 것은 늘 있어왔던 일이며, 오양 사건의 핵심은 그것을 동영상으로 바꾸어 인터넷에 올림으로써 모든 사람들이 그 정보를 공유하게 된 데 있다는 것이다. 이런 말이 함의하는 것은 인터넷이 가진 (음란물 상인들의) 독점 해체 효과 그리고 정보민주주의(음란의 민주주의)에 대한 찬양이다. 이런 이야기의 무대는 사적이고 비공식적인 자리이며, 그 내면에 흐르는 것은 아이러니 또는 농담의 심성이다.

다른 하나는 같은 관점이지만 다른 결론에 이르는 이야기이다. 그것은 전자매체의 신장된 복제능력과 네트워크의 발달된 유통능력에서 새로운 위험을 발견하는 경향이다. 건전한 네티즌십을 강조하며 네트워크를 도덕화하려 하는 이런 이야기의 주무대는 주요일간지나 공중파 방송과 같은 '1급' 미디어들이라고 할 수 있다. 제법 진지한 이 입장은 한편으로 그 자신이 감칠나는 형태의 음란물 유통이라는 점에서 수행적으로 모순이며, 네트워크 바깥은 오염될지언정 네트워크만은 순결해야 한다는 이상한 보호주의일 뿐이다.

그 외에 문화비평적인 관점이 있다. 〈빨간 마후라〉에서 시작하여 여관이나 비디오방에서 불법적으로 채록된 사생활의 기록들, 그리고 이모양의 홈비디오와 오양의 영상일기에 대한 우리 사회의 소비 열광 안에 엿보이는 어떤 경향을 논한다. 그 경향이란 아마 이미 가공된 현실인 포르노나 에로영화에 대비되는 후면(backstage)에 진실, 섹스의 진실이 있다는 사람들의 믿음이다. 그리고 그것은 이미 포르노의 소비가 매우 왕성하여 사람들이 그것에 물릴 만큼 물렸다는 사실을 방증한다고 말한다.

그렇다면 이 모든 담론, 해석, 분석의 분출은 무엇을 말하는 것일까? 그것이 말해주는 것은 사람들이 우리 사회의 공유된 상징적 체계 안에 오양의 일기를 포박하려고 애쓰고 있다는 단순한 사실일 것이다. 그리고 그토록 말들이 무성한 것은 그녀의 일기가 상징적 체계가 쉽게 포박하기 어려운 것임을 말해준다. 그렇다면 그것의 포박하기 어려운 특질은 무엇일까? 마지막으로 제시한 문화비평적 관점이 놓치고 있는 것에 주목한다면 약간의 실마리를 찾을지도 모른다. 앞서 말한 문화비평적 관점이 놓치고 있는 것은 〈빨간 마후라〉든 이모양의 홈비디오든, 오양의 일기든, 거기서 우리는 이미 그 안에 카메라의 시선이 현존하고 있음을 발견하게 된다는 점이다. 즉 오양이나 이양이나 〈빨간 마후라〉나 모두 우리가 보고 있는 영상 안에서 연기하고 있다는 것, 즉 그들은 그 카메라의 시선을 만족시키려고 하고 있다는 것이다. 우리의 행위가 만족시켜야 하는 그 시선은 카메라로 물질화되지 않아도 존재하게 마련이다. 그리고 그것은 후면, 진실의 장소는 없다는 것을 뜻한다. 결국 우리의 상징적 질서가 당혹스러워하고 있는 것은, 존재하는 모든 현실과 경험이 이미 매개된 것이며 진실과 허구가 풀 길 없이 뒤얽혀 있다는 바로 그 사실 때문이다.

이 무슨 '용개리 통뼈'인가?

세종문화회관에 〈용가리〉를 보러 갔다. 지금까지 세종문화회관에서 영화를 상영한 적이 있었는지는 모르겠다. 내가 세종문화회관에 간 것은 세계적인 지휘자라는 누가 와서 연주회를 열었을 때, 우연히 생긴 공짜표가 아까워서 두 번쯤 간 것이 전부니 세종문화회관의 공연 역사를 잘 알 턱이 없다. 하지만 이전에 영화를 상영한 적이 있든 없든 현 정부의 신지식인 1호에 대한 사회적 예우가 보통을 훨씬 넘는다는 생각이 들었다. 그래도 이 경우는 심형래 감독을 '공익' 광고에 신지식인 1호로 출연시킨 것에 비하면 그리 밉살스럽게 여겨지지는 않았다. 전자의 경우는 내가 낸 세금을 써서 내 마음에 들지도 않는 국가 슬로건을 위해 특정 사업가를 광고해주는 것으로 여겨져 매우 기분이 나빴다. 하지만 이번 경우는 어차피 세종문화회관에 좋은 여름 기획이 없는 바에야 회관 수익을 위해서도 할 만한 기획이며, 괴수영화 간판이 세종대왕을 기리는 '문화' 회관에 당당히 내걸리는 것은 한 사회가 고급문화에 대한 강박에서 조금은 자유로워지는 계기가 될 수도 있겠다는 생각이 들었다.

하지만 정작 세종문화회관에 표를 사서 들어갈 때는 은근히 걱정이 밀려왔다. 그것은 영화를 보지도 않고 심형래 감독의 역량을 의심해서가 아니라 내가 유명 지휘자의 연주를 보기 위해서 두 번 세종문화회관에 갔을 때 두 번 다 졸다 나왔다는 징크스가 있어서였다. 막상 지정된 좌석에 앉고 보니, 그 자리가 예전에 세종문화회관에 왔을 때 앉아 졸았던 2층 S석 자리여서 불길한 감정은 더해갔다. 징크스라는 것이 본래 예민하게 의식할수록 더 그것에 말려드는 법이어선지 나는 결국 비몽사몽 헤매다가 나오고 말았다. 나보다 먼저 영화를 본 후배가 용가리가 IMF 간판이 붙은 건물을 부수어버리는 장면이 있다고 말해주었는데, 그 장면조차 보지 못하고 나왔다.

정말 사정없이 졸린 재미없는 영화였으며, 기본이 안 돼 있으며, 아주 불쾌한 영화였다. 먼저 재미없는 이유. 인물들의 존재 이유 그리고 특성이 지나치게 불투명했으며, 그것을 연기하는 연기자의 연기가 형편없었으며, 스토리가 말이 안 됐다. 물론 이런 평가에 동의하지 않는 사람들도 많을 것이다. 특히 초등학교 1, 2학년 관객들은 동의하지 않을 것 같다. 그러나 〈텔레토비〉보다 약간 더 '난해한' 수준의 이야기이기만 하면 "아이 좋아"를 남발할 어린이들이 주관객층이라면 오히려 몇 가지 의문이 든다. 우선 왜 그렇게 돈을 많이 들여야 하는가? 영구 시리즈나 〈티라노의 발톱〉 정도의 제작비로도 그런 관객층에게 호소력 있는 영화는 얼마든지 만들 수 있는 것 아닌가? 그리고 그렇게 스토리 라인이 '멍'쾌한 이유가 주관객층인 어린이를 고려해서 그런 것이라면, 처음부터 영화를 '성인관람불가' 등급으로 하든가 아니면 어린이를 동반하지 않은 성인은 관람할 수 없게 해야 하는 것 아닌가?

기본이 안 돼 있는 이유. 용가리를 그리느라 많은 돈을 들이기 전에 CGI(Computer Generated Imagery)가 나오지 않는 평범한 화면부터 조명을 제대로 쓰고 더 심도 있게 찍어야 했다. 도무지 어둠침침해서 젊은 나도 눈이 피곤했다. 영화가 이런 상태인 것은 '못 해서 안 하는 것이 아니라 안 해서 못 하는 것'임이 분명하다. 그는 신지식인 1호로서 현 정부의 국정지표인 '기본이 바로 선' 영화를 만들어야 했던 것 아닌가?

　하지만 다 용서하자. 악한 괴수가 창졸간에 선한 괴수가 된 것은 캐릭터 산업을 위해서이며, 화면이 너무 어두운 것은 CGI에 너무 내공과 진기를 소모해서 그런 것이려니 하자. 그래도 불쾌한 것이 남는다. 영화가 국적을 상실했다. 모든 배우가 외국인이며, 모든 대사가 영어이며, 엔드 크레디트 화면에조차 한글이 한 자도 보이지 않는다. 용가리가 나타나 파괴를 일삼는 지역도 뉴욕 맨하탄을 연상시킨다. 왜 그렇게 된 것인가? 영화 만들고 나니 제작비가 다 떨어져 필름 프린트를 국내용과 국외용 두 가지로 만들 돈조차 남지 않았던 것일까? 심형래 감독이 바쁜 와중에도 복거일의 영어공용화론을 읽고 대오 각성한 탓일까? 무협지가 중국을 무대로 해야 그럴듯하듯이 SF는 영어로 해야 제 맛이라고 생각해서인가? 하지만 그마저 용서해도 불쾌한 것은 왜 〈용가리〉에 '용가리'가 안 나오고 혀 꼬부라지는 '용개리'만 나오는가 하는 것이다. 심형래는 감독으로서 용가리 발음만큼은 제대로 하도록 배우들에게 연기지도를 해야 했던 것 아닌가? 대체 이게 무슨 '용개리 통뼈'인가?

북한 사람의 두 얼굴?

마침내 〈쉬리〉를 보았다. 〈쉬리〉가 좋다 나쁘다 말들은 많지만, 내 생각을 단적으로 말한다면, 〈쉬리〉는 형편없는 영화이다. 〈쉬리〉가 재미있다면 재미있는 영화이기는 하다. 하지만 그 재미라는 것이 대체로 아! 우리 영화도 액션이나 스토리 그리고 디테일 면에서 이제 대충 할리우드 영화와 비슷할 수 있구나 하는 느낌에서 비롯된 것으로 보인다. 그런 재미는 할리우드 영화에 젖은 사람이 익숙한 것을 다시 만나는 것에 대한 반가움 내지 안도감에 지나지 않으며, 그래서 나는 〈쉬리〉의 흥행이란 그저 영화를 통해 화끈한 볼거리와 액션, 그리고 서스펜스를 추구하고 그것이 있다면 마말로 돈 아깝지 않다는 심리에서 언원히는 것이라고 생각했다. 그것도 성과라면 성과이다. 하지만 그것을 통해 전달되는 메시지는 그저 북한에 위험한 매파가 있다는 것이다. 〈쉬리〉가 이전의 반공영화와 다른 것이 있다면 북한을 총체적으로 위험하게 보지 않고 매파와 비둘기파로 나누어 파악하고 있다는 것일 뿐이었고, 여전히 낡은 반공주의의 심리적 유산을 협박조의 서사 안에 용해시키고 있다는 점에서는 이전의 반공영화와 다를 바가 없었다. 불쾌했다.

그러나 며칠 뒤에 본 〈간첩 리철진〉은 그런 불쾌감을 말끔히 씻어주었다. 박무영의 광기 어린 테러리즘을 통해 비쳐지던 북한인의 모습이 이제 인간의 모습을 한 리철진으로 대치되는 느낌이었다. 험악함에 깃들인 순진함을 제대로 연기한 리철진 유오성의 연기도 가까스로 '폼'을 넘어서는 정도였던 박무영의 최민식 연기보다는 한결 마음에 와닿았고, 고정간첩들의 생활고와 아버지의 신분을 잘 알며 아무렇지도 않게 현실에 적응해 살아가는 자식들의 모습도 재미있었다. 국민의 정부에서도 여전히 룸펜들은 전라도 사투리를 쓴다는 스테레오타입이 청산되지 않은 것은 씁쓸했지만 무명배우인 4인조 택시강도의 연기도 '솔찬히' 쓸 만했다. 물론 〈간첩 리철진〉에 흠이 없는 것은 아니다. 예컨대 리철진의 죽음을 손금과 운명이라는 테마 안에 엮어넣은 것은 서툰 시도였다. 그래도 풍자의 날을 죽이고 따뜻한 시선으로 북한 사람을 이해하고자 한 〈간첩 리철진〉을 보고 나는 〈쉬리〉를 본 날과 달리 제법 푸근히 잠들 수 있었다.

하지만 〈간첩 리철진〉을 보고 난 다음날 나에게는 마르크스가 루이 보나파르트를 두고 했던 "세계사적으로 중요한 사건은 두 번 일어난다. 한 번은 비극으로 다른 한번은 희극으로"라는 말이 떠올랐다. 두 영화가 묘하게도(사실 마르크스가 지적한 것과는 다른 의미를 지니기는 하지만) 마르크스의 말에 짜맞춰져 있다는 느낌이 들었다. 더불어 두 영화가 반공을 사이에 두고 선명하게 갈라진다고 여겼던 어제와 달리 두 영화의 공통점이 또렷이 부각되어왔다. 그리고 그 공통점이란 바로 우리들 저편에 있는 북한과 북한 사람에 대한 우리들의 스테레오타입이라는 생각이 들었다.

두 영화는 식량난에 찌들어가고 있는 북한이라는 이미지를 담고 있다는 점에서 다르지 않다. 그리고 박무영도 리철진도 이데올로기적 헌신과 공적 의무로 가득 찬 인간이라는 점에서 다르지 않다. 전자는 무섭고 후자는 웃기지만 그것은 단지 기계적인 모든 것이 지닌 양면성일 뿐이다. 왜냐하면 기계적인 것은 맹목적이어서 두렵고, 메커니즘을 따라 움직이기 때문에 상황에 적응할 수 없어 바나나 껍질 위에서 미끄러지거나 추운 겨울 한강다리에서 하루 종일 떨고 있음으로 해서 우리를 웃게 하기 때문이다. 어느 쪽으로 우리의 상상력이 움직이든 공통된 것은 우리들이 북한 사람들을 사적인 감정이 비워진 과잉 이데올로기적 인간으로 보고 있다는 점이다. 그리고 두 영화는 그 사적인 감정, 마치 인간의 자연스런 감정인 양 표상되는 그 사적 감정은 남한에 오래 살거나 혹은 암약할 때에만(이명현의 사랑과 박 선생과 그 부인의 생활고에 따른 이기심) 일부 회복될 수 있다고 말함으로써 남한의 삶을 긍정하고 있다. 따지고 보면 디룩디룩 살찐 남조선인들의 향락문화에 대한 박무영의 분노와 두메산골에서 갓 올라온 시골청년 같은 리철진의 순박함 또한 저 너머 살고 있는 우리들의 타자, 그 내면을 알 수 없는 존재에 대한 우리들의 두 가지 재현방식에 불과한 것이다. 결국 두 영화는 타자를 선회하는 두 가지 왜곡된 표상에 사로잡혀 있다는 점에서 다르지 않으며, 두 영화의 서스펜스와 웃음 뒤에 있는 것은 우리들의 불안 그리고 그 불안에 대한 우리 자신의 위안이었다.

너희가 중딩을 아느냐?

YMCA의 지우(知友)를 통해서 소문으로만 듣던 YMCA가 주관한 제1
회 청소년영화제 수상작들을 뒤늦게 보았다. 아주 흥미로운 백여 분의
시간이었다. 그것이 흥미로운 까닭은 여러 겹의 감정이 스쳐 지나갔기
때문이다. 나와 지금 청소년들 간의 문화적 거리를 재고, 나와 지금 청소
년들의 청소년기를 대조하며, 내 딸들의 미래와 그들의 현재 사이의 길
지 않은 시간을 따지며, 놀람과 공감과 우려의 감정이 뒤섞이는 것을 느
꼈다.

그러나 거기서 내가 보았던 모든 것들은 청소년의 모습 자체가 아니라
청소년들의 자기 인식의 재현인 영화였다. 그렇기 때문에 그것은 나에
게 두 가지 추가적인 놀라움을 주었다. 하나는 거의 모든 수상작에 드리
워져 있는 그림자, 어두운 자기 인식이다. 그들은 스스로를 안타깝고 불
쌍한 존재로 인식하고 있었다. 심사위원들이 이런 어두운 자기 인식을
넘어서는 자기 긍정에 높은 평점을 주었다고 한 것을 보면 백여 편의 출
품작 전체에 흐르고 있을 정서의 어두움은 능히 짐작할 만한 것이었다.

성인들이 통과해야 할 경로로 인식하고 있는 삶의 시기를 그들은 살아
내야 할 엄연한 생애로 체험하고 있었으며, 그것도 아주 고통스러운 것
으로 체험하고 있었다.

다른 또하나의 놀라움은 그럼에도 불구하고 그들이 자신의 삶을 인식
하고 재현하는 능력이었다. 내가 중고등학교 시절만 하더라도 FM 라디
오 방송을 흉내내는 정도에 그치던 방송반이 이제는 8밀리 카메라를 통
해 당당하게 자신들의 삶을 재현할 뿐 아니라 스톱모션 애니메이션까지
시도하고 있었다. 〈삼대구년〉의 도발적인 나레이션이라든가, 〈아름다운
하루〉의 기법적 완성도는 매우 인상적이었다.

그러나 다른 무엇보다 나에게 강렬한 인상을 남긴 것은 역시 영파여중
방송반이 제작한 〈너희가 중딩을 아느냐?〉였다. 왜 그런가? 영화가 삶
을 성찰하고 재현하는 도구인 한에서 이 작품의 고민의 깊이와 구체성
이 한결 윗길이었기 때문이며, 작품이 성찰의 산물인 것에서 그치는 것
이 아니라 성찰의 매체로서 작용하기 때문에 그렇다. 자신들의 학교 친
구 중에서 소위 '날라리' 또는 '일진' 이라는 친구들을 소재로 선택하고,
그들의 생활의 단편, 특히 학교 폭력의 장면과 그들이 스스로를 하위문
화로서 재생산해나가는 방식을 취재하고 편집해서 만든 이 작품은 영화
라는 매체에 잠복해 있는 계몽의 힘을 한껏 이끌어내고 있다.

먼저 학교의 폭력서클의 하위문화에 시선을 돌림으로써 제작자 자신
들과 그 이웃의 삶에 대한 인식을 심화시키고 있다. 또 이 작품의 소재이
자 연기자인 '일진' 은 작품 제작에 참여함으로써 스스로의 삶을 객관화
하고 있다. 이 객관화가 가진 계몽적 힘이 그들을 회오로 이끈다. 영화는
이들의 삶과 연기를 영상에 담는 과정에서 야기된 이들의 변화 또한 영
상에 담아냄으로써 매체와 삶을 꿰매어보고 있다. 끝으로 이 영화는 그
것을 보는 관객들에게도 계몽적 힘을 발휘한다. 관객은 청소년 하위문
화의 고통스러운 모습을 보며, 또한 그것을 객관화하고 재현하며, 거기

서 더 나아가 자신의 상처 입은 이웃과 화해할 줄 아는 그들의 능력을 보며, 영화라는 매체의 숨은 힘을 보게 된다.

영파여중 방송반 학생들은 이 작품으로 청소년영화제에서 심사위원 특별상을 수상하는 영예를 안았지만, 정작 학교에서는 지금 탄압(?)을 받고 있다고 한다. 중학교 여학생이 담배를 꼬나물고 후배 여학생들을 때리는 모습을 가감없이 보여주는 이 작품이 눈이 어두운 성인에게는 정도가 덜할망정 〈빨간 마후라〉와 다름이 없고, 눈이 어두운 선생님에게는 학교의 치부를 폭로한 부끄러운 작품으로 보일 것이다. 하지만 내가 보기에 이 작품과 〈빨간 마후라〉는 대극점에 있는 작품들이다. 〈빨간 마후라〉가 증후라면 〈너희가 중딩을 아느냐?〉는 그것에 대한 예민한 인식이고 진단이며, 〈빨간 마후라〉가 영상매체가 사적 쾌락의 도구로 활용되는 예라면, 〈너희가 중딩을 아느냐?〉는 그것이 공적 계몽의 도구로 활용되는 예라고 할 수 있다. 〈빨간 마후라〉가 청소년의 자해적인 모습을 드러내고 그들을 바라보는 성인들에게도 상처를 입힌 것이었다면, 〈너희가 중딩을 아느냐?〉는 청소년들이 스스로 상처를 치료하는 모습을 보여주며, 그들을 보는 성인들에게 신뢰와 희망을 불어넣는 작품이었다. 영파여중 방송반 학생들이 이 작품을 만들던 초발심으로 눈 어두운 성인들의 몽매를 이겨나가기를 바란다.

국가의 적은 무엇인가?

영화관에 가서 보고 싶은 영화를 보기란 쉽지 않다. 원하는 영화는 표가 없거나 시간이 맞지 않는다. 그러나 내처 나선 김에 다른 영화라도 보게 된다. 요즘 말들이 무성한 국산 멜로영화를 보려고 했지만 나는 그런 연유로 〈에너미 오브 스테이트〉를 보았다. 영화를 기다리며 극장 선전 팸플릿으로 대충 어떤 영화인가를 살펴보았다. 미국의 국가안보국(NSA)의 감청 및 도청을 허용해주는 법의 통과를 가로막고 있는 국회의원 필이 살해당하는데, 이 살인이 일어난 공원에서 조류의 활동을 촬영하던 다니엘은 뜻하지 않게 살인장면을 비디오카메라에 담게 된다. 다니엘은 국가안보국의 추적을 받게 되자 살인장면을 동화상으로 뜬 디스켓을 가지고 도망치다가 교통사고로 죽게 된다. 그는 죽기 전에 아내의 크리스마스 선물을 사러 란제리 가게에 들른 변호사 딘에게 그 디스켓을 몰래 넘긴다. 그때부터 딘이 국가안보국의 추적을 받게 된다. 국가안보국에 의해서 옴짝달싹할 수 없는 곤경에 처한 딘은 그럼에도 불구하고 그의 사건을 위해 정보를 제공해왔던 전직 국가안보국 직원 브릴의 도움으로 멋진 반격을 가한다.

영화를 보기 전부터 이런 스토리라면 비디오로도 빌려볼 필요가 없는데, 하는 생각이 들었다. 그러나 막상 영화를 보니 제법 생각할 거리가 있는 영화였다. 극소전자기술에 의한 국가의 감시권력의 확장이 어떤 수준에까지 이르렀는가를 보여준다는 점이 그랬다. 특히 인공위성을 활용한 추적시스템은 그것이 이미 십 년 이상 된 기술이라고는 하지만 그것을 우리들에게 시각적으로 확인시켜준다는 점에서 흥미가 갔다. 이 영화가 이전의 영화들을 참조하는 방식도 흥미로웠다. 아마 영화에 해박한 사람들에게는 〈에너미 오브 스테이트〉가 마틴 스콜세즈의 〈도청〉이라는 영화를 참조하는 방식이 재미를 더해줄 것이다. 영문도 모르고 맥거핀을 가지게 됨으로써 쫓기게 된 주인공의 운명이라는 히치콕 영화의 주요 문법 중의 하나를 이 영화가 어떻게 활용하는가도 관심거리일 수 있다.

그러나 나에게 이 영화가 흥미로운 바는 이 영화가 범죄를 묘사하는 방식이었다. 이 영화의 표면에 등장하는 범죄는 국가기구의 범죄이다. 그러나 사실은 그것에 대립하는 다른 종류의 범죄가 두 가지 더 있다. 하나는 주인공 딘의 범죄이다. 그는 소송에 승리하기 위해서 불법적으로 정보를 수집하고 또 그것으로 마피아를 협박한다. 그 점에서 그는 국가와 다르지 않은 형태로 범죄를 저지른다고 할 수 있다. 다른 하나는 딘이 소송으로 인해 대립하게 되는 마피아 보스 핀테로의 범죄이다. 그와 그의 마피아 조직은 조직화된 범죄기구라는 점에서 국가기구와 유사하다. 결국 〈에너미 오브 스테이트〉가 묘사하는 세계는 범죄로 가득 찬 세계이다. 범죄는 단지 얼마나 체계적으로 그리고 대규모로 조직되어 있는가에 따라서만 구분될 뿐이며, 범죄의 위험도 또한 범죄의 조직화 정도에 비례하는 것으로 나타난다. 이 세계는 법이 증발된 세계이다.

아마도 법의 순진함, 법의 그늘 아래서 무슨 일이 벌어지는지 모르는 법의 우둔함을 재현하고 있는 것은 핀테로를 감시하는 FBI일 것이다. FBI는 주인공 딘의 재치로 인해 조직화된 범죄집단인 국가안보국과 마피아들 간의 충돌이 야기되고 그로 인해 그들 모두가 사멸한 후에야 도착한다. 그럼에도 불구하고 흥미롭게도 이 세계의 구조를 결정하는 것은 부재하는 법이라고 해야 할 것이다. 국가안보국은 법적 위반을 거듭하고 있음에도 불구하고 법을 획득하고자 하며, 핀테로 또한 근본적으로 법에 의해서 행동의 제약을 당하고 있었기 때문이다.

아마 〈에너미 오브 스테이트〉라는 제목은 다분히 반어적이라고 해야 할 것이다. 즉 국가기구의 적은 냉전 이후 방향을 잃었고, 시민생활에 내포된 무질서를 제거하고자 하는 국가의 감시기구가 스스로 국가의 적으로 변형되는 양상을 포착하고 있기 때문이다. 그러나 그 심층에서 국가기구의 적은 법 자체를 뜻한다고 할 수 있다. 그것은 바로 국가행동의 규범적 한계이기 때문이다. 법이 정의를 보증하는 실증적 힘을 가져서가 아니라, 어떤 조직화된 권력도 부재하는 법의 시선을 언제나 의식하지 않고는 행동할 수 없기 때문이다. 법의 기능방식을 보여주는 이 영화는 결국 우리들이 법에 더 깊은 관심을 기울여야 하는 이유를 역설적으로 보여준다. 법은 구체적이고 조직된 권력보다 무력하고 순진하지만, 그 순진함이 바로 법의 힘이라는 것을 말이다.

〈육감〉과 〈함정〉

며칠 전 〈육감(The Sixth Sense)〉을 보았다. 제목부터 재미있을 것이라는 육감을 자극하지 않는가? 하지만 영화를 보고 나니 영화를 보는 데도 육감을 동원해야 한다는 것이 제목의 뜻이었나 하는 생각, 그리고 M. 나이트 샤말란이라는 감독이 벌여놓은 포커판에 말려들었다는 생각이 들었다. 감독은 처음부터 로열 스트레이트 플러시를 쥐고 있었고, 나는 액면에 이끌려 계속 배팅을 하다가 모든 것을 잃은 꼴이었다. 그는 전체 판이 흥미가 떨어지는 것을 막기 위해서 아주 유치한 공포영화의 기법들을 가끔 활용했다. 나는 그럴 때마다 그 정도 블러핑엔 놀라지 않아, 애송이! 하면서 계속 따라붙었던 것 같다. 몇 가지 의심스러운 점이 없던 것은 아니다. 왜 말콤 크로우(브루스 윌리스)에게 환자라곤 콜 시어밖에 없는 것일까? 왜 콜의 집도 말콤의 집도 난방에 이상이 있을까? 등등. 하지만 늘 그렇듯이 의문은 그것을 고수하지 않는 한, 다음 장면의 쇄도와 더불어 사소한 것이 되어버린다.

영화를 보고 집으로 돌아오는 길에 이 영화가 전하는 메타 메시지를

200

염두에 두다보니 이 영화가 아주 교묘한 메타영화라는 생각이 들었다. 우선 첫번째 샤말란의 메타 메시지는 바라본다고(watch) 해서 알아보는(see) 것은 아니라는 점이다. 무언가를 알아보기 위해서는 의미를 규정하는 틀이 필요하다. 그 틀이란 선험적 도식이 아니라 한 사건에 뒤이어지는 사건이며, 그것이 소급적으로 앞의 사건의 의미를 확립하는 것이다. 〈육감〉은 의미를 소급적으로 확립하는 요소를 마지막까지 유예하며 이를 위해 전체 과정을 일종의 과소진술로 일관해갔던 것이다.

그렇다면 왜 우리는 다음 사건에 의해서 금세 의미를 획득할 요소들을 단지 일종의 모호성, 흔적, 얼룩으로만 바라보게 된 것일까? 이것과 관련해 또다른 메타 메시지가 있다. 영화란 사실 어떤 경우에도 과소진술이며, 현실추상일 뿐이라는 것, 익숙한 영화언어로 말하자면 영화는 편집의 예술이다. 예컨대 내가 〈육감〉을 보며 가졌던 의문, 왜 말콤에겐 환자가 콜뿐인가 하는 것은 항상 영화 내에서 무시될 수 있다. 왜냐면 영화는 서사적 경제를 실행하기 때문이며, 이를 위해 편집을 적극 활용하여 시공간과 삶의 경로를 재구성하기 때문이다. 이 점은 비단 영화에만 해당되는 얘기는 아니지만, 영화는 이 서사적 경제를 시각장의 구조화를 통해서 실현하며, 이것이 다시 왜 우리가 바라보았으되, 알아보지 못했는가를 설명해준다. 우리는 영화를 볼 때, 항상 바라본 것을 특정한 방식으로 알아보도록 강제당하고 있다.

끝으로 모든 영화란 목소리와 이미지로만 존재하는 무엇들의 이야기라는 점에서 본질적으로 유령 이야기라는 메타 메시지가 있다. 유령은 자신이 죽은 것을 모르는 존재라는 라캉적인 콜의 진술도 흥미있지만(말콤의 사후의 삶이란 무엇인가? 그것은 죽음을 지나쳐간 의무론적 자동성이다. 욕망, 복수, 의무 등에 의해서 너무 달린 나머지 절벽을 지나친 후에야 허공에 떠 있다는 것을 안 〈톰과 제리〉의 제리처럼 말이다), 〈육감〉 전체를 메타영화로 만드는 것은 바로 유령영화라는 메타 메시지 때문이라고 할 수 있다.

〈육감〉을 보고 난 며칠 후 함정에 빠지는 기분으로 〈함정〉을 보았다.
둘은 최후의 카드를 통해서 영화 내의 요소들을 소급적으로 의미부여한
다는 점에서 같은 전략을 택하고 있다. 그러나 〈함정〉의 마크 펠링턴 감
독이 꺼낸 히든카드는 로열 스트레이트 플러시가 아니었다. 왜냐하면
그는 올리버 랭(팀 로빈스)이 유령이라는 것, 즉 못다 한 복수의 자동적
실행이라는 것, 자신이 제시한 시나리오가 예컨대 오클라호마의 테러리
즘이라는 트라우마 주변에서 뿜어나오는 환상일 뿐이라는 것을 영화 안
에 성찰적으로 구조화해넣을 능력이 없기 때문이었다. 그렇기 때문에
감독은 마이클 패러데이(제프 브리지스)의 과도한 감정적 에너지와 호
들갑스런 연기를 통해서 그토록 심한 블러핑을 해야 했다. 하지만 늘 그
렇듯이 있는 패가 없는 척하는 것에 비해, 없는 패를 있는 척하는 것은
너무 어려운 일이다.

마지막으로 "그것(유령)은 도처에 있어요"라는 콜의 대사와 그렇다면
우리는? 하는 의문이 내 머리에 남는다. 물론 〈여고괴담〉과 〈유령〉이 있
다. 하지만 나는 더 있다고 생각한다. 우리는 너무 많은 트라우마를 가진
종족이니 말이다. 하지만 우리는 그것을 바라보되 알아보지 못하고 있
는 것이다.

지금 한반도에는 유령이 떠돌고 있다

〈인정사정 볼 것 없다〉를 볼까? 〈유령〉을 볼까? 으스름 저녁 무렵 종로2가에서 종로3가를 향해 걸어내려가며 나는 망설이고 있었다. 잠시 생각하다가 나는 '인정사정 볼 것 없이' 〈유령〉을 보았다. '드라이 포 웨트'로 찍은 잠수함이 어떤 모양일지가 궁금했기 때문이다. 괜찮았다. 배우들의 연기? 그것도 괜찮았다고 해야 할 것이다. 아쉽게 생각하는 것이 없는 것은 아니지만, 내게 메일을 보내는 독자들 상당수가 엄중히 경고(?)하고 있듯이 한국영화인데 좀 관대해야 하지 않겠는가? 영화의 서사에 대해서도 별 불만은 없다. 〈크림슨 타이드〉에서 모델을 구한 듯한 202와 431의 갈등, 〈언더시즈〉나 〈다이하드〉 시리즈에서 본 것과 같은 431의 일인 게릴라전, 그리고 무엇보다 가와구치 카이지의 걸작만화 『침묵의 함대』에서 베껴온 것들이 여기저기 눈에 띄었다. 특히 가와구치로부터의 차용은 아주 뚜렷했다. 먼저 비 핵국가가 핵잠수함을 통해서 핵을 보유한다는 발상법, 다음으로 잠수함들끼리의 전투양상의 차용이 그렇다. 그러나 관대해야 한다. 나름대로의 틀 안에서 약간의 요소들을 끌어들인 것이고 그러니 큰 흠도 아니지 않은가? 게다가 한국영화 아닌가? 〈유령〉같이 애국주의(?)로 무장된 영화에 대해서는 최소한의 애국주의적 태도로 비평을 해야 하는 것 아니겠는가?

그렇다. 영화에는 '별로' 불만없다. 나는 이 점을 명백히 하겠다. 내가 문제삼고 싶은 것은 당연히 상업영화인 이 영화가 반영하고자 한 심해의 핵잠수함 '유령' 처럼 우리들의 내면 깊이 잠수하고 있는 '유령', 곧 우리 사회의 저류에 흐르는 심성 내지 이데올로기이다.

〈유령〉의 서사적 출처는 그리 어렵지 않게 짐작할 수 있다. 지난 몇 년 동안 줄곧 우리 사회의 핵심 문제로 떠올랐던 북 핵사찰 문제와 미사일 발사 그리고 일본의 군국주의화 경향이 그것이다. 대중문화 안에서는 이런 현실을 반영하고자 하는 일정한 흐름이 있어왔다. 『무궁화 꽃이 피었습니다』와 이현세의 만화 『남벌』이 그 두드러진 예일 것이다. 〈유령〉은 핵 주권을 향한 열망과 일본에 대한 복수심이 결합하고 있다는 점에서 『무궁화……』와 『남벌』이 잡종교배된 형태라고 할 수 있다.

이런 식의 공격적인 민족주의의 흐름, 상처 입은 민족적 자존심의 늪으로부터 부글부글거리며 끓어오르는 환상은 앞에서 든 예에만 한정되는 것 같진 않다. 상고사에 대한 지속적인 관심, 조선일보사의 〈아! 고구려〉전(실은 그 맥락 없음 때문에 〈어! 고구려〉전이라고 해야 옳다), 이인화의 조잡한 소설들, 이현세의 『천국의 신화』, 심지어 보편주의적 메시지를 담고 있다고 해도 여전히 민족적인 무엇을 찾아 아득한 옛날의 파미르 고원으로까지 회귀하는 김지하의 율려운동들도 그런 예에 속한다고 할 수 있다.

문제는 〈유령〉에서 202의 핵모험주의를 막으려 하는 431이 아무런 이데올로기를 가지고 있지 않고 다만 신중해야 함을 역설하는 것에서 보듯이 우리 사회에 잠복해 있는 힘을 향한 열망과 공격적 민족주의를 제어할 만한 이데올로기가 우리에게 미처 없다는 것이다. 물론 힘의 숭배와 그것을 둘러싸고 있는 이데올로기(민족 간의 상태는 자연상태이며, 힘이 평화의 보루라는)는 힘이 있을 때만 유효한 것이 된다. 그런데 우리는 아직 그런 힘이 없고, 따라서 그것은 기괴한 환상을 통해서만 유령처럼 분출한다. 그러나 언젠가 다소간이라도 우리가 힘을 가진다면, 그때 우리는 이 힘을 향한 열망을 통제할 수 없을지도 모른다. 그렇기 때문에 상처 입은 자존심과 치욕적 경험으로부터 자연발생적으로 뿜어나오는 공격적 민족주의에 대해서 우리는 단순한 기우가 아니라고 근심해볼 필요가 있다.

다시 한번 가와구치의 『침묵의 함대』와 〈유령〉을 대조해보자. 가와구치는 핵에 의해 공격을 받았던 국가의 트라우마를 매우 기묘한 방식이지만, 공격적 민족주의가 아니라 세계평화주의의 추구를 향해 풀어나갔다. 그에 비해 만일 우리가 핵을 가진다면 어떻게 할 것인가라는 질문에 대해서 〈유령〉은 일본을 향해 핵을 날리려는 시도의 비극적(?) 좌절로 답하고 있다. 〈유령〉은 『침묵의 함대』로부터 '베끼는' 것만큼 그것으로부터 '배우려는' 노력은 하지 않았다.

늘고 있는 TV 자막들

언제부터인가 영화관에서나 보던 자막이 텔레비전에서도 늘어나고 있다. 나로서도 어느 날 텔레비전을 보다가 "그렇군" 하고 든 생각이어서 그게 언제부터 시작된 일인지는 잘 모르겠다. 하지만 대체로 토크쇼 유의 프로그램이 늘고 있고, 그런 토크쇼 유의 프로그램에서는 어김없이 자막들이 늘어나고 있다.

시청각매체로 알려져 있는, 그래서 문자매체와 다르다고 주장되어온 텔레비전에서 자막의 증대란 흥미로운 일이다. 왜 그런 것일까? 먼저 토크쇼에서 자막이 하는 기능들을 살펴보자.

첫째, 토크쇼에서 자막은 단순히 이루어지고 있는 대화를 반복하는 때가 있다. 그것은 우선 토크쇼에서의 말들이 매우 산만하기 때문에 요구되는 것이다. 웃고 깔깔대며 하는 말들은 발음이 부정확한 경우가 많다. 그러니 시청자들이 어떤 경우에는 그들이 한 재담을 알아듣지 못하는 바람에 그들이 웃는 이유를 몰라 어리둥절할 수가 있다. 때문에 그들이 한 말을 시청자들에게 알려줄 필요가 있다. 특히 여러 사람이 동시에 출연하는 토크쇼(예컨대 〈유부클럽〉이나 〈토크박스〉 등)의 경우에는 카메라가 남의 말에 끼어들어 재담을 하는 사람을 화면에 잡아줄 수 없을 때도 많다. 그런 경우에 웃음이 유발되는 상황 속으로 시청자들을 끌어넣기 위해서 자막이 필요한 것이다.

둘째, 토크쇼에서 자막은 만화책에서의 말풍선 기능을 한다. 그때 자막은 토크쇼에 참여한 사람들의 무의식적인 행동(예컨대 무심결에 콧구멍을 후비는 행위)과 무언의 반응들(속상한 표정이나 어리둥절한 표정, 또는 은근한 불만 따위)에 대한 해석 행위라고 할 수 있다. 전자는 무의지적인 행동이 코믹을 유발한다는 베르그송의 오래된 테제를 편집자들이 활용하는 예이고, 후자는 진정성과 무대화된 행동의 차이를 부각시켜 웃음을 유발하기 위한 것이다. 한마디로 프로듀서 내지 편집자가 토크쇼의 전체 상황을 웃음을 이끌어내기 위해서 이차적으로 가공하는 예이다.

셋째, 토크쇼 자막은 때로 프로듀서가 자신의 감정과 의견을 표명하기 위해서 활용된다. "오늘 ○○○(PD)이 오버하는군요"나 "PD는 시키면 시키는 대로 합니다" 같은 자막을 집어넣는 것이다.

여기서 가장 흥미로운 것은 세번째 경우이다. 이것은 사실은 프로그램의 제작논리를 프로그램 안에 재삽입하는 방식이며, 프로그램의 후면이 전경으로 전환되는 것이기 때문이다. 이런 경향은 출연자들 편에서도 일어나고 있는데, 그들은 이제 노골적으로 PD나 AD, 카메라맨 등에 대해서 불만을 토로하거나 요구를 한다. 예컨대 "카메라맨 님, 나 그런 각도로 잡지 말아주세요"나 "PD 선생님, 여기에 이런 자막 넣어주세요"라고 말한다.

이런 각도에서 보면, 위에서 말한 자막의 첫번째 기능과 두번째 기능도 같은 논리의 연장선상에 있으며, 세번째 기능은 그것의 극단화라고 할 수 있다. 요컨대 자막의 증대는 프로그램과 프로그램 제작이 동일 평면화되는 현상의 일단이며, 프로그램의 자기 투명화 현상이라고 할 수 있다. 그래서 자막이 주렁주렁한 토크쇼를 보는 일은 조리과정 자체가 외식의 즐거움 중 하나가 되는 철판구이 음식점에 앉아 요리사의 서빙을 받는 것과 유사한 일이 된다. 이런 현상에는 일련의 진화론적 계열이 있다. 어떤 문화적 장르든, 일정한 성숙을 겪은 장르는 자기 반영적 성격을 드러내며, 그것 중의 하나가 제작과정의 자기 반영이다. 영화에서는 이런 예로 〈8과 1/2〉 같은 영화나 〈스타더스트 메모리〉 그리고 〈색정남녀〉를 들 수 있다. 다음 단계에서는 아예, 이런 제작과정 자체가 하나의 영화가 된다. 〈T2의 제작〉 같은 것이 그런 예이다. 이런 영화의 등장과 더불어 영화 스튜디오가 아예 관광명소로 개방되는 일이 일어난다(예를 들어 유니버셜 스튜디오 같은 테마 파크). 그 다음에 가능한 현상이 바로 앞서 지적한 프로그램과 프로그램 제작의 동일 평면화 현상이다.

이런 현상의 진척 뒤에는 영화든 TV 프로그램이든 모두 편집된 현실이라는, 신문방송학개론 정도는 뗀 수용자층이 있다. 어떤 의미에서 이런 제작과 프로그램의 혼용은 바로 그런 수용자층에 대한, 그리고 그런 수용자를 형성하는 미디어 비평의 담론을 한꺼번에 통과하려는, 그리고 우리의 토크쇼에서 보듯이 그런 비평적 담론을 프로그램의 효과를 극대화하기 위해 2차적으로 착취하는 — 이 착취는 'NG 모음' 같은 귀여운 수준을 상회하는 훨씬 대담한 것이다 — 미디어의 전략이 작용한다고 할 수 있다.

그렇다면 이런 미디어 전략에 대해서 비평적 담론은 무슨 이야기를 할 수 있을 것인가? 그런 전략에는 어떤 이데올로기가 깃들여 있는 것일까? 이제 공을 넘겨받은 것은 비평적 담론이다. 더이상 비평에 대해서 순진하지 않은 이 대상에 대해서 말이다.

토크쇼 사회

토크쇼가 유행하고 있다. 요즘에는 저녁 열시 이후에 TV를 틀어 이럭저럭 공중파 3사의 채널을 돌리다보면 늘 토크쇼를 볼 수 있다. 월요일엔 이홍렬 쇼, 화요일엔 서세원 쇼, 김혜수의 플러스유, 목요일엔 시사터치 코미디 파일, 뭐 이런 식이다. 토크쇼라고는 하지만 코미디적인 요소를 상당히 많이 끌어들인 것이 있기도 하다. 하지만 역으로 코미디 프로그램조차 상당한 정도 토크쇼의 포맷을 차용하게 된 실정이다. 어떤 의미에서 오락 프로그램의 상당수가 거실 풍경의 스튜디오에서 사람을 불러내어 이런저런 이야기를 듣는 자리를 만드는 것으로 구성된다는 점에서 토크쇼는 오락 프로그램의 지배적 포맷으로 자리를 잡아가고 있다고 할 수 있다. 왜 그런 것일까?

우리들의 생활양식이 토크쇼와 친화력을 가지고 있기 때문이다. 밤늦게 퇴근해서 집으로 돌아오면 으레 그렇듯이 우리는 TV를 켠다. 하지만 이미 TV 연속극 시간대는 끝이 났고, 아홉시뉴스도 끝났다. 미니시리즈로 통칭되는 연속극들이 우리를 맞이하지만, 그조차 이어 보지 않아 어리둥절하다. 인기 탤런트과 중견 탤런트들(예컨대 강부자 같은 사람)은 이 연속극 저 연속극에 나오기 때문에, 지금 보는 것이 지난번에 본 연속극의 후편으로 착각되어 두 연속극의 이야기가 머릿속에서 뒤엉켜버리는 때도 있다. 그러니 연속극도 볼 만한 것은 못 된다. 그렇다고 복잡한 시사토론 프로그램을 본다는 것도 만족스러운 일은 아니다. 밤 열시가 넘어 노동에 지친 몸으로 시민적 견해를 가지겠다고 산적한 쟁점을 통과하며 학문적으로 굳어진 딱딱한 어투의 이야기를 듣는다는 것은 웬만한 정성이 아니고는 어려운 일이다. 그럴 때, 그래도 만족스러운 대안으로 받아들여지는 것이 토크쇼이다. 잘 알려진 사회자가 제법 얼굴이 익은 탤런트나 가수 또는 그런 기질이 다분한 명사를 불러내어 세상 돌아가는 모습과 각자의 사소한 일상사에 대해 이야기를 나누는 것은, 보기 편하며 전편을 보지 않아도 되는데다 심각하지 않아 좋다.

다른 이유도 있다. 스타와 대중 간의 관계방식의 변화가 그것이다. 연예인의 삶이란 대중에게는 선망의 대상이거나 사랑의 대상이거나 질투의 대상이다. 그들의 삶은 화려하면서도 외설적인 무엇을 감추고 있다는 점에서 대중의 관심거리가 된다. 토크쇼는 이런 스타들을 불러와 이야기를 나눔으로써 그들의 삶이 우리와 유사하다는 것을 보여주는 장이다. 그들은 토크쇼를 통해서 삶의 결핍을 드러내고, 자신의 실수와 약점을 드러내고, 또 평범하면서도 수수한 인간적 풍모를 드러낸다. 그런 점에서 토크쇼는 스타와 대중의 거리를 지우며, 우리들이 가진 그들에 대한 호기심을 충족시켜주며, 더 나아가서 호기심과 더불어 발생하는 공격적인 관음증(voyeurism)의 심리를 정상적인 것으로 순화한다.

이런 토크쇼 양식은 대중에게 스타가 어필할 수 있는 폭을 크게 확장한다는 점에서 근본적으로는 스타 시스템의 확장이며, 스타를 스타이게 하는 특정한 자질의 변화를 야기한다는 점에서 스타 시스템의 변형이라고 할 수 있다. 물론 빼어난 미모와 몸매, 아니면 적어도 한 사회의 문화

적 투사를 가능하게 할 특정한 성격, 연기자의 경우 각종 연속극이나 특
집극 또는 영화에서 보이는 연기의 우수성, 가수라면 탁월한 음악적 능
력이 여전히 스타가 되기 위한 중요한 자질임에는 틀림없다. 그러나 토
크쇼와 더불어 여기에 추가적인 요소가 끼어든다. 그것은 스타들의 '평
소 실력'이다. 곤란한 상황을 재치 있게 넘길 수 있는 순발력과 '썰렁하
지 않은' 농담을 할 줄 아는 능력, 야릇한 솔직함과 감정의 숨김 없는 표
현 속에서 언뜻언뜻 드러내는 순진함, 매력적인 약점과 '인간성이 괜찮
은데' 하는 느낌을 자아내게 하는 요소들이 그런 것이다. 그리고 그런
요소들은 단순히 추가적인 요소일 뿐 아니라, 그들의 기본적 능력을 빛
나게 하는 세부, 마치 잘 차려입은 원피스에 멋지게 매달려 전체를 고급
스럽게 만드는 브로치 같은 것이 된다. 다시 말해 그것은 스타와 대중 간
의 거리를 지우는 것처럼 보이지만 스타를 창출하는 새로운 양식일 뿐
이다.

　그럼에도 불구하고 토크쇼가 재미있고 편안하다고 말한다면, 달리 할
말이 없지만, 그래도 이런 점은 이야기하지 않을 수 없다. 그것은 토크쇼
를 사랑하는 우리들이란 결국 사소해지기를 원하는 우리라는 점이다.
정말 우리는 심각한 것을 싫어하고, 시시한 것을 사랑하고, 시시덕대는
것을 좋아하게 된 것 같다. 하지만 그것이 의미하는 것은 우리들 자신이
일정한 순간 백치가 되는 것을 순순히 용인하고 있다는 점이다. 왜 우리
가 그렇게 되었는가? 그것은 거실 풍경을 넘어선 모든 공적 장에서의 담
론을 모두 자기를 정당화하려는 힝변으로 여기게 되었고, 그 힝변에 지
치고 지겨워져 사적인 것으로 후퇴해버렸기 때문이다. 그런 후퇴는 물
론 납득할 만하다. 그러나 공적 영역이 설령 철저히 오염되었다고 하더
라도 마치 그런 세계가 없는 것인 양 진행되는 토크쇼의 세계는 더 이데
올로기적이다. 그리고 언제나 아침이 되면 우리는 그 망각의 대가로 더
어두워진 공적 세계를 향해 집을 나서야 하는 것이다.

남성 리비도의 유인,
〈허준〉의 인기에 대하여

〈허준〉이 2000년 3월 14일자로 시청률 60.6퍼센트를 기록함으로써 역대 사극 가운데 시청률 1위의 기록을 달성했고, 많은 일간지가 그 사실을 기사로 다루었다. 그리고 그 기록이 사극을 넘어 역대 최고 시청률 기록을 갱신할지에 대해 관심이 집중되고 있다. 더불어 한의학에 대한 대중적 관심도 높아지고 있다고 한다. 당연히 의문이 제기된다. 과연 이렇게 높은 시청률의 원인은 무엇일까?

그 원인은 여러 가지일 것이다. 우선 형식적인 측면에서 보면, 〈허준〉은 이미 인기가 검증된 작품의 리메이크로서의 이점이 있다. 혹 리메이크는 인기가 없을 것이라고 생각할 수도 있지만, 실은 리메이크야말로 쉽게 성공할 수 있다. 이 점은 잘 알려진 동화를 소재로 하는데도 매번 성공하는 디즈니 만화영화만 보아도 알 수 있다. 대부분의 사람들이 혁신을 추구하는 모더니스트가 아니며, 이미 충분한 정보를 가지고 있다는 사실이 비교라고 하는 새로운 관심을 유발한다. 나만 해도 〈허준〉을 보기 전에 이런 생각을 했다. "서인석은 김무생에 비하면 별로였어. 전

광렬은 김무생을 능가할 수 있을까?"

물론 그렇다고 해도 작품 자체가 일정 수준에 이르러야 하는데, 그 점에서도 〈허준〉은 성공적이다. 거의 모든 배우들의 연기가 대체로 일정 수준 이상에 이르고 있으며, 그 점에서 우리는 〈허준〉의 캐스팅과 연출의 훌륭함을 지적할 수 있다. 더불어 TV의 경우 고려해야 할 것은 같은 시간대에 다른 방송국의 경쟁력 있는 프로그램이 있느냐 하는 점이다. 이것은 초기 조건이기는 하지만, 일단 성공하면 타방송사는 같은 시간에 투자량이 큰 재미있는 프로그램을 편성하지 않는다. 따라서 점유율은 계속 유지된다. 성공이 성공을 낳는 셈인데, 〈허준〉의 경우도 그렇다고 할 수 있다.

소재 면에서도 〈허준〉은 많은 인기 요소를 가지고 있다. 많이 지적되었듯이 허준이라는 인물은 매우 매력적이다. 그는 서출로 중인층의 직업인 의사가 되어 정1품에 이른 사람이다. 그의 생애사는 성공담, 그것도 대단한 성공담인 셈인데, 이런 성공담은 사람들에게 언제나 매력적이다. 사람들은 일반적으로 실패자의 이야기를 좋아하지 않으며, 성공담 속에서 대리만족을 느끼기 때문이다. 그가 의원이었다는 점도 매력적이다. 의사 이야기는 언제나 사람의 목숨과 관련된 이야기이며 그런만큼 극적인 요소들이 미리 내장되어 있다. 더 나아가 허준은 의로운 의사이다. 전문화되고 관료화된 병원체계를 경험해보지 않은 사람은 거의 없다. 그런 모든 사람들에게 의로운 의사는 남다른 소망의 대상이 된다.

하지만 이런 요소들 상당 부분은 이전의 〈집념〉이나 〈동의보감〉이 모두 공유한 요소들이기 때문에 〈허준〉의 인기는 그런 것들만으로는 설명될 수 없다. 그렇다면 그 요소는 무엇일까? 일반적으로 시청률은 성공의 추가적인 요인을 가질 때마다, 그만큼의 시청자를 유인하는 형태를 취한다. 다시 말해 시청률의 상승은 누적적 구조를 가지고 있다고 할 수 있다. 그렇다면 60퍼센트라는 시청률을 가능하게 한 인구집단이 누구이며, 그들을 끌어들인 요인은 무엇인가를 생각해볼 필요가 있다.

일반적으로 60퍼센트를 넘어서는 시청률을 얻기 위해서는 상당수의 남성 시청자들을 끌어들여야 한다. 내 주변의 경험으로도 그런 것은 느껴진다. 삼십대 남성들이 〈허준〉을 보기 위해 술자리를 일찍 파하고 있다. 그렇다면 〈허준〉이 이런 남성들을 시청자로 끌어들이는 요소는 어떤 것일까? 나는 그것이 사회학자들이 '본질적으로 부산물인 상태'라고 부르는 것과 관련된 것이라고 생각한다. 본질적으로 부산물인 상태란 예를 들면 이런 것이다. 충실한 신앙인이 있다고 하자. 그는 바로 그 신앙 때문에 건실하며, 정직하며, 근면할 것이다. 그리고 그런 근면은 만일 그가 상인이라면 그에게 부를 가져다줄 것이다. 이때 부는 본질적으로 부산물인 상태이다. 흥미로운 것은 이 경우 역의 과정은 불가능하다는 것이다. 부를 위해, 그리고 부를 가져다주는 근면함을 위해 참된 신앙을 가질 수는 없다.

극중에서 허준은 바로 이런 구조 안에 있다. 그는 자신의 의업과 환자에 대한 사랑으로 충만하다. 그는 예컨대 36회에서 환자들을 위해 타성화된 혜민원의 관료제와 싸운다. 바로 그렇게 그는 진정으로 환자를 사랑하고 자신의 의무에 충실하기에 위대한 의사가 되고, 정1품이라는 품계에 이르는 엄청난 출세를 하게 되는 것이다.

또한 그는 같은 논리로 혼외의 사랑도 얻는다. 다시 말해 허준은 사랑을 얻기 위해서 노력하지 않고 다만 자신의 의업과 환자에 대한 사랑에 충실할 뿐이며, 바로 그렇기 때문에 그에게는 지순한 사랑이 밀려온다. 그렇지만 예진의 사랑은 '단순히 추가적인' 본질적으로 부산물인 상태를 넘어서는 힘을 가지고 있다. 예진이라는 인물의 추가는 출세와 성공과 명성(그리고 종내는 세속적 몰락)에 이르는 '긴 여정을 촘촘하게 채워주는' 역할을 한다. 그것은 본질적으로 부산물인 상태의 매력을 배가하고 강렬하게 만드는 요소이다.

이런 구조는 남성의 리비도를 강력하게 유인한다. 우리 시대의 중장년 남성들은 윤리적으로 사는 것의 어려움을 날마다 체험하며, 그렇게 사는 것이 보상 없는 나락일 수 있다는 것을 예민하게 느낀다. 그렇기에 불의와 타협하지 않으며 오직 윤리적으로 행동하는 것에 출세와 명성 그리고 혼외의 은밀한 그러나 누구도 비난할 수 없는 뜨거운 사랑이 부산물로 따라붙은 허준의 생애에 그들은 자신도 모르게(물론 그들의 리비도는 그것을 안다) 이끌리지 않을 수 없다. 그리하여 추가된 이 남성 집단의 시청자화가 〈허준〉의 시청률을 놀라운 지경으로 이끈 것이다.

하지만 현재까지의 성공이 미래를 충분히 보증하는 것은 아니며, 성공은 때로 실패의 원인이 되기도 한다. 〈허준〉은 성공으로 인해 이미 연장이 기획되고 있다. 하지만 연장은 반드시 극의 속도감과 긴장유지 능력을 떨어뜨린다. 그리고 시청자는 그 점에 대해서 비교적 가혹한 법이다.

제4부

세계화, IMF
그리고 세기말

문화의 세계화

　'세계화'라는 말이 빠른 속도로 널리 퍼지고 있다. 적어도 세 가지 힘이 세계화라는 말을 유포 정착시키고 있는데, 국가·기업·언론이 그것이다. 실로 막강한 세 가지 힘이 협력하고 있으니, 그 말이 그토록 빠른 속도로 일상의 언어 안에 착지하는 것은 전혀 이상할 것이 없다. 그러나 우리는 이런 슬로건에 대해 적어도 두 가지 이유에서 의심을 떨칠 수 없다.

　첫째, 이 슬로건을 공소하게 하는 배경으로 역사적 경험이 자리잡고 있다. 우리는 '세계화'와 다르지 않은 몇 가지 국가경영 슬로건의 역사를 알고 있다. 먼저 '조국 근대화'가 있었고, 다음으로 '정의사회의 구현'이 이어졌으며, 야심은 좀 적은 슬로건이지만 '보통 사람의 시대'라는 말도 경험했다. 그런데 스피커를 왕왕 울리고 TV 화면을 꽉 채우던 이런 말들의 운명이 가르쳐준 것은, 그것이 값비싼 대가를 요구하는 것이었고 또 종래 제대로 실현되지 않는 약속이었다는 것이다. '조국 근대화'의 대가로 우리는 유신을 지불해야 했고, '정의사회'의, '정의'는 광주에서의 죽음 위에 세워졌다. 그리고 '보통 사람의 시대'의 대가로 임대아파트의 천장에서 지금도 줄줄 빗물이 흘러내린다.

둘째, '세계화'가 매우 특정한 방식의 세계화이다. '세계화'는 객관적으로 존재하는 세계화에 대한 대응 양식으로 존재하는 것이라는 점을 이해해야 한다. 객관적 세계화 과정은 대단히 다면적인 현상이다. 이에 비해서 지금 우리 사회에서 운위되는 '세계화'는 그것을 특정한 방식으로 이해하고 특정한 방식으로 대처하는 전략으로 보인다. "나의 경쟁상대는 어느 나라 누구입니까?" 공보처가 제작한 이 공익광고 문구 안에서 세계화가 드러나는 방식을 생각해보라. 그것은 단적으로 경쟁의 논리이고, 한 국가와 그 국가를 국적으로 하는 기업들 간의 경쟁 논리이다. 그리고 거기서 더 나아가 경쟁을 하나의 강박관념으로 우리의 심성 안에 새겨놓고, 그것에 우리를 동원하고자 하는 논리이다. 그것의 명분은 '세계화'가 우리를 위한 것이라는 주장이다. 허나 우리는 동의한 바 없다. 적어도 명시적으로는 동의한 바 없다. 그러니 우리는 물어야 한다. 왜, 무엇을 위한 세계화인가? 단지 경쟁의 무대가 세계로 확장되었다는 것이 '세계화'라면, 그래서 세계 일류냐 아니면 죽음이냐 하는 양 갈래 길이 존재할 뿐이라는 것이 세계화의 핵심 내용이라면, 그것은 적나라한 편집증일 뿐이다.

그렇다고 해서 객관적 과정으로서의 세계화에 등을 돌리고 왜소한 국지적 감수성으로 살아가자는 말은 아니다. 우선 객관적 과정으로서의 세계화에 대해서 알고 이해할 필요가 있다. 문화의 세계화를 생각해보는 것은 객관적 과정으로서의 세계화의 한 측면을 검토하려는 시도이다. 물론 우리는 그 객관적 양상을 여기서 상세히 다각적으로 살펴볼 수는 없다. 그러나 문화의 세계화라는 말로부터 곧장 일본문화 개방 같은 정책적인 문제나 레게를 부르며 햄버거를 먹으며 컴퓨터를 두들기는 생활양식을 연상하는 것은 신토불이를 세계화의 한 방식으로 열심히 주장하는 것만큼이나 난센스다. 단순히 이런저런 문화적 생활양식들 간의 접촉과 그것 간의 상호작용이나 미디어 환경의 급격한 변화 그리고 정보고속도로의 구축 따위는, '우리 것은 소중한 것이여'가 문화적 국수주의만은 아니듯이 문화의 세계화라 내세울 만한 예가 못 된다. 문화가 한 사회의 성원들 간의 상호작용을 규율하는 논리인 한에서 문화의 세계화는 상호작용의 전 지구화 안에서 상호작용을 규율하는 논리의 세계화를 의미해야 한다. 즉 보편주의 문화의 확산을 의미해야 한다. 이 점에서 우리의 수준은 처져도 한참 처진 수준이다.

　하나의 예를 들어보자. 내가 아내와 함께 미국을 여행할 때 경험한 일이다. 한 고속도로 휴게소에서 쉬어갈 때, 커피를 사고 있는 나에게 화장실에 갔다 온 아내는 미국의 여자 화장실 문화를 이야기해주었다. 아내는 처음에 화장실에 들어갈 때 미국 여자들이 화장실 입구에 줄지어 서 있는 것을 보고는 의아해하며 '로마에서 로마 식으로' 하며 뒤에 서 있었다. 그런데 곧 그렇게 하는 의미를 이해할 수 있었다. 아내의 말에 따르면 남자인 나로서는 피부로 느낄 수 없었던 곤경이 여자 화장실에서는 일어난다. 여성의 경우에는 남자와 달리 누가 소변을 보는지 대변을 보는지를 가시적으로 알 수 없다. 따라서 여러 개의 화장실 문 중 어느 것이 먼저 열릴지 모르면서 아무 데나 선택하여 서 있게 되고, 매우 사정이 급함에도 불구하고 늦게 화장실에 들어온 사람이 먼저 화장실을 이용하게 되는 때가 종종 있다는 것이다. 그럴 때는 너무 화가 나고 상황이 불합리하게 느껴진다는 것이다. 그런데 미국 여자들은 화장실에 자리가 다 차면 화장실에 들어가지 않고 밖에 줄을 섬으로써 기다리는 사람들 중에 가장 먼저 온 사람이 가장 먼저 자리가 난 변기로 들어가게 된다는 것이다. 물론 이 한 가지 예로 나는 미국문화를 찬미할 생각은 전혀 없다. 이런 향기롭지 못한 예를 든 것은 이것의 의미가 대단히 크기 때문이다. 이 예 안에 공공장소를 이용하는 사람들의 몸에 밴 상호작용의 규범적 원리가 드러나기 때문이다. 그것은 단적으로 말해 공정(justice)의 원리이다. 이런 규범은 상호작용의 범위가 일정한 수준 이상으로 확대되면 평화로운 사회생활을 위해서 유기적으로 요구되는 규범이다.

우리의 경우 이런 감수성은 치명적으로 약하다. 물론 그것은 우리의 도덕적 감수성이 선천적으로 저열하기 때문이 아니다. 오히려 이런 감수성이 배양될 사회적 환경의 취약함 때문이다. 다른 예를 들어보자. 만원버스에 시달리며 사는 사람은 버스에 앉는다는 것과 서 있는 것의 경험이 천양지차라는 것을 안다. 다른 상황의 변화가 없는 한 우리는 앉기를 절망적으로 고대하며 버스 안에서 이리저리 흔들릴 수밖에 없다. 우리는 곧잘 늦게 타서 먼저 앉는 사람을 보게 되며 자신이 억울하고 재수가 없다고 생각하게 된다. 버스에 앉을 가능성을 위해서 우리는 버스에 제일 먼저 올라타기 위해 눈치를 보며 버스의 정차 지점을 마치 농구선수가 리바운드 볼을 좇듯이 좇는다. 지하철 문이 열리면 남보다 먼저 개찰구를 나서기 위해서 무서운 속도로 걸음을 재촉한다. 이런 예에서 알 수 있듯이 우리의 경우 문제는 지나친 경쟁심리지 경쟁에 대한 둔감성은 아니다. 그래서 나는 우리의 경쟁상대를 세계적인 수준으로 높이려고 애쓰는 정부가 공연한 짓을 하고 있는 것으로 보인다.

물론 자가용을 운전기사가 몰아주는 국가 지도자들은 그들이 생각한 경쟁이란 이런 '조잡한' 예들과는 무관한 것이라고 반론을 제기할 것이다. 그러나 문제는 이런 사회적 상황들이 사실은 상호작용의 규범을 학습하는 장이라는 점이다. 아침마다 만원버스에 시달리는 피곤한 고등학생이 교과서에 나오는 양보를 생각할 수는 없으며, 재수 좋으면 편하게 앉아 가고 재수없으면 고생하는 체험을 날마다 하면서 인생은 줄서기 나름, 눈치 나름이라는 생각, 더 나아가서 자리를 향해서 몸을 날리는 뻔뻔함 나름이라는 생각에서 벗어날 수 없다. 이것은 일종의 악순환과 같다. 그러나 그것에서 벗어나는 길은 가능한 영역에서부터 보편주의 문화와 공정의 원리를 확산하는 것이지, 당면 상황에서 우선 이기적으로 그리고 경쟁적으로 적응하는 것은 아니다. 그럴 때에만 평화롭고 쾌적한 사회적 삶이 출현하고 그것이 보편주의 문화에 대한 규범적 기대를 양성한다.

 이제 우리는 적어도 문화의 세계화에 대한 개괄적인 윤곽을 그릴 수 있다. 경제의 세계화가 국민국가의 경계를 넘어선 기업활동의 확산을 핵심으로 하듯이 문화의 세계화란 이런 보편주의적 기대의 공동체가 민족 공동체를 넘어서 확장되는 것이다. 공정의 원리가 '우리'에게만 적용되는 것이 아니라 '그들'에게도 적용되는 것, 그것이 문화의 세계화이다. 예컨대 문화의 세계화는 외국에서 우리가 착취받지 않을 보편적 권리에 대한 감수성일 뿐 아니라, 우리에게 온 외국인들에 대해서도 보편적이고 공정한 원리를 적용하는 것이다. 과연 일찍 일어나는 새가 벌레를 잡는다. 그리고 우리는 확실히 일찍 일어나는 새들이다. 그러나 그것이 문제를 해결할 수는 없다. 모두가 자기만 벌레를 잡으려고 일찍 일어나면 마침내 우리는 잠도 잘 수 없는 새들이 되어버릴 것이기 때문이다. 그래서 다른 격언, 가장 높이 나는 새가 가장 멀리 본다는 격언이 필요하다. 그것이 문화의 세계화이다.

忘年會, 送年會, 그리고 望年會

농사를 짓게 됨으로써 일어난 일 가운데 하나는 사람들이 자신의 삶을 일 년 단위로 조직하게 되었다는 것이다. 농사란 수렵과 달라서 하루벌이가 아니고, 일 년의 노력과 기다림을 필요로 한다. 그것을 위해서는 작물의 주기에 따라 적기에 노동을 투하하는 안목이 있어야 하고 그로 인한 피로를 달랠 줄 알아야 하고 여분의 시간을 자유롭게 활용할 줄 알아야 한다. 요컨대 일과 휴식과 놀이를 배분하고, 그것을 조직할 줄 알아야 한다. 그리하여 인류가 가지게 된 것이 바로 달력이다. 그러나 산업사회로의 이행은 사람들의 시간관을 바꾸어놓았다. 달력-시간보다 더 중요한 것은 시계-시간이다. 우리들의 손목시계는 우리들이 시간과 분 단위로 삶을 조직하고 있다는 것의 징표이다. 예컨대 우리는 시간 단위로 임금을 받는다. 이것은 달력 중심의 삶과는 전연 다른 삶의 방식이다.

하지만 예전만은 못해도 여전히 달력의 힘은 유지되고 있으며, 그 가운데 가장 두드러진 것이 바로 해의 구분이다. 달력의 주기성을 따라 살고 있을 때, 우리는 시간을 묵은 시간과 새 시간으로 구분한다. 1998년

12월 31일 24 : 00는 1999년 1월 1일 0 : 00와 같은 시간이다. 그러나 전자는 묵은 시간, 사멸하는 시간이며, 후자는 새로운 시간이다. 그리고 새 시간 속에서 떠오르는 해는 시간의 바다에 담겨져 새롭게 부활하는 '새 해'이며, 우리들 또한 새해에는 새 존재가 된다.

요컨대 달력-시간이 없다면, 우리들은 무엇인가 맺고 끝낼 수 없으며, 따라서 새롭게 시작해볼 수도 없으며, 달력-시간 속에서 삶은 비로소 그저 이어지는 지루한 연속이 아니라 매듭을 가진 무엇이 되는 것이다. 그 매듭을 짓는 한 행위, 시간의 매듭을 삶의 매듭으로 전환하는 나의 행위, 우리들의 모임이 바로 망년회 또는(그 단어에 담긴 지나친 청산의 분위기가 싫은 경우에는) 송년회인 것이다.

이렇게 의미의 세계에서는 삶의 나이테로 기능하는 송년회가 경험의 영역에서는 그렇지만은 못한 것이 우리네 사는 풍경인 듯싶다. 물론 따뜻한 한잔 술에 그윽하게 취해가며, 심경이 토로되고, 후회가 삭여지고, 품을 것을 품고 잊을 것을 잊어가는 그런 송년회가 없는 것은 아니다. 그러나 많은 송년회가 떠들썩한 반가움에서 시작하여 채 삭여지지 않은 원한과 독기가 교차하거나, 더 신나게 더 '화끈하게' 놀아야 한다는 강박에 시달리다가 결국은 토악질로 끝나는 경우가 많다. 만취야말로 작은 황홀경으로 가는 입구이니만큼 낡은 존재에서 새 존재로 이행하는 시간에 그리 한다는 것이 나쁠 것은 없다. 그러나 거나하게 취하여 스스로 향긋해져가는 도취의 경험은 마지막 정신마저 놓아버려 '필름이 끊기는' 경험과 다르지 않다는 것을 누구니 안다.

왜 그럴까? 야단스럽게 논다고 해도 그 밑 어딘가에 낮게 깔려 있어야 할 경건함, 매듭짓고 새롭게 시작한다는 경건함이 아예 사라지고 없는 것일까? 단지 송년회 문화가 무언가 잘못되어 그런 것일까? 아니다. 그렇기야 하겠는가. 도리어 삶이 너무 악살스럽기 때문이다. 악착스럽게 성공을 추구하고 타인과 경쟁하며 살아온 지난 삼십 년간의 개발독재적 성장방식이 우리들을 그렇게 만든 것이다. 그래서 한 해 한 해가 너무 상처 많고 억울한 것이어서, 원한과 독기와 오기를 불러일으키며, 그 결과 송년회에는 은근한 공격성과 질투의 감정이 흐르게 되는 것이다.

더구나 1998년 올해 우리는 이른바 '6·25 이후 최대의 국난'을 겪었다. 사회는 살아남은 자와 퇴출된 자, 쫓아낸 자와 쫓겨난 자로 양분되었으며, 지배적인 감정 또한 안도와 분노로 양분되었다. 그런 가운데 송년회는 이 두 부류의 사람들을 뜻하지 않게 한 자리에 불러모으게 될 것이다. 그런 자리가 위로의 감정이 넘쳐 살아남은 자와 쫓겨난 자 간의 작은 화해를 불러일으킬 수도 있을 것이다. 그러나 반대로 살아남은 자는 쫓겨난 자의 모습에서 그럴 만한 이유를 찾으며 자신을 정당화하고, 쫓겨난 자는 살아남은 자의 모습에서 부당한 승리와 오만을 발견하며 삭인 분노까지 되살리는 자리가 될 수도 있다. 나는 그간의 송년회 경험에 비추어볼 때, 후자가 전자를 압도할 가능성이 훨씬 클 것이라 생각한다. 그것이 올해의 송년회에 한 번 참석해보기도 전에 나를 우울하게 하는 것이다.

그렇다면 어떤 송년회가 되어야 하는가 하고 누군가 나에게 물을지 모르겠다. 하지만 좋은 송년회가 어떤 것인지 누가 알겠는가? 질병을 정의하는 것은 쉬운 일이지만, 건강을 정의하기란 난감한 일인 것과 마찬가지로 '바람직한' 송년회를 운운하는 것은 자기의 편견을 강요하는 일이기 십상이며, 누가 술 한잔에 마음이 녹아드는 지점까지와 독기가 치솟는 지점을 칼로 베듯이 구분할 수 있겠는가?

그러나 송년회에 임하는 자세 내지 그 테마에 대해서는 말할 만한 것이 있다. 그것은 올해의 송년회는 단지 우리들의 한해살이에 대한 씻김굿 차원을 넘어서서 지난 삼십 년간 우리들이 살아온 방식을 말갛게 씻어내리는 자리가 되어야 한다는 점이다. IMF 사태의 충격으로 살아온 올 한 해는 그 자체로 너무 많은 상처를 우리들에게 주었지만 그것이 의미하는 바는 우리들이 지난 삼십 년간 추구해온 무자비한 고도성장 사회의 삶의 패턴이 이제는 끝났다는 것이기 때문이다. 우리들의 송년회에 빈번한 추한 모습의 연원이 되었던 지나친 성취중심주의와 경쟁적인 심성의 원인이었던 사회 발전방식이 끝장난 것이다. 그러나 새로운 발전방식이 우리들을 더욱 '살벌한' 경쟁으로 몰아갈 수도 있고 실제로 그렇게 가고 있다. 이 분기점에서 우리는 어려워진 상황을 더 인간적인 사회를 건설하기 위한 기회로 삼아야 한다. 그런 의미에서 올해의 송년회는 아주 많은 것을 씻어야 한다. 우리들의 심성과 살 속에 뿌리내린 개발독재적 발전 삼십 년의 가치관과 생활양식을 씻어내리는 굵은 매듭의 시간이 되어야 할 것이다. 그리히여 새로운 해를 정말로 새로운 기회로 기다리는 망년회(望年會)로 만들어야 할 것이다. 새해가 이전의 삼십 년보다 더 경쟁적인 사회가 되지 않도록 하기 위해서 말이다.

IMF가 바꾼 것

올 연말에는 유난히 송년회인지 망년회인지가 여느 해의 두 배나 많은 것 같았다. 생각해보면, 엄청나게 술을 많이 마셨다. 별다르지 않은 시시한 2000년 1월 1일 아침을 맞을 것이면서도, 1999년 12월 31일 밤 전 세계적으로 터져 폭죽업자들이 떼돈을 벌게 되는 그때까지 마치 잊을 것, 맞을 것이 많기라도 한 양 자주도 마셔댔다. 그 망년회에서 나온 이야기들이라는 것이 그런데 예년과 달랐다. 일이 년에 한 번 만나는 동창들의 사는 이야기라는 것은 공통점이 없어서 대개는 이런저런 이야기 끝에 여자 이야기나 자식 이야기로 귀일되는 것이 통례였던 것에 비해 작년에는 모든 이야기가 결국은 주식 이야기로 모아졌다.

그런데 이상하게도 자기가 큰돈 번 녀석은 하나도 없었는데 아마 그 이유는, 정말로 큰돈을 번 녀석이 없기 때문이기도 했겠지만, 만일 웬만큼이라도 벌었다는 것이 알려지면 그날 술값을 엎어쓸까 하는 우려 때문이리라는 것은 쉬 짐작할 수 있었다. 그러니 잘 걸러 들으면 그들이 얼마나 주식에서 돈을 벌었는지 대개 알 수 있었다. 자기 친구가 돈 벌었다거나 잃었다는 이야기나 이런 일도 있었다는 이야기는 실은 자기 이야기를 교묘하게 뒤섞은 것이기 때문이다. 간단히 말해 자기 이야기와 친구 이야기 그리고 들은 이야기를 뒤섞고, 허풍과 엄살을 뒤섞은 이야기를 절반쯤 뚝 잘라서 추량하면, 대개 그들이 챙긴 돈을 어림할 수 있었다. 물론 동창들이 얼마나 벌었는지를 제대로 추정하기는 어렵다. 아예 동창 모임에 나오지 못한 친구들 중에는 주식 때문에 참담한 나락으로 떨어진 친구들이 있으며, 너무 벌어 노는 물이 달라져버린 친구도 있기 때문이다. 그런 친구들은 물론 시시하게 여윳돈으로 주식을 사고파는 친구들이 아니라 펀드매니저거나 코스닥에 기업을 상장한 친구들이다.

주식 이야기는 그 자체로도 다양하고 재미있긴 하지만 그것이 그토록 이야기의 중심이 된 까닭은 모두가 엄청나게 주식에 몰두하고 있기 때문이었다. 그렇게 보면 이 공통의 열정이야말로 이야기의 중심인 셈이다. 그리고 생각해보면 이 돈에 대한 열정이야말로 새로운 현상이라고 할 만한 것이다. 생각해보라. 괜찮은 대학을 나와 그래도 나름대로 전문적인 일에 종사하는 삼십대 중후반 남성들의 모든 정신을 말아먹는 것이 돈 버는 이야기가 되었다는 것은 정말로 이상한 일이다. 그들의 이십대를 아는 나로서는 그들이 더이상 미래에 대한 도전의식, 전문적 성취를 향한 열정, 더 나은 공동체 건설을 향한 희망을 내비치기보다는 그저 겉으로는 게임을 관전하는 양하지만 실상은 속타는 시세차익 추구자들이 되었다는 사실 자체가 생각해볼 문제인 것이다.

아마도 그 이유는 IMF라는 세례를 통해 한 대상이 새롭게 재탄생해서일 것이다. 그 대상은 돈이다. 이전에 돈은 우리 사회에서 항상 어떤 악취를 동반하는 것이었다. 우리 사회에서 부자가 질투의 대상인 측면이 없었던 것은 아니지만, 대체로 그들은 혐오스러운 존재였다. '그들'은 언제나 '우리들'이 향유해야 할 무엇을 훔쳐간 자들로 치부되었으며, 사실 어느 부분 그랬다. 그들은 이 약탈을 상쇄할 만한 문화적 능력, 취향,

자선의 미덕을 갖지 못한 천민성이 넘치는 존재였다. 더구나 '그들'과 '우리' 사이에는 어떤 장벽이 놓여 있었다. 사회학자들이 80년대와 90년대를 통해서 계급구조의 고착화를 말해왔는데, 이는 일정한 규모 이상으로의 성공은 신화가 되어갔음을 말한다. 그런 상황에서 사람들은 결국 궁극적으로는 돈에서 어떤 악취를 느낄 수밖에 없었다.

그러나 IMF는 돈에 대한 우리의 국민문화를 바꾸었다. 확실히 몇 개의 재벌은 훨씬 더 강력해졌지만, 대우 같은 거대재벌의 몰락에서 보듯이 모든 것은 훨씬 불안정해지고 동시에 더 역동적으로 변했다. 코스닥 열풍에서 보듯이 부의 형태와 원천에서 커다란 변화가 일어났고, 그에 따라 새로운 신화가 가능해졌다. 더구나 이런 새로운 게임은 주식시장을 통해서 모두에게 열린 것으로 체험된다. 이제는 돈의 행방은 국가와 은행과 자본의 유착 속에서 소리없이 결정되는 것이 아니라 원한다면 모두가 참여할 수 있는 주식시장이라는 저잣거리에서 정해지게 된다. 그리하여 돈은 모든 악취를 떨쳐버린 것이다. 이제 더이상 돈을 혐오하는 것이 가능하지도 않을 뿐 아니라, 돈을 사랑하지 않을 수 없는 사회가 도래한 것이다. 돈은 이제 진정으로 물신(物神)이 되었다.

하긴 국민국가의 주권이 흔들거리는 모습, 믿었고 헌신했던 조직의 야멸친 모습, 가족조차 믿음을 저버리는 모습을 보았던 사람들이 돈에서 악취조차 나지 않게 되었다면 달리 무엇을 추구하게 되겠는가? 하지만 기억하자. 돈에서 나는 악취란 돈에 묻어 있기에 씻을 수 있는 악취가 아니라 돈 자체의 악취라는 것을. 그 악취의 소재지는 돈에 대한 우리의 태도 자체라는 것을. 돈을 미워해야 하는 것은 아니지만 그것에서 거리를 취할 수 없는 심성으로 가득 찬 사회에는 희망이 없다는 것을.

애국을 소비하라는 문구들에 대하여

한때 국제화(internationalization)를 외치던 김영삼 전 대통령이 이어서 세계화(globalization)를 외쳤을 때, 사람들은 국제화와 세계화의 차이가 무엇이냐고 물었다. 양자 간의 차이가 무엇인지에 대해 명백한 학문적 합의가 도출된 바는 없다. 그러나 적어도 단어의 구성방식에 주목한다면, 대강의 차이를 포착할 수 있다. 국제화라는 말에는 여전히 세계를 국민국가 간 체제로서 이해하는 관점이 깔려 있고, 그 중심에는 여전히 국민국가 중심적 사유가 있다. 그러나 세계화라는 말에는 이미 국민국가를 표시하는 말이 사라지고 없다. 세계화라는 말은 국민국가적 관점의 청산은 아니라고 해도, 국민국가적 관점이 격하되고 있다는 것을 보여준다. 그러니까 어떤 발상의 전환이 그 안에 표현되고 있는 것이다.

그런데도 세계화를 주창한 김영삼 전 대통령은 그것을 중상주의적인 관점에서 파악했다. 이 중상주의란 세계화라는 발상과 사실 아무 관계도 없다. 그것은 단지 우리나라가 세계 여러 나라와의 '무역 전쟁' 속에서 여하히 승리하여 부유한 나라가 될 것인가 하는 것에만 관심을 두는 것이며, 그런 점에서 강한 국민국가를 지향하는 것일 뿐이다. 이런 발상 속에서 자신을 세계적 표준에 걸맞은 무엇으로 바꾸어나가지 않았던 세계화의 귀결은 결국 외환위기로 나타났다. 우리가 지금 겪고 있는 고통은 스스로를 세계화하지 못하고 세계화 '당하는' 데서 오는 아픔인 것이다.

그런데 유감스럽게 우리들이 목도하고 있는 여러 가지 현상들은 우리가 여전히 발상을 전환하지 못하고 있다는 것을 보여준다. IMF 사태가 닥치고 얼마 안 되어 어떤 주유소에서 외제차에는 기름을 넣어주지 않았다는 신문 보도가 있었다. 모닝글로리 같은 문구업체가 외국 회사로 오인받아 부도 위기에 몰렸다는 웃지 못할 일이 있었다. IMF 사태의 충격이 워낙 커서 전 국민이 거의 정신이 나간 상태였고, 외환위기의 원인에 국제 금융자본의 음모가 있다는 이야기도 많았으니, 그런 민족주의적 감성이 분출되어나온 것은 이해할 만한 일이었다.

그러나 문제는 민족주의의 강화가 세계화 경향에 적절히 대처해나가는 방법일 수는 없다는 데 있다. 생각해보라. 이제 불가피하게 우리의 기업들 중 상당수 그리고 일부 은행까지 외국 소유가 되거나 외국의 투자 기업 또는 은행이 될 것이다. 그리고 우리들의 상당수는 그런 기업이나 은행의 노동자일 것이다. 그런 데서 성실하게 일하는 것은 민족주의적 시각에서 보면, 외국 자본을 살찌우는 일일 뿐이다. 그러나 그런 사태를 그렇게만 인식하는 것은 갈등만 심화시킬 뿐이다. 문제를 해결하기 위해서는 결국 세계화에 걸맞은 가치관과 행동 패턴을 습득하는 것이 최선이다.

사회의 일각에서는 계속해서 국지적인 것이 세계적인 것이다, 라는 구호가 외쳐지고 있다. 그러나 우리는 이 말이 IBM사가 창안한 이념이라는 것을 잊어서는 안 된다. 각 지역에서 효과적으로 활동하기 위해서는 각 지역의 특수성에 충분히 익숙해져야 하고, 또 각 지역의 특수성에서 가치 있는 것을 새롭게 가공해야 한다는 다국적 기업의 활동 모토를,

세계화를 명분으로 뿌리 없이 흔들리며 허황된 사고에 빠지는 것을 경계하는 정도라면 모를까, 민족주의적 감수성에 접맥하는 것은 우스꽝스러운 것이다. 분명한 것은 국지적인 것이 세계적인 것이 되기 위해서는 그것이 세계적인 것으로 가공되고 변형되어야 한다는 점이다. 결국 세계적인 것만이 세계적인 것이지, 국지적이라는 이유로 자동 세계적인 것이 되는 일은 결코 없다.

그러나 최근 여러 가지 현상들은 민족주의의 강화가 강한 경향으로 자리잡고 있음을 보여준다. 서점가에서는 황당한 국수주의자 김진명의 소설 『하늘이여 땅이여』가 불황 속에서도 잘 팔리고 있고, TV에서는 '815 콜라' 라는 신종 콜라의 광고가 등장하고 있다. 갖은 음식점이나 옷가게에 '우리는 로열티를 지불하지 않습니다' 라는 문구가 내걸려 있다. 학생들의 책가방 따위에 태극기 스티커가 나붙고 있다. 이런 현상들은 침착함을 되찾을 때가 되었건만 여전히 문제의 해결방안을 민족주의 안에서 찾고 있다는 점에서도 유감스러운 것이지만, 더욱 유감스러운 것은 기업들이 그런 감수성들을 적극적인 마케팅 전략으로 삼았다는 것이다.

혹자는 '역시 우리 것이 좋은 것이여' 같은 광고 문구에서 보듯이 민족주의가 중요한 마케팅 전략으로 자리잡은 지 이미 오래라고 말할지도 모르겠다. 그러나 '역시 우리 것이 좋은 것이여' 라는 문구에 비해 '우리는 로열티를 지불하지 않습니다' 라는 문구는 훨씬 고약한 데가 있다. 그것은 일종의 협박의 성질을 띠고 있기 때문이다. 그 문구는 우선 소비자의 내면에서 이렇게 말하고 있기 때문이다. "당신은 음식을 먹거나 옷을 살 때, 그 제품 생산자의 국적을 살피고 있습니까? 그렇지 않다면, 당신은 신중하지 못한 비애국적 소비자입니다. 모든 소비는 부지불식간에 외화를 유출할 수 있으니 말입니다. 그러나 우리 가게에서는 아무 걱정하지 마십시오. 여러분의 주머니에서 나온 돈은 우리나라 안에서 빙빙 돌지 절대 외국으로 흘러나가지 않습니다. 자, 들어오십시오. 여기서는 소비와 동시에 애국을 즐길 수 있습니다. 안 들어오시겠다고요? 애국적이지 못한 의심스런 소비자군요." 요즘 유행하는 컴퓨터 광고 문구를 따른다면, 그것은 결국 이렇게 말하는 것이다. "이 세상에는 두 가지 소비자가 있다. 애국적 소비자와 비애국적 소비자."

'815콜라' 라는 콜라 이름에도 그런 소비자에 대한 협박이 어른거린다. 그 이름이 의도하는 바는 '마침내 콜라가 광복을 맞았다' 는 주장이다. 국산 콜라의 생산을 광복과 등치하는 이런 정치적 참칭 또한 소비자가 콜라를 마시는 행위를 둘로 양분하는 것이다. "만일 당신이 외제 콜라를 마신다면, 당신은 식민지적 노예 근성에 찌들어 광복 이후에도 앵카를 부르는 자일 뿐이다. 콜라는 독립했다. 815콜라를 마시는 것은 태극기를 높이 쳐드는 것이다. 해방을 만끽하는 것이다." 이렇게 오랜 정치적 유산을 소비자의 입에 재갈처럼 물리는 이런 제품 이름은 고약하다. 이런 것들은 모두 시대의 우울을 시대의 강박증으로 변형하는 것일 뿐이다.

그러나 이런 말은 아무 소용 없는 말일 수 있다. 왜냐하면 이런 문구를 창안한 사람들은, 마케팅은 말 그대로 물건을 팔기 위한 것이니, 그것이 민족주의에 호소하는 전략을 취하든 사해동포주의에 호소하는 전략을 취하든 무슨 상관이냐고 강변할 것이기 때문이다. 예전에는 될 수 있는 한 외국 브랜드인 척하다가 지금 와서는 또 이렇게 표변할 수가 있냐는 비판 따위에는 아마 코웃음을 치며 말할 것이다. 그때 그런 척했던 것도 지금 이런 척하는 것도 모두 팔기 위한 것일 뿐이며, 마케팅이 무슨 춘향이라고 지조를 지키느냐고 말이다. 그런 기업의 태도에 대해서, 상품은 그 상품 스스로 하나의 이미지를 창출하고 새로운 생활양식을 창출함으로써 성공하는 것이지 시대의 분위기에 따라 촐싹거리며 따라감으로써는 성공할 수 없다고 점잖게 충고하는 것 외에 달리 무슨 말을 할 수 있겠는가?

결국은 소비자들 스스로가 이런 경향을 거절하고 시대의 강박증에 빠지기를 거절해야 할 것이다. 한때 우리들은 외국 브랜드에 현혹되었다. 그로 인해 많은 국산 제품들이 이상한 외국 이름으로 포장되었고, 많은 기업들이 제품 개발보다는 외국 기업과의 라이센스 계약에 주력했다. 그것은 분명 잘못된 경향이었다. 그러나 그렇다고 해서 이번에는 애국으로 무장한 소비 행위를 선택하고 또 기업들도 그런 방향을 추수하거나 더 강화시키고자 한다면, 그것은 한 편향에서 다른 편향으로 건너가는 것일 뿐, 오류를 정정하는 것은 아니다.

답은 분명하다. 그것은 결국 소비자들이 소비 고유의 합리성으로 돌아가는 것이다. 가격과 효용에서 최적인 상품만을 선택하는 꼼꼼함. 그것만이 가장 좋은 제품을 시장에서 생존하도록 만들 것이며, 그것이 세계화에 가장 걸맞은 소비 행위이기 때문이다. 때로 어떤 제품을 전략적으로 육성해야 하기 때문에 질이 떨어지더라도 국산품을 애용해야 할 일이 있을 것이다. 그래야 한다면, 그것에 대한 사회적 합의를 통해 그렇게 해야 할 것이다. 그러나 무분별한 애국심, 또는 애국으로 포장된 것에 현혹되는 일은 우리 기업의 허약한 체질을 강화할 뿐이다.

IMF 사태는 세계화가 우리 삶의 복잡성을 증대시킨다는 것을 치명적인 방식으로 드러냈다. 이 복잡성에 대한 적합한 대응방식은 합리성을 증대시키고 세심하고 정밀하게 사태를 관리해나가는 것이다. 우리 위기의 근원에는 합리성보다 정서가 앞서는 행위 패턴이 자리잡고 있다. 외국 은행으로부터 단지 이율이 싸다고 단기 차관을 마구잡이로 들여온 종합금융사의 행동과 그것에 대한 정책 당국자의 방관의 밑바닥에는 사태의 복잡성을 무시하는 근거없는 낙관주의 정서가 있었다는 것이 이미 고통스럽게 입증되었다. 사태의 복잡성을 처리하는 데는 이른바 '정서' 일반이 도움이 되지 않으며, 국수주의로까지 기우는 민족주의적 정서는 하등 도움이 되지 않는다. 문제 해결을 위해서는 각 문제 영역에서 그것에 적합한 합리성을 신장시켜야 한다.

어떤 고통 분담?

연초(1998년)에 친구들을 만났다. 그때는 사람들이 둘 이상만 모이면 나누는 이야기가 IMF에 대한 이야기였다. 좀 지겨운 바가 없는 것은 아니지만 IMF를 둘러싼 이야기의 소재는 사실 무한하다. 세계 금융자본의 흐름이나 핫머니나 소로스 같은 사람의 개인적 특성에 대한 이야기, 미국을 중심으로 한 G7 자본의 음모설, IMF 체제의 성립 경위와 그것의 효과, IMF의 지원을 받았던 나라들이 처했던 상황(소말리아와 멕시코의 차이), 동아시아 전반의 위기 상황, 김영삼 정부의 무능(김영삼 대통령의 최대 치적은 남북한의 소득격차를 줄여 통일에 이바지한 것이라는 세간의 말은 이런 무능에 대한 풍자로 가장 압권인 것 같다)과 부패에 대한 이야기, 기아 사태 처리과정에 대한 이야기, 모모 재벌이 파산 위기라는 설(說)들, 노사정 협의회에 대한 이야기, 정리해고와 실업자의 폭증 그리고 그로 인한 범죄율의 급증에 대한 걱정, 또는 이런 때 목돈이 좀 있다면 어디에 투자해야 하는가 하는 이야기, 그리고 전세값은 내릴까 오를까 하는 이야기, 금 모으기에 강남 서초구 주민이 가장 참여율이 낮다는 등의 이야기, 그리고 각자의 직장이나 업종에 IMF가 미치는 영향에 대한 이야기 등……

사람들이 이런 이야기를 자꾸만 나누게 되는 데는 대부분의 사람들이 이 새로운 조건 속에서 자신의 운명과 이웃의 운명을 감지하기에는 정보가 부족하다는 생각을 하기 때문이다. 이런 정보에 대한 추구 속에서 사람들은 갑자기 초보적인 사회과학자가 된다. 일상의 뒤에 있으면서 일상의 원만한 진행을 떠받치고 있던 배후 가정과 묵시적 신뢰가 무너지자, 일상과 체계의 연관이 드러난 것이다. 사람들은 이 연관을 해명하기 위해 계속해서 자신의 입지에서 가능한 전망을 다른 사람들과 교환하고자 한다. 당연시된 행위 패턴이 장애에 부딪힐 때 모든 성찰이 개시되는 것이라는 실용주의의 주장처럼 이런 성찰의 개시는 상황에 대한 당연하고 정확한 반응이다. 그러니 IMF에 대한 이야기는 이제 지겹다고 하며 떨칠 게 아니라 계속되어야 하고 더욱 심각하고 진지하게 이루어져야 한다.

하지만 이런 연관을 해명하기 위한 이야기들은 다소간 혼란스럽게 진행되고 말며, 애써 나눈 이야기의 학습 효과는 매우 둔한 것처럼 보인다. 그 이유는 기실 사람들이 이야기에 참여하며 취하는 전망이 하나가 아니라 여러 가지이고 그것들이 서로 계속해서 교차하기 때문이다. 사람들은 IMF에 대해서 민족적 시각, 기업적 시각, 계급적 시각, 성적 시각, 개인적(또는 가계적) 시각 같은 복수의 시각을 가지고 이야기에 참여한다. 그리고 이야기의 진행 속에서 이 다양한 시각들을 그때그때 교체하여 적용한다. 이것이 착종을 부른다.

물론 위기의 시대에 사람들은 개인으로 후퇴하고, 생존과 적응이 정언 명령이 된다. 그것은 정당하기도 하고 그렇게 개인으로 축소된다면 문제는 쉽게 정리된다. 어떻게 내가 가진 직업적 능력과 개인적 자산을 최적 운용할 것인가? 또 내가 감수해야 할 고통과 비용은 무엇이며, 그것은 어떻게 할 때 최소가 될 수 있는가? 방향 또한 분명하다. 비가 오고 있으니 우산 장수가 되어야 하며, 그것이 어렵다면 최소한 어디에 처마가 있는지를 알아두어야 한다.

그러나 이런 성찰의 입지점은 접근방식으로는 매우 정돈이 잘 된 것이지만 그럼에도 불구하고 몇 가지 일반적 한계가 있다. 우선 개인적 성찰과 그것에 입각한 행위 자체가 이미 체계의 구성요소라는 문제가 있다. 개인적 행위를 통해서 무엇인가를 얻을 수 있는 유일한 가능성은 자신의 행위 근거인 정보가 '정보'여야 한다. 즉 여타 행위자들보다 한 시점 빨리 정보를 획득하고 행동해야 한다. 그러나 문제는 어느 개인도 자신이 한 시점 빨리 정보를 획득하고 행동하는지를 확신할 수 없다는 것이다. 또한 어떤 개인적 성찰도 체계의 복잡성을 다룰 수 있을 만큼 충분한 것이 못 된다. 설령 체계의 복잡성을 지적으로 통제한다고 해도 그것은 자신의 운명을 '이해'하는 것일 뿐 체계의 강제력을 통제할 수 있음을 의미하지는 않는다.

결국 체계의 강제력을 통제할 힘은 집합적인 것에서 온다. 그러므로 당연히 집합적 관점을 회피할 수 없고, 우리는 개인적 관점과 집합적 관점을 오가야 한다. 그러나 여기서도 상황은 간단치 않다. 복수의 집합성이 존재하며, 개인적 관점을 취할 때 생기는 문제들이 모두 재생산된다. 하지만 이런 착종의 매듭을 한 칼에 잘라낼 수 있는 방법은 없다. 끈기 있게 실타래를 한 올 한 올 풀어나갈 수밖에 없다.

실타래를 풀기 위해서는 어떤 접근방법이 요구되는가? 그것은 결국 정의와 연대라는 추상적이지만 불가결한 원칙이다. 많은 사람들이 '노사정' 간의 고통 분담을 말했다. 고통 '분담'이라는 말 속에는 연대의 원리가 작용하고 있다. 그런데 이 연대의 원리는 노사정을 넘어서 확장되어야 한다. 실업자와 취업자 간에도 고통이 분담되어야 한다. 농민이나 어민 같은 소생산자들과 노사정 간에도 고통이 분담되어야 하며, 중소

기업과 대기업 간에도 고통이 분담되어야 한다. 여성과 남성 간에도 분담이 이루어져야 한다. 그러므로 고통 분담은 '일반적' 고통 분담이 되어야 한다. 하지만 어떻게 분담할 것인가? 이 분담의 원칙이 없는 한, 분담은 순식간에 '전가'가 될 것이다. 그것을 막고 분담이 분담이 되게 하기 위해서는, 분담이 정의로운 분담, 공정한 분담이 되어야 한다. 공정하기 위해서는 책임을 져야 한다. 아이들도 골목길에서 축구를 하다가 유리창을 깨면 축구를 함께했기에 함께 고통을 나누지만, 정작 유리창을 깬 아이가 더 책임을 지게 마련이다. 이 원초적인 공정감이야말로 아이들이 다시 축구를 계속할 수 있게 하는 윤리적 토대인 것이다. 그러니 고통 분담은 '공정하고 일반적인' 고통 분담이 되어야 할 것이다.

국민적 주식투자의 대가

비가 많이도 왔다. 집에 앉아서 텔레비전으로 물에 잠긴 경기도 북부 지역을 착잡한 심정으로 바라보면서도 그저 ARS 전화 몇 통으로 쥐꼬리만큼 성금을 낼 뿐 달리 도리가 없었다. 그러면서 드는 생각은 자선의 테크놀로지도 발전하는구나 하는 것이었다. 그럴 때 마침 전화가 왔다. 동창들이 몇 명 모였으니 나오라는 전화였다. 그래서 슬리퍼에 반바지 차림으로 어린 시절 그랬듯이 길거리 배수구 근처에 고인 물을 발로 차고, 배수통에서 떨어지는 물에 발을 씻으며 친구들을 만나러 나갔다.

친구들이 모인 소이연도 비 때문이었다. 회사에서 여름 정기휴가는 받았는데 비가 와서 어디 가지도 못하고 집에 앉아서 수해방송이나 비디오만 보고 있던 차에, 한 녀석이 소집해서 모인 것이었다. 처음에는 비 이야기, 다음에는 애들 학교 다니는 이야기를 하다가 결국 이야기가 증권으로 나아갔다. 그날 술자리도 알고 보니 최근 몇 달 동안 주식투자로 큰돈을 번 녀석이 술 한잔 산다고 해서 모인 것이기도 했다.

주식 이야기는 참 재미있었다. 선물이니 옵션이니 우선주니 배당락이니 액면분할이니 하는 어려운 개념들에 대해서도 어느 정도 깨칠 수 있었다. 그리고 주식투자로 정도는 달랐지만, 한 친구만 빼고 모두 돈을 벌었고, 스폿 펀드에 돈을 넣어 '짭짤한' 재미를 본 친구도 있었다. 주식투자에 대해서 문외한인 나에게 친구들은 뼈아픈 충고도 해주었다. "주식이야말로 우리들 386의 마지막 기회야." 그런 말을 하는 386 화이트칼라들의 머리에는 'buy and hold' 라고 씌어진 붉은 띠가 둘러져 있는 것 같았다.

얼근히 취해서 집으로 돌아오는데, 주식시장에 개인투자자가 이백만 명이며, 한 개 대형 투자신탁회사의 수신고가 9조에 이르는 이 사태의 의미는 무엇일까 하는 생각이 밀려왔다. 아마 뮤추얼펀드니 주식증권이니 하는 간접투자에 소액으로 참여하는 사람까지 합친다면, 주식시장에 연루된 사람이 족히 사오백만 명은 될 것이다. 그런 사람이 각 가계당 하나라면, 대략 이천만 명이 주식시장의 시황에 이해관계가 걸려 있다고 할 수 있다. 그러니 집집마다 아침 신문을 통해, 아니면 PC 통신이나 인터넷을 통해 주가를 조회하고 일희일비하는 것이 지난 몇 달간의 우리 사회의 풍경이라고 짐작할 수 있는 것이다.

이렇게 거의 인구의 절반이 주식시장에 얽혀들어가 재테크에 극히 예민해져 있는 상황에는 어떤 문제가 있는 것이 아닐까? 하는 의문이 들었다. 물론 경제가 살아나고 사람들이 돈을 벌었다는 것은 좋은 일이다. 그런데도 주식시장의 활황이 내게 거북스럽게 다가온 것은 다들 돈을 벌었는데 나는 뭘 했나, 하는 심정 때문만은 아니었다. 이런 시대가 우리 사회의 자화상의 한켠을 보여준다는 생각 때문이었다.

60년대 이래로 우리 사회를 떠받쳐온 신화는 경제성장이었다. 그것이 그렇게 각별한 의미를 갖는 것은 우리들에게 민족적 이상이라고 할 만한 것이 대단히 취약하기 때문이다. 식민지 시대와 분단을 겪은 우리들에게 민족이 주는 의미는 아주 커다란 것이지만, 그것은 우리들을 묶을 수 있는 긍정적인 내용을 별로 가지고 있지 않다. 우리가 사랑할 만한 왕조가 어디 있으며, 정권이 어디 있으며, 세계사의 주인이었던 기억을 상기시키는 인물과 사건이 어디 있는가? 내 보기에 그 빈 공간을 채우는 것이 60년대 이래의 경제성장이다. 박정희의 망령이 가시지 않고, IMF 사태가 우리들의 정체성을 위협하기까지 한 것은 그런 때문이다.

하지만 최근의 주식시장의 활황은 우리 사회가 IMF 사태를 통해서 진정으로 학습해야 할 무엇에 이르는 것을 가로막고 있는 것으로 보였다. IMF 사태를 통해서 우리가 배워야 했던 것은 고도성장 속에서 우리의 민족적 이상을 투사하는 방식을 끝내고, 저성장사회에 걸맞은 생활양식, 새로운 연대와 사회적 협약을 추구하는 것이었는데, 주식시장의 활황은 그런 문화를 형성할 기회를 박탈하고 있으니 말이다. 주식시장의 활황 속에서 모든 사람들은 더욱 민활한 개인이 되고, 그로 인해 집합적 현안을 제치고 개인적 생존과 번영을 추구하는 쁘띠 부르주아적 문화를 확산하고 있는 것 같다. 주식시장이 성장의 신화를 되살리고 그리하여 사람들을 지난 삼십여 년간 가져왔던 낡은 삶의 패턴과 기대구조로 다시 밀어넣고 있는 것이다. 내게는 그것이 우리의 국민문화를 재구성해야 할 기회가 주식 시세차익 대가로 지불되고 있는 과정으로 보였다.

'고개 숙인 아버지' 가 아니라
'고개를 든 아빠' 를 위해서

　　작년 말부터 올해 초까지 우리 사회에서 널리 이야기되었던 것 중의 하나가 '고개 숙인 아버지' 였다. 명예퇴직이나 정리해고와 관련된 여러 종류의 농담이 양산되기도 했다. 그런데 영어 속담처럼 누구에게도 이익을 주지 않는 일은 없는 것 같다. 아마도 이런 현상에서 가장 큰 이익을 본 것은 『아버지』라는 소설일 것이다. 이 소설에 대한 나의 감정은 다소간 착잡한 것인데, 그것은 이 작품의 문학성과는 관련이 없다. 착잡한 감정의 원인은 '고개 숙인 아버지' 라는 사회현상과 『아버지』라는 소설의 다소간 우연적인(『아버지』의 작가가 '고개 숙인 아버지' 라는 현상을 예상하고 쓴 소설은 아니니까) 만남이 낳은 약간의 '문제' 때문이다. 이 둘의 조우의 의미는 이런 것일 게다. 먼저 사회현상이 있다. 이 사회현상은 그것을 상상적으로 상연하고 그것의 해결책을 제공하는 재현물을 필요로 했다. 그리고 『아버지』가 이 역할을 했다. 그리하여 『아버지』는 베스트셀러가 된다. 이 과정은 매우 그럴듯한 연계과정이고 실제로 일어난 일이다.

그런데 여기서 한 가지 짚고 넘어가야 할 것은 명예퇴직 같은 사회현상의 상상적 재현물로서 『아버지』가 가지는 적실성의 문제이다. 여기에는 무언가 약간의 비틀림이 있는 것 같기 때문이다. 『아버지』가 제공하는 도식은 '가족을 위해서 희생적이지만 그것을 충분히 인정받지 못한 아버지의 인정'이라는 테마이다. 간단히 말하면, 그것은 부권의 상실과 그것의 복권의 드라마다. 하지만 '고개 숙인 아버지'라는 사회현상이 실상 부권의 상실, 복권의 드라마와 직접적인 연계를 가진 것은 아니다. 그 점은 고개 숙인 아버지가 누구에게 혹은 무엇에게 고개를 숙였는가라는 질문을 던져보면 아주 분명하게 드러난다. 그 답은 '고개 숙인 아버지'에 대한 논의를 촉발시킨 요인이 명예퇴직, 정리해고라는 사실로부터 쉽게 얻을 수 있다. 아버지가 고개를 숙이는 대상은 가족 내의 다른 성원들이 아니라 바로 회사, 더 일반적으로 말하면 자본인 것이다. 그러므로 '고개 숙인 아버지'가 이슈화하고 있는 것은 실은 자본이 축적 위기를 타개하기 위한 전략으로 노동시장 및 고용구조를 재편하려고 하고 있으며, 이로 인해 사무직 노동자들의 실업이 사회문제로 부각되었다는 것을 의미한다. 우리는 자본의 동일한 시도를 블루칼라 노동자들에게 하려고 했으며, 그것이 노동법의 날치기 통과에 대한 노동자들의 저항에 의해서 저지되었다는 것을 알고 있다. '고개 숙인 아버지'에 대한 사회적 논의와 『아버지』의 성공 사이의 연계는 사태의 핵심을 흐리는 것이라고 할 수 있다.

그러나 이렇게만 보면 일상인들을 별 관계 없는 것을 이어붙이는 비합리적인 사유의 존재로 이해하는 게 될 것이다. 우리는 '고개 숙인 아버지'와 『아버지』의 연계의 자의성에도 불구하고 그것이 왜 가능했는가에 대해서 물어야 한다. 내가 보기에 열쇠는 '고개 숙인 아버지'라는 그 표현 자체에 숨어 있다. 문제의 뿌리는 자본의 노동시장 재편에 무력했던 사무직 노동자 문제이다. 그렇다면 그것은 '고개 숙인 사무직 노동자'로 테마화되었어야 한다. 그러나 그것은 곧장 '고개 숙인 아버지'로 전치되었다. 이 표현을 채택한 것은 대중매체인데, 바로 이 대중매체의 용어 선택이 『아버지』의 성공으로 갈 수 있는 사유의 궤도를 만들었다고 해야 할 것이다.

그렇다면 왜 노동자의 문제가 아버지의 문제로 전치되고, 부권의 복권 문제로 나아가게 된 것일까? 거기에는 두 가지 상이한 사회적 과정이 융합된 것으로 보인다. 하나는 아버지를 돈 벌어오는 사람으로 인식하고 가장 자신도 그런 자의식을 가질 수밖에 없었던 노동시장 구조로부터 발원한다. 알다시피 우리 사회는 여성의 노동력을 저임금 직종에 묶어두고 남성 노동자들과 차별한다. 이것은 여성의 노동력보다는 남성의 노동력이 훨씬 더 착취하기 용이하기 때문이기도 하고, 여성 노동자와 경쟁하는 것을 꺼려하는 대다수 남성들의 심리와 담합 때문이라고 할 수 있을 것이다. 이런 요인이 가장의 수입원을 가족의 주수입원으로 만들며, 그것이 가장의 자의식을 규정한다. 이제 노동시장의 재편은 이런 남성 노동자의 위치를 압박하고, 그것이 곧장 가족 재생산의 어려움으로 나타난다.

다른 하나는 가족생활 자체의 변화로 인해서 가족 내의 위계구조가 약화되었다는 것이다. '아빠는 있지만 아버지가 없는 시대'식의 말은 지난 몇십 년 동안 남편과 아내, 부모와 자녀 간의 권력관계가 현저히 평등화되었다는 것의 한 징후라고 할 수 있다. 그것은 통상적인 의미에서의 부권의 실추과정이다. 하지만 이것은 단순한 실추가 아니라 가족 원리가 위계에서 애정으로 변형되었음을 뜻한다.

그런데 자본 앞에 고개 숙인 노동자가 가장으로서 자의식의 훼손에 직면하자, 이제 평등주의적 가족구성 원리가 문제적인 것으로 떠올랐던 것이다. 이것이 일차적으로 의미하는 것은 가족관계의 규율 원리가 자본 축적과정과 상관성을 가지고 있다는 것이다. 이것은 '고개 숙인 아버지'가 왜 『아버지』와 연계되는가를 보여준다. 하지만 이 경향은 몇 가지 우려되는 경향을 가지고 있다. 그것은 자본의 힘이 노동자를 압박하고 그것이 가장의 압박으로 나타나며, 가족은 이 위기에 대처하기 위해서 한편으로는 부권의 복권이라는 이름으로 가장에게 상징적 보상을 부여 하며, 다른 한편으로는 자발적으로 위계적인 가족구성 원리를 수용하는 형태를 취한다는 것이다. 이것은 결국 사회 전체의 권위주의가 수직적 으로 강화되는 과정을 보여준다. 어쩌면 이것은 가장 손쉬운(대가는 물 론 크다. 그러나 개별 가족 수준의 적응과정이라는 점에서 이것은 쉬운 노 선이기는 하다) 해결방식이며, 그 시나리오의 상징적 자원으로 『아버지』 가 작용했다고 할 수 있으며, 그것은 문학이 단지 도락거리가 아니라 정 치적으로 연루되어 있음을 보여주는 것이다.

아쉬운 것은 다른 해결의 노선, 즉 '고개 숙이지 않는 노동자'와 아버 지가 아닌 아빠를 자임하는 애정적 가장이라는 경제와 가족 양 측면에 서 평등주의의 확산을 고무하는 상징적 자원, 상상적 재현물의 부재라 고 할 수 있다.

Y2K X-file

Y2K 문제로 인한 악몽의 시나리오는 무궁무진하다. 예컨대 이런 시나리오가 가능하다. 미국 뉴욕 상공에서 2000년 1월 1일 0시에 밀레니엄 버그로 인해 비행기 충돌 사고가 일어난다. 충돌한 비행기는 고압선 위로 추락하고, 도시 전체가 검게 물들어버린다. 그리고 뉴욕 월가의 컴퓨터가 다운되어 상당수의 정보가 파괴되며, 그로 인해 전 세계 금융시장이 마비상태에 빠진다. 또한 설상가상으로 전력 공급이 끊긴 상태에서 폭설이 내려 추위에 떨던 사람들이 도시를 탈출하려 하지만 도로는 차량으로 인해 마비된다. 어쩔 수 없이 땔감을 마련하기 위해서 사람들은 나무로 된 것은 무엇이나 뜯어내어 불을 지피고, 신용카드를 조회할 수 없게 되자 식량을 구하기 위해서 슈퍼마켓을 약탈한다. 부랑자들은 이 틈을 타서 한 몫 챙기려 나서고 도시는 완전한 카오스에 빠지게 된다. 같은 시점에 미국의 다른 도시에서는 한 제약회사의 컴퓨터가 밀레니엄버그로 인해 제대로 작동하지 못함에 따라 회사에서 배양중이던 세균이 새어나와 치명적인 질병을 일으키며 퍼져나간다. 이로 인해 미국은 전

반적인 위기상황에 빠진다. 엄청난 사회불안으로 군대가 출동하지만 사태를 진정시키지 못한다. 그리고 이런 위기의 원인에 이슬람 교도들이 있다는 유언비어가 유포되고 그로 인해 인종살해가 여러 도시에서 빈발하며, 헤즈볼라는 그 사태에 분노하여 미국으로 가던 유조선을 폭파한다. CIA는 즉각 보복조치로 헤즈볼라 지도자를 비호하고 있는 파키스탄을 공습한다. 파키스탄은 그것에 대응하여 대륙간 탄도미사일 발사를 결정한다.

너무 지나친 사례라면 좀더 가벼운 악몽의 시나리오도 있다. 밀레니엄버그로 인해 경찰청의 운전면허 관련 파일들에 이상이 생긴다. 그 결과 숱한 사람들이 2000년 벽두부터 단순한 속도위반으로 걸렸을 때 위조 면허증을 제시한 혐의로 일단 경찰서에 출두하여 적어도 한나절의 곤욕을 치르는 일이 빈발한다.

이렇게 밀레니엄버그로 인한 재앙의 출처는 다양하며, 그것은 꼭 2000년 1월 1일에나 일어나는 일도 아니다. 컴퓨터가 미래의 일을 다루게 되면, 밀레니엄버그의 활동은 마치 노스트라다무스의 예언을 충족시키기 위해서인 것처럼 1999년 여름쯤부터 시작될 수도 있다.

하지만 협박과 위협으로 가득한 밀레니엄버그 문제를 두려워하기 전에 우리가 물어보아야 할 것이 있다. 그것은 시간 표시에 dd/mm/yy의 6디지트만을 할애했던 육칠십년대 컴퓨터 제작자들이 몇십 년 뒤에 일어날 밀레니엄버그 문제를 정말로 전혀 몰랐는가 하는 것이다. 컴퓨터에 밀레니엄버그가 서식하고 있다는 것은 1989년에 불현듯 제기되었다. 우리는 그 발견을 첨단을 달리고 혁신을 거듭하던 컴퓨터 산업의 한복판에서도 인류는 놀라울 정도로 습관과 관습의 동물이었을 뿐이라는 사실을 입증하는 사건이었다고 이해해야 하는 것일까?

그렇게만 생각할 이유는 없다. 세계는 불가해하고 그 불가해성의 두툼한 두께 너머에는 그것을 선명하게 해줄 이론이 있다. 음모이론이 그것이다. 음모이론은 모든 수수께끼를 해결하는 가장 간명한 이론이며, 이 이론은 우리들에게 밀레니엄버그 뒤에도 컴퓨터산업 종사자들의 음모가 자리잡고 있다고 말해준다. 육칠십년대 컴퓨터 종사자들은 컴퓨터산업의 눈부신 발전이 조만간 그들의 기술을 낡은 것으로 만들고 그로 인해 자신들이 실업의 위기에 처할 것을 알았다. 그래서 그들은 이삼십년 뒤의 노후 대책을 위하여 컴퓨터 시간 표시에 6디지트만을 할애했다. 그리고 그들은 맹렬한 속도로 확장된 컴퓨터화된 체계와 생활양식이 자신들을 화려하게 복귀시켜줄 날을 기다리고 있었다. 다른 한편 컴퓨터 회사들 또한 언젠가 수천억 달러의 신규시장을 창출할 이 벌레의 창궐을 묵인했던 것이다. 그리고 때가 무르익은 1989년, 벌레는 마치 콜럼버스가 신대륙을 발견한 것처럼 그렇게 발견되었다고 주장된다. 그것은 진정으로 발견이어야 하는데, 발견이 아니라 음모이고 고의라는 것이 밝혀진다면 곤란에 처하는 것은 사회가 아니라, 담배회사가 담배에 암모니아를 주입함으로써 치러야 했던 것보다 더 많은 배상금을 물어야 하는 컴퓨터산업이기 때문이다. 이 음모이론은 아직 그것을 입증할 X-파일을 발견하지는 못했고 그런 만큼 조야한 것일 수도 있다. 그러나 그것에는 명백한 이점이 있다. 그것은 밀레니엄버그란 조만간 박멸될 벌레이며, 그것을 둘러싼 호들갑스런 재앙의 시나리오란 그저 찻잔 속의 폭풍에 지나지 않음을 가르쳐주기 때문이다.

왜 세기말은 우울하지 않은가?

이제 한 해의 달력도 마지막 한 장만을 남겨두고 있다. 올해의 끝은 다 알고 있듯이 한 해의 끝이자, 한 세기의 끝이며, 한 밀레니엄의 끝이다. 제법 커다란 문턱을 넘어가는 것 같은 기분이 드는 때이다. 이런 시기에 우리들은 대개 기대와 불안의 교차를 더 강렬하게 느끼게 마련이다. 그러나 내가 보기엔 대단한 설렘을 가지고 있지는 않지만 그렇다고 불안의 그림자가 깊은 것 같지도 않다. 언론이나 출판산업은 세기말과 밀레니엄의 교체를 둘러싼 희망과 불안을 더 증폭시켜 거기서 어떤 특수를 맛보려고 하지만 그것이 그리 매력적인 기획으로 보이지도 않는다. 몇 년 전 시끄러웠던 휴거와 관련된 사건 같은 것도 별로 눈에 띄지 않고, Y2K 문제도 시대의 불안의 은유이기에는 역부족인 것 같다. 할리우드가 써갈긴 새로운 묵시록들, 예컨대 〈아마겟돈〉이나 〈딥 임펙트〉 또는 〈디 엔드 오브 데이즈〉 같은 것을 봐도 우리들 내부의 불안을 건드리는 강렬한 공포를 느끼기 어렵고, 오히려 세기말이나 밀레니엄이라는 말에 깃들인 잔여 불안을 상업적으로 쥐어짜고 있다는 느낌을 받기 십상이다.

물론 달력의 시간이란 자의적인 것이다. 그것은 시간을 쪼개어 삶의 마디를 부여하려는 시도일 뿐이다. 돌이킬 수 없이 달아나는 시간의 화살을 붙잡기 위해 시간에 부여한 소멸과 생성의 상징적 질서일 뿐인 것이다. 그것은 우리들이 우리들을 위해 만든 것이며 따라서 궁극적으로는 변경 가능한 틀일 뿐이다. 서기와 양력을 외부로부터 받아들였고 지금도 음력을 병행하여 쓰고 있는 우리들의 시간감각은 이 점을 더 분명하게 의식케 한다. 그러니 세기말이니 밀레니엄이니 하는 이야기는 양력이라는 특정한 상징적 구조 내부로부터 발원하는 이야기일 뿐, 실제 세계와는 궤도가 다른 것일 뿐이다.

그렇다면 세기말 혹은 밀레니엄이라는 말에 깃들인 불안(혹은 희망)이란 그저 상징적 질서 내부로부터만 연원하는 것일까? 그런 것만은 아닌 것 같다. 상징적 질서와 실재세계는 서로 상이한 계열에 속하는 것이지만, 그 둘은 서로 만날 수도 있기 때문이다. 이 점에서 흥미로운 것은 지금의 세기말이 아니라 지난 세기말이다. 분명 그 시대의 서구인들은 그 시대를 강렬한 불안 속에서 지냈다. 그들은 그 불안을 달력의 시간 속에서 투사하여 한 세기의 마감을 그 시대의 불안의 기호로 삼았다. 상징과 실재의 조우가 일어났으며, 그것을 통해 불안은 상징의 영역으로 이전되었다. 그렇다면 그 불안의 원천이 된 현실 자체는 어떤 것이었을까? 그것을 지적하는 것은 어렵지 않다. 매독, 유태인, 노동계급, 여성 등 서구 부르주아의 문화적 질서를 위협하는 많은 요인들이 있었기 때문이다. 하지만 내가 보기에 그보다 더 결정적인 것은 그 시기가 세계 자본주의의 헤게모니가 넓게는 유럽, 좁게는 영국으로부터 미국으로 이행하던 때였다는 점이다. 요컨대 영국과 그 주변 유럽의 헤게모니 실추가 세기말 불안의 강력한 원천이었던 것이다. 아마 이 점에서 가장 징후적인 것의 하나는 1897년에 씌어진 브램 스토커의 『드라큘라』에 등장하는 미국인 금융자본가, 퀸시 P. 모리스라는 인물이다. 이 모호한 인물은 드라큘라와의 야릇한 공모의 분위기를 가지고 있다. 그는 트란실바니아로부터 온 타자 드라큘라에 투사된, 영국이 진정으로 불안해한 대상이다. 그런 점에서 이 소설이 드라큘라의 죽음이 아니라 미국의 금융자본가의 죽음으로 끝난다는 것은 매우 시사적이다.

이런 해석은 현재의 세기말에 별다른 불안과 위기의 분위기가 풍기지 않는 이유를 설명해주기도 한다. 지금 세계 헤게모니 국가는 미국이며, 미국의 헤게모니는 현재 매우 굳건하다. 동구권의 몰락, 걸프 전, 그리고 코소보 사태를 통해 군사적으로, 자본의 세계화를 통해 경제적으로 미국의 지위는 확고하다. 그렇기 때문에 미국의 문화적 우주 안에서 세기말은 별다른 의미의 반향을 갖지 못한다. 즉 세기말과 밀레니엄이라는 상징적 질서 내의 사건과 실제 현실의 흐름은 만나지 않고 어긋나버렸다. 아마도 이 시대의 진정한 불안은 미국의 헤게모니, 그리고 그것의 지속 자체를 불안으로 느끼는 상처 입은 제3세계에서 발원한다고 봐야 할 것이다. 하지만 미국은 경제적 군사적 헤게모니 국가일 뿐 아니라 문화적 헤게모니 국가이기도 하다. 그래서 문화적 재현의 세계에서도 불안은 권태를 깨는 여흥 정도일 뿐이다. 유감스럽게도 지배적 사상은 지배 계급의 사상이라는 마르크스의 말이 관철되고 있다.

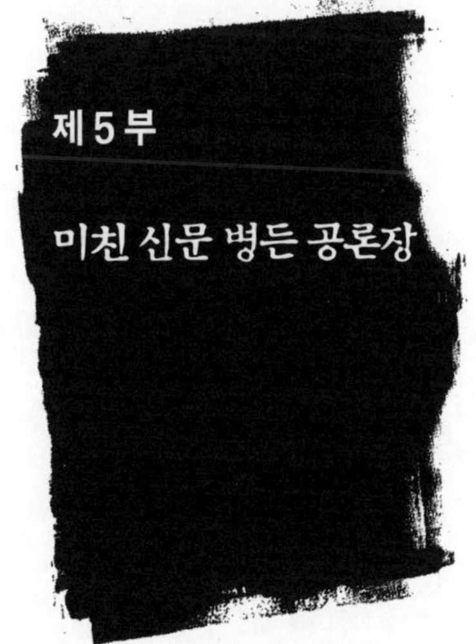

제 5 부

미친 신문 병든 공론장

『월간조선』의 한국어 강좌

　80년대를 통해 사회과학 물을 먹은 대부분의 사람들에게 언제나 존경을 받아왔던 최장집 교수가 조선일보사에 의해 '사상이 의심스러운' 사람이라는 의심스러운 의심을 받고 있다. 이런 경우 표면적인 쟁점은 학문의 자유 대 언론의 자유, 또는 조선일보사가 설정한 방식에 따르면 국가의 정체성 문제 같은 그럴싸한 것이 된다. 그러나 언어와 논쟁의 뒤에 합리성이 아니라 권력투쟁이 있다는 것을 일상사로 체험해온 우리나라에서 이런 새삼스러운 논쟁을 제기하는 측이 삼십 년 이상 된 케케묵은 레퍼토리를 동원해서 추구하는 권력주장이 무엇인지를 헤아리는 일은 삼척동자에게도 식은 죽 먹기이다. 만일 이 논란을 진지하게 받아들이는 사람이 있다면, 그것은 그가 멍청해서가 아니라 이 논란이 국가의 정체성과 관련된 진지한 문제로 비화되기를 원하기 때문일 뿐이다.

　그러나 이 논란에 흥미로운 구석이 없는 것은 아니다. 그것은 조선일보사가 차제에 최장집 교수를 비롯하여 우리 겨레의 말글살이를 '바로잡고자' 했다는 점이다. 우선 다음과 같은 조선일보사의 주장을 보자.

"崔(장집)위원장이 '오판 상황을 설명하기 위하여' 金日成의 '역사적 결단' 이란 표현을 했다고 주장한다면 할말이 없습니다. 그렇다면 왜 간단하게 '역사적 오판' 이라고 쓰지 않았나요. 역사적이란 말과 결단이란 말에는 긍정적 의미가 들어 있습니다. 지존파가 살인이라는 결단을 내렸다거나 히틀러가 유태인 학살이란 역사적 결단을 내렸다는 표현은 쓰지 않습니다. 역사적이란 말에는 '역사에 남을 만한 위대한' 이란 뜻이 숨어 있고 결단이란 말도 좋은 것, 또는 위대한 것을 결심할 때의 심리를 묘사할 때 쓰는 것이 보통입니다." 조선일보에 따르면 역사적이라는 말과 결단이라는 말은 반드시 좋은 일에만 써야 한다는 것이다. 그러나 이기문 교수가 감수한 국어사전에는 결단을 "딱 잘라 결정하거나 단안을 내림" 이라고 풀고 있다. 거기엔 분명 결단을 좋은 일에만 써야 한다는 말은 없다. 역사적이라는 말도 좋은 말에만 쓰라는 법은 없다. 게다가 조선일보사 자신이 '역사적 오판' 이라는 말을 쓰지 않았는가? 조선일보사에 따르면 우리는 그 말을 '역사에 남을 만한 위대한 오판' 이라고 새겨야 할텐데, 그렇다면 조선일보사 또한 김일성의 오판을 위대한 것으로 본다는 말이니 국가관이 의심스러운 신문사이다.

　조선일보는 '혁명' 이라는 말의 용어법도 가르쳐주겠다고 한다. 그들에 의하면 "우리 역사에서 일어난 사건 중 혁명이 붙은 말 가운데서 긍정적인 의미를 띠지 않는 것이 어디 있습니까. 근대화혁명, 동학혁명, 4·19혁명 등등. (그런데) 崔위원장은 『한국 민주주의의 이론』이란 저서에서 이렇게 썼습니다. '미군정이 수립되는 것과 동시에 친일파 세력과 우파들은 조직화된 혁명적 민족주의 세력에 대항하는 일련의 반혁명적 집단을 서둘러서 조직하기 시작했다.' 친일 세력이 조직한 것이 '반혁명적' 세력이라면 '반혁명적' 이란 말에는 분명히 나쁜 의미가 깔려 있습니다. 문제는 우파가 조직한 것은 反근대화혁명 조직도 아니고 反민주화혁명 조직도 아닌 反공산혁명 조직이었다는 점입니다. 우파는 농지개혁

같은 근대화혁명을 반대한 것이 아니라 공산혁명에 반대한 것입니다."

그렇다. 조선일보에 따르면 혁명은 항상 좋은 일에만 써야 한다. 그렇다면 예를 들어 러시아혁명은 뭐라고 불러야 하는가? 그것을 뭐라고 부르든 조선일보 발행의 모든 글에 러시아혁명이라는 단어는 안 나올 것이다. 있다면(그럴 리야 없겠지만) 그것은 조선일보가 러시아혁명을 찬양하는 것이니 말이다. 그러나 그렇게 이해하려니 '공산혁명'이라는 말이 걸린다. 조선일보사의 논지에 따르면 공산혁명이란 '둥그란 네모'나 마찬가지 말이어야 하니 말이다.

『월간조선』의 최장집 교수에 대한 반박문 전문을 통해 내가 배운 새로운 국어는 매우 혼동스러웠지만 그래도 나는 조선일보사의 한국어 강의를 채우고 있는 우국충정(?)을 믿고 싶다. 그런데 믿으려니 조선일보의 '조선'이라는 말이 의심스러워졌다. 왜냐하면 조선이라는 말을 즐겨 쓰는 것은 조선인민민주주의공화국이기 때문이다. 북한이 좋아하는 말은 우리가 미워해야 하는 말인데, 대체 왜 조선일보가 조선이라는 말을 쓰는 것일까? 이것 참 내 국어실력으로는 난감한 문제가 아닐 수 없다.

그 신문에는 침을 뱉을 필요도 없다

김규항씨는 조선일보가 극우신문이라는 의견은 사회적으로 합의된 견해가 아닌 것이 현실이라고 지적했다. 그러나 이런 종류의 문제에서 합의라는 말의 통상적인 의미가 실현되는 현실은 도래하지 않게 마련이다. 이런 문제에는 언제나 입장의 차이, 그리고 그 입장의 차이를 야기한 동시에 그 입장의 차이로 인한 적대와 투쟁이 있을 뿐이다. 그렇다면 이 적대와 투쟁의 상황에서 우리(당연히 조선일보가 극우라고 판단하는 우리)들이 취해야 할 행동은 무엇인가? 약간의 카타르시스만을 줄 뿐 폭넓은 역공의 기회를 주게 되는 테러를 제외하면, 취할 길은 우선 강준만 교수의 글이 그랬고 김규항씨의 글이 그랬듯이 계몽작업이다. 그러나 나는 그것은 미진한 일일 뿐이며, 그 계몽을 완성하는 행동으로의 단호한 이행이 이루어져야 한다고 생각한다. 그 행동이란 바로 조선일보를 더이상 보지 않는 것이다.

많은 진보적인 사람들이 하는 말 중에 적을 알기 위해서 조선일보를 본다는 말이 있다. 딴은 맞는 말이다. 그러나 그것은 조선일보의 부수를 늘려주는 일일 뿐이며, 조선일보의 사회적 영향력을 유지시켜주는 길일 뿐이다. 신문은 언제나 '지시'를 '보고'로 위장하는 매체이다. 그것은 언제나 여론을 '수렴'하고 '반영'한다고 말하지만, 사실은 여론을 조작하는 과정이며, 조작이 아니더라도 특정한 여론을 창출하는 수행적인 과정이다. 따라서 여론의 향배를 알기 위해서 조선일보가 참조되는 과정, 그것이 하나의 흐름으로서 검토해야 할 것으로 여겨지는 상황 자체가 조선일보의 영향력이다.

나는 조선일보 자신이 바로 이 점을 잘 알고 있다고 생각한다. 조선일보의 사주와 편집진들은 자신의 기사가 모든 사람들에게 아무런 우회나 논의 없이 직접적으로 통용된다고 생각하는 바보가 아니다. 김규항씨가 말했듯이 '서글픈 일이지만 그 신문은 3백만 부가 팔린다(그 신문의 주장대로라면)'고 하며, '그 얘긴 천만 명이 그 신문을 본다는, 읽는다'는 것을 뜻한다. 그러나 그것이 조선일보의 논조에 천만 명이 휘둘리며, 그들이 전하는 메시지에 공감한다는 것을 의미하진 않는다. 그것은 다만 천만 명 사이에서 그것이 읽히고 논의되고 있음을 뜻할 뿐이다. 아무튼 그 숫자는 굉장한데, 그런 일이 일어나는 이유는 조선일보의 논조를 좋아하는 사람들 못지않게 그것에 둔감한 사람과 싫어하는 사람 모두가 조선일보를 읽어야 하는 매체로 여기기 때문이다. 그리고 그렇게 인식되는 한, 조선일보의 영향력은 기묘한 방식으로 확장된다. 팔리는 만큼의 화폐가 조선일보로 흘러들어가며, 읽힌다는 사실 때문에 높은 광고료를 받으며, 그 읽힌나는 내력 때문에 필자로 쓰여지는 것을 영광(?)으로 여기는 사람들이 늘어나게 되며, 각종 단체와 정부기관이 그들에게 지극히 성의 있는 보도자료를 보내는 것이다.

조선일보가 진정으로 두려워하는 것은 자신들에 대한 혐오나 공격성이 아니다. 그들이 진정으로 두려워하는 것은 그런 태도가 행동으로 전환되는 것, 즉 더이상 사람들이 조선일보를 사지 않고 읽으려 하지 않으며, 그것의 논조를 문제적이고 고려할 만한 것으로 여기지 않는 것이다. 나는 조선일보가 가로쓰기를 수용한 것이 그것의 한 방증이 된다고 생각한다. 조선일보가 다른 신문보다 늦기는 하지만 결국 가로쓰기를 수용한 것은 세로쓰기를 지극히 불편해하는 젊은 세대들이 전체 인구 가운데 다수가 되었기 때문이다. 그런 세대는 조선일보의 정치적 입장이 무엇인지 전혀 몰라도 세로쓰기 때문만으로도 그것을 사지 않으려고 하기 때문이다. 그래서 모든 문제에서 시대에 뒤떨어지려 하고 낡은 시대의 망령을 불러내려는 푸닥거리를 마다하지 않는 조선일보가 가로쓰기를 도입한 것이다.

그러므로 문제는 행동으로의 이행이다. 더이상 조선일보를 보지 않으며, 그것을 보지 않아도 정치적 식견을 갖는 데 아무런 지장이 없다는 것을 단호히 믿는 태도, 그리고 누군가 조선일보에 난 어떤 기사나 칼럼을 입에 올리며 나에게 보았냐고 물을 때 그저 어리둥절한 표정을 지으며 주눅은커녕 약간의 냉소를 보낼 줄 아는 격조 있는 태도, 그것이 필요하다. 그리고 나서 남는 일은 예전에 김수영이 조선일보가 좋아하는 '그놈의 사진으로 밑씻개를 하자'고 했듯이 우리도 그렇게 조선일보에 적합한 기능을 부여하는 일이 될 것이다.(안 되겠다. 그러다간 항문을 다칠지도 모르겠다. 다른 기능을 찾아보아야겠다.)

386, 모욕적인 아이러니

조선일보를 보지 말자라는 글을 쓰자, 친구에게서 전화가 왔다. 친구는 글 잘 읽었다고 하면서도 자기는 조선일보를 앞으로도 볼 것이라고 했다. 왜냐고 물었더니 그 친구 말이 "그렇게 재미있는 코미디를 왜 안 보고 사냐"는 것이었다. 딴은 그럴 수도 있겠다는 생각이 들었다. 그래서 오랜만에 학교 도서관에서 조선일보의 지난 신문들을 뒤적였다. 조선일보 안 본 지가 만 이 년이 넘어서인지 감개무량(?)하기도 했다. 하지만 곧 조선일보는 역시 볼 게 못 되는 신문이라는 생각이 들었다. 특히 386세대 특집이 그랬다. 나는 내 세대를 386세대라고 부르는 것이 전부터 못마땅했었나. 그런데 조선일보의 386세대 특집을 골라서 몇 달치를 보고 나자 더 그런 생각이 들었다.

우선 내가 386세대라는 말을 싫어하는 이유를 말하고 싶다. 우리 사회에는 몇 개의 세대가 있거니와, 아마 4 · 19세대 또는 6 · 3세대가 그 대표적인 경우일 것이다. 이런 말에는 한 세대가 청년기를 통해 시대의 불의와 싸우고자 몸으로 아파해야 했던 경험이 투사되어 있다. 이후 나이가 들어 그들이 어떻게 변해갔던 간에 그 세대에 속한다는 자의식은 그들에게 아마 마음 깊은 울림을 가지고 있을 것이다. 그런데 386이라는 말에는 그런 울림이 없다. 그것은 아주 우연하게도 어떤 컴퓨터 기종에서 빌려온 이름이다. 거기엔 그 세대의 경험을 간결하게 요약하고 있는 무엇이 없다. 그리고 그 기종은 컴퓨터 역사를 통해서 가장 수명이 짧았던 기종이다. 그러니 거기엔 '모래시계 세대' 라는 말보다는 덜하지만 어떤 모욕까지 덧씌워져 있다.

정말 세칭 386세대가 그렇게 명명할 무엇이 없는 빈곤한 역사적 경험을 가진 세대인가? 아니다. 이 세대야말로 광주민주화항쟁이라는 역사적 트라우마로부터 탄생한 세대였다. 그런 만큼 이 세대는 국가의 본질에 대해, 미국의 본질에 대해 근본적으로 사고했던 첫 세대다. 그리고 6·10항쟁을 이끈 세대이다. 그러니 이 세대에는 부정적으로는 광주세대, 긍정적으로는 6·10세대라는 이름이 붙여져야 마땅하지 않은가? 그런데 왜 그렇지 못한가? 거기엔 아직도 어떤 문화적 검열의 그림자가 드리워져 있는 것인가? 군사독재 세력의 수동혁명과 김영삼과 김대중의 분열에 의해서 6·10항쟁의 성과가 너무 쉽게 형해화되었기 때문인가? 그리고 동구권의 몰락으로 정신적 방황의 늪에 빠져서인가? 그러나 그 것은 잘못된 자의식이다. 만일 이 세대가 광주세대 혹은 6·10세대로 불리지 못하는 이유가 그 세대 자신의 약한 자의식에 있다면 나는 그것은 오류라고 생각한다. 그들이 지녔고 그것을 위해 싸웠고 아직도 그 대다수가 가지고 있는 민주주의에 대한 신념만으로도 스스로를 제대로 된 이름으로 불러야 하는 게 아닌가?

나는 이렇게 386이라고 잘못 붙여진 이름이 지금 조선일보가 그들을 희롱할 수 있게 된 틈새였다고 생각한다. 그 세대의 아픈 몸짓을 철없는 것으로 그렇게 질타하던 조선일보가 이제 그들을 지금 시대의 주역으로 불러세우고 있는데, 이것은 지극히 모욕적인 아이러니이다. 조선일보는 때로는 그 세대의 향수를 자극하고, 때로는 그때 그/그녀가 지금 어디에서 무엇을 하는가 하는 그 세대의 궁금증을 풀어주며, 한편으로는 그들이 체제에 편입된 모습을, 다른 한편으로는 그들이 그럼에도 불구하고 체제 안에서 싸우고 있는 모습을 다각도로 편집해 보여준다. 조선일보는 그 세대를 향해 손짓하며, 보라고 여기 지금 너희들의 모습이 있다고 말하고 있다. 그런데 왜 조선일보가 그렇게 하는가? 사회는 나이를 먹게 마련이고, 새로운 세대가 새로운 시대의 주역으로 성장하는 것은 당연한 일이다. 그런데 그 세대가 조선일보가 박해했던 세대이며, 조선일보에 대해서 혐오감을 가진 세대이다. 조선일보는 이제 그 세대를 자신들의 독사로 만들어야 할 절절한 필요성에 처했다. 그래서 그들을 부르고 그들을 묘사하여 여기 이 신문에 너희들이 있다고 말하는 것이다.

그러나 여기까지는 조선일보의 '탁월한' 상혼이라고 해두자. 하지만 참을 수 없는 것은, 조선일보가 그린 그 편안한 풍경화 속에서 한 세대를 가로지르는 트라우마와 열정의 고갱이는 형해화되고, 다만 그들이 철이 들자(?) 이제는 그들을 안아주는 조선일보의 '어른스런' 모습만이 드러나 있다는 것이다. 그 속에서 세칭 386들은 어느새 다카하타 이사오의 〈헤이세이 너구리 대작전 폼포코〉 속의 너구리들처럼 이제는 사람으로 변신하여 살아가고 있는 것으로 묘사되고 있다.

부패 공화국과 표적 사정

중앙일보 사주인 홍석현씨가 구속되었다. 구속 며칠 전부터 중앙일보
는 이런 검찰 수사에 대해서 격렬한 흥분상태에 빠져들어갔다. 그리고
현 정부가 어떻게 중앙일보를 탄압해왔는가를 원색적으로 폭로(?)하기
시작했으며, 홍석현씨의 구속을 표적사정을 통한 언론탄압으로 서술해
나갔다. 사정의 대상이 언론사 사주이기 때문에 표적사정과 언론탄압이
서로 뒤얽혀 복잡한 쟁점들을 야기하고 있는 것처럼 보이지만, 이것은
이전의 사정에서 발견되는 것과 동일한 패턴을 따르고 있다. 즉 사정이
진행되면, 그것이 단순한 비리의 척결이 아니라, 특정한 정치적 목적 또
는 음모에 의한 것이며(야당 길들이기, 야당 분열, 야당의원 빼가기 등) 그
렇기 때문에 특정한 사람을 찍어놓고 그의 먼지까지 털어내려는 작업의
소산이라고 보는 것이다. 홍석현씨 사건이 이전 사건과 다른 점은 그가
중앙일보라는 강력한 앰프, 그리고 스피커를 소유하고 있다는 것이다.

홍미로운 것은 이런 표적사정 논란에 대해서 표적사정은 나쁘다라는
인식이 일반화되어 있는 것 같다는 것이다. 그것을 보여주는 몇 가지 징

후들이 있다. 우선 모든 사정에 대해서 사정의 당사자나 그가 속한 집단이 그것을 표적사정이라고 '낙인' 찍는 것이 일반화되어 있다는 점이다. 이미 김영삼 정부에서도 그랬지만, 김대중 정부에 들어서서도 굵직굵직한 사건들에 대한 사정, 예를 들면 북풍 사건에 대한 수사, 세풍 사건에 대한 수사, 외환위기에 대한 책임소재 수사, 이신행 리스트와 청구 리스트에 대한 수사, 그리고 경성비리와 관련된 이기택 의원 수사 등에서 모두 사정 대상자나 그가 속한 집단은 그것을 표적사정으로 몰아붙였다. 그리고 그 과정에서 다만 그것을 표적사정이라고 명명하기만 하면 그것에 대한 충분한 비판(?)이 이루어진 것인 양 논의가 진행되었다.

그런 사정 대상의 항변에 대해서 사정 당국이 보이는 반응도 표적사정에 대한 일반화된 거부감의 존재를 입증하는 듯이 보인다. 이번 홍석현 씨 사건에 대해서도 청와대 박준영 대변인은 "조용한 가운데 사실이 규명돼야 하며 형사처벌이나 정치보복 등 표적사정이 있어서는 안 된다는 게 김 대통령의 확실한 방침"이라는 논평을 내보냈으며, 이런 논평은 이전 사건에서도 모두 반복되었던 것들이었다. 항상 "성역 없는 사정"이라는 공세적 표현이 매 사정 때마다 등장함에도 불구하고 이런 논평의 저간에는 표적사정이라는 '오명'을 피하고자 하는 심리가 짙게 깔려 있다. 요컨대 표적사정은 나쁘고 잘못된 것이라는 인식의 공유가 있는 것이다. 언론도 이 점에서 다르지 않다. 비리 수사가 도마에 오를 때마다 언론은 그 문제에 대해 "표적사정인가 백지사정인가" 하는 표제를 뽑는다.

그렇다면 과연 이 일반화된 인식은 정당한 것인가? 이렇게 물을 필요가 있는 것은 우리가 표적사정 논란에서 발견하는 것은 우리 사회의 핵심 엘리트 집단에 속한 사람들의 비리에 대한 수사는 모두 표적사정의 논란에 휘말린다는 단순한 사실 때문이다. 이것은 매번 일어나는 표적사정 논란의 진정한 기저 사실이 부패와 비리가 엘리트 집단 내에 만연하고 있으며, 따라서 누구도 사정에서 자유로울 수 없음을 보여준다. 그로 인해 '왜 나만' 이라는 항변이 표적사정 운운하는 공세로 전환되는 것이다.

하지만 이런 사실에서 한 걸음 더 나아가면 모든 비리 척결이 불가피하게 표적사정일 수밖에 없는 상황 속에 우리가 처해 있다는 것이 드러난다. 달리 길이 있겠는가? 엘리트 집단 전체가 비리의 사슬에 묶여 있는 한 '오늘' 의 사정은 불가피하게 순결하지 못한 권력을 경유할 수밖에 없는 것이며, 그것은 최선은 아니지만 최악은 아닌 것이다. 그러니 표적사정은 잘못된 것이라는 일반화된 담론은 오히려 일반화된 부패를 부인하거나 그것을 불가피한 것으로 은밀하게 승인하는 담론에 지나지 않는 것이다.

하지만 순결한 '내일' 의 사정으로 나아가기 위해서 우리는 어떻게 해야 할 것인가? 나는 그것을 위해서는 비록 핵심을 포착하고 있는 것이기는 하지만 '걸면 걸린다' 는 세간의 말을 경계해야 한다고 생각한다. 왜냐하면 그 말에 흐르고 있는 냉소주의야말로 표적사정 운운하는 이야기들이 번성할 수 있는 텃밭이기 때문이다. 대중이 이 정치적 냉소주의를 청산하는 것, 그리하여 대중과 엘리트의 분리, 시민사회와 정치사회의 분리를 지양하려고 하는 것이 순결한 내일의 사정을 향한 첫걸음일 것이다.

제 6 부

에세이와 강연

『푸코의 진자』에 대하여 [1]

1

나는 에코에 대해서는 별 달리 전문가라고 할 수 없습니다. 그런데도 이 강연을 맡게 된 것은 이성욱씨 때문입니다. 그가 내게 이 강연을 맡아달라고 했는데, 이성욱씨는 내가 편집위원이었던 『리뷰』에 바쁜 시간을 쪼개어 고정 필자로 계속해서 원고를 써준 분이어서, 그에게 감사한 마음을 가지고 있던 나로서는 거절하기가 매우 어려운 청이었습니다. 하지만 다른 한편 차제에 에코에 대해서 공부를 좀 해봐야겠다는 생각도 있었습니다. 왜냐하면 나는 에코가 중요한 이론가이자 작가라는 생각에 틈나는 대로 그의 책들을 사 모아왔으며, 언젠가 이 책들을 읽어치워야

---

1) 이 글은 본래 '민예총 아카데미 1996년 여름 문학강좌'의 강연 원고 전문이다. 이 원고를 강연날 아침에 완성했지만, 유감스럽게도 정작 강연장에는 깜박 잊고 가져가지 못했다. 당연히 강연은 부실한 것이 되었다. 그 강연 수강자들에게 죄송한 마음을 다시 한번 전하며, 이 글이 그들에게 전달되기를 바란다.

겠다는 생각을 하고 있었기 때문입니다. 그러나 강연을 맡고 나서도 에코를 읽을 시간은 별로 없었습니다. 계속해서 써야 했던 글들과 강의들, 그리고 더운 여름 날씨, 이사, 회사에 다니지 않으니 언제라도 시간을 내어 놀아줄 수 있는 삼촌이 있다는 것을 믿고 방학을 이용해 귀국한 조카들 등이 내가 에코와 사귈 수 있는 시간들을 끊임없이 빼앗아갔습니다. 그러니 이 강연이 부실한 것이 된다고 해도 용서해주시기 바랍니다.

2

에코는 이제 우리 사회의 식자층에게는 아주 잘 알려진 인물이 되었습니다. 그의 저서가 번역되고 있는 현황은 그것을 잘 보여줍니다. 에코의 저작은 새물결 출판사에서 7권(『열린 예술 작품』『포스트모던인가 새로운 중세인가』『철학의 위안』『글쓰기의 유혹』『스누피에게도 철학은 있다』『대중의 영웅』『소크라테스 스트립쇼를 보다』) 열린책들에서 소설 2종(『장미의 이름』『푸코의 진자』)을 포함하여 8종(『폭탄과 장군』『장미의 이름 창작 노트』『논문 작성법 강의』『대중의 슈퍼맨』『해석의 한계』『연어와 여행하는 법』: 권수로는 11권), 그리고 인간사랑에서 1종(『논리와 추리의 기호학』), 문학과지성사에서 1권(『기호학 입문』), 청하에서 1권(『기호학과 언어철학』)이 있습니다. 총 권수는 20권에 이르며, 아마도 조만간 그의 세 번째 소설『그 전날의 섬』과『완전한 언어를 찾아서』라는 이론서도 출간될 것입니다. 현대의 어떤 대가도 이렇게 왕성하게 번역되고 있는 사람은 없습니다. 그의 책은 우리의 출판 시장에서 마치 흥행 보증수표처럼, 할리우드의 블록버스터 영화처럼 인식되고 있습니다. 물론 이런 양적인 팽창 속에서 번역의 질은 물론이고 심각한 중복 출판의 문제도 노정되고 있습니다. 이 많은 책들 중에서 이탈리아 문학 전공자가 번역한 책은 기껏해야 『논문 작성법 강의』와 『대중의 슈퍼맨』 두 가지뿐입니다. 이것은 매우 부끄러운 상황입니다.

또 한 가지 흥미로운 현상은 에코에 대해서 누구나 한마디쯤은 할 수 있다는 자신감이 우리의 지식계를 풍미하고 있다는 점입니다. 이런 상황에 비추어볼 때 더욱 흥미 있는 점은, 에코만큼은 아니지만 우리 사회에서 유행의 물결을 탄 다른 사상가들, 예컨대 알튀세르나 푸코, 하버마스, 또는 들뢰즈 같은 사람들에 대해서는 그들을 연구한 박사 학위논문이나 석사 학위논문들이 다수 나올 만큼 진지한 연구가 진행되고 있는 반면, 내가 아는 한 에코에 대해서는 어떤 학위논문도 출간된 적이 없다는 것입니다. 국내 작가가 모작소설을 쓰고 그 모작이 영화화될 만큼이나 유행했던 『장미의 이름』에 대해서조차 두 편의 논문이 계간지에 실린 것을 제외하면, 별다른 연구가 존재하지 않습니다. 에코는 쉽고 만만한 이론가, 작가로 인식되고 있는데, 이는 물론 에코 자신이 자신의 연구를 매우 쉽게 대중화하고, 민주적으로 수용될 수 있도록 애쓰고 있기 때문입니다. 한 가지 예를 들어봅시다. 『연어와 여행하는 방법』에는 「일대일 축적의 제국의 지도를 만드는 것이 왜 불가능한지에 대하여」라는 글이 있습니다. 그는 거기서 일대일 축적 지도를 제작하는 것이 설령 가능하다고 해도 그것이 만들어져 사용되자마자 현실과 지도 간에 차이가 생기는 이유를 다음과 같이 말합니다.

끝으로 허공에 띄운 지도의 재질이 불투명하다고 할 때, 지상 위에 편친 지도에 대해 제기되었던 반론이 여전히 타당성을 지니게 된다. 이 지도 역시 햇빛과 비, 눈 따위의 강하물과 영토 사이를 차단하기 때문에 생태계의 평형 상태에 영향을 미친다. 영토를 부정확하게 묘사한 지도가 되고 만다는 얘기이다.[2]

이런 재미있는 서술에는 어떤 복잡한 학술적인 개념도 등장하지 않지만, 그 안에는 지식은 현실의 추상이며 현실 전체로부터 선택된 일련의 요소들로 이루어진 체계라는 통찰이 잔잔하게 깔려 있습니다. 그는 어떤 의미에서 독자를 이중화하고 있다고 할 수 있습니다. 표면적 진술을 그 자체로 이해하는 독자와 그것에 대해서 해석적인 태도를 가진 독자가 그것입니다. 물론 에코는 이 둘 다에게 서비스를 제공하지만, 그렇다고 해서 후자에게 자신의 해독 작업에서 우월감을 느끼게 하지는 않습니다. 그런 의미에서 그는 대단히 민주적인 작가입니다.

그러나 그가 민주적인 작가라고 해서 진지한 탐구를 요하지 않는 것은 아닙니다. 모든 문화적 발전이 그렇듯이 그가 제공하려고 한 메시지를 보다 더 풍부하게 읽어내는 것, 그것이 문화적 성숙과정이기 때문입니다. 하지만 다시 한번 말하거니와 내가 그런 사람이 되지 못한다는 것은 분명합니다. 그러니 그를 그의 사상의 깊이에 걸맞게 대접할 수 있는 이론가들이 나오기를 바라며, 여기서는 나라는 독자가 읽은 에코를 중심으로 에코를 이해하기 위해서 노력해보겠습니다. 그러니 여러분들은 지금부터 듣게 될 내 이야기가 어떤 권위 있는 독자의 관점이라고 생각하지 말고(이런 데 나와서 돈 받고 강연하는 사람은 흔히 그 분야의 전문가라는 상식적인 사고, 또는 제도가 강요하는 편견에서 벗어나) 다른 사람의 관점을 들어보고 자신의 관점과 비교해보는 작업을 시도해보시기 바랍니다. 다시 한번 강조하거니와 오늘 이야기될 것은 '에코의 모든 것' 또는 '에코에 대해서 알고 싶은 두세 가지 것들'이 아닙니다. 그것은 '에코의 『푸코의 진자』를 읽고 내가 느꼈던 것들'입니다.

---

2) 움베르토 에코, 『연어와 여행하는 법』, 열린책들, 1995, 115쪽.

3

　내가 느낀바, 『푸코의 진자』는 『장미의 이름』을 읽고 열광했던 많은 사람들을 실망시킨 것 같습니다. 내 주변에 있는 문학평론가를 비롯한 많은 사람들이 그런 얘기를 했습니다. 『장미의 이름』처럼 꽉 짜인 구성도 없고, 테마의 깊이도 떨어지는 소설이라는 것이 내가 들은 일반적인 평가입니다.[3] 그러나 나는 개인적으로 『푸코의 진자』를 매우 좋아합니다. 그 이유 가운데 하나는 이 소설이 나에게 고등학교 때 담임 선생님을 생각나게 해주기 때문입니다. 그분은 국어 선생님이었는데, 한국 고대 사회의 종교와 정치, 그리고 그 안에 스며 있는 상징적 사유에 대해서 깊은 관심을 갖고 있었습니다. 그래서 나는 그 선생님에게서 반구대의 암각화의 신비, 경주시의 상징적 배치, 수중 왕릉의 신비한 구조, 『삼국유사』 해석의 문제, 또는 무녕왕릉의 발굴과 그것에서 나타난 백제의 세계관 내지 그 당시 동아시아에서 백제의 위상과 고대 한일관계에 대한 이야기를 많이 들었습니다. 그분은 이런 고대사의 일들을 해석하는 데 종교적 세계관, 특히 고대 샤머니즘의 제례와 상징체계를 그 실마리로 삼았으며, 불교 아래 은폐되어 있는 독자적인 한국 종교의 흐름을 추적하곤 했습니다. 7·30조치로 인한 본고사 폐지 덕분에 한참 한가했던 고등학교 2학년 시절 이런 이야기를 많이 들려주었던 선생님은 자신을 '샤먼'이라고 부르고, 자신의 반 학생들인 우리들을 '새끼 샤먼'이라고 불렀습니다. 그분은 매우 진지했지만, 언제나 야간의 농담이 섞인 독특한

---

3) 물론 이런 평가는 우리나라의 평가, 그것도 내 주변의 평가다. 나는 리처드 로티가 『푸코의 진자』를 끌어들여 에코의 실용주의론을 비평한 것을 읽었는데, 거기서 로티는 『푸코의 진자』에 대단한 찬사를 보내고 있었다. 그러니 『푸코의 진자』에 대한 폄하는 일반적인 현상은 아니다. 로티의 『푸코의 진자』에 대한 논의는 Rorty, R., The Pragmatist Progress, *Interpretation and Overinterpretation*(ed. by S. Collini, Cambridge Univ. Pr., 1992)을 참조할 것.

분위기를 연출하며, 대학 연극반 출신의 무대 매너로 우리를 사로잡곤 했습니다. 우리들은 이런 분위기에 공모하며, 지겨운 대학 입시공부에서 한켠 벗어날 수 있었습니다. 나는 비교적 이런 공모의 주도자로서 선생님의 총애를 받았을 뿐 아니라 그분에게 그런 주제에 대한 여러 가지 책도 빌려서 보곤 했습니다.

그러다가 나는 대학에 입학했고, 입학 인사를 드리러 선생을 찾아갔습니다. 그리고 약 만 권에 이르는 그분의 장서가 정연히 꽂혀 있는 서가에서 선생님과 차를 마시며 이런저런 이야기를 나누었습니다. 그리고 집을 나설 즈음, 나는 "뭐, 재미있는 책 없습니까?" 하고 여쭈었습니다. 그러자 선생님은 서가에서 책 한 권을 뽑아주었는데, 그 책 제목이 걸작이었습니다. 바로 『예수는 결혼했다』였습니다. 희한하고 불경스러운(나는 기독교 신자입니다) 책이라고 생각하며 그 책을 받아가지고 집에 와서 읽었습니다. 그러고는 그 책을 돌려주지 못했는데, 어쩌다가 그만 그 책을 잃어버린 것 같습니다. 그리고 후에 『푸코의 진자』를 읽은 후 서점에서 그 책을 다시 사보려 했지만 찾을 수가 없었습니다.

선생님께 내가 빌렸던 그 책의 주제는 『푸코의 진자』에서도 다뤄지는 성당 기사단에 대한 것이었습니다. 성서에 나오는 성배는 사라진 것이 아니라 아리마대 사람 요셉에 의해 프랑크 왕국(지금의 프랑스 지역)으로 운반되었으며, 성배란 최후의 만찬에 쓰인 잔이 아니라 실은 그리스도의 피, 그리스도 자신과 그의 자녀를 상징한다는 것이 그 책의 핵심 주장이었습니다. 또 그 책에 의하면 예수는 십자가에 달려 처형당한 것이 아니라 '그의 처' 막달라 마리아와 함께 프랑스로 도피했으며, 그의 후손이 메로빙거 왕조를 세웠으며, 성당 기사단은 바로 이 그리스도의 혈통을 보존하려는 세력이었다는 것입니다. 그 책의 저자들이 이런 추론에 도달한 것은 마치 『푸코의 진자』에서 성당 기사단의 신비를 읊조리며 가라몬드 출판사를 찾아온 아르덴티 대령처럼 르네 레 샤토에 얽힌 비밀로부터 시작됩니다. 르네 레 샤토라는 프랑스 변방의 한 지역에서 신도가 이백 명밖에 안 되는 가난한 시골 교회 목사가 교회 지하실 바닥에서 오래된 문서가 든 상자를 발견하고는, 그후부터 돈을 물 쓰듯이 하며 타락해갔는데, 그럴 수 있었던 것은 그 문서가 앞서 언급한 바와 같은 성배의 비밀을 담은 것이어서 그가 그것을 미끼로 교황청으로부터 거액의 돈을 우려냈기 때문이라는 것입니다.

나는 이 책을 에코가 『푸코의 진자』에서 인용하고 있는 것을 발견했습니다. 그것이 66장의 에피그램에 등장하는 『성혈과 성배』(베장·리·링컨 공저, 케이프, 1982)라는 저작입니다. 물론 이것은 추측입니다. 나는 그것의 상세한 서지는 기억할 수 없습니다. 즉 그 책의 원제나 저자 같은 것 말입니다. 나에게 남아 있는 기억은 『예수는 결혼했다』가 3명의 공저이며 이들이 영국인들이라는 기억, 그리고 그 내용이 대략 어떠했다는 것뿐입니다. 그것이 대략 『푸코의 진자』에서 언급된 책과 일치하기 때문에 나는 『예수는 결혼했다』가 바로 앞의 책이라고 믿고 있는 것입니다.

이런 사정들로 해서 『푸코의 진자』는 나에게 개인적 관심을 불러일으켰습니다. 사실 나는 사회학을 공부했고, 그래서 나의 고교 담임 선생님의 고대사회에 대한 관심과 해석들 같은 것은 모두 우스운 짓거리라고 생각하며 기억의 모서리에 밀쳐두고 있었습니다. 왜냐하면 사회학적인 시각에서 보자면 고대사회(삼국시대)는 민족 자체가 채 형성되지 않은 시대여서 우리 시대와 직접적 연관이 없기 때문입니다.

하지만 『푸코의 진자』는 내 기억의 모서리에 있는 일들을 갑자기 되살려놓았습니다. 그것은 즐거운 일이었고, 그래서 열심히 『푸코의 진자』를 읽으며 1990년의 여름을 보냈습니다.

4

하지만 이런 사연은 내가 『푸코의 진자』에 대해 홍미를 가지게 된 계기에 지나지 않습니다. 내가 가지고 있는 특수한 경험의 창고 안에서 『푸코의 진자』가 어떤 특정한 장소를 쉽게 차지할 수 있었기에 나타난 독자로서의 태도였을 뿐입니다. 이런 경험적인 독자로서의 나보다 더 중요한 것은 이 텍스트가 염두에 삼고 있는 모델 독자, 즉 작품 자체가 내포하고 있는 의도가 무엇인가를 읽어나가는 독자일 것입니다. 그렇다면 이렇게 물어야 합니다. 『푸코의 진자』는 무엇을 말하고 있는가? 박식한 이론가 에코가 왜 지식의 변방을 서성거리고 있는 신비학(Occult)을 주제로 삼아 국역본으로 800쪽이 넘는 방대한 소설을 썼던 것일까?

나는 몇 가지 이해의 실마리를 찾아보았는데, 그것은 다음의 세 가지입니다(물론 다른 사람들이 제시하는 것은 더 여러 가지일 수도 있고, 또 나와는 전혀 다른 것일 수도 있습니다. 나는 모델 독자를 염두에 두고 해석을 시도하고 있는 것이지 나 자신을 모델 독자로 두고 있지는 않습니다).

첫번째 실마리는 『푸코의 진자』가 대쉴 해밋의 『말타의 매』에 대한 패러디일 것이라는 추정입니다. 에코는 『푸코의 진자』 이전에 『장미의 이름』을 썼습니다. 한 작가가 쓴 것인 만큼 두 소설에는 어떤 연속성이 있다고 볼 수 있습니다. 우리는 그런 것을 쉽게 찾을 수 있습니다. 예컨대 『장미의 이름』이 도서관에 대한 이야기라면, 『푸코의 진자』는 박물관에 대한 이야기입니다. 그런 추정을 좀더 해본다면, 이렇습니다. 잘 알려져 있듯이 『장미의 이름』은 코난 도일의 위대한 탐정소설 『바스커빌의 개』에 대한 패러디입니다. 주인공 윌리엄이 '바스커빌'의 윌리엄이라는 사실이 그러함을 잘 보여주며, 아드소를 와트슨과 같은 위치에 두었다는 점도 그렇습니다. 그렇다면 『푸코의 진자』의 경우에도 에코가 문학적 모델을 차용했을 것이라는 추정은 충분한 개연성이 있습니다. 그리고 『푸코의 진자』가 『장미의 이름』과 어떤 연속성이 있다면, 전자의 경우에도 그 모델은 어떤 추리소설일 것이라고 생각할 수 있습니다. 내가 보기에 『푸코의 진자』는 『말타의 매』를 모델로 삼은 것 같습니다.

우리는 『푸코의 진자』 안에서 에코가 여러 번에 걸쳐 『말타의 매』의 탐정 샘 스페이드를 언급하는 것을 발견할 수 있습니다. 벨보의 컴퓨터 '아불라피아'의 암호명을 찾으며 카조봉은 이렇게 말합니다. "나는 출판의 샘 스페이드니까 야코보 벨보의 말마따나 매를 찾는 거다."(42쪽)[4] 또 벨보는 이렇게 말합니다. "성당 기사에 관해서는 이렇게 말들이 많은데 왜 말타 기사들에 대해서는 아무 기록이 없지?"(107쪽) 논문 작성이나 저술에 자문해주는 일을 아르바이트로 삼고 있던 카조봉은 벨보와의 이야기에서 자신의 신세를 이렇게 말합니다. "내가 하고 싶어하는 그런 종류의 일이군. 문화의 샘 스페이드. 일당 20달러 플러스 경비." "다만 매력적이고 신비스러운 여자들이 들르질 않고, 말타의 매 이야기를 하러 오는 사람이 없다는 것뿐이죠."(309쪽) 벨보가 남긴 글을 읽으며, 카조봉은 이렇게 말합니다. "하지만 나는 문학비평가는 아니다. 나는 다만 최종적인 실마리를 찾고 있는 샘 스페이드일 뿐이다."(803쪽)

그렇다면 이렇게 에코가 대쉴 해밋의 『말타의 매』를 『푸코의 진자』의 모델로 삼은 이유는 무엇일까요? 두 가지 이유를 찾을 수 있을 것 같습니다. 첫째, 『말타의 매』 또한 기사단이 남긴 보물에 얽힌 이야기라는 점입니다. 『말타의 매』에서 주인공들이 찾는 매는 위조품입니다. 원본은 존재 여부가 의심스럽지만, 아무튼 주인공들은 이 보물을 위해 살인을

---

4) 여기서 인용되는 『푸코의 진자』의 쪽수는 모두 『푸코의 추』라고 잘못 번역된 초판본의 쪽수이다. 초판본을 참조 대상으로 삼은 것은 내가 구매한 책이 그것이기 때문이기도 하거니와, 이 책을 낸 출판사와 번역자가 책을 초벌로 번역한 채 출간하고 나중에 오역을 고쳐서 재출간한 행태가 몹시 마음에 들지 않기 때문이다.

저지르고 음모를 꾸미고 배반을 합니다. 이런 점은 『푸코의 진자』에도 그대로 적용됩니다. 여기서는 『장미의 이름』에서의 아리스토텔레스의 『희극론』 같은 보물은 없습니다. 그것은 실존하지 않는 보물인, 비밀을 향한 탐구입니다. 둘째, 잘 알려져 있듯이 『말타의 매』의 탐정 샘 스페이드는 비정파 탐정의 효시라는 점입니다. 비정파 탐정은 고전적 탐정처럼 책상에 앉아서, 추리를 통하여 문제를 해결하는 사람이 아닙니다. 그는 행동하는 사람이며, 자신도 부분적으로밖에 모르는 상황 속에 던져진 채 문제의 해결을 향해 접근해나가는 사람입니다. 그는 상황에 대해서 초연하고 사심없기는커녕, 어떻게 해서든 자신의 이익을 챙기려고 합니다. 에코는 이런 측면이 자기 시대의 인물들의 방황을 다루기에 적합한 방식이라고 생각한 것 같습니다. 우리는 셜록 홈스처럼 삶을 살 수 없습니다. 그것은 아주 제한된 상황 속에서만 가능한 일입니다. 삶은 오히려 샘 스페이드가 처한 상황과 유사하게 마련입니다. 그리고 그것이 에코의 발상이었던 것 같습니다.

두번째 실마리는 서구를 관통하고 있는 어떤 비의의 전통에 대한 에코의 관심입니다. 우리는 『푸코의 진자』에서 인용되는 수많은 오컬트들이 정말로 존재하는 책들인가에 대해서 의구심을 갖습니다. 그러나 사실 그가 인용하는 저작들은 거의 모두 실재하는 저작들입니다. 이렇게 내가 확신하는 이유는 에코가 다른 저작 『허구의 숲으로의 6개의 산책』에서 『푸코의 진자』에 인용되는 책들을 다시 언급하고 있기 때문입니다. 에코 같은 학자가 허구를 창작하는 장소가 아니라 연구 논문집에서 있지도 않은 책들을 언급했다고는 믿기 힘듭니다.[5]

서구는 엄청난 양의 신비학의 전통을 가지고 있습니다. 나는 그것을 어느 정도는 눈으로 확인한 바 있습니다. 뉴욕에 가면 '스트랜드 북스' 라

---

5) Eco, U., *Six Walks in the Fictional Woods*, Harvard Univ. Pr., 1995, pp. 131~139.

는 (뉴욕 사람들 말로는) 세계에서 가장 큰 헌책방이 있습니다. 그런 만큼 '쓸모 있는' 책을 찾는다는 것이 고통스럽기 그지없는 이 서점에는 오컬트 분야의 책들이 따로 꽂혀 있는데, 약 3미터 높이에 길이는 10미터쯤 되는 서가가 양쪽 면으로 다섯 개쯤 될 만큼 많은 양입니다. 한 단을 30센티미터쯤 잡으면 10단의 서가가 열 개로 10미터 있는 것이니까, 책 한 권 두께를 2.5센티미터로 잡고 계산해본다면, $10 \times 10 \times 1000 / 2.5 = 4$만 권 쯤의 책이 꽂혀 있는 것입니다. 좀 느슨하게 꽂힌 곳이나 두꺼운 책을 염두에 두어도 최소한 3만 권 이상의 책이 있는 것입니다. 이런 뉴욕의 책방 문화 속에서라면 폴란스키 감독의 〈로즈메리 베이비〉 같은 영화가 히트를 치는 것은 이해할 만한 일입니다. 이 영화를 보지 않은 사람이라면, 〈오멘〉 시리즈 같은 것을 상기해보아도 좋을 것입니다. 에코는 이런 서구의 문화적 상황에 자기 식으로 개입하고 싶었던 것 같습니다.

　세번째 실마리는 가장 중요한 것으로 왜 에코가 이런 오컬트의 전통을 자신의 소설 안에 몽땅 쓸어넣어보고자 했는가 하는 문제입니다. 나는 그 이유를 에코의 또다른 저서인 『해석의 한계』에서 찾을 수 있다고 생각합니다. 한때 '열린 작품'을 옹호해왔던 그가 해석의 '한계'를 주장하고 나선 것은 매우 흥미로운 일입니다. 하지만 그로서는 후기구조주의나 해체주의, 그리고 독일의 수용미학 같은 것이 텍스트가 가진 개방성에 근거한 다원적 해석을 자의적인 해석과 혼효하는 경향을 보이는 것에 깊은 불만을 가진 것 같습니다. 그래서 그는 『해석의 한계』에서 짐짓 '독자의 의도'를 주장하는 해체주의적 독서에 대항하고자 합니다. 그는 이런 저술 의도를 그의 저서 앞부분에서 데리다를 걸고넘어지며 다음과 같이 내비치고 있습니다.

　데리다는 해석의 가드레일이 필요한 이유를 언급한 후, 그 가드레일은 독서를 보호하지만 독서를 개방하지는 않는다고 덧붙인다. 나는 누구보다 독서의 개방을 지지하지만 문제는 "보호하기 위해서 무엇을 개방시켜야 하는가"에 있는 것이 아니라 "개방시키기 위해 무엇을 보호해야 하는가"에 있다고 생각한다.[6]

그는 이 책에서 '저자의 의도'라는 낡은 미학적 개념으로 돌아가지 않고 '텍스트의 의도'라는 개념을 주장하며, 해석은 생산적이고 자유로운 행위이지만, 그것에는 경계가 있다는 것을 밝히고자 합니다. 다시 말해 좋은 해석이 무엇인지에 대해서는 말하기 힘들지만, 틀린 해석 또는 불가능한 해석이 무엇인지에 대해서는 말할 수 있으며, 해석이 생산적이기 위해서도 잘못된 해석을 방어해야 한다는 것입니다.

그런 의미에서 『해석의 한계』는 『푸코의 진자』와 쌍둥이 저작이라고 할 수 있습니다. 『해석의 한계』에서도 해체주의적 독해라는 시대의 병리를 비판하기 위해서 그가 택한 전략은 뜻밖에도 서구의 신비학과 연금술, 그리고 그노시즘의 해석학적 오류를 들춰내는 것이었습니다. 이런 서술양식은 해체주의와 직접적인 대결을 수행하기보다는 그것이 매우 오래된 오류의 양식이라는 것, 그리고 그것이 2세기경에 형성된 헤르메스주의의 유산이라는 것을 보여주려 한 때문입니다. 그는 서구의 오랜 질병, 즉 텍스트와 세계 사이의 혼동이라는 질병을 치료하고자 했습니다.

그는 『장미의 이름』에서 유사한 비판을 수행한 바가 있기는 합니다. 거기서 윌리엄 수도사는 세계를 텍스트, 즉 살인사건이라는 세계의 사건을 묵시록의 예언에 따른 살인이라는 가설(즉 세계가 저자가 있는 텍스트라는 태도로)에 따라서 읽어냅니다. 그러나 수도원의 살인들은 플롯이 없는 우연적인 사건의 계열들임이 밝혀집니다. 그럼에도 불구하고 이

---

6) 에코, 『해석의 한계』, 열린책들, 1995, 39쪽.

가설에 의해서 윌리엄은 살인자를 찾아냅니다. 여기서도 그는 논리와 추리의 세계를 신적인 질서의 세계와 상이한 계열에 위치시키는 오컴의 명목론의 입장에 서서 세계와 텍스트의 준별을 주장하고 있습니다. 요컨대 윌리엄의 추론은 가추법적인 것이며, 그렇기 때문에 생산적인 것이기는 하지만, 그것의 오류 가능성을 염두에 두어야 한다는 것입니다.

『푸코의 진자』의 경우, 문제는 반대 방향으로 진행됩니다. 여기서 비판되는 것은 세계를 텍스트로 이해하는 방식이 아니라, 텍스트를 통하여 세계에 도달하려고 하는 방식입니다. 텍스트는 세계의 기록이기는 하지만, 그것은 특정한 선택체계에 의해서 구성된 세계, '추상된' 세계입니다. 텍스트는 1대1 축적 지도일 수 없습니다. 이 점은 텍스트의 세계가 상호 텍스트성의 세계로 나아간다고 해도 마찬가지입니다. 물론 이 경우 혼동은 더욱 가중될 수 있습니다. 플로베르의 소설 『부바르와 페퀴세』를 상기해본다면 이 점은 아주 명백합니다. 플로베르가 탄생시킨 이 두 사람은 무엇인가를 할 때면 언제나 책을 읽습니다. 그들은 책의 지시에 따라서 세계에 도달하고자 합니다. 그러나 그들은 늘 텍스트를 반증하는 현실에 직면하거나 텍스트들이 서로 반대되는 것을 주장하기 때문에 혼란에 빠지고 맙니다.

『푸코의 진자』에서는 유사하지만 정반대의 사태가 벌어집니다. 거기서 주인공들은 끊임없이 모든 텍스트들을 유화하고, 모순을 제거함으로써 텍스트들이 세계를 완전히 흡수해버리도록 만듭니다. 가라몬드 출판사의 삼총사는 이 점을 잘 알고 있었고, 또 자신만만했습니다. 그래서 그들은 『푸코의 진자』의 말미에서 카조봉이 정리하고 있는 원칙에 따라서 수많은 신비학들의 텍스트들을 서로 융합시켜나갔습니다.[7] 에코는 이

---

7) "근본적으로 이 게임에는 세 가지 규칙이 있었다. 규칙 제1번. 개념들은 유사성을 따라 연결된다. 그 유사성이 좋은지 나쁜지는 단번에 결정할 수 없다. 왜냐하면 모든 것은 다른 모든 것과 어떻게든 연결될 수 있기 때문이다. 예컨대 사과와 토마토는 둘 다 채소이고, 그 형태도

런 과정을 통하여 최근의 오독 경향에 대한 비판을 아주 역설적인 방식
으로 수행하고 있습니다. 그는 소설을 통해서 아마도 이런 식으로 말하
고 있는 듯합니다. "나는 그런 오컬트의 전통으로 이어지고 있는 오독
의 역사적 유물들을 모두 휘저을 수 있다. 오독하고자 한다면, 나는 누
구보다도 더 잘할 수 있다. 경계를 넘어선 오류를 텍스트를 개방하는 실
천으로 착각하지 마라. 그런 허언으로 사람들을 미혹하지 마라." 정말
이지 에코는 『푸코의 진자』를 통하여 찬란한 오독의 재능을 보여줍니
다. 나는 주인공 중의 한 사람 디오탈레비가 자동차를 신지학적으로 해
석하는 부분을 인용하고 싶습니다. 좀 길지만 이 부분은 인용할 가치가
있습니다.

  "어젯밤에 운전 안내서를 보았는데, 주위가 어두컴컴해서 그랬는지 갑
  자기 그 안내서가 뭔가 다른 뜻을 갖고 있다는 느낌이 드는 거야. 자동차
  가 창조 행위의 비유로 쓰이기 위해 생겨난다고 가정해보게. 꼭 그 외장
  이나 계기반의 표면뿐 아니라 그 속도 말일세. 아래 있는 것과 위에 있는
  것, 그게 바로 '율법의 나무' 지, 뭐."
  "농담 마세요."
  "내 말이 아니라 자동차가 그렇게 생겼잖나. 운전대 축은 나무의 밑둥이
  고, 각 부분의 수를 더해보면 엔진, 앞바퀴 두 개, 클러치, 트랜스미션, 바

동그랗다는 점에서 유사하다. 사과와 뱀 사이에는 성경에 나온 어떤 연관이 있다. 뱀과 도넛
은 형태가 비슷하다. 도넛과 구명원, 구명원과 수영복, 수영과 바다, 바다와 배, 배와 배설물,
배설물과 화장지, 화장실과 향수, 향수와 알코올, 알코올과 마약, 마약과 주사기, 주사기와
구멍, 구멍과 땅, 땅과 감자. 이 모두는 서로 연관이 있다. 규칙 제2번. 모든 것이 연관이 되면
그 연관 작업은 잘된 것이라는 사실이다. 감자에서 감자까지 모든 게 연관이 되어 있다면, 잘
된 연관이라는 뜻이다. 규칙 제3번. 사물과 사물 사이의 연관은 독창적이지 말아야 한다는 것
이다. 다른 사람이 전에, 그것도 여러 번 맺은 연관일수록 좋다. 그래야 그 연관이 옳은 것처
럼 보인다. 왜냐하면 누가 봐도 분명하니까." (794쪽)

퀴축 두 개, 디퍼렌셜, 그리고 뒷바퀴 두 개 해서 열 개야. 열 개의 율법."

"하지만 그 배열이 나무 모양과 다르잖아요."

(……)

"나무의 변증법을 생각해보세. 꼭대기에는 엔진이 있네. 모든 것의 동력원이 아닌가. 여기 대해서는 나중에 더 얘기하기로 하세. 여기가 바로 창조의 근원일세. 엔진에서 나온 창조적 힘이 두 개의 앞바퀴, 즉 보다 높은 바퀴로 전달되지. 두 앞바퀴는 바로 '지성과 지식의 바퀴' 야."

"만약 전륜구동차라면요?"

"벨보트 나무가 좋은 점은 우리가 얼마든지 형이상학적으로 다른 설명을 해도 된다는 것이네. 자, 앞바퀴로 조정되는 정신적 우주에서 앞에 있는 엔진이 스스로의 의지를 보다 위에 있는 바퀴로 전달하지. 그런데 물질적 우주에서는 운동이 엔진에 의해 낮은 바퀴로 전달되는, 타락된 모습이 나타난단 말일세. 그건, 즉 힘의 근원에서 물질의 저급한 힘이 우주로 퍼져나온다는 뜻이네."

"엔진이 뒤에 있는 후륜구동차량은?"

"그건 아주 나쁜 거야. 그 경우엔 높은 것과 낮은 것이 한데 모이거든. 신이 조잡한 물질의 운동과 동일시되는 경우일세. 그런 우주에서 신은 신성을 지향하나 영원히 실패하는 어떤 존재일 뿐이네. 그릇을 깬 죄과로."

"자동차의 소음기를 고장낸 죄가 아니고요?"

"그건 낙태된 우주에서 일어나는 일이네. 거기선 신들의 유해 숨결이 에테르를 가득 채우지. 여기서 옆길로 새면 안 되지. 어쨌든, 엔진과 두 바퀴 다음이 클러치인데 이것은 나무 전체를 '지고의 힘' 에 연결시키는 사랑의 흐름을 잇기도 하고 끊기도 하는 은총의 율법이지. 클러치는 원반, 또는 다른 만다라를 애무하는 만다라라 할 수 있네. 다음으로 변화의 상자, 기어 박스 또는 실증주의자들이 부르듯이 트랜스미션을 보세. 그건 악의 원리야, 왜냐하면 트랜스미션 때문에 인간의 의지가 계속해서 흐르면서 빨라지거나 느려지거든. 그래서 자동차의 트랜스미션이 더 비싼 거야. 즉, 스스로의 '지고한 평형'에 따라 결정을 내리는 나무 자체가 있다는 것이지. 다음으로는 모든 것의 접합점인 축, 운전대, 디퍼렌셜(작은 케테르)을 보세. 엔진 속에 네 실린더가 서로 반대되는 방향에 나란히 배치되어 있다는 사실을 주목하게. 디퍼렌셜은 운동을 세속의 바퀴들에 전달하네. 여기선 차이의 율법이 확실하게 나타나지. 아주 장엄한 아름다움으로, 그것은 우주적 힘을 영광과 승리의 바퀴에 전달하지. 이 바퀴들은 낙태되지 않은 우주에서는 (전륜구동)보다 높은 바퀴들에 의해 전달되는 운동의 지배를 받지."(501~503쪽)

에코의 경우, 이런 오독의 놀이는 사람들을 미혹하지 않습니다. 그것은 놀라울 정도로 뛰어난 오류의 실천입니다. 그래서 우리는 이런 부분에서 허구의 즐거움을 한껏 누릴 수 있습니다. 하지만 동시에 그것은 너무나 터무니없는 것이어서, 이 놀이 속에서 우리는 오독의 위험을 자연스럽게 학습할 수 있습니다.

그러므로 에코의 메시지는 결국 부바르와 페퀴세처럼 상황을 인식하든, 가라몬드 출판사의 삼총사처럼 상황을 인식하든, 문제를 해결하기 위해서는, 즉 텍스트로부터 세계로 나아가기 위해서는 해석의 한계를 설정해야 한다는 것입니다. 그렇지 않으면, 부바르와 페퀴세처럼 세계로 나아가는 일을 단념하고 필경사로 돌아가거나, 에코 스스로 그렇게 만들었듯이 디오탈레비나 벨보처럼 비극적으로 죽을 수밖에 없다는 것입니다.

5

에코는 이렇게 우리에게 해석의 한계의 중요성을 일깨웁니다. 하지만 그렇다면 왜 『해석의 한계』 이외에 『푸코의 진자』가 또 필요한 것일까요? 에코는 이런 소설을 통하여 무엇을 얻으려는 것일까요? 에코는 이 소설을 통하여 허구의 즐거움과 기쁨, 역사와 진실의 내기 같은 것을 즐겼을 수 있습니다. 그것에 대해서는 이미 말한 바 있습니다. 하지만 그보다 더 심층적인 것이 있어 보입니다. 아마 그것은 무엇보다도 벨보의 삶에 에코 자신의 삶을 투사해보는 즐거움을 누리는 것이었을 겁니다. 에코는 1932년생이고, 벨보가 자신은 1943년에 열한 살이었다고 말했으니 그 또한 1932년생으로 설정되어 있습니다. 에코는 아마 벨보를 통해 파시즘과 투쟁하기엔 너무 어렸던 자신, 1968년에는 투쟁의 대열에 참여하기에 이미 늙어버렸던 자신의 모습을 투사하고 있는 것입니다. 에코는 그 사정을 벨보의 입을 통하여 다음과 같이 말합니다.

"레지스탕스였군요. 그 시절에."
"구경꾼이었지……"
그가 중얼거렸다. 그는 가볍게 당혹해하고 있었다. 나는 그의 목소리에서 그걸 느낄 수 있었다.
"……1943년에 겨우 열한 살이었어. 전쟁이 끝날 즈음에는 열세 살이었고. 참전하기에는 너무 어린 나이지만, 따라다니면서 구경하기에는 충분한 나이 아니겠어? 따라다니면서, 그걸 뭐라고 하지, 그래, 머리에다 사진을 찍기에는 충분한 나이…… 그것밖에는 할 수 있는 일이 없었어. 따라다니면서 봤지. 그리고는 도망치고. 오늘 우리처럼."
"남의 책만 편집하고 있을 게 아니라 그걸 좀 써보지 그래요?"
"카조봉, 남들이 다 썼어. 그때 내 나이가 스물만 되었어도 오십대에 회고담 한 권쯤을 쓸 수 있었을 거야. 하지만 다행히도 그때 나는 너무 어렸어. 쓸 만한 나이가 되고 보니, 내가 할 수 있는 일이라고는 씌어진 걸 읽는 것뿐이더라고. 별로 후회 안 해. 그때 그 언덕에서 머리에 총알을 맞고 죽었을 수도 있잖아?”

“어느 편으로는요……”

나는 이렇게 묻다 말고 아차, 싶었다.

“……미안해요. 농담이에요.”

“자네는 농담한 게 아니야. 어느 편으로 죽을 수 있었는지 지금은 알아. 하지만 그때의 내가 뭘 알았겠어? 사람은 한평생 후회라고 하는 강박관념에 시달리면서 사는 수도 있어. 그릇된 것을 선택했기 때문에 생긴 후회가 아니야. 그릇된 것을 선택했다면 참회하고 용서를 받을 수도 있어. 정당한 것을 선택함으로써 자신이 어떤 인간인가를 증명할 수 있는 상황에서 그러지 못했다는 후회…… 이거 사람 죽이는 거라고. 당시의 나는 언제든지 배신자가 될 가능성이 있는, 그런 아이였어. 그런 내가 무슨 낯으로 글을 써서 남들을 가르치겠어?”(151~152쪽)

에코는 이런 이야기 속에서, 예컨대 이탈로 칼비노(1923년생)같이 반파시즘 투쟁에 참가했던 작가를 부러워하고 있는 것 같습니다. 하지만 『푸코의 진자』 속에서 그는 벨보를 통해 그런 역사의 중심, 소용돌이를 연대기적으로 비켜간 인간의 삶을 구원하고 싶은, 그러면서 그와의 동일시를 통하여 자신의 삶 또한 구원하고 싶은 것으로 보입니다.

생각해봅시다. 『푸코의 진자』는 세계에 중심이 없다는 사실을 입증하는 소설입니다. 그러나 동시에 『푸코의 진자』에서 목매달려 죽는 벨보는 그 죽음의 순간, 죽은 몸을 통하여 율법의 나무를 완성하고, 율법의 나무를 체현합니다. 그것을 그림으로 표현해본다면, 다음과 같을 것입니다.

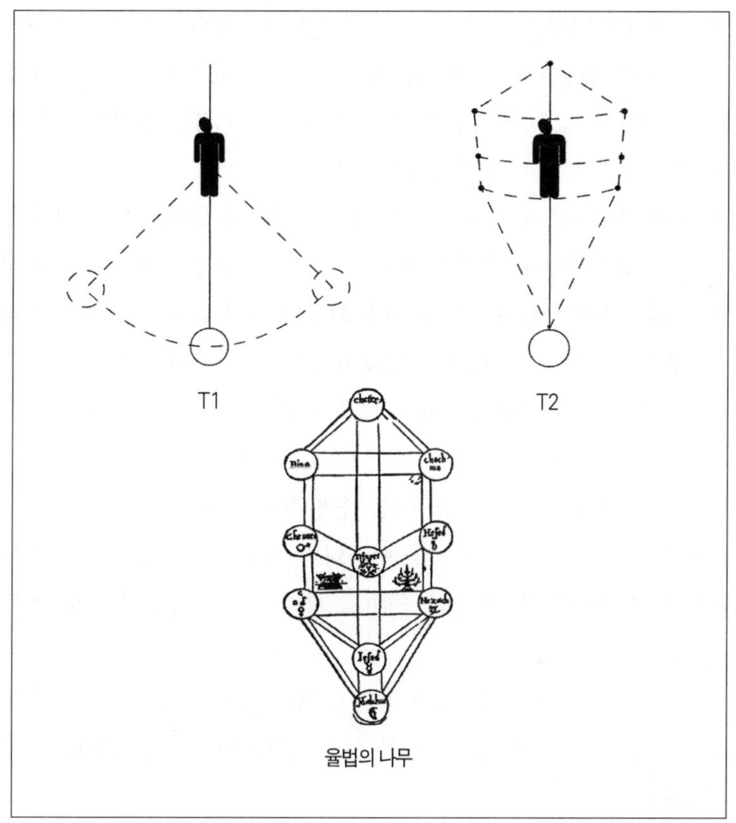

푸코의 진자는 거기에 목매달린 벨보의 시신과 함께 흔들리면서 『푸코의 진자』이 차례 앞에 있는 율법의 나무 모양을 하게 됩니다. 그리고 에코는 바로 이 대목을 다음과 같이 감동적으로 표현하고 있습니다.

벨보의 머리가 줄이 당기는 대로 끌려가는 반면 그의 몸은 (……) 공중에서 다른 호를 그렸다. 그래서 몸이 그리는 호는 그의 머리나 줄, 그리고 그 밑의 추와 따로 놀았다. 나는 만약 누가 미브리지의 시스템을 써서 그

장면을 촬영한다면 (……) 추에 매달린 벨보는 공중에서 율법의 나무를 그리고 있는 것처럼 보일 것이다. 자신의 최후의 순간에 우주의 영고성쇠를 집약시키고, 그의 움직임에 신이 이 세상에서 겪는 필멸의 호흡과 배설의 열 단계를 영구히 형상화하면서 말이다.

이윽고 연미복을 입고 있는 만드레이크 같은 인물이 벨보의 시체를 계속 떠밀며 운동력을 더하다 없애다 하는 동안, 그리고 에너지가 이동하는 동안, 그의 시체가 갑자기 멈추었다. 그런데 그의 몸 아래로 늘어진 줄과 추는 계속 움직였다. 그 나머지(벨보와 둥근 천장을 잇는)는 수직으로 멈춰 있었다. 이처럼 벨보는 세계와 그 움직임이 갖고 있는 과오를 피했고, 이제 그 자신이 정지점, '고정된 침'이 되어 세계의 둥근 천장이 그곳에 매달려 있게 되었고, 그의 발밑에선 줄과 추가 극과 극 사이를 쉼 없이 계속 움직여, 지구가 계속 그 밑을 빠져나가 새로운 대륙을 드러내고 있었다. 이제 추는 더이상 '지구의 중심'을 가리킬 수도 발견할 수도 없게 된 것이다.

(……) 호드가 영광의 율법이라면 벨보가 그 영광을 차지한 것이었다. 그는 단 한 번의 용기 있는 행위를 통해 '절대'와 화해한 것이었다.(770~771쪽)

문학이 자기 구원의 양식이라면, 아마 이 대목은 소설사에서 가장 신비스러운 자기 구원의 모습 중 하나일 것입니다.

6

『푸코의 진자』가 에코의 서구 해석학의 상황에 대한 이론적 개입인 동시에 자기 구원의 시도라는 것은 그렇다고 치더라도, 그것을 읽는 우리에게 그것은 어떤 의미가 있는 것일까요? 이 텍스트를 우리가 사용할 여지는 없는 것일까요? 나는 『푸코의 진자』를 통하여 우리의 상황에 대해서도 어떤 교훈을 얻을 수 있다고 생각합니다. 나는 그것이 우선 나의 선생님이 빠져든 늪, 그리고 우리들이 항상 빠져들고 있는 늪에서 빠져나올 수 있는 길을 보여준다고 생각합니다. 생각해보면 우리들 주변에도 너무나 많은 '비의'가 있고, 너무나 많은 '참된 지식'을 참칭(僭稱)하는 지식들이 있습니다. 고조선, 고구려, 단, 비류백제, 고대의 한일관계 같은 것이 그런 것들입니다. 『아방강역고』에서 시작하여 최남선과 신채호(그는 말년에는 여기서 빠져나온 듯이 보입니다), 그리고 말년의 조지훈이 빠져들었던 고대사에 대한 열정, 비참한 근대사가 빚어낸 과도한 민족주의의 역사관이 있습니다. 이런 것들은 최근에도 어떤 반향을 가지고 있습니다. 최인호의 『왕도의 길』이나 이문열의 백제에 대한 소설, 얼마 전 이인화가 신문에 연재한 고구려에 대한 소설, 그리고 『정감록』과 『격암유록』을 둘러싼 숱한 이야기들이 그런 것입니다.

　우리에게 『장미의 이름』에 대한 조잡한 모작이 있었던 것처럼, 『푸코의 진자』의 모작을 쓸 만한 거리는 충분히 있는 셈이며, 유사한 것들이 이미 있습니다. 나는 얼마 전 TV에서 『격암유록』의 기원을 추적하는 다큐멘터리를 본 적이 있습니다. 그것에 따르면, 『격암유록』은 신앙촌 내의 교단 권력을 둘러싼 투쟁 속에서 자파에 정통성을 부여하기 위해 신앙촌의 한 장로가 만든 것이라고 합니다. 보다 흥미로운 것은 그가 이것을 사용한 방식입니다. 그는 『격암유록』을 만든 다음, 그것을 국립도서관에 기증했다는 것입니다. 그런 다음 이 책이 우연히 발견되게 하고, 그렇게 함으로써 자파에 유리한 해석을 그것으로부터 권위 있게 얻어냈다는 것입니다. 여기에 더 흥미로운 역사가 발생합니다. 사람들은 이 책을 『정감록』에 앞서는 진정한 비전(秘典)으로 믿고, 해석의 한계를 넘어서 그 주변의 모든 신비학들을 정당화하는 데 이 책을 사용하게 되었다는 것입니다. 『푸코의 진자』 뺨치는 이야기 아닙니까?

　하지만 『푸코의 진자』는 말해줍니다. 이런 모든 해석의 범람은 방어되어야 한다는 것을. 그렇지 않으면, 텍스트와 세계의 준별이 무너지고, 우리는 기호의 악무한으로 빠져든다는 것을.

　마지막으로 『푸코의 진자』를 우리 문학의 한 양상과 간략히 비교해봅시다. 그것이 문학 강좌에 속한 이 강연의 성격에 걸맞는 일일 것입니다. 우리의 소설 속에도 해석의 한계 문제를 본격적으로 거론하는 텍스트가 있습니다. 『황제를 위하여』(이문열의 거의 유일한 문학작품다운 작품)가 그것입니다. 그러니 양자를 비교해보는 것은 퍽 재미있는 일일 것입니다. 본격적인 비교를 위해서라면 또다른 논술이 필요하겠지만, 여기서 나는 특히 두 소설에서 화자가 차지하는 위치, 그리고 태도의 차이에 대해서 말하고 싶습니다. 무엇보다 인상적인 것은 『황제를 위하여』 전체에 흐르고 있는 작가 이문열의 냉소적인 시선입니다. 이에 비해 『푸코의 진자』에는 이런 냉소가 없습니다. 무엇보다 이런 냉소를 유지할 수 있는 탈속한 자아의 장소가 없다는 것이 에코의 메시지인 것입니다. 이문열은 에코와 달리 너무 쉽게 제3자의 시선을 취합니다. 하지만 우리는 모두 해석의 한계를 넘으며, 그것을 회복하기 위해서 모색을 거듭합니다. 그러니 삶의 양상은 『푸코의 진자』와 더 유사합니다. 바로 그렇기 때문에 이문열의 소설은 에코의 소설에 비하면 삶에 대한 성찰의 깊이가 한참 모자란다고 할 수 있습니다. 이문열의 소설은 에코의 소설에서 발견되는 행위자들의 삶에 스며들어가 그들을 이해하려는 자세, 삶에 대한 깊은 사랑이 너무 미약하기만 합니다. 그러니 우리 사회 일각의 주장대로 이문열 같은 작가를 우리 문학의 대표자로 생각한다면 그것은 우리 소설이 아직은 세계문학에 미달된다는 것을 자인하는 꼴이 될 뿐입니다 (그러니 이문열을 우리 문학의 대표자로 생각해서는 안 되겠지요).

　이 강연으로 인해 나는 다시 한번 『푸코의 진자』를 읽게 된 셈입니다.

1990년의 첫 독서와는 달리 이번에는 내 처지를 이 소설 안에 투사하지 않을 수 없었습니다. 부르주아의 더러운 음모가 세계를 불운하게 한다는 나의 청년 시절의 생각이, 『푸코의 진자』에 등장하는 악마 당원들의 생각과 유사하다는 생각이 들었습니다. 그리고 나 또한 이런저런 잡지의 편집위원으로 살면서, 학위를 가진 건달로 살면서, 카조봉과 다를 바 없이 어떤 한계를 넘어서 텍스트를 신봉하고, 그것을 왜곡하고 있는 것은 아닌가 하는 불안을 느꼈습니다. 이 소설이 내 선 자리를 다시 생각하지 않을 수 없게 했습니다. 그러니 나 또한 이 강연 덕에 얻은 것이 많았던 것입니다. 강연을 마치겠습니다. 감사합니다.

위기의 시대의 흐린 풍경화
—박수근론

'예술에 대한 사랑' 자체가 근대사회에 제도화된 경험 양식의 하나일 뿐이며, 전람회와 미술관이란 바로 그것의 물질적 구현이고, 예술에 대한 우리들의 감상행위 안에서 일어나는 일이란 취향의 계급적 성적 인종적 차이 간의 투쟁이며, 예술비평이란 예술작품에 후광을 입혀 신비화하는 것이라고 생각하는 사회학자가 전시회의 기념강연회에 등장한다는 것은 어색한 일이라고 할 수 있다.

그러나 사회학자에게도 예술작품은 흥미로운 대상일 수 있다. 모든 자료를 동원해서 한 시대의 삶의 양상을 추적하고자 하는 사회학자에게 예술작품은 예술적 본질이 어떻게 규정되는가와 무관하게 한 시대의 증언으로서의 가치를 가지기 때문이다. 더구나 박수근의 작품들은 50년대와 60년대에 대한 증언이라는 점에서 주목할 만하다. 왜냐하면 우리들에게 50년대와 60년대는 이미 증언 없이는 도달할 수 없는 낯선 시대가 되었기 때문이다. 그렇게 된 이유는 우리 사회가 지난 수십 년 동안 급속한 근대화를 겪어왔기 때문이다. '돌진적 근대화' 또는 '근대화를 향한 쇄도'라고 묘사되는 우리의 근대화 과정 속에서 우리의 과거는 마치 고속열차에서 바라본 풍경처럼 재빨리 뒤로 떠밀려가버렸다. 현기증 나는 속도감으로 진행된 근대화의 열차 위에 탄 우리들의 청산주의적 심리 또한 망각을 가속화했다. 요컨대 우리는 우리들의 과거를 '구질구질한' 것으로 여겼고, 그래서 마치 이사 갈 때 낡은 짐을 버리듯이 우리들의 과거를 내다버려왔다.

그것의 유감스러운 귀결로 우리는 우리의 과거에 대해 무지하게 되었다. 우리는 불과 삼사십 년 전의 일에 대해서도 낯선 감정을 품게 되어버렸다. 그런데 바로 박수근은 벌써 낯설어진 그 시대로 갈 수 있는 "기억의 터널"[1]을 제공한다. 물론 그의 작품은 50년대와 60년대에 대한 스냅사진들이 아니다. 그의 작품 속에 드러난 시대는 박수근이라는 독특한 프리즘을 경유한 것이다. 그러므로 우리는 그가 시대를 투영한 방식을 살필 때에야 비로소 그의 작품에서 시대의 흔적을 더듬어볼 수 있을 것이다.

모더니티에 대항하는 전통

박수근이 살았던 1914년에서 1965년까지 한국사회는 그야말로 엄청난 변화를 겪었다. 그 시대가 격변의 시대였다는 것은 식민지 경험, 해방, 6·25, 4·19 그리고 5·16을 드는 것만으로도 충분하다. 그 격변을 좀더 구조적으로 파악한다면, 그리고 오늘의 관점에서 회고한다면, 그것은 모더니티를 체험하고 그것을 제도화하는 과정이었다고 말할 수 있다. 그 모더니티의 양상은 두 가지 모습을 띠었다고 정리할 수 있다. 우

---

1) 김현숙, 「소외의 미학―박수근 작품세계의 기조」, 『한국 근대미술 사학 3집』, 청년사, 1996, 47쪽.

선, 그것은 황지우의 표현을 빌리자면 '끔찍한 모더니티' 였다. 식민지 경험이 그러하고 한국전쟁으로 표상되는 모더니티가 그러하다. 우리에게 모더니티란 전쟁 그 자체, 즉 탱크와 비행기와 포탄으로 상징되는 무기의 모더니티, 그리고 살육의 모더니티였다. 그것은 냉전의 형태로 아직도 계속되고 있다. 다른 한편으로 그것은 '욕망의 모더니티' 였다. 이미 20년대 후반부터 시작되었던 이 모더니티는 염상섭의 소설(또는 채만식의 소설)에서 발견되는 "맑스뽀이"와 "모던껄"의 모더니티였으며, 박수근이 50년대 초상화 작가로 전락하여 경험했던 'GI 모더니티' 이기도 하다.[2]

그렇다면 박수근은 이 모더니티의 두 가지 양상과 어떤 관련을 맺고 있는가? 그가 욕망의 모더니티와 내적 연관을 맺었다는 것은 분명한 것 같다. 그는 '밀레 같은 화가가 되겠다는 욕망' 을 품었었다. 서양화를 그렸으며, 식민지하에서 구성된 화단에 진입하기를 열망했다는 점에서 그는 '재능에 의한 출세' 라는 근대적 욕망의 회로 안에 사로잡혀 있었다. 그러나 이 경우에도 분명 그는 자신의 그림을 통하여 이런 모더니티의 양상을 포착하려 하지는 않았다. 예컨대 그의 선전(鮮展) 입선작인 〈봄이 오다〉나 〈여일〉은 박태원의 『천변풍경』과는 궤를 달리한다. 그는 이상처럼 현해탄 너머의 '진짜 모더니티' 를 찾아 떠나지도 않았다. 그는 50년대를 지나면서도 위스키 잔을 들고 담배를 피우며 미군 클럽에 있는 여성이나 파마를 하고 나일론 옷을 입은 여성[3]을 그리지도 않았다. 또한 그는 욕망의 모더니티를 그리지 않았을 뿐 아니라 끔찍한 모더니

---

2) GI 모더니티의 양상은 다양하다. 미군부대와 댄스홀, PX 물품이 그러하며 양공주가 그러하다. 더 나아가 이 시대에는 이후 우리 사회의 일상적 생활양식이 되었던 많은 것들, 예컨대 미스코리아 선발대회, 크리스마스나 추수감사절, 대학축제와 메이퀸, 파티와 댄스회 같은 것이 출현했으며, 영화관 다방 당구장 베이비 야구장 등이 급격히 늘어난 시기이다. 김경일, 「근대적 일상과 전통의 변용 : 1950년대의 경우」(미간 초고, 1999) 참조.
3) 김경일, 앞의 글 참조.

티도 그리지 않았다. 그는 월남인이고 이산가족이었으며, 그런 의미에서 분명 끔찍한 모더니티의 희생자였음에도 불구하고 〈게르니카〉를 그리지 않았다.

하지만 그가 격변의 시대를 스쳐 지나갔던 것이 아니라면, 그는 어떤 방식으로 시대와 대면했던 것일까? 그의 그림에서 우리가 즉각 발견하게 되는 것은 많은 사람들이 입을 모아 말하듯이 전통의 추구 또는 토속성의 추구라고 할 수 있다. 이런 그의 토속성의 추구는 그의 선전 입선작에서 이미 나타나고 있다. 그런 그의 토속성의 추구가 "일본인 심사위원들의 이국 취향을 만족시키"[4]기 위한 것일 수도 있고, 20년대 후반부터 개시되었던 한국미술에서 전통문제에 대한 논의의 연속선상에 있는 것일 수도 있다.[5] 아무튼 그가 '전통의 추구'를 평생의 화두로 삼았음은 분명한 듯하며, 모더니티가 파괴한 전통을 기억할 만한 것으로, 그리하여 살아남을 만한 것으로 만들고자 했던 것 같다.

그의 경우 그것은 단순히 소재의 차원에 한정되지 않고, 양식적 심화 과정을 통한 것이었다. 전후의 그림에서 뚜렷한 모습을 드러내는 양식, 그러니까 오일을 적게 써서 유화물감이 더께가 지게 하는 마티에르 양식이 그것이다. 많은 사람들이 지적하듯이 그의 마티에르 양식은 화강암과 같은 질감을 자아낸다. 그것은 우리의 산천 어디에서나 만날 수 있는 화강암의 이미지, 우리의 전통적인 불상조각의 이미지, 더욱 친근하게는 우리들 전통가옥의 대청마루나 툇마루 앞에 놓여 있는 디딤돌, 그리고 몹시 때가 탄 무명옷의 이미지를 자아낸다. 그는 이런 화강암적인 질감에 황토색을 녹여넣음으로써 토담 벽의 이미지를 그려내기도 했는데, 그것은 그가 전통과의 어떤 연속성을 추구하고 있는가를 보여주며,

---

4) 안소연, 「박수근 작품에 나타난 독자적 조형성의 근원」(미간초고, 1999) 참고.
5) 유홍준, 「한국근대미술의 전통과 창작」(『월간 미술』 1991년 8월호, 52~60쪽) 참조.

그의 그림이 "한국인이면 누구나 느낄 수 있는 그러한 원초적 공감각"[6]
을 야기할 수 있는 이유이기도 하다.

고난의 추상화

그렇다면 박수근 작품들의 의의는 유화라는 낯선 양식이 우리의 전통
과 접맥되는 양상을 보여준다는 것에 한정되는 것일까? 그는 사회적이
고 역사적인 경험 위를 스쳐가기만 했던 것일까? 나는 그렇지 않다고 생
각한다. 그의 그림에는 아주 깊이 내면화된 형태로 역사적 경험의 자취,
시대의 흔적이 어른거리고 있기 때문이다. 이 점과 관련해서 주목할 만
한 것은 그의 전후 작품에서 양식화된 '인물들의 추상성'이다. 그것을
'추상표현주의'라고 부르든 아니면 다른 무엇이라고 부르든 분명한 것
은 그가 이런 기법을 통해서 개별 인물들의 개성을 도외시하고 있다는
점이다. 요컨대 그의 그림 속에서 인물들은 모두 개별자가 아니라 풍경
이며 보통명사적 존재들이다. 이 인물들의 추상화 경향은 다른 한편으
로는 개성을 파괴하는 모더니티, 끔찍한 모더니티의 반영이며 그로 인
한 고단했던 삶의 추상화된 표현이라고 볼 수 있다.

추상화된 고난과 관련하여 그의 마티에르 기법은 다시 한번 시사하는
바가 있다. 그는 그릴 때 먼저 전체 화폭을 마티에르 기법으로 칠한 다음
"검은 윤곽선을 이용한 대담한 필법으로 주제를 스케치한다"[7]고 스스
로 말했는데, 이런 그의 작법은 배경과 인물 간의 구별을 고의적으로 약
화시킨 것이라고 할 수 있다. 인물들은 다만 윤곽선에 의해서만 구별될
뿐이며, 그것도 경우에 따라서는 대단히 희미하여 마치 형해화되어 배

---

6) 김현숙, 앞의 글, 47쪽 참조.
7) 안소연, 앞의 글에서 재인용.

경 속으로 산산이 사라지기 직전의 모습인 것처럼 보이기도 한다(특히 〈앉아 있는 여인 1〉〈노상〉 시리즈). 그리하여 박수근 회화의 인물들은 윤곽선을 통해 아주 어렵게 자신의 존재를 유지하고 있는 꼴이다. 개성을 소멸시키는 끔찍한 모더니티 속에서 한없이 위축되어버렸지만, 여전히 소멸하지는 않은 존재들의 모습, 그것이 박수근이 추상적인 형태로 표현한 우리의 근대사, 그 속의 민중들이다.

정치적 무의식

그러나 박수근은 겨우 존재하고 있는 민중들은 그려냈지만, 그들을 덮치는 끔찍한 모더니티의 양상이 무엇인가에 대해서는 말해주는 바가 없는 것은 아닐까? 다시 말해 그는 고난의 추상화와 더불어 고난을 야기한 힘에 대해서도 그의 회화 속의 인물들을 압박하는 흐린 배경처럼 추상적으로만 파악했던 것은 아닐까? 그렇지 않다. 그의 그림의 소재들을 다시 한번 살펴본다면, 그가 파악한 끔찍한 모더니티의 어떤 양상을 찾을 수 있을 것이다.

그의 작품의 특징적인 소재는 주지하다시피 여인이다. 이에 비해 남성은 매우 드물게 등장한다. 뿐만 아니라 박수근의 그림 속에서 여자들은 "거의 전부가 삶을 위한 노동을 하고 있다. 특히 아주머니들은 등뒤로는 아이를 업고, 머리에는 무엇을 이고 있으며, 나머지 한 손으로는 걷는 아이의 손을 잡고 있는 등, 이중 삼중의 '일'을 동시에 하고"[8] 있다. 이에 비해 남성들은 "〈농악〉 시리즈를 제외하고는 모두가 앉아 있다. 그것도 매우 무료하게. 작품 전체가 정적에 싸여 있고, 인물이 정지태인 그

______

8) 이태호, 「평범한 시선이 도달한 비범한 예술세계 : 박수근 20주기 기념전(현대화랑 11. 15 ~12. 7)」, 『계간 미술』 1985년 겨울호, 141쪽.

의 작품에서 〈농악〉 시리즈는 그것이 깨어지고 있어 특별한 것에 속한
다. 그러나 그 동작도 여전히 딱딱하게 굳어 있고, 그 인물들이 이를테면
살아나가기 위한 노동과는 관계없는 동작을 하고 있다는 데에서 다른
작품의 남자들과 공통된다. 즉 박수근이 그린 남자들은 모두 비생산적
인 시간을 보내고 있는 것이다.”[9]

　박수근의 작품 속에서의 이런 남성의 부재 내지 약한 현존을 “60년대
를 전후한 광범위한 실업 현상의 반영”[10]으로 볼 수도 있다. 그러나 나
는 그가 많은 역사적 경험을 한 단계 추상화하였듯이, 이 경우에도 여성
과 남성의 대비를 통해 시대의 경험을 직접적으로 포착하기보다는 고단
했던 근대사의 경험구조를 포착하고 있다고 생각한다.

　우리의 현대사, 특히 내가 황지우의 용어를 빌려 ‘끔찍한 모더니티’ 라
고 불렀던 것은 그 근본에서 정치적 모더니티이다. 식민지화가 그렇고,
해방과 한국전쟁, 4·19와 5·16이 그렇다. 그리고 그것은 모두 남성들
이 주인공이라는 점에서 남성적 모더니티이다. 국민국가의 수립을 둘러
싸고 벌어지는 이 모든 공적 무대를 차지한 것은 남성이었으며, 그 귀결
은 사적 공간에서의 아버지의 부재로 특징지어진다. 기껏 그 자리에 남
아 있는 남성은 오직 소년과 할아버지뿐이다. 그러나 정치적 모더니티
는 여성과 무관한 것이 아니다. 왜냐하면 바로 정치적 투쟁의 내깃돈이
바로 여성이기 때문이다. 이것은 공적 투쟁에 항상 사적 음란함이 개입
해 있다는 것을 뜻한다.[11]

　같은 시대를 살았던 이중섭과 박수근은 이 점에서 상당히 대비된다.

---

9) 이태호, 같은 글, 같은 쪽.

10) 김현숙, 앞의 글, 66쪽.

11) 박완서는 박수근을 둘러싸고 있던 GI 모더니티의 풍경을 그린 소설 『나목』(작가정신,
1990)에서 정치적 투쟁의 판돈이 여성이라는 것을 조의 입을 통해 다음과 같이 시사하고 있
다. “난 적어도 이 나라를 위해 싸우러 왔어. 어쩌면 이 나라에서 내 생애를 마치게 될지도 몰
라. 물론 그렇게 안 되길 바라지만. 좀더 이 나라를 알고 싶어. 특히 이 나라 여자를.” (186쪽)

이중섭의 그림에서 여성은 가족 안에만 배치되어 있고, 그의 그림에서 주요한 테마는 남성이다. 소(남성적 자아)와 벌거벗은 아이들이 특히 그렇다. 소는 뼈만 남은 채 현실을 견디고 있으며, 유년의 남아들의 행복하고 천진한 바닷가놀이 풍경 속에는 거세적인 게가 어른거리고 있다. 그의 그림의 중요한 한 테마는 분명 정치적 모더니티의 거센 바람 속에서 위협받고 있는 남성성이다. 그런 점에서 이중섭의 작품은 근대사의 고통스러운 질곡이 몇몇 영웅적 남성을 제외한 대부분의 남성들에게 가한 고통의 증언으로 남아 있다.

이에 비해 박수근은 바로 위기의 시대가 야기한 남성 부재와 그 비어 있는 자리를 채우며 역사에 연속성을 부여하고 있는 존재로서의 여성을 그려낸다. 그들은 욕망의 모더니티를 비껴가는 여성들, 다시 말해 자신의 욕망을 부인하고 아이를 키우며 고단한 노동에 자신을 내맡긴 여성들이다. 피가 튀는 정치의 음지에서 비정치적인 방식으로 정치의 상처를 견디고 있는 여성들이다.

나목, 희망의 표상

박수근의 작품은 그러니 어두운 시대, 위기의 시대의 흐린 풍경화이다. 그러나 이 풍경 속에 희망은 없는 것일까? 그의 인물들이 배경의 압력으로부터 벗어나 그 윤곽선이 생동하는 선으로 전환되고, 단순하고 추상화된 상태에서 구체성과 개성을 되찾을 가능성은 없는 것일까? 나는 그것이 나무에 암시되어 있다고 생각한다.

박수근의 나무는 표면상으로는 매우 평이한 주제를 다루고 있는 박수근의 그림 속에서 매우 해석하기 어려운 존재이다. 어둡고 깊은 질감을 지니고 있으며, 적막한 모습인 그의 나무들은 때로는 매우 히스테리컬한 형태로 가지를 뻗고 있기도 하다. 그것은 보기에 따라서는 해석을 거부하는 무엇, 원초적 트라우마를 지시한다고 할 수도 있으며, 예술가의 혼 또는 박수근 자신을 표상하는 것처럼 보이기도 한다. 그것은 우리들이 예술품에서 마주치는 무한한 의미의 잉여, 또는 각양의 의미를 투사하는 것을 가능케 하는 어떤 빈터처럼 보인다.

나는 그 나무에 깃들인 풍부한 의미의 자장을 구성하는 한 요소가 여성이라고 생각한다. 이렇게 나무가 여성을 상징한다고 보는 것이 여타의 해석을 배제하는 것은 아니다. 다만 그렇게 볼 때, 박수근이 위기의 시대에 품었던 흐린 희망의 흔적을 찾을 수 있지 않을까 하는 것뿐이다. 그렇게 보면, 항상 여성과 인접해 있는 나무는 간략해지고 추상화된 선과 표정으로 삶의 역경을 표현하는 여성의 이미지를 보완하며, 그 여성들의 고된 노동에 의미를 부여하는 기능을 한다. 물론 그 나무 또한 추상화되어 있다. 그러나 나무는 사람들보다는 더 큰 질감을 가지고 있으며, 그런 의미에서 그것은 여성들의 인고의 집합적 힘의 크기를 드러낸다. 박수근의 나무는 또한 박완서가 잘 규정했듯이 나목이다. 그것은 크기를 가졌을 뿐 풍요롭지 못한 나무, 물기 없이 말라 있는 나무이다. 그럼에도 불구하고 그가 그려낸 나무는 많은 가지들을 가지고 있다. 그리하여 휘어져 있을망정 이리저리 분기하고 뻗어나간 그 많은 줄기와 가지들은 무성함의 기대를 유발한다. 그것은 겨울 나무일지언정 고사목은 아니다(〈나무와 여인〉 시리즈 참조).

그 나무의 가지 끝에서 움틀 새순의 가능성, 그것은 아이들이다. 박수근의 작품에서 아이들, 쪼그려 앉아 있는 아이들의 모습은 아이들조차 피할 수 없는 간난을 형상화하고 있다. 그러나 그 아이들은 〈공기놀이하는 소녀들〉 같은 작품에서 보듯이 원형구도를 형성하고 있다. 그것은 서로를 외면하고 고립화되어 수평구도를 취하고 있는 성인들의 모습과는 다르다.[12] 그들은 놀이하고 있고, 소통하고 있으며, 그래서 연대하고 있다. 이 어울림의 양태는 여인들의 품안에서 자라난 아이들, 나무의 뻗은

가지 아래서 움트길 기다리는 새순을 상징한다.[13] 그러나 그 모든 희망
의 가능성조차 박수근의 작품 안에서는 절제되어 있으며, 희미한 차이
만을 드러내고 있다. 그것은 그의 시대에는 그 희망조차 겨우 존재하는
희망이었음을 말해준다.

---

12) 김현숙, 앞의 글 참조.
13) 박수근의 〈모자〉와 〈할아버지와 손자〉를 대비하며 김현숙이 다음과 같이 지적했던 것을
참조하라. "여성은 큰 손으로 아이를 안고 아이를 마주 보고 있지만, 남성은 어깨로부터 내려
오는 팔이 아이에게 미치지 못해 자신의 무능한 손을 감추기 위해 위축되고 마는 것이다." (김
현숙, 앞의 글, 72쪽)

진리와 쾌락이 서식하는 미로, '도서관'

두 가지 책의 숲

아리스토텔레스는 무엇을 정의하기 위해서는 유개념과 종차를 알아야 한다고 했다. 그러니 도서관이 무엇인지 알기 위해서도 유개념과 그 종차를 살펴야 할 것이다. 도서관의 유개념은 무엇인가? 논리의 질서 속에서도 유개념의 설정에는 상당한 자유가 있다. 그 자유를 활용하여 도서관의 유개념을 설정한다면, 이렇게 말할 수 있겠다. 도서관이란 책의 집합지라고. 그것은 책들이 빼곡히 쌓여 이룬 책의 숲이라고. 그렇게 다양한 책들이 모여 숲을 이룬 곳으로는 도서관 외에도 서점이 있다. 그렇다면 그들은 어떻게 다른 것일까? 그 종차는 무엇일까?

두 곳에서 책들은 사뭇 다른 양태를 띤다. 도서관이 그저 잠잠히 발굴의 열정을 가진 누군가를 기다리며 침묵 속에서 기다리고 있는 책들의 무덤이라면, 서점은 요란한 단장을 한 화장기 많은 여인들이 즐비한 책들의 사창가이다. 도서관에서 사람들은 애타게 책을 찾고 그것에 쌓인

매캐한 먼지를 털어내지만, 서점에 온 사람들은 자신의 욕구나 환상을 충족시켜줄 무엇을 찾으며 여유만만한 모습으로 책 사이를 누빈다. 도서관이 서점보다 더 많은 책을 가지고 있지만(물론 그렇지 않은 곳도 많다. 시골 학교 도서관보다는 대형서점이 더 많은 책을 가지고 있을 것이다. 그럼에도 불구하고 도서관은 서점보다 더 많은 책을 가질 수 있는 구조적 가능성을 가지고 있다) 그럼에도 불구하고 도서관은 희소성의 장소인 데 비해 서점은 풍요의 장소이다. 도서관에서는 책을 찾아야 하지만, 서점에서는 고르기만 하면 된다. 따라서 도서관과 서점은 상이한 분류체계와 전시체계를 가지고 있다. 도서관은 전수된 지식의 계열들이 책의 장소를 지정하지만, 서점은 욕구의 크기와 환상의 투사가 책의 장소를 지정한다.

소유의 형식에서도 서점과 도서관은 정반대의 방향에 있다. 서점에서 우리는 책을 산다. 우리는 책을 사물로서 소유한다. 그러나 그것은 독서의 가능성을 제공할 뿐 책의 텔로스인 독서에 이를 수 있다는 아무런 보장이 없다. 얼마나 많은 책이 장식장 속의 접시가 되어버리는가? 이에 비해 도서관에서 우리는 책을 읽을 뿐 그 외의 아무런 행동도 할 수 없다. 그리하여 그 과정을 통해 의미가 기호로부터 무게 없이 얇게 베어져나와 우리들의 것으로 전환된다. 하지만 우리는 그것을 가질 수 없다. 그것은 모두의 것이어서 나의 것이 될 수 없다. 아무리 아름다운 장정의 책이라도 아무리 화려한 채색 도판의 책일지라도 다만 그것은 유령처럼 내게 현존할 수 있을망정 나의 것이 될 수 없다. 언젠가 내 머리에 푸른 파도라도 밀려온다면 이내 사라져버릴, 흐린 모래자국으로만 내게 남는다.

동물원과 도서관

전수된 지식의 계열에 따라 무엇인가가 응집해 있기로는 동물원 혹은 식물원과 도서관이 다를 바 없다. 양자는 모두 우리들의 지식의 체계에 따라서 건립되어 있다. 동물원의 우리 앞에는 그 안에 있는 동물들을 표시하는 팻말이 있다. 그 팻말은 동물을 계·문·강·목·과·속·종이라는 지식의 가지 위에 배열한다. 그리하여 동물원의 모든 동물은 개성을 상실하고 종의 대표자로 거기 있다. 마찬가지로 도서관은 책들을 예컨대 듀이의 십진분류법에 따라서 분류한다. 책은 지식의 테이블 위에 펼쳐져 있는 것이다.

그러나 둘은 매우 다르다. 동물원에는 밝고 따가운 햇볕이 내려쪼이고 있는 데 비해 도서관에는 흐린 전깃불과 서가 사이의 침울한 그늘이 드리워져 있다는 점도 그렇고, 한 곳에는 아이들의 소란스러움이 있는 데 비해 다른 한 곳에는 정적이 흐른다는 점도 그렇다. 그러나 핵심적인 차이는 그런 데 있는 것이 아니라, 동물원은 지식의 체계를 개별적이고 구체적인 사물을 통해서 드러내는 데 비해 도서관은 상호 참조적이고 자기 참조적인 기호들을 통해서 드러낸다는 데 있다. 동물원은 구체적 존재를 수집하지만, 도서관은 기호를 수집할 뿐이다. 동물원은 수집된 사물의 크기에 비례한 크기를 가지며 확장되는 곳이지만, 도서관은 세계가 압축되고 웅크린 곳이다. 그렇기 때문에 동물원보다 작은 도서관이 동물원보다 농밀하고 풍성한 것이다. 문제는 다만 우리들이 기호로부터 동물의 포효를 듣고, 식물의 무성하게 흐드러진 몸매를 볼 능력이 있는가 하는 것, 환청과 환각의 능력을 가지고 있는가 하는 것일 뿐이다.

또다른 스펙터클

도서관과 동물원(또는 식물원)의 차이에 동물원과 박물관의 차이 그리고 도서관과 박물관의 차이를 겹쳐볼 수 있다. 박물관과 동물원과 도서관은 모두 지식의 체계를 구현하며, 수집의 정열에 터하여 건립된다.

그러나 동물원이나 식물원이 저기 존재하는 사물들, 우리의 타자들을
산 채로 수집하는 데 비해, 박물관은 죽은 사물을 수집한다. 공룡 뼈와
화석 또는 월석, 죽은(죽인) 나비표본들을 모아 전시한다.

  하지만 기계의 발달사를 전시한 박물관도 있고, 동양의 도자기를 모
아놓은 박물관도 있다. 그렇다면 한편으로는 침몰하여 오랜 세월 후에
발견된 노아의 방주이기도 하고, 인간의 자기 활동에 대한 스스로의 경
탄을 담고 있기도 한 박물관의 정체는 무엇일까? 박물관은 지식의 느슨
한 분류체계를 구현하는 것일 뿐 아니라 스펙터클의 수집처이다. 경이
롭고 장엄한 것 — 그것이 땅속에서 나온 것이든 하늘에서 얻어진 것이
든, 사람이 만든 것이든, 자연이 우리에게 준 것이든 — 우리들 문명의
어린 시절을 기억하게 하는 것, 신묘한 솜씨가 발휘된 것, 혹은 우리들을
놀라게 하는 기이한 것이 박물관을 채운다. 아니라고, 박물관에는 아주
작은 것들도 있다고 말하는 사람이 있을 것이다. 그러나 아주 작디작은
것 또한 우리들을 경이에 빠뜨린다.

  바로 이 점이 도서관과 박물관이 갈라지는 지점이다. 도서관은 스펙
터클, 그러니까 우리의 시선이 닿는 순간 즉각 우리들의 동공을 가득 채
우며 직접적으로 지식과 사물이 일치된 형태로 현존하며 우리들의 경이
를 불러일으키는 볼거리의 공간이 아니다. 그런 곳은 박물관이다. 도서
관은 사물과 지식에 대한 직접적 접근을 불허한다. 거기서는 모든 것이
간접화되어 있어, 시간을 소모하는 노동이 없다면 어떤 지식에도 이를
수 없다. 그것은 지식의 두툼하고 불투명한 두께만을 드러내고 있다. 도
서관이 허용하는 유일한 스펙터클은 생명을 다해도 읽어낼 수 없는 엄
청난 기호의 집적, 빼곡한 책무더기뿐이다. 박물관은 다리품을 팔면 다
볼 수 있지만, 도서관의 책은 다 볼 수 없다. 박물관의 스펙터클은 바로
이 보임에 있지만, 도서관의 스펙터클은 다 볼 수 없다는 것에 있다.

자연과 우리 자신의 업적을 수집하고 기념하는 모든 것들, 그러니까 동물원과 식물원, 미술관과 박물관에 이르는 길에서 우리는 모두 매표소를 만난다. 그리고 그것이 얼마든 우리는 돈을 지불해야 한다. 동물원이든 미술관이든 그것을 유지하고 관리하기 위한 비용이 들며, 그것을 향유하기 위해서는 그 비용을 지불해야 한다는 수익자 부담의 원칙은 우리에게 매우 익숙하고 당연하다. 그러나 도서관으로 가는 길에는 매표소가 없다. 도서관은 무상의 출입이 가능한 곳이다. 하지만 그것이 도서관을 유지하고 관리하는 데 아무런 비용이 들지 않기 때문은 아니다. 그것은 도서관이 다른 곳들과는 다른 이념에 터하고 있기 때문이다. 도서관의 이념은 지식과 진리는 모두의 것이며, 무상의 것이라는 이념이다. 그리고 진리의 확산이야말로 새로운 진리를 낳는 초석이며, 진리가 우리를 자유롭게 하기 때문에 한 사회가 정치적으로 자유롭기 위해서는 진리에 접근할 수 있는 길을 개방해야 한다는 계몽주의적 이념이다. 지적인 것을 통해 돈을 벌려는 생각, 진리와 지식을 수익성 높은 정보로 환원하려는 발상은 도서관에서는 낯선 것이다. 여기에 지식과 진리가 있다, 너는 그것을 소유할 자유가 있다, 그리고 그것을 소유하면 너는 더 자유로워질 것이다, 이것이 도서관이 자신의 책의 부피로 우리에게 전하는 메시지이다.

그러나 이 무상의 지식에 접근하는 길은 험난하다. 불을 밝히고, 신체를 의자 위에 화석처럼 붙박이게 한 채 오직 책장을 넘길 따름인 아주 조용하지만 고단한 노동을 통해서만 그것에 이를 수 있기 때문이다. 그래서 도서관은 바쁜 걸음으로 걸으며 짧은 시선만을 주어도 자신에게로 사물이 즉물적으로 다가오는 박물관보다 인적이 드물다.

자기 증식하는 도서관

다른 한편 도서관이 터하고 있는 인식은 서책이 진리에 이르는 유난히 탁월한 매체라는 인식이다. 왜 그런가? 그것은 도서관에 놓인 서책들은 서로가 서로를 참조하고 있기 때문이다. 책은 부피를 가진 사물로서 단일하지만, 그것은 무엇보다 기호이며, 기호에 대한 기호인 것이다.

수도원의 도서관을 다룬 에코의 소설 『장미의 이름』의 주인공 아드소는 이렇게 말한다.

그때까지만 해도 나는 서책이란 것은 인간이든 신이든 서책 외적인 것에 대해서만 다루는 줄 알아왔다. 그제서야 나는, 서책이란 드물지 않게 다른 서책 내용도 다룬다는 사실을 안 것이다. 말하자면 서책끼리 대화를 주고받는다는 사실을 안 것이다. 생각이 여기에 이르고 보니 문득 장서관이 몹시 마음에 걸렸다. 그렇다면 장서관이란 수세기에 걸쳐 음울한 속삭임이 들려오는 곳, 이 양피지와 저 양피지가 해독할 길 없는 대화를 나누는 곳, 인간의 정신에 의해서는 정복되지 않는 막강한 권력자이며 살아 있는 존재, 만든 자, 옮겨쓴 자가 죽어도 고스란히 살아남은 수많은 비밀의 보고인 셈이었다.

이 서책과 서책의 대화로부터 또다른 책이 탄생한다. 이 점을 잘 보여주는 사례 하나. 아쿠타가와 상 수상작인 『일식』의 작가 히라노 게이치루는 이렇게 말한다.

소설의 시대적 공간적 배경이 중세 유럽이기 때문에, 구성단계에서부터 세밀하게 준비를 했지요.(……) 약 육 개월 동안에 걸쳐 당시의 상황을 여러 각도로 분석하면서 참고가 되는 문헌을 읽어나갔습니다. 앞서 말했듯이 의식주 따위와 관련된 기초적인 서적에서부터, 당시의 역사나 사상, 신학 등을 이해할 수 있는 전문서적에 이르기까지 다양한 책을 읽었지요.

그는 이렇게 도서관에서 책을 읽음으로써 단 한 번도 유럽에 가보지 않고 유럽 중세를 다룬 소설을 썼다.

이렇게 책은 책을 낳는다. 도서관에서 책은 마치 땅 밑의 구근 덩이들처럼 미로를 형성하며 뒤얽혀 있으며, 그 구근 덩이들의 얽힘 속에서 또 다른 구근이 생성되는 것이다. 바로 이 서책의 자기 참조성과 자기 증식성. 이것이 서책이 지식의 생성장소이자 진리의 탁월한 매개자인 이유인 것이다. 박물관의 사물들은 서로가 서로에 대비되는 차이, 각각의 두드러짐으로 존재할 뿐, 서로 대화하고 서로를 참조하지 않는다. 그것은 그 자체로 아름답거나 장엄하며 그렇기에 불멸의 유적일지 모르지만, 그런 만큼 불모의 존재들이다.

진리의 거처는 책이 아니라 도서관이다

책이 책을 참조하며 책을 빚어낸다는 것은 야릇한 이야기일 수도 있다. 물론 그렇다. 책이 책과 대화하고, 그리하여 책을 낳기 위해서는 '우리'가 그것을 읽어야 하며, 책의 책에 대한 참조를 따라 책에서 책으로 나아가야 한다. 하지만 왜 그래야 하는가? 그것은 진리를 동시에 기록한 유일한 책이 없으며, 세계의 실상을 모두 담은 거대한 한 권의 책이 없기 때문이다(아마 거대하지 않아도 될 것이다. 보르헤스가 어딘가에서 그랬듯이 무한한 수의 무한히 얇은 종이로 된 책이라면 말이다). 이런 책이 없기에 진리는 단지 참과 거짓과 오류가 무성한 책과 책들 사이에서 일어나는 말없는 대화 속에만 거주하는 것이다. 이것은 책의 협력, 곧 책을 읽는 우리들, 책을 쓰는 우리들의 협동에 의해서만 진리가 생성될 수 있다는 것을 말해준다. 그렇기에 책이 아니라 책이 책을 베고 누워 있는 공간, 한 책을 읽고 연이어 또다른 책으로 독서를 이어갈 수 있는 도서관이 진리의 거처이다. 도서관은 그 자체가 진리가 생성되는 장소이자 진리의 양태에 대한 탁월한 상징인 것이다.

그러나 책에서 책으로 가는 그 길은 땅속 구근들의 얽힘이 그렇듯이 미로의 구조를 가지고 있다. 학문에 왕도가 없다고 누군가 그랬다. 하지만 진리의 길은 왕도는커녕 미로인 법이다. 이 미로에는 테세우스를 미노타우로스의 미로에서 구했던 아리아드네의 실은 없다. 참된 미로를 걷는다면, 종래 아리아드네의 실조차 미로처럼 엉클어진 실타래가 될 것이기 때문이다. 그러나 실레지 않는가. 우리는 항상 다음 모퉁이를 도는 그 순간 진리를 만날지도 모르니 말이다. 그러니 도서관에서 길을 잃는 것, 그것은 황홀한 순간일 수 있다.

추억의 도서관

어떤 도서관이 완벽한 도서관, 도서관의 이데아일까? 세상의 모든 책을 소장한 도서관일 것이다. 그보다 더 완전한 형태는 아마 세계를 완벽하게 재현하기 때문에 세계를 알기 위해서 도서관 밖으로 나올 필요가 없는 도서관일 것이다. 그러기 위해서는 도서관이 태초로부터 존재하고 미래를 장악하고 있어야 한다. 그것은 아마 보르헤스가 『바벨의 도서관』에서 그려낸 것과 같은 그런 도서관일 것이다.

하지만 나에게 이상적인 도서관은 내게 책으로의 길을 열어준 도서관, 지극히 개인적인 경험이 투사된 도서관이다. 내가 초등학교 1학년 때의 일이다. 외할머니가 우리집을 다녀가셨다. 가실 적에 그 당시 서울역 근처에 있던 고속버스터미널로 아버지와 함께 외할머니를 배웅하러

갔었다. 그리고 나는 외할머니와 떨어지기 싫어 냉큼 외할머니의 무릎
에 앉았고, 그렇게 예정도 없이 외갓집으로 가버렸다. 지금은 부산에 편
입된 김해 녹산으로 간 것이다. 개발이 내 마음의 고향의 지명을 지우고,
더불어 초가와 먼지 날리는 길과 그 길의 플라타너스를 추방해버린 것
은 나에게만은 가슴 아픈 일이다. 부산에서 배를 타고 을숙도를 스쳐 다
다른, 그 처음 방문에 이어 몇 번 더 갔던 내 어린 시절 외갓집은, 등뒤로
는 알맞은 크기의 녹산이 있고, 앞으로는 일제 때 쌓은 제방을 따라 낙동
강이 바다와 만나며 넘실대는 곳이었다. 나는 거기서 모든 '특권'과 온
갖 '향락'을 누렸다. 외할머니는 아침에 암탉이 갓 낳은 달걀의 모서리
를 톡톡 까서 빨아먹게 해주었고, 큰외삼촌이 녹산초등학교의 교장선생
님이었던 터라, 가는 곳마다 '교장댁 조카'로 위함을 받았고, 작은외삼
촌께서 하던 과수원 원두막에서 참외와 수박을 베어먹으며 저녁달을 볼
수 있었다. 그뿐이랴. 외사촌형은 나에게 손수 나무배를 만들어주었고,
나를 데리고 민물낚시를 하러 가곤 했다. 내 또래의 외사촌들과는 갯벌
에서 개구리를 미끼로 게를 잡고, 물이 빠지면 알 굵은 재첩조개를 한 양
동이씩 잡았다. 잡은 재첩을 외숙모가 저녁에 된장을 넣고 끓여주시면
그것을 반찬으로 배불리 먹고 모깃불이 피워진 마당 평상에서 외할머니
무릎을 베고 잠이 들었다. 나는 왕자처럼 살았다.
　하지만 왕자에게도 소외가 있다. 모든 어른들은 나를 위해주었지만
동네를 돌아다니면 동네 아이들은 떼를 지어 "서울내기, 다마내기, 맛
좋은 고래고기……" 하며 나를 놀렸다. 그래서 집 나서기가 싫어질 때
가 많았고, 그러면 무료한 한낮의 시간이 찾아왔다. 텔레비전도 만화가
게도 없는 시골 마을에서 나는 그 무료함을 깨기 위해서 녹산초등학교
의 도서관을 교장 조카라는 특권을 이용해 드나들었다. 아무도 없이 나
혼자만이 있는 공간, 비워져 있는 십여 개의 넓은 책상 중에 내가 뽑아서
펴놓은 책 한 권만이 침묵을 깨고 책장을 펼치고 있었다. 나는 맨발의 자

유로움으로 그 책을 읽었다. 내 앞의 유리창이 있는 책장에 내 모습이 비치고, 그 유리창 너머로는 내 간택을 기다리는 책들이 있었다.

약간의 먼지 냄새, 나무 마룻바닥의 나직한 삐걱거림 소리와 매미 소리와 옅은 바람…… 그것은 지식의 공간이었지만, 동시에 세계의 소외로부터 물러서 세계로 나아갈 길을 찾는 고독이 은밀한 쾌락의 물결과 엉키고, 종이 위의 활자들이 책에서 뛰쳐나와 나를 감싸는 공간이었다. 그래서 나는 지금도 꿈꾼다. 그런 작은 도서관, 나만을 위한 도서관, 나를 조개껍질처럼 감싸고 그 너머로 파도 소리가 작게 들리는 그런 이상적인 도서관을. 그런 곳에서라면, 혹 알겠는가. 그 조개껍질 속에서 진주가 영글는지……

동물원에 대한 명상

1. 딸은 동물원에 가고 싶어했다. 그래서 길을 나섰다. 가면서 한 가지 의문이 떠올랐다. 왜 아이는 동물원에 가고 싶어하는 것일까? 생각해보면 딸이 먼저 동물원에 가고 싶어한 것은 아니었다. 먼저 우리 부부가 딸을 동물원에 데려갔다. 딸이 동물원에 가고 싶어하는 것은 이미 가본 적이 있기 때문이었다. 왜 나는 딸을 동물원에 데려간 것일까? 왜 나는 어린이와 동물원 사이에 어떤 친화력을 가정했던 것일까?

기린의 우리 앞에서 기린을 배경으로 나와 아내와 딸이 서 있는 사진. 지난번 동물원 나들이 때의 사진이다. 풍선 하나가 딸의 손목에 걸려 있다. 수소로 채워져 수직으로 치솟은 풍선의 모습. 휴일의 물질적 모토인 풍선의 가벼움. 다른 한 손엔 솜사탕. 노래가 들린다. "하얀 눈처럼 희고도 깨끗한 솜사탕. 엄마 손 잡고 나들이 갈 때 먹어본 솜사탕……" 솜사탕 또한 휴일의 물질적 모토이다. 가벼움과 달콤함, 그리고 베어물 때 입의 기대를 좌절시키는 애석함.

이 사진 안에 들어 있는 문화적 기호(記號)와 기호(嗜好). 핵가족의 삼각형 구도. 나와 아내와 딸이 동물원에 제 발걸음으로 온 것일까? 어딘가 타동적인(transitive) 구석이 엿보인다. 동물원이라는 액자 속에 무엇인가가 우리 가족을 오려붙여놓은 듯…… 그 무엇이 무엇일까?

2. 동물원으로 가는 길은 여러 갈래이다. 예전에 나는 동물원에 가기 위해서 자가용을 몰고 남태령을 넘어야 했다. 주차장에 차를 세우고, 코끼리열차를 타기 위해서 한참을 걸었다. 그것은 불쾌한 길이었다. 어떤 때는 남태령 마루에서 동물원이나 놀이동산으로 가는 차량의 물결을 내려다보게도 되었다. 그럴 때면 누구나 그렇듯이 도착도 하기 전에 돌아갈 길에 대한 걱정이 밀려들었다. 느려져가는 속도와 더불어 툴툴거리며 냉기가 약해지는 에어컨. 도착하기도 전에 지쳐가며, 즐거움에 대한 기대는 동물원에서 동물보다 많은 사람들을 보게 되리라는 답답한 예감으로 대치된다.

하지만 길이 그것뿐이랴. 추억을 통한 우단 깔린 길도 있다.

3. 동물원의 동물들은 개성을 가지고 있지 않다. 그것들은 모두 표본, 종의 대표자들이다. 그들은 비록 울부짖고 생식하고 주어진 음식물을 뜯고 있지만, 그것은 아무런 중요성을 가지고 있지 않다. 우리는 그것들이 쇠우리에 갇혀 개체로서 겪는 격한 분노와 우울을 모른다, 무시한다.

어릴 적 들에서 뽑은 꽃들을 두꺼운 사전 사이에 말려서 만들었던 식물표본집. 또는 몇 가지 곤충을 클로로포름으로 마비시켜 등에 길다란 핀을 꽂아 만들었던 곤충 표본상자. 이런 것들과 동물원은 같은 유형의 것이다. 동물원은 거대한 표본집이다.

어느 날 나는 내가 만든 곤충 표본상자 안에 들어간 개미를 본 적이 있다. 개미는 핀에 찔려 죽어 있는 사마귀와 방아깨비와 매미 사이를 이리저리 오가고 있었다. 나는 지금 아이와 손을 잡고 동물원을 거닐며, 아이

스크림을 빨고 있다.

4. 미셸 푸코로 인해 다시금 명성을 얻은 제레미 벤담의 기획이 있다. 판옵티콘이 그것이다. 푸코는 이 판옵티콘의 기원을 밝히며 이렇게 말한다.

> 벤담은 그러한 시설을 계획하는 데 있어 르보가 베르사유에 건설한 동물원을 통해 착상을 얻게 되었는지는 말하지 않는다. 최초의 동물원은 전통적으로 그랬듯이 상이한 여러 요소들이 울타리 안에 산만하게 흩어져 있는 형태는 아니었다. 즉, 중앙 2층에는 왕의 객실인 팔각형의 별채가 마련되어 있었고, 건물의 모든 측면은 커다란 창문을 통하여 여러 종류의 동물들이 갇혀 있는 일곱 개의 우리를 향하도록 했다(여덟번째의 측면은 입구였다). 벤담의 시대에는 이러한 동물원은 이미 없어졌다. 그러나 '판옵티콘'의 계획 안에는 개별화한 관찰, 특징 표시와 분류, 공간의 분석적인 계획 배치 등 동물원과 유사한 배려가 보인다. '판옵티콘'은 일종의 왕립동물원이다. 단지 동물 대신 인간이, 특유한 무리 대신 개인별 배분이, 그리고 국왕 대신 은밀한 권력 장치가 자리잡고 있을 뿐이다.

인간을 훈육하는 장치의 원형으로서의 동물원.

5. 동물원의 팻말들. 예컨대 "영장목, 원숭잇과, 원숭잇속, 안경원숭이," 그것에 이어지는 서식지 표기 등. 이런 것들은 우리들이 우리 안의 동물을 어떻게 인식하는지를 보여준다. 동물은 어떤 상상의 공간 안에 분류되고 배치된다. 그것은 흔히 진화의 계통수로 표상된다. 우리는 계통수를 통하여 동물과 우리의 거리를 재고, 또 우리들이 진화의 목적이라는 안도에 잠긴다.

우리는 흔히 인간의 자연 지배를 말한다. 그런데 그 흔히 말해지는 자연은 무엇인가? 그것의 구체적 표상은 무엇인가? 그것은 저기 있는 저 풀, 나무, 개와 고양이, 그리고 열대어와 독수리, 코끼리와 코뿔소 그런 것이 아닌가? 그러니 동물원은 모호하고 말 없는 자연을 구체화한다. 그리고 동물원의 팻말은 우리들의 자연에 대한 인지적 지배를 드러낸다. 동물원을 통한 수집과 분류와 가둠은 바로 이 인지적 지배의 물질적 구현이다.

아이는 내게 묻는다. "저게 뭐야?" 나는 팻말을 보고 말해준다. 이런 것을 산교육이라고 하는가? 나는 인지적 지배를 재현하고 아이는 그것을 습득한다. 그때 아이와 나 사이에는 인류의 인지적 자연 지배의 전수가 이루어지고, 우리 둘은 인류의 자연에 대한 권력 주장에 동참한다.

6. 이런 인지적 지배의 장은 육상동물들에 한정되지 않는다. 아쿠아리움과 해양 박물관, 식물원도 있다. 예컨대 63빌딩이나 삼성동 코엑스에는 아쿠아리움이 있다. 가오리가 새처럼 물 속을 나는 수족관, 그리고 숱한 어항의 연쇄. 지나가면서 우리는 끊임없이 팻말을 보고, 그 낯선 이름들을 잠시 익히고 잊어버린다. 그러나 내가 잊어도 그것은 언제나 거기 있다. 그렇게 모아놓고 분류하여 있다. 식물원에서도 후끈한 더위와 함께, 식물은 팻말을 걸고 서 있다.

7. 호랑이는 철창 너머 해자 저 건너편에 누워 있다. 권태로운 모습이다. 아니 권태는 내 보기에 권태일 뿐, 호랑이는 지독한 우울로 인해 마비증에 걸린 것일지도 모른다.

아무튼…… 호랑이의 권태로운 모습이 우리를 권태롭게 한다. 호랑이는 까딱도 하지 않는다. 한 번만 포효해보라고 아이들은 계속 호랑이를 부르지만 그래도 잠만 잔다. 뱀 또한 그런다. 아무리 창을 두드려도 꿈짝도 하지 않는다. 똬리 튼 모습 그대로 그렇게 정지해 있다. 코끼리는 코가 손임을 보여주지 않는다. 공작은 화려한 꽁지를 펴지 않는다. 동물들은 태업을 통하여 우리들을 권태롭게 한다. 무심하고 한가한 어슬렁거림은 그들을 가두고 있는 철창을 쓸모없는 것처럼 느끼게 만든다. 그런데 고릴라가 침묵을 깼다. 두꺼운 투명 플라스틱 창을 고릴라는 펄쩍 뛰어올라 두들겼다. 그 발작적 생기와 분노에 나는 깜짝 놀랐다.

우리는 철창 없이는 그들에게 다가갈 수 없다는 것, 그들은 분리 없이는 다가갈 수 없는 자연이라는 것, 그들에게는 오래 갇혀 있어도 사라지지 않는 무엇이 남아 있다는 것을 고릴라가 잠시 보여준다.

8. 동물원에는 고양이가 없다. 개도 없다. 그런 것들은 모두 집에 있다. 분리를 통해서 접근할 수 있는 것이 아닌, 우리들이 만질 수 있는 것들은 이제 모두 애완동물이 되었다.

우리는 애완동물을 사랑한다. 이 사랑의 의미는 무엇일까? 아마 애완동물은 사람들 사이의 친밀성의 어려움의 기호일 것이다. 동물은 말이 없다. 아주 단순한 몇 가지의 소리로 욕구를 표현한다. 그런 동물을 우리가 사랑하는 것은 우리가 우리들의 정교하고 세련된 말에 지쳤기 때문이며, 두 번쯤 꼬인 욕망에 싫증났기 때문이다. 동물은 사람보다 단순하다. 본능의 존재이기 때문이다. 하지만 이런 점이 오히려 우리에게 예측 가능성을 제공한다.

사람은…… 복잡하다. 점점 더 개인성이 증대하는 세계에서 타자의 우연성을 극복하고 그와 친밀성을 맺는 것은 어려운 일이다. 애완동물은 우리가 상실한 소박함을 상징한다.

9. 애완동물은 소박할 뿐 아니라 충직하다. 어린 시절 읽은 동화에 『돌아온 래시』가 있다. 어떤 컴퓨터 판매회사에서 만든 광고에도 주인을 찾

아 천릿길을 마다하지 않은 진돗개 이야기가 나온다. 개의 충직함. 그것은 거의 일반적 관념이다. 아마도 개에게 그런 자질이 있기는 한 것 같다. 그러나 개의 충직함이 특정한 역사적 시점부터 작가들에 의해서 추앙되기 시작했다는 사실은 거기에 어떤 신화가 깃들여 있다는 것을 암시하는 것은 아닐까? 1830년 7월혁명 당시 살해된 노동자의 개가 주인의 무덤을 맴돌다가 죽은 채로 묘지 관리인에게 발견되었다. 문제는 아카데미프랑세즈의 회원들, 특히 라루스가 그것을 찬미하였고, 그것에 불멸의 의미를 부여했다는 것이다. 그 찬미를 사실에 대한 단순한 묘사로 보아야 할까? 그럴 수만은 없을 것 같다. 오히려 현대사회가 야기한 어떤 감수성을 그 개가 향수 어린 방식으로 충족시켜준 것으로 보아야 할 게다. 그 개가 충족시켜준 것은 사람들이 잃어버린 것, 충직함 바로 그것이었을 것이다.

10. 개의 충직함을 믿는 사람은 내 말에 고개를 가로저을 것이다. 하지만 다른 예는 개의 충직함이 신화라는 것을 보여준다. 내가 어린 시절 읽은 위인전에는 파스퇴르의 이야기가 실려 있다. 그 책에 따르면 그가 해낸 중요한 업적의 하나는 광견병의 백신을 만들었다는 것이다. 파스퇴르가 다른 문제보다도 광견병 연구에 몰두했던 것은 그 당시 프랑스 사회가 광견병에 대해 유난한 공포감을 느꼈기 때문이다. 그런데 파스퇴르가 광견병 백신을 연구하던 19세기 후반 프랑스에서 연간 광견병으로 죽은 인구는 스물다섯 명 미만이었다. 그리 대단한 질병이 아니었던 셈이다. 그렇다면 무엇이 광견병에 대한 공포의 근원이었을까? 그것은 질병 자체보다는 개가 사람을 물어뜯는다는 사실이었다. 인간을 물어뜯기 위해서 성난 모습으로 달려들던 개가 정말로 물어뜯은 것은 개의 충직함이라는 신화 자체였던 것이다.

11. 애완동물은 모두 충직한가? 모두가 그렇지는 않다. 특히 고양이가 그렇지 않다. 고양이는 끝내 길들여지지 않는 그 무엇을 가지고 있다. 고양이는 주인이 주는 우유를 마다하고 슬금슬금 나가서 쥐를 사냥한다. 나는 아직도 어린 시절 외갓집 뒷마당에서 외할머니가 키우던 고양이가 쥐의 머리를 으깨던 모습을 잊을 수 없다.

고양이의 쏘아보는 눈빛은 항상 거만하다. 이 길들여지지 않는 무엇, 그것의 부드럽고 소리 없는 걸음매, 나긋한 등뼈 줄기에는 어떤 관능의 힘이 내장되어 있다. 보들레르는 이 점을 『악의 꽃』에 실린 「고양이」라는 시에서 멋지게 포착하고 있다.

이리로 오라, 나의 귀여운 고양이, 사랑에 부푼 내 가슴으로
그 발의 발톱은 움츠려넣고
마노와 금속이 섞여 영롱한 네 아름다운 눈에 나 깊이 잠기도록 내버려
다오.

네 머리와 탄력 있는 등허리를 손가락으로
한가로웁게 쓰다듬을 때,
전기 일으키는 네 몸을 만지는 그 쾌감에 내 손이 취할 때

내 마음속에 아내를 떠올린다. 아내 시선도
사랑스런 짐승이여, 너의 것처럼
오묘하고 차가와 투창같이 날카롭게 베고 뚫는다.

그리고는 발에서 머리끝까지
미묘한 기운과 위험한 향기가 아내의 갈색
몸뚱어리 언저릴 감돌고 있다.

섹슈얼리티를 표상하는 고양이. 마네의 〈올랭피아〉에서도 고양이는 올랭피아의 자기 탐닉적이고 반사회적이고 전복적인 이미지를 곁에서 부추겨주고 있다. 여성, 고양이…… 섹슈얼리티의 반사회성.

애완동물로서의 고양이는 위험한 자연이 동물원에 갇혀 있는 것이 아니라 우리들의 집 안 어딘가에 서식하고 있다는 것을 상징한다. 그것은 포의 단편소설에서처럼 벽 속에 서식하고 있을지 모른다.

12. 이구아나를 팔뚝에 올린 아이를 아파트 놀이터에서 보았다. 왜 그런 걸 키우냐는 나의 질문에 그 아이의 어머니는 말한다. "거의 배설물이 없어요. 먹기도 아주 조금 먹고……"

작년에는 다마고치를 사달라고 성화인 아이들의 모습에 대해서 이런저런 언론 보도가 많았다. 아마도 다마고치를 좋아하는 아이들의 모습은 이미 이구아나를 키우도록 해준 이 어머니의 모습에 깃들여 있다고 해야 할 것이다. 나고, 배고파하고, 똥을 싸대고, 때없이 소리를 내고, 병에 걸리고, 새끼를 가지고 싶어하고, 종내는 죽어버리는 애완동물은 우리들의 품안에 들어와도 자연의 이타성이 쉽게 사라지는 것은 아니라는 것을 보여준다. 다마고치는 이런 모든 이타성을 지워버리고, 특히 불편함을 지워버리고, 우리의 정서적 빈곤만을 달래준다. 여기엔 어떤 두려움, 애완동물의 이타성조차 두려워하는 어떤 문화의 징후가 깃들여 있는 것은 아닐까?

13. 우리 너머의 동물과 침실의 동물. 그 외에도 내가 경험한 동물에는 서커스의 동물이 있다. 얼마 전 어린 시절의 추억을 되살리기 위해서 나는 딸과 함께 〈동춘 서커스〉를 보러 갔다. 나의 어린 시절에 비하면 한참 빈약해진 동물쇼였다. 내 어릴 적에는 서커스도 자주 열렸을뿐더러, 출

연하는 동물들도 한결 다채로웠다. 그러니 호랑이 한 마리 출현하지 않는 〈동춘 서커스〉를 보는 내 딸은 나보다 덜 행복한 것이다.

　서커스의 동물은 동물원의 동물과는 다르다. 동물원의 동물들은 종의 대표이고, 그래서 그 종의 특성을 상실하지 않는다. 그러나 서커스의 동물은 종의 대표가 아니다. 그들은 고유명사로 불리고, 인간을 모방하거나 이웃 동물을 모방한다. 공 위에 네 발을 얹은 코끼리는 육중함이라는 종의 특성을 부인하고 실타래를 가지고 노는 고양이의 모습이 된다. 안경을 끼고 조끼를 입은 침팬지는 우리와 원숭이류 간의 종차, 진화론적 거리를 지운다.

　14. 이 차이의 소멸이 서커스에서는 인간의 편에서도 진행된다. 난쟁이 아저씨나 피에로의 뒤뚱거리는 모습은 소박한 소극을 연출하는 것이지만, 동물이 동물 이상으로 변모하는 서커스의 공간 안에서는 인간이 인간 이하로 내려가는 모습이다. 다른 한편 곡예사의 놀라운 묘기는 인간이 인간 이상으로 상승하는 것이다. 그러나 그 모델의 상당 부분은 동물로부터 온 것이다. 예컨대 고양이와 같은 유연성을 가진 곡예사의 균형감각은 초인성이자 동물성이다. 그러니 서커스는 차이의 일시적 혼동, 경계 초월의 현상이다.

　15. 그러나 이 차이의 소멸, 표준의 파괴는 전경(前景)에서만 일어나는 일이다. 후면(後面)에서는 더 큰 차이의 확립, 인간의 우월성에 대한 확신이 재생산되며, 우리도 그것을 전제한다. 무대에 호랑이가 등장한다. 이렇게 호랑이가 우리 없이 우리 앞에 나서는 것은 위험한 일이다. 그러니 우리는 위험을 감내하고 있는 것이다. 그러나 우리가 그 위험을 감내하는 것은 호랑이가 그런 위험한 상황 속에서 위험하게 행동하지는 않으리라는 확신 때문이며, 그것은 결국 조련사에 대한 신뢰이다. 불타

오르는 굴렁쇠를 통과하는 호랑이의 모습. 호랑이는 불을 겁내는 동물이다. 그러니 이번에는 호랑이가 위험을 감수하는 것이며, 호랑이가 그렇게 하는 것은 조련사에게 복종하기 때문이다. 그리고 조련사는 인간이다. 이것이 서커스의 삼단논법이다.

서커스는 진화론적 계통수와 분류표라는 인지적 형태가 아니라 훈련하여 본능조차 넘어서게 하는 훈육능력을 통해서 인간의 우월성을 확증한다. 과연 파블로프가 먼저일까 아니면 조련사가 먼저일까? 역사적 기원을 따져볼 문제이다.

16. 동물원의 동물, 애완동물, 서커스의 동물. 이들은 모두 먹을 수 없는 동물이다. 너무 비싸거나 너무 친밀해서 먹을 수 없다. 그러나 동물은 또한 우리가 먹을 수 있는 무엇이며, 그 사실은 우리가 동물들과 먹이사슬이라는 단순한 연쇄 속에 위치하고 있다는 점을 드러낸다. 먹음직한 것을 앞에 두고 있는 우리들의 입 안에는 침이 고인다. 생각해보라. 우리의 매 끼니는 적나라한 시체 더미들이 아닌가? 단지 우리는 그런 사실을 연상시키는 요인들을 식탁에서 또는 식탁에 오르기 전에 신중하게 제거할 뿐이다. 예컨대 뼈를 제거한 살코기만을 요리하여 올리거나 하는 방식으로 말이다. 그러나 가끔 자기 통제를 버리고 술 취하여 어울리며 경계를 무너뜨려야 할, 또는 경계를 무너뜨리고 싶은 때가 오면 우리는 다른 동물을 먹어치우는 동물일 뿐이라는 사실을 적나라하게 드러낸다. 잔칫상의 통돼지 바비큐가 그렇다.

17. 최초의 동물원? 엄격한 역사학적 질문이 아니라면, 쉬운 답이 있다. 노아의 방주가 그것일 것이다.

이 노아의 방주에 대해서 흥미로운 상상력을 발휘한 줄리앙 반즈의 말들이 생각난다. 그는 노아의 방주가 신중하지 못한 포섭과 불쾌한 배제의 과정이었다고 말한다. "별개의 종이라는 완전하고 정당한 법적 근거가 있는데도 수많은 짐승들의 주장은 묵살되었습니다. 안 돼, 너희들은 벌써 한 쌍이 확보됐어. 음, 꼬리에 고리무늬가 몇 개 더 있다거나 등뼈 아래로 텁수룩한 깃털이 있다고 무슨 차이가 있나? 너희는 이미 끝났다. 미안. 이런 통고를 받았지요. 짝을 동반하지 않아서 제외된 훌륭한 동물도 있었고, 자식들과 떨어지기를 거부하고 죽기로 한 가족들도 있었습니다." 그리고 방주를 이룬 선단 중의 한 척은 침몰하였고, 그리하여 종의 오분의 일이 소멸해버렸다.

이 선택된 자의 수용소를 이끌며 노아의 가족은 먹어야 했다. 그 결과 비히모드, 살라멘더, 스핑크스, 그리핀 같은 동물들이 노아 가족의 위장을 채우고 전설로만 남았다. 그리고 그 명분은 교배종은 필요없다는 것이었다. "가장 가슴 아팠던 건 유니콘의 경우였지요. 그 일로 우리는 몇 달간 우울했습니다. 물론 전처럼 지저분한 풍문—함의 아내가 그 뿔을 비열한 용도로 썼다는 소문—이 있었고, 으레 죽은 뒤에는 그 짐승의 품성에 대한 당국자의 비방 선전이 있었습니다." 지나친 상상력은 아니다. 인간은 많은 것을 멸종시켰다. 무관심하게 짓밟거나 먹어치움으로써. 그러니 인간은 동물을 수집하고 지배하는 것만이 아니다. 그것을 소멸시킨다.

18. 오늘 동물원의 날씨는 화창하다. 최초의 동물원, 노아의 방주에서처럼 종일 비가 내리지 않는다. 동물원 휴게소에 자리를 잡고 맥주 한 캔을 들이켰다. 주변의 모든 어른과 아이들의 얼굴에는 지나친 햇볕으로 인한 피곤이 어려 있다. 그런데 휴게소 옆 작은 도랑에서는 아이들의 환호성이 들린다. 거기에 아이들이 모여 있다. 거기서 아이들이 작은 피라미들을 잡고 있었다. 햇볕에 지친 다른 사람들과 달리, 아이들은 신명이 나 있다. 우리 안의 권태로운 동물을 보는 것보다는 아마도 파릇하게 살

아서 작은 물결이나마 일으키는 피라미가 훨씬 더 신나는가보다.

어떻게 보아야 할까? 저 피라미를 좇는 아이들의 고사리 손에 이미 권력의 원초적 형식, 장악하는 힘이 자리잡고 있다고 보아야 할까? 아니다. 그렇게까지는 생각지 말자. 그런 생각은 나의 권력강박증에 지나지 않는다……

19. 휴게소 옆에는 해양생물관인지 돌고래쇼장인지 물개쇼장인지가 있다. 긴 줄을 선 다음, 쇼를 보기 위해서 자리를 잡았다. 언젠가 캘리포니아의 시월드(Sea World)에서 보았던 돌고래쇼, 그리고 범고래쇼가 생각났다. 특히 거대한 몸체의 범고래쇼가 인상적이었다. 쇼는 매우 신중하게 고안되어 있었다. 먼저 한 소년이 범고래의 등에 올라타고 바다를 항해했다는 전설이 소개된다. 이어서 실제로 그 모습이 재현된다. 전설의 현실화. 전설의 흥행산업화……

나는 이런 길들여진 모습의 범고래를 보고 얼마 지나지 않아 우리나라로 돌아오는 비행기에서 영화 〈프리 윌리〉를 보았다. 길들여져 있기 때문에 '프리' 윌리일 수 있었던 범고래의 모습이 쓸쓸했다.

20. 시월드는 순전히 상설 서커스장이었고, 놀이동산이었다. 그래, 테마파크라는 말이 적당할 것이다. 그러나 과천동물원 한복판에 있는 돌고래쇼장은 동물원 한복판에 테마파크를 잘라붙여놓은 것 같다. 그리고 보니 많은 동물원이 놀이동산을 겸한다. 어린이대공원도 그렇고 용인자연농원(최근에 그리 나쁘지 않은 이름을 에버랜드로 개칭했다)도 그렇다. 그리고 내가 어린 시절 가곤 했던 창경원도 그랬다. 그리고 보니 이전의 창경원이 지금은 과천동물원과 서울대공원(과천에 있는데 '서울' 대공원이다)으로 분화하여 확대된 꼴이다. 돌고래쇼는 이 기능 분화의 순수성의 오점이다. 아니다. 그 기능 분화가 무리한 것이었다는 것을 지시하고

있는 것인지도 모른다.

21. 나의 세대에게 동물원은 창경원이었다. 그것이 창경궁으로 복원되었다. 일제는 왜 창경궁을 창경원으로 만들었던 것일까? 거기에 있던 탈것들은 언제 만들어진 것이었을까? 한 가지 드는 생각은 일제가 우리를 지배하던 방식은 '단순히' 억압적인 것만은 아니었다는 것이다. 창경궁의 창경원으로의 변형은, 왕궁과 그것이 형성하는 공간적 질서를 훼손하려는 기획이 식민지 민중들을 스펙터클의 관람자로 변형하고 그리하여 일정한 쾌락을 생산하려는 기획과 연관되어 있었다는 것을 말해준다.

그 창경원이 생산한 쾌락이 단지 볼 수 없었던 동물들을 보는 기이함뿐이었을까? 아마도 식민지 민중들에게 창경원에 들어선다는 것은, 비록 나라를 빼앗긴 왕조일망정 민중들이 감히 넘볼 수 없는 금단의 땅인 왕궁으로 들어서는 위반의 체험을 제공했을 것이다.

22. 언젠가 도쿄에 갔을 때, 천왕의 궁궐 근처에 가본 적이 있다. 거기서 사진을 몇 장 찍기도 했다. 해자에 둘러싸여 있는 천왕의 궁궐은 경비대의 모습과 더불어 사뭇 삼엄하였다. 그것을 보면서 나는 우리 사회가 그런 유의 신성을 완전히 상실했다는 생각을 했다. 혹자는 용과 해태, 존재하지 않는 동물의 영기로 둘러쳐져 있던 우리의 궁궐이 일제에 의해 한때나마 잡스런 동물들이 똥을 갈기는 동물원으로 변했다는 사실에서 심한 역사적 모욕을 느낄 수도 있을 것이다. 하지만 나는 신성의 목을 우리 스스로 치지 못했다는 것이 아쉬울 뿐, 신성의 상실이 애석하게 여겨지지는 않는다.

일제의 신성 파괴와 그 방식은 확실히 달가운 것은 아니었지만……그래도 신성의 파괴는 파괴였고, 우리가 왕조에 대한 어떤 향수도 갖지 않도록 하는 데 기여했을 것이다. 이상한 역사의 아이러니인가? 하지만 적어도 우리는 천왕이라는 신성의 탯줄에 아직도 목이 친친 감겨 있지는 않다. 그것이 정신의 자유이기는 하다.

23. 창경원의 쾌락? 나 자신도 그것에 대한 증언자의 하나일 것이다. 일제가 떠난 뒤에도 오랫동안 남아 있었던 창경원으로의 나들이는 나에게 너무나 행복한 기억이었다. 나의 어머니는 내 어린 시절 위궤양으로 자주 아팠다. 그러나 창경원에 갈 때면, 한복을 곱게 차려입은 어머니는, 아픈 표정이 가신 얼굴이었다. 나는 어머니가 아버지의 양복을 뜯어 재단한 옷을 입고, 흰 와이셔츠에 나비넥타이를 매고 집을 나섰다. 지금도 놀이기구를 실컷 타고 김밥을 먹고, 어머니 무릎을 베고 벚꽃 그늘에 누워 있곤 했던 기억이 난다.

나는 기억을 완성하기 위해서 사진첩을 들추었다. 월남에서 돌아온 오촌아저씨의 니콘 카메라가 포착한 내 유년의 쾌락들. 동물원으로 가는 이 추억의 길에서 나는 내 쾌락의 원인을 발견했다. 거기엔 내 누나가 없었다. 누나는 창경원에 가려고 하지 않았고 대신 집을 지킬 테니 용돈을 달라고 했던 것이다. 그때 동생은 아직 태어나지 않았다. 오촌아저씨는 카메라를 든 사람이었을 뿐, 대부분의 사진은 어머니와 아버지, 그리고 나 셋만으로 이루어져 있었다. 독생자 환상…… 어머니와 아버지와 나로만 이루어진 가족 삼각형의 구도…… 많은 사람들이 이 삼각형을 질식할 것만 같은 것, 리비도가 유폐된 채로 소용돌이치는 공간이라고 말한다. 그러나 친친히 움직이는 공중의 모노레일, 그리고 옆에 드리워진 벚꽃 그늘이라는 배경은 이 삼각형을 축복이 가득 찬 것으로 만들어 주고 있었다.

24. 그런데…… 추억의 길에서의 놀라운 발견. 사진의 풍경들과 조도,

어머니와 아버지와 나와 오촌아저씨의 옷차림. 그것은 모두 한 날의 사진이었다. 수십 장의 사진이었지만, 그것은 월남에서 돌아온 김 상사였던 오촌아저씨가 미군 PX에서 구입한 니콘 카메라의 성능을 뽐내고 싶어 마구 찍어댄 사진들임에 틀림없었다.

아뿔싸! 사진은 너무 정직한 증인이었다. 그런데 나는 왜 단 한 번의 창경원 나들이를 여러 번의 나들이로 기억한 것일까? 왜 갔던 일을 '가곤' 했던 일로 기억했던 것일까?

아! 재차 돌아가 사진을 찍고 솜사탕을 먹어야 했나보다. 기억의 화폭 위에 이리저리 덧칠을 해야 했었나보다. 앞으로 나아가기 위해서는 되돌아가야 했었나보다.

나를 살게 하는 힘이, 원천이 되었던 그 나들이, 코끼리, 쌍봉낙타, 내 손에 들려 있는 솜사탕……

시·대·유·감

ⓒ 김종엽 2001

초판인쇄	2001년 12월 26일
초판발행	2001년 12월 29일

지 은 이	김종엽
책임편집	김현정 조연주 장한맘 손미선
펴 낸 이	강병선
펴 낸 곳	(주)문학동네
출판등록	1993년 10월 22일 제22-188호

주 소	136-034 서울시 성북구 동소문동 4가 260번지 동소문빌딩 6층
전자우편	editor@munhak.com
	하이텔 : podo1
	천리안 : greenpen
전화번호	927-6790~5, 927-6751~2
팩 스	927-6753

ISBN 89-8281-459-0 03810

* 잘못된 책은 바꿔드립니다.

www.munhak.com